I0818872

A DONDE TE LLEVE EL TIEMPO

Ana Lilia Cepeda

A DONDE TE LLEVE EL TIEMPO

PREMIO DE NOVELA HISTÓRICA GRIJALBO - CLAUSTRO DE SOR JUANA 2025

Grijalbo

A donde te lleve el tiempo

Primera edición: septiembre, 2025

Penguin Random House Grupo Editorial, S. A. de C. V.
Blvd. Miguel de Cervantes Saavedra núm. 301, 1er piso,
colonia Granada, alcaldía Miguel Hidalgo, C. P. 11520,
Ciudad de México

penguinlibros.com

ISBN: 978-607-386-224-0

Impreso en México – *Printed in Mexico*

Todo suceso es único e irrepetible.

A mi nieto Camilo,
porque vivir con intensidad vale la pena.

Índice

Nota de la autora

Esta novela es una obra de ficción basada en hechos históricos y ha sido alimentada por numerosos estudios de investigadores mexicanos y extranjeros, que, con pasión y rigor, han dedicado su talento a analizar y dilucidar el complejo entramado de la historia de México. Se ha añadido la bibliografía correspondiente para que el lector pueda consultarla.

Los hechos recientes son verídicos y, como muchas veces ocurre: "la verdad es más extraña que la ficción, porque la ficción está obligada a apegarse a las posibilidades; la verdad, no" (Mark Twain).

Sólo falta que me caiga un rayo

La casa estaba en la parte alta de una cañada; desde ahí se distinguía a lo lejos, iluminado por los rayos que anuncian tormenta, el cerro del Tepozteco.

La luna del viejo tocador, implacable, reflejaba mi imagen: divorciada, hijo en el extranjero, recién operada del apéndice y… sola. Acerqué el rostro al espejo. ¡Ah!, faltaba añadir una neurodermatitis nerviosa en la cara. Cada vez que tenía un sobresalto, la mejilla izquierda me delataba encendiéndose con unos puntitos al rojo vivo y la piel alrededor de los labios se hinchaba. Obsesiva, buscaba más imperfecciones en el rostro. Una peca por aquí, un barrito por allá y unas profundas ojeras.

No me percaté de que Mancha, como solía hacer cuando algo no le gustaba, al verme corrió a esconderse entre los zapatos del armario.

—¡Ay, Mancha! —suspiré—. Al ritmo de "Dale, dale, dale, no pierdas el tino…", hace unos días en la plaza, los del equipo contra el que competí le pegaron a una piñata que hicieron con mi fotografía. ¡Ay, querida, cómo me dolió! —confesé, y volví a quejarme en tono abatido—. Fue una estupidez competir en esa elección —y terminé mi perorata con otro profundo suspiro. La perrita ya no escuchaba y dormía plácidamente en su escondite—. Traidora —murmuré.

Sostuve el vientre con ambas manos como si se fuera a caer y, a paso lento, caminé con dificultad a la sala hasta el viejo sillón orejero para que me hiciera compañía. En la mesita lateral yacía una taza con restos de café; no la llevé a la cocina; amodorrada, preferí dejarme abrazar por el sillón.

Era el atardecer y caía una lluvia torrencial. Unas gruesas gotas se estrellaban como tambores de guerra en los ventanales.

"¡Carajo! Sólo falta que me caiga un rayo", pensé. Y me cayó.

Fue como un sueño. Una repentina ráfaga de luz seguida de un estruendo ensordecedor y el crujir de las paredes; la casa y yo quedamos hechas un ovillo, suspendidas, por un instante, en el espacio.

Como animal en alerta, con el cuerpo crispado y palpitaciones que me cortaban el aliento, abrí los ojos. Tenía la piel erizada y el cabello, ligero y fino, revoloteaba ingrávido sobre mi cabeza. Intenté alisarlo sin éxito. Observé que de los muros brotaba agua. Sin pensar en la herida de la operación, di un salto y fui a tocar las paredes. ¡La casa lloraba! Con preocupación, la acaricié.

—Tranquila, todo está bien —le dije amorosa, para calmarla mientras volteaba a mi alrededor tratando de entender qué había pasado.

Terminé la noche bajo la luz de una vela, acompañada de mi sombra que se reflejaba en los muros llorones.

El técnico se presentó al día siguiente. Con voz grave, empezó a repasar su lista: el regulador del refrigerador se quemó, la televisión no prende, el estéreo y las bocinas ya no sirven, habrá que cambiar varios focos que se fundieron. La lámpara de pie, la que iluminaba mis lecturas, discreta y temerosa, se escondía detrás de mi sillón, evitando su diagnóstico. El hombre, finalmente, terminó el recuento de daños y desgracias.

—Y sí, sale agua por la pared porque el rayo entró por la instalación eléctrica. ¡Qué barbaridad! Tocó usted la pared con la palma de la mano. ¿No sabe que con la corriente eléctrica los dedos se agarrotan y no puede uno despegarlos? Se pudo haber electrocutado. Seguro la salvó haber estado en el sillón con patas de madera y traer esas pantuflas de suela de plástico —terminó en tono doctoral mirando mis enormes y absurdas babuchas de borrega con cara de osito que me había regalado la prima que vivía en El Paso, Texas.

Lo único que quería en ese momento era quedarme a solas para poder desahogarme con la magnitud de la lluvia torrencial que había caído la noche anterior. Mancha, a lengüetazos, trataba de animarme anunciando que a ella no le había pasado nada.

Mis amigas hablaron para consolarme por el susto y las pérdidas, pero una de ellas, Rosa, llamó exaltada para felicitarme:

—¡Qué fregón, gorda! —nos gordeaba a todas, aunque fueras flaca—. ¡Eres una granicera!

Primero pensé que se había hecho toda una historia para darme aliento, pero, dos días después, llegó orgullosa a decirme que había contactado al granicero mayor. Se hizo un café, se sentó a sus anchas en el sofá y se dispuso a relatar la historia.

Lucio Campos era un reconocido chamán de la región con una vida peculiar. Fue mariachi y, como dice la canción, "borracho, parrandero y jugador". Andando de fiesta una madrugada, lo fulminó un rayo. Estuvo en estado de coma tres largos años. Tuvo la fortuna de despertar y él afirmaba que "amaneció otro". En la cosmogonía indígena, el que es tocado por un rayo y sobrevive adquiere dones para comunicarse con los antepasados y las deidades a través del tiempo, y tiene contacto con ellos, especialmente durante las lluvias y el granizo.

—Tienes que recuperarte rápido; anímate, entenderás lo que te pasó. Ya organicé la visita con don Lucio. Las ceremonias de iniciación se hacen el 3 de mayo, día de la Santa Cruz. Mira que sí eres suertuda, es en dos semanas, y quiere platicar contigo —dijo emocionada.

Era mucho más bajita que yo. Tenía ojos serenos de un verde azulado que contrastaban con su actuar presuroso. Le reconocía ser una excelente terapeuta y una mujer muy inteligente. Por eso, su pensamiento mágico me sorprendía más.

Llegó la fecha y Rosa pasó por mí en su viejo auto gris con el asiento trasero, como siempre, desordenado: libros, cuadernos y cartulinas utilizados en sus talleres.

—Gorda, ahí traigo agua y unas manzanas por si se te antojan. ¿Lista para irnos?

—Lista —contesté con mis dudas enfundada en un huipil para ir a mis anchas. Aún estaba vendada del estómago.

Salimos de Cuernavaca con el espíritu abierto para tomar las intrincadas carreteras del estado de Morelos. Pasamos el Cañón de Lobos, famoso por sus asaltos. Conforme avanzábamos, la tierra se volvía más árida y el calor arreciaba; Rosa dio una brusca vuelta en u para tomar un camino vecinal. El auto, entre tumbos, se adentró en una vereda y levantó un terregal.

—¿Estás segura de que por aquí es? —pregunté, pálida como el papel.

—Tranquila, gorda, ya vamos a llegar. Vine hace tiempo y reconozco algo del camino —soltó una carcajada y divertida, remató—: No te pongas nerviosa, sí damos.

Una hora más tarde, llegamos a una modesta casita de adobe. Estacionamos el auto bajo un árbol que daba una escuálida sombra y nos dirigimos hacia la propiedad. En el silencio, sólo se escuchaba el cacarear de unas gallinas entre los arbustos. Una mujer mayor, sentada en una silla de madera de asiento tejido, franqueaba la entrada.

—Buenos días, usted debe ser doña Febronia. ¿Está don Lucio? —preguntó Rosa muy segura.

—Sí, pasen, llegan temprano —afirmó la mujer—. La ceremonia es por la tarde, pero ya las está esperando.

Al entrar, nos condujeron con él. La vivienda era un espacioso cuarto con piso de tierra. Olía a yerbas y copal. Como única decoración, había una repisa con veladoras de flama titilante en vasos de vidrio, un jarrón de barro con flores y algunas fotografías. Al fondo, se encontraba un hombre mayor postrado en una cama.

—Ven, acércate para que te vea —me dijo—. Así que tú eres la nueva granicera.

La presencia de aquel viejo en la penumbra me imponía. Alcancé a decir, en voz baja y casi para mis adentros:

—A mí no me cayó el rayo, le cayó a mi casa.

—¿Y quién estaba adentro? —preguntó.

—Yo —contesté.

—Entonces de qué dudas, muchacha. Ven, acércate, que ya casi no veo —insistió.

Me senté en un banquito junto a su cama.

—Cuéntame, ¿tuviste algún problema antes de que te cayera el rayo?

En dos cortas frases resumí mi última aventura, sin entrar en muchos detalles. Él sonreía con benevolencia, minimizando mi drama. Tomó mis manos. Las de él eran tibias y ásperas.

—Eso no era para ti. La vida te ha reservado algo más grande. Vas a ir a vivir a la capital del país, vas al mero corazón, y lo que hagas va a anidarse también en el tuyo. Conocerás dos ciudades que están dormidas y enterradas, y sus secretos te serán revelados.

Puso entre mis manos un pequeño objeto que parecía ser de hueso, con un rudimentario labrado.

—Es un talismán, guárdalo siempre junto a ti, acarícialo cuando llueva o estés cerca del agua, eres una granicera.

La llamada

La vida no es la que uno vivió, sino la que uno recuerda y cómo la recuerda para contarla.

Gabriel García Márquez

Siempre fui independiente y, a decir verdad, un poco caótica. Antepuse los ideales y las pasiones a mis finanzas.

—¡Ay, mi hijita! Si ese tiempo destinado a la política lo hubieras dedicado a una empresa, ¡serías millonaria! —repetía mi madre cuando tenía el ánimo de picarme la cresta y, sobre todo, en ese momento en que la casa estaba resarciendo sus heridas y yo, invirtiendo en ello.

Corrían los tardíos años noventa, mi hermana y yo teníamos una tienda de arte y decoración. Éramos dedicadas, pero el activismo siempre terminaba por ganarnos. Nuestro espacio se convirtió en un punto de encuentro. Por las tardes, entre los muebles y cuadros para venta, un grupo de amigas fraguamos la creación del Instituto de Liderazgo para la Mujer. Hicimos nuestra la vieja consigna de las vietnamitas: "Si las mujeres somos la mitad de la población, nos corresponde la mitad del cielo, la mitad de la tierra, la mitad del poder". De los cursos que impartimos, el más solicitado era el que se llamaba, parafraseando una película de Almodóvar: "Cómo ser una buena candidata y no morir en el intento". Era un taller con ejercicios de comunicación para adquirir habilidades y enfrentar a la prensa con seguridad y éxito; así que cuando recibí esa llamada que cambiaría mi vida por completo, pensé que me buscaban para impartir uno de los talleres.

—¿Natalia?

—Sí, ¿quién es?

—Andrés Manuel —dijo una voz al otro lado del auricular, con un fuerte dejo tabasqueño.

El que hablaba era, ni más ni menos, el expresidente de un partido político y el mismo personaje que acababa de ganar las elecciones para ocupar la jefatura de Gobierno de la capital del país.

—¿Puedes venir mañana a mis oficinas? Necesito hablar contigo.

La llamada me tomó por sorpresa. Lo había conocido años atrás por las campañas políticas en las que me había involucrado, pero no guardaba mayor relación con él. Fue tan contundente su tono de voz, que ni tiempo dio de preguntar de qué se trataba. La cita era a las seis de la tarde. Esperé el encuentro llena de curiosidad.

Al día siguiente, me trasladé en mi auto hasta el corazón de la ciudad. Acudí a una bella casona de la colonia Roma, sede del gobierno en transición del candidato electo. Había camionetas y automóviles estacionados en doble fila. Choferes, escoltas, gente de a pie esperando entrar o simples curiosos. "¡Con permiso! ¡Con permiso!", me fui haciendo espacio entre la muchedumbre que se agolpaba alrededor de la puerta para tratar de anunciar mi llegada. Un hombre en mangas de camisa y chaleco color caqui, con lista en mano, controlaba la reja de acceso.

—Sí, usted tiene cita —dijo franqueando el paso.

Entré a un amplio salón donde, como en una fiesta de pueblo, estaban dispuestas unas sillas plegables de plástico negro a lo largo de unas paredes lastimosamente desnudas. La rica fachada exterior contrastaba con lo deslustrada y pálida que lucía la casa en su interior. Los lugares estaban ocupados. Dije "buenas tardes" y, discretamente, me senté en la única silla que quedaba libre en un rincón. Ubiqué a varias de las personas que hacían antesala, pero ninguna me era cercana. Nos saludamos con cordialidad. Tenía la costumbre de llevar siempre un libro conmigo para no desesperar en las esperas. Lo saqué, fingí concentración y alcancé a escuchar lo que comentaban.

—¿La convocaría para la Secretaría de Turismo? —dijo una.

—¡No! —soltó otro—, yo creo que la llamó para Atención Ciudadana o para la Dirección de la Mujer, viene de esos grupos.

Cuchicheaban y hacían sus apuestas imaginarias. Algunos al salir se despedían con cara de felicidad infinita, otros no tanto, y los menos se marchaban en silencio, cabizbajos. La ruleta, por lo visto, no favorecía a todos por igual.

Tocó mi turno. Fui la última.

Me pasaron a una habitación vestida con una mesa rectangular de madera. El aire se sentía viciado. Al entrar, esperaban sentados una mujer rubia y un hombre delgado de cabello oscuro, rizado. No habían hecho antesala o, por lo menos, no conmigo. Ambos eran un poco más jóvenes que yo. Ella se mostraba un tanto eufórica; él, reservado y serio. A César lo ubicaba perfectamente; a ella, jamás la había visto.

Se abrió una puerta y entró Andrés Manuel. Saludó muy afable. Camisa beige arrugada. Lucía sudoroso y con pinta de haber tenido una larga jornada de trabajo. Se notaban las horas a cuestas de tanto recibir gente. Sin preámbulo, espetó:

—Miren, ustedes tres me van a ayudar "en la comunicación". Es un área del gobierno muy importante.

Empezó a describir nuestros puestos:

—Natalia será formalmente su jefa, pero en realidad no será su jefa. En el organigrama, su puesto aparecerá como directora de Comunicación, es decir, con una mayor jerarquía, y ustedes dos como subdirectores. Aunque eso será en la formalidad, no será así, yo seré jefe directo de los tres. ¡Ah!, y no se preocupen, ganarán todos igual. Fin de la historia.

Como dicen en los pueblos del sur, hizo una "sopa de mondongo", o lo que es lo mismo, "un revoltijo". Teníamos que hacer funcionar un engranaje de 450 empleados bajo el mando de una dirección que no era dirección y dos subdirecciones que en realidad tampoco eran subdirecciones. Por supuesto, no funcionó.

La mujer se veía feliz; el hombre, tímidamente contestó con un disciplinado:

—Sí, señor.

Yo dije que lo tenía que pensar, pues no vivía en la ciudad. Me volteó a ver y afirmó, sonriendo:

—No hay nada que analizar, ya forman parte de mi equipo.

Me quedé helada.

Abrió una puerta y lanzó la orden a quien esperaba en la habitación contigua.

—Entra, Óscar. Con él, cada uno de ustedes va a revisar su organigrama y, por cierto, tendrán que recortar un porcentaje de su personal. Trabajaremos con austeridad. Empezamos esta semana —concluyó.

Aumentó mi angustia. El trabajo era para asumirlo de inmediato. En una hoja de papel estaba desplegado el destino de los trabajadores, y de un lápiz y borrador dependía su futuro. Nunca los había visto ni sabía qué labores desempeñaban. Ésa sería mi primera encomienda. No estaba segura de querer hacerlo.

Con naturalidad y la mano en el picaporte, a punto de abandonar la habitación, concluyó:

—Para que quede claro, cada uno tendrá que revisar su dirección y eliminar al 30% del personal. Heredamos una abultada burocracia. Y les adelanto: se venden teléfonos celulares y los 40 vehículos antiguamente asignados a las áreas. Solamente se mantendrán, por lo pronto, los tres de ustedes.

"¿Y cómo nos vamos a comunicar en la dirección de Comunicación?", pensé para mis adentros.

Como si pudiera adivinar mi diálogo interior, Andrés Manuel lanzó un último:

—No hay de qué preocuparse, cada empleado terminará contratando su propio celular y no le costará nada al erario —concluyó, lanzando su último dardo. Me percaté de su tremendo pragmatismo.

Eran los albores del nuevo milenio; en dos meses entraría el siglo XXI colmado de retos, incertidumbre y promesas de futuro. Toqué discretamente el talismán que, colgado de una cadena, rozaba mi piel.

Consulté con la familia y las amigas. Coincidieron en que era buen momento para iniciar una nueva etapa en mi vida. Cerré la puerta de entrada y confié la llave a una vieja empleada. Tomé la carretera y poco a poco fue quedando atrás el verdor del campo. Al llegar a la ciudad, Mancha y yo nos instalamos en una pequeña casa de renta en el antiguo barrio de Coyoacán.

Ese día comenzó el presagio de don Lucio. Ese día inició la aventura.

La calle de las ilusiones

Como un gato de siete vidas,
siempre caigo… parada.

Consuelo era la clásica recepcionista de una dependencia de gobierno. La que siempre tiene al alcance la crema de rosas para las manos, la libreta con portada de perrito de lánguidos ojos grandes de Margaret Keane, los plumones de colores, el mejor café. Era maternal y educada en sus maneras, pero esta vez entró sin llamar a la puerta y agitada por tener que anunciar algo inusual. Soltó un atropellado:

—¡El jefe está a la entrada del edificio y pide que bajes!

Dejé lo que tenía en la mano y salí apresurada. Lo encontré en los arcos del antiguo Ayuntamiento, con las manos entrelazadas en la espalda, mirando hacia la catedral. Solía recorrer el Centro con discretas escoltas, mujeres policías vestidas de civil, acompañándolo a distancia. Le gustaba pasar desapercibido.

—Vamos a caminar —dijo en tono coloquial—. Quiero conocer un edificio que está a unas cuadras, acompáñame —y se echó a andar sin siquiera esperar a que yo contestara.

Cruzamos la calle rumbo al Zócalo. Desplegados frente a nosotros, estaban sus 47 000 metros cuadrados. Pisamos las primeras baldosas y, como Dorothy Gale en *El maravilloso mago de Oz*, volteé a verme los zapatos que, a diferencia de los de ella, no eran mágicos ni rojos, y tenían 12 centímetros de altura. Muy seria, tomé aire tratando de no perder el equilibrio montada en mis torpes tacones que, a decir de un famoso diseñador italiano, son "un placer doloroso".

—Mira —dijo sin más rodeos—, sé que te gustan las campañas. ¿Quieres irte de candidata en la próxima elección? Yo te apoyo —hizo un silencio, para después preguntarme—: ¿o prefieres ayudarme en un nuevo proyecto que tengo en puerta? —sentí un hueco en el estómago.

Durante los ocho meses que llevaba en mi cargo, había tenido constantes diferencias con mi supuesta "subalterna". Lo peor es que, precisamente el día anterior, en plena discusión con mi jefe, le dije que no sabía qué compromiso "político" tenía él con ella, pues era inconcebible que le tolerara todos sus desplantes con los colaboradores del trabajo. Eso sin duda había definido mi salida inmediata de la dirección.

Mi jefe había dejado de ser el líder social que yo había conocido y se empoderaba cada día más frente a sus colegas de causa. Por mi parte, yo había quemado mis naves y no pensaba regresar a Cuernavaca con un fracaso a cuestas.

—Te ayudo en el nuevo proyecto —contesté tratando de disimular mi abatimiento.

—Muy bien, te voy a platicar de qué se trata —dijo aceptando la decisión.

Caminamos rumbo a la plaza del Empedradillo, ubicada a un costado de la catedral. A la derecha, pasamos la calle de Guatemala, famosa en esos años por ser refugio de maleantes y presos recién liberados. Cruzamos Monte de Piedad y tomamos Tacuba. Para aligerar el camino y "romper el hielo", escuché que, entre el ruido de los coches, me preguntaba:

—¿Puedes caminar con tus "zapatillas"?

Inmediatamente pensé: ¡Ay, Dios!, ¡quién dice "zapatillas"! Contuve la risa y me puse de mejor humor. Recordé que, a pesar de los años que Andrés Manuel llevaba viviendo en la ciudad, guardaba un singular y simpático dejo pueblerino y seguía comiendo arroz con cuchara.

—Voy perfecta, no te preocupes —respondí.

Lo cierto es que caminaba atenta, prácticamente de puntitas para que el tacón no quedara atorado entre los bloques de la banqueta.

—¿Conoces aquí en el Centro lugares para ir a bailar?

Sintiendo punzadas en los pies por los zapatos que me estaban matando, pensé que tenía que ser una broma que preguntara eso. Parecía un hombre con virtudes, pero no tenía pinta de que el baile fuera una de ellas.

—Sí, aquí está el Bar León —contesté con voz neutra.

Recordé a Pepe Arévalo y sus Mulatos, grupo que estuvo de moda en los ochenta y que había tocado en mi boda, entre otras canciones, aquel clásico de Benny Moré: "Pero qué bonito y sabroso / bailan el mambo las mexicanas, / mueven la cintura y los hombros / igualito que las cubanas". Volví a centrar mi mirada en el piso, pero esta vez para esquivar los escupitajos y chicles pegados en el pavimento. Nos adentramos en la calle de Tacuba. Recorrimos banquetas sucias, puestos de fritangas coexistiendo con cafés de "chinos" y comercios. Pocos reconocían a mi jefe. Andar ligero de personal de seguridad le funcionaba. Dimos vuelta en República de Chile y nos detuvimos en el número seis. Frente a nosotros, se erguía un palacete de dos niveles que hacía esquina con República de Cuba. Admiré la delicada cantera labrada de su fachada. Tenía dos grandes portones y, en el segundo piso, ventanales con herrería que le daban un carácter señorial de otros tiempos.

—Éste será tu nuevo espacio. Vamos a reabrir el Fideicomiso Centro Histórico de la Ciudad de México y me vas a apoyar; es un proyecto muy importante —mientras observaba la fachada sin voltearme a ver, comentó—: Puedes incorporar únicamente a dos de tus colaboradores.

Percibí que el corazón se me iba haciendo chiquito, chiquito hasta encogerse como una pasita. El Centro de la ciudad era un lugar olvidado, sucio e inseguro.

—Trae tus cosas mañana —dijo tajante. Todo había sucedido rápido y de forma sorpresiva.

Emprendimos en silencio el sinuoso camino de regreso. Al llegar al despacho, me encerré y lloré, como dice la canción, un río. En ese momento sentí que me sacaba de un proyecto esencial para enviarme al exilio.

Consuelo trató de consolarme con un té en mano y una caja de kleenex. Sin más preámbulo, espetó lo que la mayoría sabía, menos yo:

—¡Ay, licenciada!, pues esa muchacha tan bravucona … ¡es la novia del jefe!

No supe qué contestar. La suerte estaba echada. Lo que no sabía en ese momento es que la vida me entregaba uno de sus mayores regalos.

* * *

Dos días después, con mis pocas pertenencias y acompañada por dos colaboradores, llegué a un edificio que no sólo cargaba con más de dos siglos a cuestas, sino también con unos pesados archiveros arrinconados frente a los balcones que daban a la calle. Más allá de lo lúgubre y oscuro del lugar, me molestó que los muebles impedían ver los aparadores de las tiendas de la acera de enfrente que mostraban vestidos para quinceañeras y novias (o novias quinceañeras, según fuera el caso) atiborrados de olanes, encajes y vistosos colores. Las toneladas de papel acumuladas contra los ventanales amortiguaban el sonido de la cumbia que ambientaba y se sumaba al bullicio de "la calle de las ilusiones", como la llamaban los comerciantes de la zona.

Rápidamente comprendí el fastidioso trabajo que me esperaba para poner en orden ese lugar. Teníamos que empezar a desempolvar y arreglar. Sergio, el vivaracho compañero que decidió venir conmigo, volteó a verme y tratando de bromear con nuestro destino soltó un:

—¡Vamos por nuestros guantes amarillos!

—¿Qué guantes? —pregunté de mala gana.

—¡Los de plástico! —respondió en medio de risas, simulando ponérselos.

Laura, una mujer inteligente y reflexiva, quien también compartía nuestra desventura, en tono de burla añadió:

—Por lo menos así no se nos maltratarán nuestras "manitas".

Empecé a tararear la "Canción del trabajo" de la Cenicienta, aquella que cantan en la película de Walt Disney mientras la madrastra y sus hijas se van de fiesta: "Cenicienta, Cenicienta, / pronto, pronto, Cenicienta. Lava y plancha. Trae la ropa, / barre y limpia la terraza". Soltamos una carcajada. No podía haber seleccionado mejores compañeros. Enseguida, salieron de mi oficina para ubicarse en las suyas.

Ya sola respiré profundo y miré alrededor sin saber por dónde empezar. A un funcionario en turno, por alguna razón o aversión personal, se le había ocurrido mantener por varios años cerrado el Fideicomiso. Papeles, folders, cajas y más cajas. Se salvaba del polvo un sobre color manila que aguardaba sobre el escritorio. Mi primera correspondencia era una demanda de indemnización por $700 000 pesos que un antiguo empleado había interpuesto por despido injustificado. Como nueva apoderada legal, tendría que atender al citatorio y presentarme en el juzgado.

Estaba apenas digiriendo la bienvenida, cuando escuché un chirrido de llantas, voces confusas, insultos y metal estrellándose en el pavimento. Me asomé al balcón. Un policía pateaba la mercancía de un joven y a la vez lo jalonea para subirlo a una patrulla a punta de empellones. En la tienda de enfrente, vi a un niño de escasos 9 años que sostenía un hatillo de tela vieja y percudida, haciendo el esfuerzo por pegarse a una de las vitrinas que guardaba un abigarrado vestido lila. Una pick up con granaderos montados a horcajadas en la batea abría camino. Otros arrastraban, tiraban, aventaban mercancías a los vehículos de la policía que, en una larga fila, semejaban una aspiradora que succionaba todo lo que encontraban a su paso. No había aparente distinción. Cubiertos con cascos, escudos y botas militares, lo mismo se llevaban al vendedor de elotes que al de los tenis chinos, al artesano que al de películas piratas. Daba igual.

Bajé dando tumbos por las escaleras. La puerta principal estaba cerrada por el escándalo que había en el exterior. Le pedí al guardia que abriera el portón. Sorprendido, tardó varios minutos en encontrar la llave correcta. Cuando salí, sólo quedaba basura. Algunas personas que se habían mimetizado con las fachadas de los edificios durante el disturbio lentamente se incorporaban a las calles. Un granadero de pesadas botas negras y punta chata azuzaba a los pocos comerciantes ambulantes que quedaban. Corrí a tratar de hablar con él.

—¡Oficial! —le grité entre el barullo.

—No salga, señorita, todavía no termina el operativo.

—Licenciada, si me hace el favor, y soy la directora del Fideicomiso —le contesté, haciendo un esfuerzo por darme un tono de autoridad—. ¿Qué está sucediendo?

Me volteó a ver y me di cuenta de que no pudo evitar echarme un vistazo de arriba abajo. De pronto, me sentí ridícula con mi traje sastre, taconcitos y aretes de perlitas.

—Bueno, mi "Lic.", pues es el operativo de rigor contra los ambulantes. ¿Cómo le gustaría que lo hiciéramos? —dijo en tono burlón—. Ya ve cómo es esta gente de necia y, además, son órdenes superiores —levantó los hombros como signo de que no era su problema.

En el pavimento, quedaban restos de comida y mercancía pisoteada. Traté de controlar mi rabia. Me despedí del viejo comandante Luna con quien, a partir de ese día, nacería una relación de divergencias y mutuo respeto.

Así me daba la bienvenida la famosa calle de las ilusiones.

Apesadumbrada, subí a la banqueta para evitar los autos que empezaban a circular. Mi nueva oficina estaba en el antiguo Palacio de los Condes de Heras y Soto, originalmente edificado por el platero sevillano Adrián Ximénez de Almendral, en 1760, en la esquina de las antes calles de Manrique y la Canoa. En el palacete de dos niveles, don Adrián mandó construir un anexo para su hija. El edificio conservaba esas dos entradas independientes, una con acceso al Fideicomiso y la otra, al Archivo Histórico de la Ciudad de México. Me detuve un momento de espaldas a la primera puerta que daba entrada al acervo, viendo el desastre de la calle y a los transeúntes que, indiferentes y presurosos, buscaban refugio ante la lluvia que empezaba a caer. De pronto, en unos segundos se vino un chaparrón.

—¡Lo que faltaba, terminar con el pelo mojado! —dije enfadada.

Sentí una fuerte mirada a mis espaldas. Al interior del inmueble que aún no conocía, una extraña escultura de una cabeza de bronce de más de un metro, con un gran ojo oblicuo, parecía mirarme. Entré al pequeño y oscuro espacio al escuchar que una voz de mujer había pronunciado mi nombre. A la derecha, encontré a un policía sentado frente a una pequeña mesita de madera. Encima descansaba una sobada libreta de registro con pluma de plástico amarrada a un cordel. El hombre, absorto, hojeaba una revista.

—¡Pst, pst! Soy yo la que te llamé, ¡Victoria! —escuché con claridad—. Y no te atrevas a decirme el Ángel o la Ángela porque lo detesto —continuó—. Sé que vas a decir que parezco una figura de Picasso, pero en realidad soy la cabeza de la Victoria Alada de la Columna de la Independencia. Quedé aplanada y de perfil al caer de bruces en el pavimento desde 45 metros de altura durante el terremoto de 1957. Era yo hueca... aunque no de inteligencia, por eso quedé sin volumen. ¡Ay!, no te imaginas por las que he pasado. Me restauraron, estuve años en una bodega y ahora me encuentro aquí, encerrada, en este pequeño espacio. Después de otear el horizonte, tocar las nubes, ver el amanecer y el rojizo sol de las tardes de verano, terminé decorando este oscuro y deslucido vestíbulo que recibe a los visitantes del archivo que, por cierto, no son muchos. ¡Ay, no me lo merezco! —dijo molesta—. ¡Uff! ¡y si vieras qué fastidio! En las noches, este hombre que ves tan tranquilo leyendo, pone el radio en la Ke Buena, ¡imagínate!, según él, para no dormirse, aunque con las cumbias se arrulla y descansa como oso en hibernación. ¡La que ya tiene unas ojeras tremendas soy yo!

Un escalofrío me recorrió el cuerpo. Sentí el vello de la nuca erizarse junto con un sudor helado. Quise correr, pero las piernas no respondieron. Petrificada, seguí en silencio.

—¡Qué gusto conocerte! No te imaginas lo ansiosa que estuve estos días al enterarme de que eras una granicera —dijo exhalando un profundo suspiro—. Aquí en el barrio se corrió la voz sobre tu llegada —comentó muy ufana—. Cuenta conmigo en todo. Estoy segura de que seremos las mejores amigas —y siguió hablando sin respiro ni dejó tiempo a que yo reaccionara—. Pero prométeme que algún día me vas a sacar de aquí y que no lo olvidarás —y parloteando sin parar, como si nos conociéramos de años atrás, continuó su conversación:

"Oye, ¡escuché que la columna está más alta que nunca!, que le han aumentado 17 escalones que ya suman diez metros más de altura y que son de cantera de diferente color. ¡Claro!, si yo vi cómo empezaron a construir edificios altísimos a mi alrededor. Lo pesado se hunde, querida, y lo ligero es empujado a flotar hacia la superficie. Yo, emergiendo sobre la columna como una pluma, mientras el terreno a mi alrededor se sumía. ¡Ay, cómo extraño la lluvia en el valle y el vuelo de los pájaros al escampar!

Aturdida y pálida, con la boca seca, sin poder articular palabra alguna, mi pobre corazón palpitaba con celeridad. El guardia, sentado frente a la mesa, no se inmutó. Victoria hablaba, hablaba, hablaba... incluso me sugirió sentarme en una pequeña banca ubicada en un rincón del *hall*. Más que aceptar su invitación, accedí temblorosa, ya que no podía mantenerme en pie.

—Tú sabes bien quién soy, ¿verdad?, ¿o no? Porque con la cara de tonta que pones, me haces dudar. ¡Relájate! Recuerda lo dicho por Platón: "El miedo pone en fuga los pensamientos justos". Desde el temor vivirás en la confusión, mejor recibe el gran regalo que te dio la naturaleza a través del rayo para comunicarte con el pasado y la vida. ¡Qué emoción! Con el agua vamos a poder platicar y viajar juntas. Vivir el momento. Con el talismán podrás observar lo que sucedió en otros tiempos.

"Me presento —dijo una Victoria acelerada y animosa—. Lejos de lo que algunos creen, mi rostro no es el de una de las niñas Rivas Mercado, hijas del arquitecto don Antonio, creador de la Columna de la Independencia. Obvio, ¡no! Cuando yo fui concebida, Alicia, la mayor de las hermanas, tenía 8 años; Antonieta, la más conocida, acababa de nacer. Llevó 10 años la construcción de la Columna de la Independencia. Los habitantes de las elegantes casas de Paseo de la Reforma en múltiples ocasiones se inconformaron por los martillazos que tuvieron que aguantar. Lo cierto es que el rostro de Alicia, ya jovencita y casi al concluir su padre la obra, quedó retratado en el medallón de la puerta de acceso. La reconoces porque lleva un gorro frigio.

"Yo tengo un origen más romántico. Estoy hecha a imagen y semejanza de una linda costurera a la que le gustaba ir a los salones de baile. Las malas lenguas fantasean con que mi creador, el francoitaliano Enrique Alciati, en cuanto vio su cadencioso andar, se enamoró de ella.

Estaba fascinada escuchando la voz de esa extraña cabeza cuando de repente sentí un pesado sopor acompañado de una sensación de desorientación. Tuve el reflejo de tocar el talismán que traía colgado del pecho y, de repente, me encuentro en... otro tiempo.

* * *

Un hombre corpulento, de barba tupida y bigote, está de pie. Sobre una elegante mesa de madera de patas de garra de león, se encuentran unos planos extendidos que él observa con detenimiento. Se trata del arquitecto Rivas Mercado. Estamos en lo que parece ser su despacho.

—Pasen, señores, por favor —dice con voz grave don Antonio, con un dejo de no estar de muy buen humor—. Miren ustedes, estimados colegas. La situación es delicada. Hemos rebasado por mucho el presupuesto asignado y las dificultades no dejan de aparecer. Al general Díaz en cada reunión se le ve más intranquilo. La obra tiene que estar concluida para los festejos del centenario de la Independencia y 1910 está a la vuelta de la esquina. Vendrán cientos de invitados de los más remotos rincones del mundo —afirma contundente, convencido del magno acontecimiento.

"Caballeros, de una vez por todas, ¿qué solución encontraron para corregir la inclinación del monumento?

El arquitecto don Manuel Gorozpe, los ingenieros don Guillermo Beltrán y Puga, y don Gonzalo Garita, quienes forman la comisión especial para detener el sorpresivo hundimiento de la columna, se voltean a ver, esperando que alguno se anime a dar el dictamen. Con voz firme, don Gonzalo contesta:

—Hay que desarmar la construcción en su totalidad, corregir el hundimiento y volver a armar la estructura. Es la única solución. Con una grúa movida por vapor, tendremos que desmontar una a una las piedras que conforman la columna. Afortunadamente, don Antonio, están ligadas según los sistemas constructivos griegos y medievales, lo que permitirá su posterior ensamblaje.

Rivas Mercado pasa discretamente un pañuelo sobre su frente y, manteniendo el talante, contesta:

—Es una obra monumental… ¿Volver a empezar? ¡Dios mío! —trata de controlar su impaciencia—. Fijemos tiempos, señores, ¡fijemos tiempos! —repite pegando un manotazo en la mesa—. Hagamos las consideraciones necesarias para no disparar más el presupuesto e iniciemos sin dilación los trabajos.

Después volteó a ver al espigado escultor que los acompañaba en la reunión.

—Y usted, amigo Alciati, ¿qué avances tiene sobre la escultura? Espero que no haya un imprevisto. Tiene que ser magnífica y soberbia, como la Niké de Samotracia. Por cierto, ¿tuvo oportunidad de verla durante su estancia en París, como acordamos? Espero que sí. Requerimos estar seguros de las dimensiones y contar con el cálculo de su peso. ¡No queremos más sorpresas con ese subsuelo fangoso! —concluye mirando al hombre con severidad.

Don Antonio impone. Es alto y corpulento, debe medir casi dos metros de altura. El salón donde nos encontramos denota que sus habitantes han viajado por el mundo. Cajas con elementos mudéjar, tibores y un biombo chino. En una mesa lateral descansa un fez.

Alciati, quien se dispone a contestar, es un hombre bien parecido. De abundante cabello negro, con incipientes canas en la sien. Lleva perfectamente recortada la barba y un bigote estilo imperial, con las puntas hacia arriba, que lo dotan de mayor sofisticación. Va impecablemente vestido. Al acercarse, se acomoda el cuello almidonado de la camisa y, con voz educada, le da acceso al joven que le espera en la habitación contigua. Juan Miguel, su asistente, solícito entra, se dirige a la mesa y extiende unos bocetos. Alciati toma la palabra en francés, a sabiendas de que la alta sociedad mexicana no sólo lo permite, sino que lo estila como símbolo de refinamiento.

—*Chers messieurs, mon assistant va faire la présentation et je reste à votre service.*

El vivaracho discípulo empieza a exponer lo que, sin duda, ha ensayado con su maestro.

—Aquí está indicada la disposición de las esculturas que irán alrededor de los tres metros de diámetro de la columna. Ya están listas en los talleres de Florencia, sólo falta su traslado a México. Los ocho próceres de la patria tallados en mármol de Carrara irán en duetos señalando los cuatro puntos cardinales: Agustín de Iturbide e Ignacio Allende al sur, Manuel Mier y Terán con Hermenegildo Galeana al poniente, Guadalupe Victoria e Ignacio López Rayón al norte, las figuras de Ignacio Aldama y Mariano Matamoros al oriente. En el cuerpo del pedestal se colocará una gran estatua de un niño que simboliza la inteligencia, montando un león que significa la fuerza —le interrumpe el maestro señalando la entrada. Juan Miguel vuelve a tomar la palabra—. Al cruzar el umbral, consideramos que podría ser colocada la escultura de Guillén de Lampart.

—¡Ese infortunado! —dice don Antonio—. Don Guillermo Landa y Escandón sugirió su inclusión. Me parece justo honrar su memoria. Pocos conocen su historia como precursor de la Independencia.

Más animado y relajado por el avance en el proyecto de las esculturas, el arquitecto continúa el relato, pero antes pide una disculpa.

—Perdonen mi descortesía, no se les ha ofrecido nada de tomar.

Toca una pequeña campana de plata, con la que llama al personal de servicio. Aparece una mujer bajita de piel mestiza, uniformada de vestido oscuro con cofia y delantal blanco muy bien almidonado. Entra nerviosa, alisando su mandil con las dos manos. Tiene facciones indígenas pero viste como una verdadera empleada de casa francesa del siglo XIX.

—Encarnación, traiga una charola con el cognac, el pernod y prepare una jarra de limonada para el joven —la mujer asiente con la cabeza y apenas se escucha una tímida respuesta: “Sí, señor”.

”Les decía, caballeros, Lampart fue un joven irlandés que públicamente manifestó su desacuerdo en la sumisión de América a la Corona española. Lo encarcelaron a los 17 y vivió muchos años en las mazmorras de la Inquisición. Finalmente fue sentenciado en 1611 a morir en la hoguera. Es de justicia brindarle un espacio —don Antonio se ve pensativo—. ¿Y cómo vamos con la escultura principal, cuál será su peso? —dice con su imponente vozarrón.

—Ya tengo el diseño de la Victoria —afirma Alciati e indica con la cabeza a Juan Miguel que proceda a extender un espléndido boceto. Todos los presentes hacen un gesto de aprobación. El discípulo continúa:

—Es una Victoria con las alas abiertas en actitud de vuelo. En el brazo derecho extendido lleva un laurel para coronar a los héroes de la Independencia; en la otra mano, una cadena rota de tres eslabones, que simbolizan 300 años de dominio español. Será de bronce, fundida a la cera perdida en los talleres de Florencia, hueca por dentro. Estará revestida en pan de oro. Medirá 6.7 metros de altura y su peso se calcula en siete toneladas.

—No queremos información aproximada, necesitamos saber el peso exacto. Maestro, tendrá que apurar los trabajos —asevera el anfitrión dirigiéndose al escultor.

—Don Antonio —interrumpe Alciati—. *Il será terminé à la date convenue* —y en un español con un marcado acento francés, continúa—: Hemos encontrado a la modelo idónea para la escultura principal. *Una bella donna* —remata sonriente ahora en italiano.

Enrique Alciati y su asistente intercambian una mirada cómplice. Un sagaz recuerdo de aquella noche en el salón de baile cruza la mente del escultor.

—*Cara bella*, sé *mia* modelo, *per piacere* —se escucha la voz de Alciati entre el barullo de risas y chocar de copas. Al fondo la mazurca "Sueño dorado" de Felipe Villanueva, tan de moda en el momento, engalana la noche.

—¡Mujer! El maestro te va a inmortalizar. Colocará tu figura en el monumento más alto que habrá en la ciudad y además te pagará bien —secundó el joven.

—Juan Miguel, *dis-lui qu'on va convaincre sa mère.*

Ernesta Robles se ruboriza ante las palabras del maestro que, aunque no entiende, le suenan melodiosas.

—Usted sabe que mi madre se opuso en un principio, ya aceptó que pose para usted, pero autoriza que dibuje mi rostro y le muestre únicamente las pantorrillas. Remigio, mi hermano, me acompañará a las sesiones. Aunque es chamaco, es muy hombre —dice con una orgullosa candidez.

Bajando el tono de voz, la joven se acerca al escultor.

—Y le pido, no quiero que la gente sepa que fui la modelo.

Un profundo suspiro de Victoria me hizo abandonar la escena.

* * *

—¡Tan hermosa y dulce mi Ernestinita! Cincuenta y cinco años más tarde, conmovida por mi trágica caída en el terremoto, concedió una entrevista donde dio a conocer su identidad y mostró fotografías de su modelaje para ver si me podían reparar. El tiempo y las circunstancias de la vida son implacables, para entonces la otrora *bella* Ernesta, a sus 77 años, había perdido su belleza, tenía problemas de alcohol y vivía en la absoluta miseria —volvió suspirar con tristeza.

Las dos, apesadumbradas, quedamos en silencio; me dieron ganas de abrazarla como si la conociera de años atrás. De pronto, sentí cómo sus anchas alas me rodeaban y acogían cerca de su corazón. El mío volvió a palpitar con suavidad.

—Tú y yo tendremos muchas historias que contar. Nuestras vidas, a partir de hoy, están unidas para siempre —me susurró con dulzura. Sentí una inexplicable e indescriptible paz.

* * *

De golpe, escuché una voz que, con insistencia, rompía el trance en el que me encontraba.

—¡Señorita!, ¿me escucha? ¿Está usted bien? ¿Quiere un vasito de agua? ¡Válgame! Se quedó usted pasmada —dijo el hombre alarmado—. ¿Es usted turista? A muchos visitantes les cae mal la altura.

Solté con torpeza un…

—Estoy bien, gracias, estaba tan abstraída en mis pensamientos que no lo escuché, discúlpeme.

—¿Quiere registrarse para entrar al archivo? —pregunta, con incredulidad en su tono.

—No, le agradezco, mejor vengo otro día.

* * *

Al llegar a mi oficina, cerré la puerta y pedí quedarme a solas. Aún no me recuperaba del estupor. Turbada, me serví un vaso grande de agua. Tenía una sensación extraña, pero lejos de estar angustiada por los inexplicables sucesos, curiosamente estaba tranquila y cautivada por lo que había visto. ¿Habría sido todo producto del estrés? Entré al baño y me eché un poco de agua en la cara sin importarme el maquillaje. Observé mi rostro en el espejo y me pregunté: Natalia, no estás loca, ¿verdad?

Al regresar, sobre mi escritorio, alguien había dejado unas tarjetas informativas. La primera decía:

> *El Centro Histórico de la Ciudad de México es el más grande de Iberoamérica. Tiene cerca de diez kilómetros cuadrados de extensión, con 668 manzanas y 1500 edificios de carácter monumental. En su territorio caben los cascos históricos de Barcelona y Madrid juntos. El Zócalo está dentro de las tres plazas más grandes del mundo, junto a la de Tiananmén, en Beijing, y la Plaza Roja de Moscú. La Alameda es el parque más antiguo del continente.*
>
> *Sólo en el año 2002, la estación del metro Allende "arroja" 700 000 almas a diario. Tres mil habitantes del orbe arriban al Centro cada minuto. Por sus calles, todos los días retumban dos millones de pisadas. Cotidianamente, el Centro genera cuatro toneladas de basura, el equivalente a una cancha de futbol llena.*

Levanté el auricular del teléfono y llamé a la recepción. Nadie había entrado al despacho, y no sabían cómo habían llegado esas tarjetas hasta el escritorio.

Sobre una credenza, me percaté de que había una nota que decía: "Prende tu computadora". Desconfiada, la encendí. Guardaba la manía de llevar una mano al pecho para calmarme cuando estaba nerviosa; sin darme cuenta, acaricié el talismán. Aparecieron en escena, en un programa televisivo de 1991, María Félix y el famoso periodista del momento: Jacobo Zabludovsky.

La diva del cine mexicano, con su belleza gélida y su temible carácter, en esa entrevista afirmaba:

—El Centro está hecho una porquería.

Y, subiendo cada vez más el tono de esa voz grave que tanto la identificó, continuó diciendo:

—El Centro Histórico de la Ciudad de México, que el gran terremoto del 85 respetó, nosotros los mexicanos no lo respetamos —y levantó el dedo flamígero—. Está hecho una caja de basura... La Catedral huele a orines, no se puede ni respirar. Esa plaza maravillosa que tenemos y que está catalogada como una de las más hermosas del mundo, ¿por qué está tan sucia? ¿Acaso ustedes han visto la plaza de la Concorde, en París, llena de basura? ¿Por qué la nuestra sí?

Con desdén en el gesto, arremetió contra las autoridades del momento:

—Yo levanto mi voz —y ya había levantado la ceja— para que el presidente, que ha demostrado tener puño y pantalón blindado, ¡que se lo ponga para el Centro Histórico! —remató, casi gritando.

"La Doña" era una mujer altiva, inteligente, muy hermosa y de frases lapidarias. Sus opiniones eran parte de una personalidad altanera y mandona. Tenía un osado y peculiar sentido del humor. Los políticos temían sus comentarios por el gran público al que influía. Haciendo hacia atrás su larga y frondosa cabellera negra, terminó la entrevista soltando una carcajada.

El correo con el video incluía recortes de periódicos donde se afirmaba que sus declaraciones habían sido un escándalo, pues puso el dedo en la llaga: para cada gobierno en turno, el Centro era una asignatura pendiente.

"¿Quién enviaba esa información?", me preguntaba intrigada.

Pensé en lo que había pasado las últimas semanas y hacía un esfuerzo por adaptarme a las nuevas circunstancias. Los primeros días, después del encuentro con Victoria, evitaba pasar frente a la puerta del Archivo Histórico de la Ciudad; procuraba atravesarme a la acera de enfrente para evitarla. Si se cruzaban nuestras miradas, la cabeza me guiñaba el ojo y yo volteaba rápidamente en sentido contrario. Por Victoria y el mismo Centro experimentaba sentimientos encontrados: asombro y fascinación.

Una tarde, envalentonada, decidí entrar a verla. A partir de ese momento, cautivada por sus encantos, su sabiduría y buenos consejos, hice mía la banca del rincón del *hall* del palacete. Entre nosotras nació un vínculo indestructible de cariño y complicidad.

* * *

Habían pasado algunas semanas desde mi llegada al Centro y trataba de acostumbrarme a su ritmo. Ese mediodía, hacía un calor seco producto del asfalto, los autos y la muchedumbre. Quería estar sola. Metí mis cosas en el bolso para salir a comer. Me fastidiaba dejar las gruesas paredes del fresco palacio. De pronto, sonó el teléfono de mi escritorio. Levanté el auricular y reconocí la voz de Claudia Sheinbaum, una compañera del gabinete que estaba a cargo de la Secretaría de Medio Ambiente y de la construcción del segundo piso del periférico.

—¿Qué onda? ¿Qué pasó? Ibas bien, ¿no? ¿Por qué te castigaron?

Agradecí la llamada solidaria, pero no di mayor explicación. No estaba de humor para contarlo. Efectivamente, no lo había hecho mal en mi paso por la enorme y elegante oficina de comunicación social, de 100 metros cuadrados, que me había tocado en mi anterior puesto. Se decía que en algún tiempo había pertenecido al antiguo jefe del Departamento del Distrito Federal. ¡Era ridículamente grande, pero espectacular! Con una vista envidiable al Zócalo. A la derecha, podía ver Palacio Nacional; de frente y bien centrada, la majestuosa Catedral; a la izquierda, se erigía el Antiguo Palacio del Ayuntamiento y, justo en medio de la impresionante Plaza de la Constitución, se encontraba el asta bandera. A las seis de la tarde en punto, se veía la escolta liderada por un capitán, un comandante y un general del ejército arriar el monumental lábaro patrio. Eran necesarios 15 militares para cargar los 200 kilos y guardarlos en su nicho. La ceremonia de la bandera siempre me conmovía.

La esposa de mi jefe llevaba tiempo muy enferma. Cuando había algún evento importante en la plancha del Zócalo, él enviaba a esta oficina a sus hijos para que, discretamente, pudieran disfrutarlo. Lo que yo ya no echaría de menos eran los conciertos de rock. La primera vez que me tocó presenciar uno, no cabía de la emoción. Era un lugar privilegiado. Alrededor de las cinco de la tarde, las secretarias de la recepción, una a una, pidieron permiso para salir más temprano de sus labores.

—¿Por qué se van?, ¿no quieren quedarse? Va a tocar la Maldita Vecindad y estará Miguel Ríos.

—No, en verdad, le agradecemos si nos deja salir un poco antes de la hora.

Una de ellas se animó a advertirme:

—El edificio se mueve, se cimbra cuando los de la plaza empiezan a bailar. No se vaya a subir al elevador porque pega contra las paredes del cubo.

—¡Cómo creen! —exclamé incrédula.

Sólo hubo que esperar unas horas para que empezaran a tocar "Pachuco" y cientos de miles de jóvenes brincaran al mismo tiempo, llevando el ritmo de la música, para que el pesado edificio crujiera. Era como si un pelotón marchara al unísono sobre un puente para causar su colapso. Ahora, lo más ruidoso que podría enfrentar en mi nueva oficina era la radio de algún vendedor ambulante… pero me parecía más inofensivo.

Aunque por el carácter tan peculiar de mi jefe, nunca me expresó en palabras reconocimiento alguno —sí lo hizo al confiarme el nuevo proyecto—, fui yo quien le propuso el formato para sus declaraciones matutinas, las cuales, poco a poco, se posicionaron como las conferencias mañaneras, para fortuna de él y desgracia mía. A fin de que esto sucediera, había que llegar a las cinco de la mañana y, ¡obvio!, arreglada.

La idea de las conferencias de las seis de la mañana surgió de forma natural. En el Instituto de Liderazgo que fundamos las amigas, impartíamos un taller de imagen que incluía la relación con los medios. En él, se daba el ejemplo de un líder de oposición famoso, que emitía información en la banqueta cuando llegaba o se retiraba de algún evento. La escena reflejada era de improvisación y de una persona acosada por decenas de periodistas quienes, ávidos de cumplir con su propósito, se arremolinaban en torno al personaje lanzando micrófonos y grabadoras tan cerca de su rostro que parecía que en cualquier descuido le darían un golpe.

El caso de mi jefe era aún peor. Hacía largas disertaciones en la banqueta. Algún medio madrugador le sacaba la declaración temprano, ganando la exclusiva, y las imágenes que le tomaban estaban rodeadas de oscuridad. Para colmo de males, llegaba sin peinarse y frente a los reporteros sacaba un escuálido peine de plástico con el que no lograba aplacar un cabello rebelde en la coronilla por el cual se ganó el apodo de "El Gallito". No era fácil que él aceptara observaciones y menos de su actuar personal.

Decidí conseguir una fotografía de Bill Clinton dando una conferencia de prensa en los jardines de la Casa Blanca. Alto, erguido, con un traje azul marino bien cortado, impecable. El presidente norteamericano se veía relajado, chapeado y sonriente. Aparecía de pie frente a un pódium de madera, con dos discretos micrófonos a cada extremo y, justo en medio del pedestal, un escudo con el águila calva, emblema oficial de los Estados Unidos, asociado con la autoridad y la supremacía.

Me armé de valor y me dirigí al Antiguo Palacio del Ayuntamiento para plantearle destinar un lugar especial para sus comunicados. Se me quedó viendo fijamente, volvió a ver la imagen, la puso boca abajo sobre su escritorio e hizo un breve comentario: ellos son americanos. Una semana más tarde, estaba inaugurando el salón Francisco Zarco (con pódium y sillas para los periodistas) y citando a su jefe de prensa y a mí para que todos los días estuviéramos listos a las 5:30 de la mañana. En buena parte, el acierto de "las mañaneras" estribó en posicionar a esa hora un tema y no volver a declarar el resto de la jornada. Los periodistas que llegaban temprano "a ganar la nota" pidieron que no se redactara un boletín de prensa, ya que se les facilitaba la información a los que no habían asistido en las primeras horas de la mañana. Al éxito de las conferencias se sumó como valor adicional la gran habilidad de Andrés Manuel para imponer asuntos en la agenda nacional.

Un día le pregunté:

—¿Y por qué a las seis de la mañana?

A lo que, con una sonrisa socarrona, contestó con su inconfundible acento:

—Porque yo nací en una tierra donde hace mucho calor y estamos acostumbrados a levantarnos muy temprano. Y a esa hora están los trabajadores en el transporte público y ellos son los que me interesan. Los demás, escúchame bien —y recalcando sus palabras aseveró—, nunca nos van a querer.

Esta última frase se me quedó grabada.

Y con tono burlón, preguntó:

—A ti, ¿cuánto tiempo te lleva arreglarte en la mañana?

Atiné a decir, con aparente despreocupación:

—Poco... casi nada —pensando "primero muerta que sencilla", aunque me despierte a las cuatro de la mañana.

Por eso a mis amigos y compañeros de trabajo, la noticia de mi nueva responsabilidad les sonaba a que yo había tenido otro tipo de problema. Sumergirse en las entrañas más antiguas y olvidadas de la ciudad en ese momento se veía como un castigo.

Salí de mis recuerdos y cavilaciones, y caí en la cuenta de que había tenido que recorrer ese camino para poder encontrarme con Victoria.

* * *

Andar por las calles me hizo más observadora. La fuerza de la costumbre acepta los absurdos cotidianos más incoherentes. En la estrecha calle de Isabel la Católica trataban de circular cientos de vehículos. Impacientes, tocaban el claxon sin cesar, como si el agudo ruido de una bocina hiciera avanzar al chofer del auto de enfrente. Solo existían dos angostos carriles y uno de ellos estaba bloqueado. Era mediodía. Los autos estaban detenidos con cuerpos sudados, rostros que reflejaban hartazgo y mal humor por la prisa de arribar a su destino.

Llegué hasta el Sanborns de esa calle. Ahí se formaba un embudo que impedía la circulación de los autos. Frente a la puerta, había un destartalado camión recolector de basura estacionado a sus anchas. Los coches, angustiados, hacían malabares para librar el camino. Finalmente, pasaban en cámara lenta.

El chofer no estaba en su sitio. Decidí entrar a la tienda para investigar qué pasaba.

—¿Estarán recogiendo la basura? —pregunté al encargado del área.

Respondió que ya habían sacado los botes. Imaginé todo. Hice historias: seguro al chofer le dio diarrea. Pobre, tuvo alguna emergencia. Se sintió mal. Tendría que hacer una llamada urgente.

Mientras, en la calle seguían los claxonazos y los insultos. De la cocina de la cafetería salieron tres personajes como de película de don Joaquín Pardavé de los años cuarenta, empujándose la panza hacia arriba. Parecían ser el chofer del camión y dos ayudantes. Muy prudente, me dirigí a ellos:

—¿Qué les pasó?

—Nada, señorita, ¿por qué la pregunta?

—Pues porque tiene media hora allá afuera estacionado un inmenso camión, estorbando el tránsito. ¿No escuchan el alboroto?

Se rieron.

—¡Chale! La gente no aguanta nada. ¡Ay, señorita!, Sanborns no da propinas, pero nos invitan a comer… a las dos de la tarde… todos los días.

De camino a la salida lanzó su recomendación:

—Las enchiladas suizas están sabrosas, nada más pídalas sin aguacate por aquello de los corajes —espetó entre risas.

Salí del lugar enfadada, aguantándome la rabia. María Félix, “la Doña”, tenía razón, el Centro era un caos.

En la capital que Humboldt bautizó como "la Ciudad de los Palacios", y que sorprendió por su majestuosidad a quien llegó a ella, imperaban el desorden y la inseguridad. Por otra parte, los viejos edificios virreinales que resistieron terremotos e inundaciones, guerras y la misma Revolución con la que México inauguró su entrada al siglo XX, sucumbían ante la falta de planeación urbana.

Esa niña no va a poder…

El programa del Centro Histórico se daría a conocer públicamente, y el momento esperado llegó a través de una nota de la jefatura de Gobierno:

Atención, Natalia de la Fuente
Presentación del programa del Centro Histórico
Lugar: Salón de Cabildo del Palacio del Ayuntamiento
Fecha: 15 de octubre del 2002
Hora: 11 a.m.
Agradecemos su puntual asistencia

Como novio de pueblo, iba tarde a la cita por el mitin con el que nos habíamos topado en avenida Reforma, obstruyendo el tránsito.

El chofer, al percatarse del desastre a medio camino, dio vuelta en una pequeña calle y me vio por el espejo retrovisor.

—Si estacionamos la camioneta y tomamos el metro llega a su cita, Lic.

Aparcamos el auto. El señor Flores y yo nos apuramos en alcanzar la primera estación. Al llegar, nos lanzamos escaleras abajo. Cruzamos por un puente el andén y de un brinco, nos subimos al vagón en dirección al Zócalo. El carro iba lleno y yo de zapato de tacón, vestido de seda con un gran moño al frente y mi bolso de mano. El señor Flores me asió del brazo para no trastabillar en la primera parada. Con el ánimo de platicar para acortar el tiempo, dije en aquel carro repleto y silencioso:

—¡Ay, señor Flores, hace tiempo que no me subía al metro!

Desde el fondo se escuchó una voz gangosa gritar:

—¡Ay, *reinitaaa*, y no sabes cómo te habíamos *extrañadooo*!

Los pasajeros soltaron una carcajada.

El resto del camino me fui como esfinge, con la mirada en la puerta de salida y las mejillas encendidas.

Me presenté muy nerviosa. Era el lanzamiento público del proyecto. El evento, organizado por la jefatura de Gobierno, tenía lugar en su antiguo edificio, donde por tres siglos se dieron cita los poderes del ayuntamiento: el alcalde y sus concejales. La escalera de entrada era majestuosa: ancha, de mármol de Carrara y pasamanos de bronce brillante. El escudo de la ciudad te recibía en el primer descanso. Dos patios centrales de cantera, mosaico y piedra en los muros. Recorrí los pasillos boquiabierta admirando la belleza del edificio. Me asomé al salón de cabildos, aún lucía los escaños originales de respaldo de cuero repujado con el escudo de armas del siglo XVIII de la ciudad. Alcancé a ver que al interior había mucha gente, incluso, algunos estaban de pie. En la antesala, se encontraban Andrés Manuel y una mujer mayor, menuda y bajita, que vestía con ropa elegante pero más que moderna para su edad: blusa morada y ajustados mallones verdes, remetidos en unos diminutos botines. Discutían, en el quicio de la puerta, con una vehemencia tan escandalosa como el tinte rojo que llevaba en la cabeza.

—Esa "niña" no va a poder. ¡Cómo se te ocurre! ¡Será un fracaso! —dijo sin importar que la escucharan.

Para entrar, no había más remedio que escurrirse deprisa entre ellos. Cuando tocó mi turno, me percaté de que "esa" a la que hacían referencia era yo. A mi paso, la mujer volvió a verme…

sin verme. Sentí que me invadía una inseguridad exacerbada. La frase "no va a poder", "no va a poder" me hacía eco. Dado lo incómodo de la situación, nada deseaba más en ese momento que ser traslúcida. Fantaseando con la suerte, pensé en el talismán de don Lucio; no lo toqué, pero acordarme de él me dio fuerza y decidí que debía pisar esa habitación abarrotada de periodistas con el pie derecho. Finalmente, los que discutían, entraron. Él dio la noticia: el reconocido arquitecto Eduardo Terrazas elaboraría el plan maestro, yo apoyaría en la coordinación y la mujer mayor estaría a cargo de la recuperación de avenida Reforma. No hubo lugar a sesión de preguntas y respuestas en ese salón atestado de cámaras y periodistas.

Instalada en mi traslucidez, a nadie le había interesado de manera especial mi presencia. Aguardé a que todos se fueran. Me escabullí al despacho del jefe, adelantando a los que esperaban su turno. Le pedí unos minutos. Estaba en su escritorio revisando, como siempre, algunos documentos.

—¿Qué pasa? —dijo acomodándose, echando el cuerpo hacia atrás en la silla, dispuesto a ponerme atención.

—Primero quiero darte las gracias por haber pensado en mí para apoyarte —y me seguí como hilo de media, sin pausa y sin tomar aire—, si consideras que no fue oportuna mi designación y tienes que cambiarme de puesto e invitar a alguien más en mi lugar te juro que no tengo problema yo puedo apoyar en lo que me digas puedo irme a otro espacio colaborar en otra cosa en otro lugar en otra zona con otra función…

Había hablado como tarabilla, igualito que Victoria el día que la conocí. Me avergonzó mi nerviosismo. Hizo un ademán con la mano y me paró en seco. Andrés Manuel abrió tranquilamente un cajón de su escritorio y puso un grueso expediente frente a mí.

—Ábrelo —dijo categórico. Volteé a ver el legajo—. ¿Tienes este tipo de problemas? Porque ésas son las opciones que tengo para el puesto: personas con un pasado de auditorías sin resolver, cuentas que nunca les cuadraron… —dijo en tono severo. Por pudor, no lo abrí.

—Nombré a un arquitecto para que realice el proyecto y a un administrador para que lleve la contabilidad. Natalia, te tengo confianza. Tú vas a vigilar que las cosas sucedan. Se va a manejar mucho dinero y de ti sólo necesito que cuides los recursos. Necesito que seas mis ojos —dijo enfático.

Pensé para mis adentros: "un florero".

—Convoca a las personas involucradas. El contador Chávez está listo para incorporarse —y sin más, volvió a guardar los folders y retomó lo que estaba haciendo.

En silencio, salí del despacho. La situación no era fácil, pero el Centro ya era mi pasión. Con más dudas que certezas, inicié angustiada la aventura en la que me había metido.

* * *

El arquitecto designado, un hombre encantador, nos citaba junto a todo el equipo para hacer ejercicios de la teoría de conjuntos en un pizarrón. Delineaba círculos y círculos explicando cómo sería la intervención en las áreas del Centro. Tenía algo de razón, pero pasaban los días y nosotros seguíamos tomando café en la sala de juntas, con la cabeza llena de bolitas. Semana tras semana, se nos escurría el tiempo entre las manos, sin avances. Poco más tarde, el administrador renunció por estrés, con la sincera confesión de que se sentía rebasado. Al arquitecto, un día sí y el otro también, y a pesar de su trayectoria le dedicaban caricaturas y malas notas en la prensa. Lo vinculaban a un antiguo regente de la ciudad. La situación era insostenible.

Por las tardes, me reunía a compartir mis cuitas con un viejo amigo a quien conocía desde la adolescencia. Era un personaje peculiar, excéntrico, único. Querido y admirado por muchos, temido por más, Guillermo Tovar de Teresa se había convertido en el cronista de la ciudad. El hombre más culto que he conocido. Un crítico incisivo y demoledor que no hacía amistades fácilmente. Obsesivo en cuanto a quién le permitía entrar a su mundo en las calles de Valladolid, de la colonia Roma; la biblioteca, sus reliquias y secretos eran su refugio. Fue el más convencido con mi encargo y, a raíz de ello, existía una creciente complicidad entre nosotros. Yo le compartí lo complicadas que estaban las cosas con los medios; él las minimizaba y, sin mayor explicación y análisis, espetaba:

—¡Son imbéciles! No pierdas el tiempo, es una gran oportunidad. ¡Tú eres más lista que un diablo! Yo seré tu asesor —y sin darle mayor importancia, pasaba a otro tema.

Un buen día, me atreví a contarle mi aventura con don Lucio, pero no a confesarle mis encuentros con Victoria. No se sorprendió de mi relato. Guillermo era un hombre inteligentísimo, sabio y… muy supersticioso.

—Natalia, ahora entiendo por qué siempre me ha gustado que estés cerca. Las personas traen buena o mala suerte. ¡Eres un amuleto!

Me sentí como una patita de conejo, las que me dan horror.

—Además, mira tú, ¡qué buena pinta tienes! —de pronto me soltó un "¡cásate conmigo!"—. ¡N'ombre! —continuó con voz cantada—, seremos una pareja invencible: ¡yo pienso y tú ejecutas!

No pude evitar reírme.

—Está bien —dije—. A lo mejor me animo, pero primero cántame una sonata de Mozart.

No cantaba ni tocaba ningún instrumento, sin embargo, conocía partituras de sinfonías de memoria y las silbaba completas melodiosamente.

Cuando jugaba a ser galante, era un renacido de otro siglo. A veces llegué a dudar si no era un personaje que se había quedado atrapado en el tiempo en alguna aventura, como las que yo tenía con Victoria.

Le encantaba la música de los años treinta; amaba a las Ziegfeld Follies. Ponía la canción "Island in the West Indies" tantas veces, que terminé aprendiendo la letra y cantándola con él. Cuando pienso en Guillermo, esa música me gira en la cabeza: "*Let's both of us pack up, sail far from it all*". Al cantar, actuaba como si estuviera en un escenario. Se llevaba las manos al pecho y, extendiendo los brazos, simulaba darme su corazón. Alguna de esas noches que platicamos hasta la madrugada, vi sincerarse sus ojos negros, acuosos, y me confesó: "Estar solo en la soledad es un vacío indescriptible". Guardé silencio. Tengo grabado en la memoria, y aún me pesa al recordarlo, su semblante de profunda tristeza. Con timidez, lo abracé.

Su vida navegó en el mar de los sentimientos opuestos. Entre las carencias afectivas y su carácter intransigente. En la espléndida casa porfiriana, rodeado de libros y arte novohispano, y cautivo en la peor de las nostalgias: la que añora lo que nunca se vivió. Una fotografía descansaba sobre una mesa lateral del salón principal; en ella Guillermo estaba viendo su imagen a través del espejo. Al fondo, colgados en la pared, se reflejaban los retratos de sus antepasados; con ellos, la lente del fotógrafo mimetizó su figura para la eternidad.

Fue un niño prodigio, un niño lastimosamente adulto. Atemporal, saltó a la juventud como un hombre mayor. En la sala de su casa, había otra fotografía que llamaba la atención, la de un chico de 11 años, enfundado en un pequeño traje y corbata, junto al presidente Gustavo Díaz Ordaz. Orgulloso y ufano, presumía con gran seriedad que a esa edad el presidente lo nombró su asesor. Ese chiquillo conocía la historia de los gobernantes de la

Nueva España y los templos del virreinato de todo el país. Debía esa virtud a las lecturas, su envidiable memoria y a los plácidos domingos en que visitó iglesias junto a su padre, el doctor Rafael Tovar quien, con admiración hacia su hijo, le explicaba a detalle cada retablo.

Guillermo creció en un ambiente en el que se valoraban las antigüedades, esos objetos que cargan con las historias del tiempo; así se convirtió en un experto coleccionista. Los viejos de la familia fueron sus mejores amigos. Su erudición fue el deleite de su abuelo De Teresa y de sus tíos, quienes al llegar de visita gritaban: "¡Dónde está ese niño genio!". No así la de sus maestros ni compañeros de escuela quienes le repudiaban por no encajar en la norma. Prematuramente dejó el colegio y se formó como autodidacta. Su madre, doña Isabel, ante la impotencia de manejar la genialidad de su hijo, optó por la distancia y la frialdad en su trato, incluso evitando su cercanía. Desde pequeño lo enviaba a casa del abuelo. Ese niño inteligente, preguntón y agudo le crispaba los nervios. Le parecía físicamente tardo y poco agraciado. No lo quería a su lado. Ante la ausencia del amor y las caricias maternas, mi amigo siempre evitó hablar de su madre: "infancia es destino". Quizás por esa dolorosa herida infantil, fue cauteloso con las mujeres, incluso afirmaba que algunas "traían mala suerte". Para él yo tenía buena estrella; para mí, la verdadera fortuna era ser su amiga.

Lo salvaba del ostracismo su agudo sentido del humor, que disfruté, y la palabra mordaz, que había que temer.

Una tarde, tratando de solventar nuestras soledades, lo convencí:

—Acompáñame a la boda de mi sobrina, ¡no seas amargado! Mi mesa será la de los solteros, divorciados y sin remedio —con un guiño le sugerí que nada perdía con venir.

Volteó a verme con cara de niño travieso:

—Me animo a ser tu compañero en la boda de Mariana, además se casa con un Wichers —y usando una de sus muletillas más frecuentes, exclamó—: ¡N'ombre! Es mi sobrino por parte de los De Teresa —le encantaban las genealogías—. Además, he estado tomando clases de danzón —dijo orgulloso.

De apariencia frágil y torpe, bailó toda la noche… muy mal, pero ¡cómo nos reímos!

Ponía cara de pícaro seductor que ni él se la creía, para terminar riendo.

En aquella época, solíamos platicar largas horas, sobre todo entrada la noche, ya que el sol y él no eran afines y era un desvelado. De piel muy blanca, cabello negro engominado y cejas llamativamente pobladas, daba una apariencia antigua. En sus inseparables suéteres color vino o en su *tweed* gris, corbata y pañuelo de seda en la solapa, enfundado en sus zapatos bostonianos, era sin duda un alma vieja.

Una tarde me llamó por teléfono para preguntar cómo iban las cosas. Al escuchar mi tono de voz, supo que no marchaban bien.

—Guillermo, tengo que convencer al jefe de Gobierno de formar un nuevo equipo. Me tienes que ayudar —le dije con voz cansada—. Si no actúo de inmediato, la recepción que tuve el día en que se anunció el programa va a ser una profecía cumplida.

Hubo un silencio al otro lado del auricular, se quedó pensando por un instante.

—Te voy a presentar al arquitecto Enrique Cervantes, un gran urbanista. Es una persona mayor, trabajó con Ernesto P. Uruchurtu. Es el mejor para hacer un plan maestro.

Alcancé a escuchar el "clic" de su encendedor para prender un cigarrillo.

—El "Regente de Hierro". ¡Uy! Tú no habías nacido.

A Guillermo le gustaba aparentar más edad de la que tenía, pues aunque éramos casi de la misma generación, sentía que aumentarse años le daba la prestancia de sus antepasados. Recordé la cantaleta de mi madre al quejarse de algo que no funcionaba en la ciudad: "Ya no tenemos gobernantes como Uruchurtu". Mi amigo, enfático, siguió hablando del Regente de Hierro.

—Por cierto, no es santo de mi devoción porque tuvo la ocurrencia, en 1958, de construir esa gran plancha de concreto que le da un aspecto horroroso al Zócalo. Retiró jardineras, y estatuas, ¡bueno! —exclamó como si semejante idea no le cupiera en la cabeza—. El maestro Cervantes, en aquel entonces un joven —continuó— te va a argumentar que Uruchurtu también hizo obras necesarias y yo le disculpo ese mal gusto al arquitecto porque sabe de la ciudad como pocos —dijo en tono conciliador.

Dos días después, nos reunimos con el maestro Cervantes en uno de los escasos lugares que frecuentaba mi amigo, un pequeño restaurante italiano cerca de su casa, frente a la Plaza Río de Janeiro. El arquitecto era un hombre que rondaba los 80 años, maestro emérito de la universidad, muy respetado.

—Mire, Natalia, en otros años se han arreglado las fachadas de los edificios. Hermosear el entorno ayuda en el estado de ánimo de la gente, pero no resuelve lo fundamental. Si usted quiere hacer un trabajo serio y trascendente, debe hacer lo que nadie se ha atrevido antes: renovar la infraestructura.

Guillermo echó el cuerpo hacia atrás, recargándose en la silla. Me percaté de una leve sonrisa de satisfacción reflejada en su rostro. Había acertado en su primera recomendación. Yo, por el contrario, me incliné hacia adelante poniendo todos mis sentidos en lo que escuchaba. Tuve la corazonada de que por fin el proyecto saldría de la parálisis.

—Permítame explicarle. Desde la época del general Porfirio Díaz, en 1900, no se ha cambiado la red hidráulica de la zona.

A lo largo de 100 años se han hecho parches y más parches. ¿Se imagina en qué estado se encuentra la distribución de agua potable y el drenaje? Conviven tuberías de todo tipo: asbesto, hormigón, materiales plásticos y no dude de que haya vestigios de tuberías de barro, hierro y plomo. El subsuelo del Centro es acuoso y tiene hundimientos diferenciales por tratarse de un antiguo lago. Con los frecuentes reacomodos de la tierra, las tuberías se fracturan, no sólo sufren fugas sino que también se contaminan.

Mientras hablaba, recordé que alguien me había contado que por las noches el Centro estaba infestado de ratas. No pude evitar un rictus de repulsión al pensar en el agua que había tomado en mis decenas de cafecitos preparados por Consuelo en los últimos meses.

Cervantes continuó con su explicación; yo me mantenía atenta. Saqué pluma y libreta para tomar nota como una estudiante y no olvidar nada. Todo lo que escuchaba me interesaba.

—Ya es hora de que las redes eléctricas y las líneas telefónicas sean subterráneas, ¿no cree? —el maestro apretó el pulgar con el dedo índice, recalcando cada palabra—. Se debe intervenir el Centro desde sus entrañas —Guillermo y yo nos volteamos a ver con satisfacción cómplice. Era vital y conciso en sus apreciaciones.

Por último, explicó:

—Es una tarea compleja y el dinero no luce. Los gobernantes suelen pensar que el presupuesto queda "enterrado" y no les reditúa políticamente. Pero si usted me pregunta, esa obra es la correcta y necesaria; usted tendría que convencer a su jefe.

Tomó un poco de agua, haciendo una pausa. Él no había pedido vino como nosotros y apenas había probado la pasta y ensalada que le habían servido. Su voz tenía el tono de una persona acostumbrada a la docencia. A pesar de sus años, su porte era erguido, lo que reflejaba entereza y dinamismo. Formal en su trato, daba la impresión de ser una persona fría y distante. Sin embargo, el brillo que percibí en sus ojos delataba la pasión con la que ejercía su profesión. Tenía un ligero aire de altanería de gran catedrático. Después de dar dos tragos al vaso de agua mineral, siguió:

—También hay que arreglar las fachadas, pero más allá de lo ornamental lo primordial es el orden: reglamentar los anuncios de los comercios, corregir las "bufas" adosadas a las paredes, eliminar casetas telefónicas y jardineras que obstruyen el paso en las angostas banquetas y, sobre todo, intensificar la iluminación de las calles, ya que ayuda a la seguridad —reposó sobre la mesa ambas manos entrelazadas, uniendo índices y pulgares.

—El problema del Centro es de reordenamiento urbano —afirmó categórico—. Se debe realizar un plan estratégico que contemple un proyecto urbanístico, no una renovación cosmética más.

Para mis adentros y después de mis recientes experiencias, pensé: "¡Y que me lo diga a mí!, con lo que me he topado en tan poco tiempo".

—Perdón, ¿qué son las "bufas"? —pregunté.

—Los medidores de luz que están en las fachadas. Si usted abre las calles tiene la oportunidad de eliminarlas y, como le dije antes, hacer las instalaciones de cableado subterráneas.

—También tendríamos que ordenar el comercio informal —comenté recordando la bienvenida que me había dado el Centro.

—Sí, pero eso es materia de un diagnóstico actualizado y ahí necesitamos que la policía o alguna otra instancia lo ejecute.

La idea de "otra instancia" después del operativo que había presenciado me gustaba más.

—Mire, Natalia, el problema es que toda la mercancía que venden los ambulantes es irregular.

—Hay 2500 kilómetros de impunidad— comenté—. Si no, ¿cómo se explica que llegue la mercancía pirata desde la frontera hasta el centro del país? Hay otro tema que me preocupa —continué—: el primer cuadro de la ciudad genera toneladas de basura todos los días. Es heroico agilizar su salida y mantener el espacio limpio —les compartí la anécdota de los camioneros en Sanborns.

—¡Qué miserables! Lo han de hacer para ahorrarse la propina —rio Guillermo.

—¡Para nada! —lo interrumpí—. Los del camión prefieren una parada en la cocina del restaurante; el tráfico es lo que menos les preocupa.

Concluimos la charla comentando el portentoso valor histórico del Centro y su diversidad. Cervantes terminó de comer y se despidió temprano. En tono severo, nos soltó:

—La próxima reunión, sugiero que la hagamos en un despacho para mostrarles planos y poder explicar las cosas en un pizarrón y no sobre un plato de *spaghetti* —y volteó a ver a Guillermo. Movió de un lado a otro la cabeza en signo de desaprobación y, con una leve sonrisa, se marchó.

—¡Ay! El arquitecto Cervantes —dijo Guillermo dando un pequeño sorbo a su copa—. ¡Ya nos regañó! Es un halago que me vea joven.

Sin duda, habíamos conseguido al mejor aliado. En mi caso, efectivamente aprendería mucho del maestro, no sólo sobre urbanismo, sino sobre cómo transitar por esta vida. Entre ambos creció un gran cariño. Descubrí que, detrás de esa apariencia dura, existía una persona sabia y de gran corazón. Alguna vez le dije que era un privilegio ser, de alguna forma, su alumna, a lo que él contestó contundente:

—De serlo, sería usted una de mis discípulas más brillantes —y con autoridad concluyó—: usted posee agudeza para detectar los problemas y concretar proyectos, organiza equipos, convence a la gente y tiene una de las virtudes más escasas en un funcionario: sabe escuchar.

No sé si yo era todo eso, pero sus palabras fortalecieron mi autoestima y en momentos de crisis me brindaron valor para seguir adelante.

Guillermo y yo nos sentimos contentos. Teníamos delineado, a grandes rasgos, el programa de desarrollo urbano del Centro: infraestructura hidráulica, alumbrado público, reordenamiento del mobiliario urbano, recolección de basura, vendedores ambulantes en vía pública y fachadas. Estas últimas requerían de la intervención de un arquitecto restaurador.

Al partir el maestro, nos quedamos platicando frente a dos tazas de café. Enseguida Guillermo prendió un cigarrillo, dio una profunda bocanada y observó el fluir del humo. Se quedó pensando por unos segundos. Yo sabía que empezaría a acelerarse en cualquier momento. Exaltado y grandilocuente, se levantó de la silla y caminó de un lado a otro. La terraza con las mesas en la banqueta ya estaba vacía de comensales. Deambulaba un mesero que, presuroso, colocaba manteles y disponía pequeñas velas para el turno de la noche.

Mi amigo, como si estuviera solo, se preguntaba y se contestaba sobre otros arquitectos que debíamos invitar. Al poco rato, acumuló una veintena de nombres. A él no le importaba el "cómo" se iba a trabajar. Ésa no era su ventanilla. Yo hacía mis notas.

Guillermo empezó a soltar una lista de nombres de restauradores. Mencionaba sus obras y sus aciertos, pero de inmediato algo le venía a la memoria y decía que siempre no, o se acordaba de otro arquitecto que por alguna razón le caía mejor, porque así era él, de querencias y animadversiones. Entre más larga era la lista, más tensa me sentía. En cuanto mencionaba a alguien, cambiaba de opinión y proponía a otro.

—Invita al arquitecto Flores Marini —soltaba convencido, para de forma inmediata salir con un—: ¡no!, ¡no!, ¡no!, ¡no!, ¡no!, mejor al arquitecto Ortiz Lajous.

Algún análisis le revoloteaba en la cabeza, que volvía a cambiar de opinión.

De pronto, tuve una epifanía:

—¡Invitemos a todos! Uno por cada calle.

Adjudicar un proyecto tan grande a una sola persona lo hacía vulnerable; esa experiencia ya la habíamos vivido con el arquitecto Terrazas. Con esa idea me marché a casa.

Su frase, que nos había causado tanta risa: "Yo pienso, tú ejecutas", me dejó pensando en el mejor método.

* * *

A la mañana siguiente, con el ánimo de reconfortarme ante el desasosiego que me causaba el futuro de las obras, logré persuadir a Laura y a Sergio de acompañarme a comer antojitos. Nos enfilamos a El Popular, un famoso café de chinos en la calle 5 de Mayo. Sus rebosantes tostadas de pollo y sus bísquets recién horneados, que, por cierto, poco tenían que ver con la comida oriental, eran deliciosos. De ese lugar, me gustaba que los meseros levantaran el brazo haciendo un largo hilo de café y leche caliente desde sus cafeteras de metal, creando en vasos de cristal una bebida espumosa.

Estaba por ordenar, cuando llamó mi atención una joven pareja sentada en la mesa de al lado. El novio, apenado, mantenía una encarnizada lucha con el pollo frito que tenía en el plato. Cuchillo y tenedor en mano, clavó los cubiertos e hizo saltar una pieza. Los jóvenes rieron y él, más relajado, decidió tomar la pata de la pobre ave con la mano y empezó a mordisquearla. Tuve un repentino *flashback*.

Una cena en mi casa de La Habana. Entre los invitados está el primo de mi marido, en ese momento embajador de México en Cuba. Se encuentra con su mamá de visita, la tía Abelita, una española simpática y gentil. Nos acompañan un reconocido pintor, a quien todos llamamos de cariño "Choco", por su color de ébano y una compañera de la universidad, Mirna, menuda y bajita. La cena fue un desastre. Todo salió mal. Pero lo importante es que de esa noche lo que me interesó fue la seguridad con la que los invitados, al despedirse, caminaban por las oscuras calles de la ciudad. Mirna, que se veía tan indefensa, no fue la excepción. Los mexicanos insistimos en acompañarla hasta su casa. A ella le pareció la propuesta más extraña. Mi amiga, sorprendida, replicó:

—¿Qué me va a pasar? Están los *cedeerres* por todas partes —y se fue andando sola, adentrándose en la oscuridad de la noche.

Así fue como me enteré de los Comités en Defensa de la Revolución (CDR), que en los años sesenta fundaron los habaneros para protegerse de los continuos atentados que sufrió la población civil. Los vecinos, organizados cuadra por cuadra, se turnaban cada noche para cuidar la calle, y permanecía la costumbre décadas más tarde.

—Laura y Sergio —les dije interrumpiendo el pedido que tomaba el mesero—, hay que invitar a "un arquitecto por calle", organizar comités vecinales, abrir cuentas bancarias con ellos y, entre todos, administrar el dinero y vigilar la obra —propuse entusiasmada.

Voltearon con extrañeza.

—Cálmate, acelerada, primero pidamos algo de comer y luego nos lo cuentas despacio, porque no te entendimos nada —dijo Sergio regresando el menú al mesero, al mismo tiempo que pidió una milanesa con papas fritas.

Les platiqué de la famosa cena. Compartí con ellos la idea, le dimos vueltas y coincidimos en que era la mejor propuesta que teníamos.

—Y a todo esto —dijo Laura frente a un plato con dos tostadas colmadas de queso y crema—, cuenta, ¿por qué fue un desastre?

—¡Ay!, un ridículo total. Decidí, en mala hora, cocinar una receta "muy fácil": pollo agridulce. Agridulce como fue la dichosa cena…

Laura me interrumpió:

—La cocina fácil es la más difícil porque es para los que no cocinan —dijo con sorna.

—He mejorado con el tiempo… ahora me organizo bien, no cocinaré pero hago que las cosas sucedan. ¿Qué tal de bonita pongo la mesa? —Sergio hizo un ademán de "regular", agitando la mano de un lado al otro. Los tres reímos y continué con la anécdota—. Los invitados se sirvieron. El primero en tratar de comer lo que tenía en el plato hizo saltar las desproporcionadas piezas que eran demasiado grandes para engullirlas en un bocado. Los demás, cuchillo y tenedor en mano, voltearon a verse. Era imposible cortar las piezas. La tía Abelita, para aligerar mi pesar ante la cara de enojo de mi marido, que conociendo mis habilidades culinarias había insistido en que compráramos algo, y el asombro de los comensales ante el despropósito en la mesa, tomó el pollo con las manos y empezó a comer exclamando: "¡Está delicioso!", y todos hicieron lo mismo. Era un buen pollo frito… ¡en salsa agridulce! Todos se limpiaban, con poco éxito, las manos pegajosas de almíbar en las servilletas —por mi mente pasó la irrisoria escena—. Acto seguido —continué— me levanté para dejar los platos en la cocina, aguantando la vergüenza. Choco entró detrás de mí cargando la fuente de la comida y la dejó en la tarja. Con su fuerte acento cubano y un abrazo me dijo:

—¡Ven acá, chica! A veces uno amanece con el *moño virao*. Pero no cojas lucha. *¿Etudial y cocinal?*… es mucho para un solo corazón.

Sus reconfortantes y sencillas palabras pasaron a formar parte de mi filosofía sobre la vida. Cuando no puedo con algo, me digo: es que es mucho para un solo corazón.

—Quiero un novio como Choco —dijo Laura.

Sergio soltó un:

—Yo otro, porque más que color ébano, me lo imagino como un rico bombón de chocolate.

—¡Ay, Sergio! —sonrió Laura—. Natalia, por cierto, ¿qué siguió después de tu estancia en Cuba?

—El psicoanálisis. A la caída del muro de Berlín, tuve que acomodar en la cabeza aquella quimera.

* * *

Desesperada porque a las juntas de gabinete llegábamos con las manos vacías, al finalizar una de ellas abordé al jefe de Gobierno en el pasillo.

—Necesitamos formar un nuevo equipo o, en verdad, fracasaremos. Te tengo una propuesta. Dame la oportunidad de que te platique —lo miré insistente y con cara de no me iré hasta que me escuches.

Caminamos por los corredores que bordeaban el patio central del antiguo edificio del Ayuntamiento y, así, a la par tuve que concentrarme en explicar el programa que habíamos ideado. Me puso atención en esa breve reunión de "pasillo".

Había otras obras en curso como el segundo piso de una de las principales vías de la ciudad, que se complicaron de tal forma que le daban grandes dolores de cabeza. Paró por un momento, me volteó a ver y soltó una rápida y concisa afirmación:

—Haz lo que consideres conveniente —en tono de "Haz lo que te venga en gana". Me había ganado su confianza.

Andrés Manuel aprobó el método de intervención y el plan maestro. Propusimos hacer lo que en 100 años no se había realizado por su complejidad: renovar la infraestructura, lo que implicó, a decir de los ingenieros, abrir las calles de "cuajo" y, con ello, sus historias. Y así dio inició la intervención del Centro "a corazón abierto".

Meses después, en una reunión de revisión de los trabajos, Andrés Manuel, en tono molesto, le sugirió a aquella mujer de la frase "Esa niña no va a poder":

—Reúnete con Natalia y que te explique cómo lo organizó. Le ha ido bien. Que te asesore —dijo en tono sarcástico.

La pelirroja que tuvo tan poca fe en mi desempeño era Julieta Campos, reconocida escritora de origen cubano y amiga cercana de mi jefe. Honrando las palabras de Choco, la apoyé de buena gana y, a partir de ahí, tuvimos oportunidad de conocernos y guardamos una amistad que trascendió en el tiempo.

Además, en mi corazón fortalecido estaban mis amigos Guillermo y Victoria, la compañía invaluable que tuve esos años.

La estrategia fue trabajar por núcleos. El primero, de 40 hectáreas, 56 manzanas y más de 500 predios. Se sumaron algunos proyectos especiales: la calle de Guatemala, debido a la construcción del Centro Cultural de España. Los edificios: la antigua joyería de La Esmeralda, las Ajaracas y el Extemplo de Corpus Christi, la Plaza Tolsá, la Plaza del Empedradillo, la Plaza Tenochtitlan, la Alameda Central y la Plaza Juárez. Más tarde, por circunstancias especiales, se restauraría el Panteón de San Fernando y el Barrio Chino.

Nos dimos a la tarea de renovar la infraestructura hidráulica, mejorar la imagen urbana e intervenir 585 inmuebles, a la par de 7 590 metros de fachada. Organizamos 19 grupos ciudadanos e igual número de arquitectos restauradores para que intervinieran los 9500 metros de longitud de calles.

Las reuniones de obra eran espacios de negociación. Por un lado, los arquitectos y, por el otro, los ingenieros. Los primeros privilegiaban los acabados y el detalle; los segundos, la rapidez y funcionalidad. Sus constantes diferencias de enfoque hacían más lentos los trabajos. Para rematar, en ambos casos predominaban los varones y la coordinadora era joven y mujer, es decir, yo. Les costaba mucho, muchísimo trabajo aceptarlo. Además, equilibrar intereses y personalidades tan disímiles se convertía en una labor desgastante.

La primera reunión fue en la Dirección de Obras, responsable de los trabajos de las redes hidráulicas y subterráneas. Guillermo me había advertido que cuidara la entrada de trascabos y palas al subsuelo donde yacen dormidas dos ciudades: la prehispánica y la virreinal. Acudimos el pequeño grupo del Fideicomiso. Laura, la organizadora de los grupos vecinales, y Sergio, el responsable del área de obras. Por fortuna, el arquitecto Cervantes era nuestro asesor para trazar el plan maestro.

Nos recibieron en una mesa de juntas diez ingenieros de mirada escéptica y sonrisas burlonas. El director, sentado a la cabecera, antes de dar inicio a la sesión, nos ofreció café, indicando que estaba todo dispuesto al fondo del salón. Laura, para romper el hielo, se levantó por una taza. Al instante, un hombre le pidió, en tono imperativo:

—Señorita, aquí, otra taza —dijo señalando el lugar donde estaba sentado.

Ella dudó un instante, pero, segura de sí misma, aceptó:

—Con gusto. Vamos a ver si en la Secretaría de Obras toman buen café —y colocó la bebida humeante frente al ingeniero bigotón.

El director de obras empezó a hablar:

—"La señora" —recalcando y haciendo énfasis en la palabra, a pesar de que yo contaba con estudios de licenciatura y maestría— es la responsable del plan urbano del Centro Histórico y nos visita para coordinarnos con su equipo —dijo, soltando una bocanada de humo del cigarrillo que, de forma indebida, fumaba en la oficina.

Un pelirrojo corpulento de camisola de franela a cuadros y de abundante bigote que lo hacía parecer un leñador irlandés del siglo XIX comentó a su compañero de junto, lo suficientemente alto para que todos lo escucharan:

—Si esta "señora" puede con el Centro, pinto mi oficina de rosa.

A lo que, presto, Sergio contestó:

—¡Ay, ingeniero! Pues vaya comprando brocha y pintura y hasta le ayudo.

Los demás se rieron.

El arquitecto Cervantes, adusto y tranquilo, nunca perdió la ecuanimidad y cuando se refería a mí, no olvidaba incluir el título de licenciada; y entendí por qué lo hacía.

Con esos "señores" habría que negociar, entre otros temas, los vestigios arqueológicos que encontraríamos. No tuve ni el ánimo de reírme de aquellos hombres obtusos y de su ridícula insistencia en llamarme "señora", negando cualquier grado o cargo de autoridad o de igualdad.

Terminé exhausta.

De ahí siguieron los arqueólogos del INAH y los arquitectos del INBA; la compañía de luz, las empresas de telefonía, gas, cable, los vecinos, hasta llegar a la Arquidiócesis Primada de México, pues se trabajaría alrededor de la cuna de la jerarquía eclesiástica: la Catedral Metropolitana. Quedaba un largo camino por andar, no en el reino del Señor, como dicta la religión, sino en el reino terrenal de los varones.

***

Mancha, tristona, esperaba con ansia mi llegada a casa. Nos veíamos poco y la pobre perrita tenía compañía sólo cuando la empleada iba a la casa para hacer el aseo. Los años empezaban a pesarle y el clima frío de la ciudad no le sentaba bien.

Una de esas noches en las que llegaba agotada a casa, tomé un buen baño de agua caliente y, en lo que me aplicaba crema en el rostro y el cuello, frente al espejo, sin voltear a verla para no arrepentirme, tomé valor para compartirle la decisión que había tomado.

—Tendré que enviarte a Cuernavaca. El calor te hará bien. Podrás tomar el sol en la terraza y volver a admirar el Tepozteco a lo lejos —dije con algo de nostalgia—. Allá no estarás sola. ¿Recuerdas a Gaby? Trabajó con nosotras cuando eras una cachorrita. Aceptó cuidar la casa —Mancha seguía atenta mis palabras—. Yo… te voy a extrañar mucho —esto último lo dije con voz quebrada y casi inaudible.

Sentí que una profunda tristeza me oprimía el corazón. En realidad, esas palabras eran para mí. La perrita, cómplice fiel, había estado a mi lado a lo largo de 12 años.

—Prometo ir a visitarte en cuanto pueda —suspiré—. Y ahora, ¿quién va a escuchar mis cuitas? —la fox terrier, como si entendiera, paró las orejas y se acercó para echarse a mis pies—. Ayer por la noche, el arquitecto Cervantes fue a entregar unos planos que se requerían con urgencia, y me encontró trabajando en el despacho. Él, que es tan prudente y discreto, entró a soltarme un regaño. En ese momento, sus palabras, en tono paternal resonaron en mi cabeza:

"—¿Qué hace usted el viernes por la noche en la oficina? Invite a alguien al cine. Vaya a cenar a algún lado. Usted es joven para dejar la vida en un escritorio.

"'Ni se imagina', pensé con sorna.

"—¿Sabes la broma que hacen mis compañeros de trabajo? 'Ya consíganle un novio a la jefa para que se vaya temprano'. Ahora van a sumarle el dicho: 'Y no tiene ni perro que le ladre' —la acaricié. Sus lengüetazos me hicieron sonreír—. ¡Ay, Mancha! —continué—, el reto para las mujeres de mi generación es conciliar la vida pública con la privada. Entre más grande la oficina y mayor el éxito, proporcionalmente más distante el amor.

Con gran pesar organicé la ida a Cuernavaca para llevar a la perrita el siguiente fin de semana. Traté de animarme. La fox terrier regresaría a la ciudad de la eterna primavera, con sus mañanas soleadas, cielos azules y conciertos de chicharras en los atardeceres húmedos de lluvia. Llamé a mi hermana para verla el domingo y busqué a Rosa con quien, después de pensarlo mucho, había decidido que llegando le contaría lo de Victoria. Era la única que podría entenderlo sin juzgarme, pero nunca contestó. Dejé mensaje y no regresó la llamada. Insistiría.

Organicé una visita al "flotario" de mi amiga Aura. Una verdadera deliciosa excentricidad. Una cabina de agua con sales de Epsom, sin luz y con música de relajación. Era desconectarse y gravitar. Cada vez que regresaba a Morelos, no podía perderme ese regalo. Decían que una hora de flotación equivalía a seis de sueño, y vaya que sí lo necesitaba.

Tuve un feliz fin de semana. Mancha se quedó tranquila y corrió contenta en casa. Regresé a la ciudad sin noticias de Rosa, todas sabíamos que se iba a retiros y desaparecía por temporadas.

El lunes a media mañana, entre una visita a una obra y otra, pasé a la oficina. Consuelo, la eficiente secretaria que finalmente había venido a trabajar conmigo al Centro, me recibió con cara larga y circunspecta.

—Lic., un comandante de la delegación Coyoacán llamó cuatro veces. Dijo que era urgente; no quiso dejar mensaje. Traté de localizarla en el celular y estaba a punto de salir a buscarla.

Me dio mala espina la llamada de un policía. Marqué el número que me dio. Una voz gruesa y carrasposa se escuchó al otro lado de la línea.

—¿Es usted la licenciada Fuentes?

—Sí, señor.

—Mire, tenemos detenida en una patrulla a una señorita que dice ser su amiga. Le brindamos la atención porque gritaba que usted es colaboradora directa del jefe de Gobierno.

Angustiada pregunté:

—¿Quién es, qué pasó?

—Es una situación vergonzosa, damita —arremetió molesto—, aquí la señorita primero estuvo afuera de la cafetería El Jarocho y a todo el que salía con un café se lo arrebataba y lo tiraba al piso porque, según ella, están servidos en vasos desechables que contaminan el planeta —continuó con su narración como un parte policial—. Después, corrió dentro del establecimiento gritando, dando manotazos sobre las mesas y rompiendo tazas y platos. Un mesero trató de detenerla y lo pateó en "sus partes nobles"; a un comensal le echó encima el café ardiendo, de milagro no le quemó la cara, pero —y reafirmó estas últimas palabras— se lo aventó con toda la intención. El afectado quiere presentar cargos. Ella dijo, perdón la expresión, "que se cagaba en la policía". Acto seguido, se bajó las pantaletas y ¡se cagó frente a todos! —del enojo, resopló en el auricular—. Logró detenerla un oficial y lo mordió. Tuvimos que pedir refuerzos y, finalmente, la sometimos en una patrulla. Ahí fue cuando la mencionó a usted y nos dio su teléfono. Su nombre se me hizo conocido y por eso estoy brindando la atención de llamarla. La señora se llama Rosa Martín —concluyó.

Quedé muda, hasta que logré reaccionar.

—Sí, es amiga mía y es una persona de bien. Madre de dos hijos. Por favor —dije en tono suplicante—, antes de que se decida otra cosa, deme oportunidad de localizar a sus familiares. No entiendo qué le pasó.

El comandante accedió.

Rosa estaba separada de su marido y yo no lo conocía. Sus hijos eran apenas unos adolescentes.

Llamé a una amiga en común.

—Natalia, ella hace tiempo que está mal, ¿no lo sabías? Está medicada, pero el problema es que se cree tan lista que suspende el tratamiento. Tengo el teléfono de su casa, ahí debe de estar su hijo el mayor, Tiago; llama y explícale qué pasó. Sabrá mejor que nosotras a quién acudir.

Busqué al chico. No le di detalles, pero le dije que era urgente. Le mencioné que su madre había tenido un pequeño percance en la calle y la habían detenido. Lacónico, contestó que su mamá tenía brotes psicóticos, que localizaría a su papá para que lo acompañara a ir por ella. Convenimos los detalles.

Mientras tanto, me presenté en la comisaría para hablar con el hombre al que le aventó el café y le expliqué que Rosa estaba enferma. Le rogué que fuera comprensivo, la perdonara y retirara los cargos. Bien dicen que si la paciencia fuera fácil de practicar, no sería una virtud. Después de un largo alegato, finalmente convencí de lo mismo al policía que insistía en mostrarme la mano mordida y al mesero golpeado. Con el gerente del establecimiento, acordé que nos haríamos cargo de los daños; no había sido más que un mal rato, algunos vasos y platos rotos. Logré que no la consignaran y eso no sólo nos salvó de pagar una fianza, sino también de enfrentar un problema mayor. La tenían aislada en un separo de la delegación. El comandante, un hombre sensible, sugirió que no entrara a verla, temía que se volviera a alterar. Me retiré del lugar, cargando a cuestas una profunda tristeza y melancolía.

A Rosa la internaron en un centro de recuperación mental. No se permitían las visitas durante el tratamiento. De ahí supimos que ella decidió mudarse por un tiempo a Guadalajara y se negó a hablar con sus amigas.

A donde te lleve el tiempo

En varias ocasiones fui a visitar a Victoria, pero sólo me recibía el aciago silencio del edificio. Para entonces, ella se había convertido, como en la tierna infancia, en la amiga imaginaria.

En la ciudad, caían las primeras lluvias de junio. Se escuchaba el cristalino sonido del agua al golpear el pavimento. Protegida por los gruesos muros del palacio, desde el balcón veía refractarse como palomas las gruesas gotas de los primeros chubascos del verano. Las fuertes precipitaciones anunciaban la suspensión intermitente de las obras; las máquinas tendrían que trabajar a contrarreloj. Estaba ansiosa. Necesitaba calmarme. Busqué cobijo en el lugar donde estaba la escultura de la cabeza. Me encantaba disfrutar del sosiego de su sola presencia. Con un pequeño paraguas, me animé a salir en medio del chaparrón para tranquilizarme en el lugar que se había convertido en mi refugio: la morada de la extraña cabeza.

Sacudí el agua que me había salpicado y saludé a Ramón, el guardia de la entrada. Una de esas tardes nos habíamos presentado y me platicó que tenía muchos años en el puesto y sabía que yo trabajaba en el Centro. Sentía un gran apego por el magnífico edificio que cuidaba y estaba orgulloso de tener un empleo estable. Comentó que, a lo largo de esos años, le había tocado ver entrar y salir a muchos funcionarios.

Originario del pequeño poblado de Xochistlahuaca, enclavado en la sierra de Guerrero, enviudó muy joven y había migrado a la ciudad hacía más de dos décadas al morir de parto Elvirita, su mujer. No temía a las ánimas que, se decía, deambulaban por ahí y más bien deseaba que entre ellas apareciera la difunta para llevarla a pasear a la Alameda y enseñarle tanto edificio bonito. Me platicó, risueño y con el brillo en los ojos de los enamorados, lo hermosa y buena que había sido la difunta. Ramón se había quedado atrapado en el amor idealizado y nostálgico. Tenía adherido a la piel el vínculo emocional que se resiste a desvanecerse. Me compadecí de su afección. "Si tuviéramos el cuidado de conocer la historia del otro —pensé—, el mundo sería diferente". El guardia y su carácter hosco y arisco, en ese instante, dejaron de caerme mal. Ese día gané un amigo.

—Usted se me hace que sufre del mal de amores, que trae alguna espinita clavada.

Sonreí. La espinita era el desazón que me causó la enfermedad de Rosa.

En eso llegó un pequeño grupo de estudiantes a registrarse y le empezaron a hacer preguntas sobre los horarios; me alejé para que los atendiera.

Para entonces, Ramón ya se había acostumbrado a mis extrañas visitas que no consistían en consultar el archivo, sino en sentarme en la modesta banquita de madera que yacía abandonada en un rincón; desde ahí, me dedicaba a admirar la escultura.

Victoria era de color oro antiguo. Tenía manchones rojos y cobrizos. La recorrían unas profundas vetas oscuras, producto del inclemente paso del tiempo y la herrumbre, que le imprimían mayor carácter. Le resaltaban los parches utilizados para unir los fragmentos en que quedó convertida al estrellarse en el pavimento, aquella fatídica madrugada del terremoto de 1957.

Sus restauradores no tuvieron manera de evitarlos y quedaron como fieles testigos de las heridas resarcidas. Eran las cicatrices del mayor tropiezo en su vida. Me gustaba que estuvieran tan a la vista; eso la hacía más interesante. Además, su sentido del humor dejaba ver que las viejas cicatrices no le causaban aflicción. Seguía con el ánimo de saber que siempre hay futuro. A pesar del accidente, su belleza etrusca permanecía intacta. Los grandes ojos, la nariz perfecta.

Una voz cristalina empezó a escucharse.

—*Anxiĕtas,* tensa, ansiosa… angustiada, que proviene del latín y significa "estrecho", "limitado"; tú no eres estrecha de miras: ¿por qué te angustias? —escuché entre sueños.

Me estremecí. Desperté de mi letargo para casi gritar:

—¡Existes! ¡Estás viva! Pensé que todo había sido un sueño.

—Tanto como viva, no. Pero aquí estoy. ¿A dónde quieres que vaya? —contestó irónica y vivaz.

—¿Por qué te ausentaste tanto tiempo? —reclamé.

—Recuerda, olvidadiza, que podemos comunicarnos cuando hay agua en el entorno. El agua, al fluir, es el conductor que nos permite conversar. También los rayos. Cuando hay tormentas eléctricas, podemos tener unas magníficas pláticas a la luz de los relámpagos, pero han de ser conversatorios más agitados —dijo burlona—. Tú dirás qué prefieres. ¿Agua o electricidad?

—¡Agua! Ni me recuerdes los rayos —dije con toda convicción.

—Tuve un encuentro amoroso —comentó, haciéndose la interesante—. Conocí a un hombre inteligente y aproveché; porque, como decía "la Doña": "Amar a un hombre tonto es como comer dulces con la envoltura puesta".

No pude evitar reírme.

—¿Y quién es?

Guiñó el ojo y negó con la cabeza; no me lo diría.

—Si yo te contara mi suerte —dije en tono apesadumbrado—. El otro día me presentaron a un diseñador gráfico. Me invitó a cenar, pero en realidad su interés era el contrato de la señalética del Centro. ¡Vaya descaro! —exclamé recordando con enojo el desatino—. En otra ocasión, Laura me presentó a un amigo; no era especialmente guapo pero sí muy simpático. Salimos a comer, la pasamos muy bien pero no volvió a llamar. Laura me confesó que cuando se enteró de que militaba en un grupo de mujeres, había sido diputada y ahora estaba al frente de la remodelación del Centro, su amigo le comentó que prefería salir con una mujer "más normalita".

—Ya llegará el indicado, querida. Te lo digo con la experiencia que me han dado los años. El amor es impredecible: no hay que buscarlo, él te encuentra.

Alcé los hombros con resignación.

—Por lo pronto, aunque no lo creas, te extrañé —reclamé—. Tenía muchas ganas de poder platicar contigo. Han pasado muchas cosas, pero de las buenas. El viaje en el tiempo que hice contigo ¡fue fascinante!

—Yo también té extrañé, pero tú puedes divertirte y viajar sin mí. Aprende que en la soledad se encuentra la verdadera compañía —y agregó—: eres una granicera, puedes desplazarte sola a donde quieras. Recuerda que con el agua vivirás en ese tiempo y con el talismán podrás observar sin que te vean. Yo te acompañaré cuando... no tenga compromisos.

—Ser granicera me da miedo.

—No debe darte. Es un don, un gran regalo que te hace la vida. Eres muy afortunada. Te acostumbrarás. La vida nos hace regalos y el reto es saber aprovechar y distinguirlos.

Traté de sentirme halagada, pero lo desconocido me causaba incertidumbre. Atiné a preguntar:

—¿A dónde iré sola?

—A donde te lleve el tiempo.

Se hizo un silencio entre nosotras. Perpleja, me preguntaba si sería capaz de hacerlo.

Victoria cambió de rumbo la conversación para relajarnos:

—Ya supe que te pusieron el mote de "la Tensita" —dijo al tiempo de soltar una risilla—. ¡Qué te importa! Dificultad que aparece, dificultad que a final de cuentas se resuelve. Vas haciendo buena fama, por eso me caes bien. Lo que te hace falta es creer en ti.

Escuchar su voz me llenaba de felicidad. Como si fuéramos amigas de antaño, nuestra comunicación fluía como un río apacible y caudaloso.

—No tengo de otra. He de aplicarme y rendir el doble, como toda mujer que quiera tener éxito en la vida —contesté—. Guillermo dice que estoy convertida en "el deber aborrecido". Ahora no puedo atender sus largas llamadas nocturnas —le compartí con tristeza.

—Ya se le pasará —replicó Victoria—. Te he visto venir a descansar a tu rinconcito —y con dulzura, me susurró al oído—: conozco bien tus angustias. Se vale llorar, pero recuerda: las mujeres somos chillonas, pero "chingonas" y… "¡guay!".

—¡Saliste con un español! ¿Con Carlos V? ¿Con la estatua del Caballito? —reí—. Te ruborizas, ¡te caché!

—Españoles en el Centro Histórico hay para escoger —y desvió de nueva cuenta la conversación—. Y tú, ¿por qué traes puestos esos tenis tan ridículos? ¿Ahora qué te pasó? El estilo nunca se pierde, querida. Coco Chanel decía: "Hay que mantener la cabeza, los tacones y las metas siempre altas". ¡Ay, qué mujer! Tenía una autoestima envidiable. Mira que no tuvo la vida fácil. Recomendaba: "Vístete como si fueras a conocer a tu peor enemigo". ¡Era tremenda!, el estilo puro en la más sublime expresión. Y tú, tan bonitos tacones que usabas —reprochó.

Volteé a verme los zapatos. Sí, eran ridículos. Unos anchos tenis que no lucían profesionales.

—Preferiría unas botas de ingeniero, que son de piel, pero no existen de mi número —murmuré con decepción—. Las he buscado por todos lados. Las fabrican sólo en tallas grandes, para hombres. Esto es lo más parecido que encontré.

Subí un momento las piernas para observarlos con mayor detenimiento.

—Flaco favor te hacen. Y firmes firmes, no se ven —Victoria los examinó con su gran ojo oblicuo.

—¡Sí, caray! —contesté—. Las botas especiales tienen refuerzo en el tobillo, están hechas para caminar en el piso irregular y se ven pro-fe-sio-na-les. Detesto estas nimiedades que reafirman la visión obtusa de los ingenieros de que invadimos sus espacios. Pienso en mujeres como Indira Gandhi, Margaret Thatcher, llegando a su hotel para encontrarse con que las pantuflas les quedan grandes. Siempre "L", ¡enormes!

Victoria asintió con la cabeza.

—El talento y el valor no se miden por la talla. Y no vayas a empezar de insegura: la belleza comienza en el momento en que decides ser tú misma. Lo que platicas son batallas cotidianas que parecerían frívolas de librar, por ser pequeñas, pero grandes en lo simbólico. Así ha sido y sigue siendo. El descubrimiento del radio se debe a Marie Curie. Su caso es patético. Cuando le otorgaron el premio Nobel, lo recibió su marido, ella no fue invitada a la ceremonia y esperó en un salón contiguo.

Solo atiné a hacer un gesto de aversión.

—¿Qué haces en tu día a día? —le pregunté con curiosidad, en el momento en que hizo una pausa para continuar.

—Estoy muy acompañada. La ciudad prehispánica y la virreinal están ocultas y olvidadas, pero vigentes y habitadas por sus historias.

De pronto, escucho que llama mi atención.

—¡Pst, pst! Mira al fondo, a tu izquierda. ¿Los ves?

En el patio principal está en cuclillas una larga fila de indígenas. Visten una especie de calzón de paño. Algunos llevan huaraches, la mayoría va descalzo. Los de más fortuna están tapados por unas telas desgastadas y raídas en forma de gabán, que les cubren pobremente de la humedad y el frío del edificio. Se ven sucios y cansados.

—Aquí, durante las noches, al patio llegan estos indios con sus alforjas de pepitas de plata que traen desde las minas de Guerrero. Se mantienen en vela esperando a don Adrián Ximénez de Almendral, platero fundador de este palacio, para que les compre su mercadería.

—Es una imagen triste, me dan pena.

Victoria ríe.

—Algo, sí... pero si supieras lo que platican entre ellos. Se burlan y se divierten a costa de los peninsulares. Ahora la mayoría duerme por los discretos traguitos de *octli* que bebieron de sus *xicallis*, como llaman a sus jícaras llenas de pulque. Aquí, les dan comida y permiso de pernoctar para recibirlos por la mañana. Se van contentos. Don Adrián es una buena persona. Su suegro es al que se teme por ser el inquisidor. ¿Quieres ver algo en verdad triste? La realidad más cruda siempre está tan cerca de nosotros como a la vuelta de la esquina, y no la vemos.

Pensé en la crudeza de lo que podría estar sufriendo Rosa. Como si pudiera leer mi mente o, en esa mágica sincronía que se tiene entre amigos, Victoria comentó:

—Supe lo que le pasó a tu amiga. Aquí todo se escucha y las secretarias lo comentaron. Ella tiene su propio proceso, deja de atormentarte, no puedes hacer nada. Vamos a conocer una historia similar.

Sentí un retortijón de pensar en lo que encontraríamos. Salimos caminando a la calle de Donceles que está justo en la esquina. En cuanto dimos vuelta…

* * *

La noche es oscura. Para mi sorpresa, en la ciudad se ven las estrellas en el firmamento. Corre una ancha acequia y a la fangosa vereda se le nombra “la calle de las Canoas”. Un tímido haz de luz que titila de una vivienda se refleja en el agua. Las angostas banquetas son casi iguales a las que conozco. Victoria me indica que debemos caminar rumbo a la catedral en busca de José Sáyago.

Todo está en silencio, irreconocible y lóbrego. La ciudad tiene un profundo olor a humedad y moho. Nos adentramos por la soledad de las sombras. Al pasar frente a la iglesia, sin ponernos siquiera de acuerdo, ambas nos santiguamos para seguir nuestro camino por el siglo XVII. Me percato de que, en el lugar del Zócalo, hay una edificación con portales repleta de puestos: huele a hierbas y frutas. Es el Mercado del Parián. Frente a él, se despliega un edificio largo y monumental. Victoria me susurra que es la sede de los virreyes de la Nueva España. En la calle circula un ancho canal por en medio de las angostas aceras: es la acequia real. El sutil transitar nocturno de una trajinera suaviza el entorno. Se escucha el rítmico y melodioso sonido del entrar y salir de la pértiga al apoyarse en el fondo del agua. La Muy Noble, Muy Leal Ciudad de México es una Venecia en América. Atiendo un grito que me provoca sobresalto.

—¡Las nueve en punto y todo sereno!

El hombre camina en nuestra dirección. Al pasar, hace un breve ademán con la cabeza a modo de saludo y reverencia. En la mano porta un chuzo, un palo con púa de hierro, y una linterna.

Lleva sombrero de ala ancha y un grueso gabán con capucha. Se pasa de largo y, antes de alejarse, da media vuelta para advertirnos:

—Vuestras mercedes, tened cuidado con la poseída, que anda merodeando por estos lares.

Es "el sereno", quien vigila la tranquilidad de las vías y los callejones; es tan confiable, que guarda las llaves de las casas cuando sus dueños se ausentan. Corre el año de 1687.

—Victoria —susurro—, ¿todos nos pueden ver?

—Llegaste a visitarme un día lluvioso, gracias al agua nos pueden ver y podemos convivir con la población, así que debemos ser cautelosas.

Vestimos las dos de negro, falda ancha al tobillo, blusa con manga bombacha y olanes en los puños; corpiño ceñido, ajustado por unas cintas que yo desato un poco para respirar mejor. Nos protegen del frío unas pequeñas capas de lana.

—Con estos vestidos oscuros parecemos un par de urracas —comento para aligerar la incertidumbre.

—Son los que utilizan las mujeres de esta época en los viajes. Estamos en pleno Barroco, palabra en portugués que significa "la perla imperfecta". Prima el gusto por lo abigarrado en la arquitectura, el arte y la música. Está en construcción la iglesia de Tepotzotlán. Si fuéramos a una tertulia organizada por la corte de los virreyes, todo sería encajes, borlas y excesos. Nosotras no queremos llamar la atención.

Mantenemos nuestro paso con sigilo y discreción hasta llegar a la calle de José María, donde entramos a una casa de bahareque. Tierra, ladrillo y piedra con techumbre de madera albergan a sus habitantes. Una vivienda digna, de dos pisos. Nos recibe un hombre corpulento. Luce abrumado.

—Bienvenidas sean vuestras mercedes, doña Victoria. Está listo vuestro dormitorio. Es modesto, pero limpio. Me ha tomado por sorpresa la solicitud que hicieran de la vicaría para hospedaros. Por fortuna, contamos con un pequeño espacio y nos sentimos honrados de poder recibiros.

—Agradecidas estamos nosotras, don José, por vuestra gentileza al brindarnos posada —mi amiga saca de entre su ferreruelo, la capa que le cubre la espalda y el pecho, una pequeña bolsa de vaqueta con unas monedas que intenta entregar al hombre. Él se niega a recibirlas.

—Acéptelo usted en gratitud a las noches que pasaremos aquí. Tenga a bien ocuparlo para sus obras piadosas —el hombre lo piensa unos segundos para finalmente tomarlo. Se santigua.

—¿Ha ido bien el viaje?

—Todo bien, con el favor de Dios. Sólo un poco cansadas por las largas jornadas y lo accidentado del camino. Si no os importa, nos retiramos a dormir, ya hemos cenado algo.

Subimos las angostas escaleras que conducen a la habitación. Cada peldaño cruje en el silencio.

Hay dos camas de buena madera; en cada una de ellas está dispuesta una frazada. Dos cojines con motivos florales y palomas bordadas a punto de cruz suavizan el espacio. El piso es de tablones de madera. Victoria me insta a no hacer ruido. En cuclillas, a través de una rendija, observamos…

En la planta baja, sentada a la mesa de madera alumbrada por dos sencillos candelabros de metal, una mujer llora desconsolada frente a un plato, que sólo atina a menear su contenido con la cucharilla, sin probar bocado.

—Mujer, dejad de llorar; no podéis continuar así. Terminaréis ¡chalada! Y, además, estáis acabando con mi paciencia.

Esto último lo dice el hombre, sin convicción, porque voltea piadoso a ver, con el rabillo del ojo, la reacción de ella. Con andar pausado y los brazos entrelazados a la espalda, meditativo, recorre la habitación de un extremo al otro sin evitar echar de vez en cuando una mirada compasiva a quien, supongo, es su esposa.

—José mío, sabedse usted amado y respetado por esta desdichada. Perdonad el atrevimiento y la tozudez —dice con la voz entrecortada—, pero me es imposible vivir sabiendo que mi prima, mi adorada prima, con la que crecí como hermana de sangre, deambule por las veredas. Sólo Dios sabe qué le depara su desordenado entendimiento.

Con profunda tristeza, entre sollozos, hace a un lado la comida y trata de contener el llanto secándose las lágrimas con el delantal.

—Seamos buenos hijos de nuestro Señor. Tengamos algo de piedad. Su alma pena por las atrocidades que le han hecho vivir y usted lo sabe —remata desconsolada, entre el hipo del llanto.

—¡Es una locura, mujer!

Pero el hombre, frente a los argumentos de su esposa, se muestra agobiado. Derrotado frente al amor que le profesa, la mirada se le suaviza y con voz apacible atina a decir:

—Busquemos a Concepción. Permitámosle vivir con nosotros. Deseo por todos los santos que, bajo techo y con comida, encuentre reposo su alma extraviada y que la virgen nos ampare por albergar a una condenada a la eterna desgracia —abatido, finalmente murmura—: tan sólo soy un carpintero con buen oficio.

El hombre no logra contenerse y extiende los brazos hacia su mujer para consolarla. Ella se acurruca en su marido.

La pareja charla en el comedor. Cuentan los episodios en los que a Concepción le dio por deambular en las calles y cómo éstos causaron su persecución por la Santa Inquisición. Acusada de vagancia y vida indigna, y con el agravante de andar en búsqueda de su amante, Satanás, fue vejada y torturada, pero más allá de las incoherencias que atinó a articular, no pudo expresar confesión alguna. Cuando su caso perdió interés, fue liberada y echada a la calle. Ésa es la triste historia de María de la Concepción.

—Ahora es tarde, Jacinta, y ella ha de estar escondida en algún lugar. ¡Anda! —le dice mesándole el cabello—. Trata de dormir. Al alba, saldremos a indagar dónde se encuentra.

A la mañana siguiente, los Sáyago, bajo la discreción brindada por los primeros tímidos rayos del sol, salen en su búsqueda. Nosotras, con cautela, detrás de ellos.

Concepción, guapa y joven, en un paseo por el campo resbaló de una carreta en marcha y se dio un fuerte golpe en la cabeza. Se recuperó del descalabro; no así de la razón. Ese fatídico accidente, para su desgracia, cambiaría su destino y, para fortuna, el de muchas otras mujeres. Quizás por eso la muerte se arrepintió y la abandonó, deambulando con el entendimiento perdido, en el suplicio de una vida perturbada.

Tres días más tarde, un aguamielero ubica el paradero de la mujer y guía a los Sáyago.

Ávidas de conocer el final de la historia, seguimos a la pareja por los terregales de las inmediaciones de la ciudad. Detrás de unos mezquites, una jovencita sucia y golpeada, sentada con descuido sobre la tierra, mordisquea una inmundicia.

La amorosa pareja la llama, ella reacciona y hay un leve atisbo de lucidez que permite que la conduzcan a casa.

Jacinta, con delicadeza y devoción, la baña. Cambia los andrajos por un batón de paño que ha sacado de un arcón. La peina y le hace una larga trenza. Concepción se mantiene inmóvil, con la mirada puesta en el mundo recóndito que sólo ella habita.

Don José acondiciona una habitación al fondo de su vivienda para albergar a la enferma.

A los dos meses, la pareja Sáyago recoge a la mulata Beatriz de la Rosa, que a la mitad del Mercado del Parián, entre vendedores y pregoneros, se encuentra confundida y desorientada. La rescatan de entre un grupo de mozalbetes que azuzan a unos perros para que ladren alrededor de la infeliz. Divertidos, le avientan comida; ella, hambrienta, la recoge. Le dan cobijo junto a Concepción. Si podemos alimentar a una, Dios proveerá: "Donde comen dos, comen tres", se dicen. Al poco tiempo, se enteran de que otra mulata, Francisca Osorio, deambula por las calles. Le brindan refugio antes de que la Inquisición o los malandros acaben con ella.

Al correr el rumor de la noble obra de la pareja, vecinos y comerciantes aportan comida y enseres. El padre jesuita Juan Pérez se ofrece a ayudarles, dándoles las limosnas que recolecta. Día con día, familias de los extremos de la ciudad acuden a la modesta casa de la pareja buscando amparo para sus enfermas. Convencen a don José para que construya unos pequeños cuartos en el solar del huerto. Algunos feligreses se suman a las arduas tareas cotidianas. Pero la buena voluntad de todos, en breve, se verá rebasada por el número de mujeres que pueden aceptar.

El tiempo pasa frente a nosotras, y vemos que se acerca un adusto religioso que, con autoridad, acompañado de dos clérigos más jóvenes, toca a la puerta. Porta una filetata azul marino; sobre ella, un solideo blanco con bordes de discreto encaje. Va cubierto con su esclavina, también de un riguroso azul oscuro; la pesada cruz pectoral sobresale. Unos transeúntes, al percatarse del personaje, se detienen para pedirle una bendición. Él accede y, parsimonioso, hace la señal de la cruz con la mano derecha, en la que brilla un anillo episcopal. El arzobispo Francisco de Aguiar y Seixas pide hablar con el buen carpintero.

—Don José, sois usted un piadoso feligrés y os aseguro que vuestras mercedes tenéis las puertas del cielo abiertas. Vengo a comunicaros que en la diócesis hemos considerado apoyar con la renta de un mayor espacio, para que vosotros continuéis con lo que Dios nuestro señor os ha encomendado.

Sin más consideraciones, da la vuelta y se retira con ese paso lento y seguro de los que se saben poderosos.

Victoria me hace una seña para susurrarme algo al oído:

—Este hombre habrá realizado buenos actos en su vida, pero se dice que él acabó con sor Juana. Es ni más ni menos el arzobispo que, entre otras ofensas, la despojó de su biblioteca con el pretexto de socorrer a los pobres. En realidad, acucioso y voraz, revisó que ninguno de los 4 000 ejemplares estuviera en el *index* de los libros prohibidos por la Inquisición. Los más los quemó él mismo; los que le parecieron inocuos, los vendió.

Caigo en cuenta de que estoy en el tiempo de sor Juana, a quien admiro con total devoción. Contengo por prudencia el grito de ¡quiero conocerla!, pero antes de articular palabra alguna, Victoria remata:

—No podemos visitarla porque no hay ningún nexo con el asunto que nos trajo hasta aquí.

Volteo para verla con enojo, ella sólo levanta las alas escondidas en un signo de ni modo.

La arquidiócesis avisa a los Sáyago de la disposición de una casona en la calle de La Canoa, así que las mujeres son trasladadas al lugar. De forma inmediata, llega la solicitud de un nuevo ingreso: es el de la española Ángela Ballesteros, quien se convierte en la primera interna del incipiente refugio para dementes. La madre habla con don José:

—Mi marido y yo estamos dispuestos a proporcionaros sustento para nuestra hija y para otras más, a cambio de que vuestras mercedes la tengáis a vuestro lado. Hemos de declarar que es de gran dificultad para nosotros controlar sus "humores", su ira y lascivia —la mujer ruega al carpintero, tomándole una mano entre las suyas—. Dios os premie por vuestra bondad —y cabizbaja pronuncia una última frase—: mi marido la azota sin piedad.

En pocas semanas, 55 mujeres son recluidas en el incipiente hospital. Con paciencia y convicción, la pareja Sáyago, un par de criadas y los jesuitas atienden el lugar.

Pasa el tiempo y…

Victoria golpea con insistencia la pequeña aldaba en forma de cabeza de caballo, contra el portón. A través de la mirilla, da el nombre de una de las enfermas. Es el día que le corresponde visita a la desdichada. Un religioso nos da acceso.

El tufo acre y sofocante me hostiga. Siento náuseas y hago un esfuerzo por controlar una fuerte arcada. El hedor, suciedad, excremento y sudor son intolerables. No existe higiene ni mayores reglas. ¿Será mejor este refugio que las adversidades del exterior? A mí me parece la puerta al infierno.

Las mujeres dormitan como animales sobre camas de paja, mecen sus lastimosos cuerpos en arrullos imaginarios, se acarician a ellas mismas, gritan, sollozan, rezan, suplican.

Los murmullos de la locura nos oprimen el corazón.

El informe de la arquidiócesis reporta que 26 "mujeres enajenadas" mueren y 29 se recuperan.

—Doña Victoria, bienvenidas sean vuestras mercedes. Placer para mis fatigados ojos volveros a ver. Mirad la encomienda y la prueba que el santísimo ha puesto en mis manos —dice don José Sáyago con voz cansada—. Albergamos en este lugar a 107 desdichadas. Vosotras no imagináis la cantidad de solicitudes que se reciben a diario y el número de mujeres a las que hemos de rechazar.

Trato de disimular mi asombro. El lugar no es grande, y por lo tanto, las mujeres viven hacinadas en unos cuantos cuartuchos con poca ventilación.

—El arzobispo gestiona, con apoyo de los familiares, la compra de un terreno aledaño para la construcción de un edificio para las perturbadas, en esta misma calle de La Canoa, en el número 39 —don José dice esto último contento, mientras nos acerca una escudilla con agua para compartir. Yo dudo en tomarla; Victoria, para mi fortuna, bebe por las dos.

Es así como en 1690, en tiempos de sor Juana y la virreina María Luisa, se funda el Real Hospital del Divino Salvador para Mugeres Dementes.

Victoria y yo nos despedimos de los Sáyago, agotadas. En silencio, reanduvimos nuestros pasos al Palacio de los Condes de Heras y Soto, la morada de Victoria. Al llegar ahí, le pregunté qué había sucedido con la generosa pareja que fundó la institución.

—En cuanto se terminó la edificación que albergaría el hospital, en breve tiempo ingresaron más de 400 "trastornadas", jóvenes y niñas con diferentes aflicciones. Convivieron epilépticas, delirantes y esquizofrénicas con aquellas lesbianas salvadas de la hoguera, sin dejar de contar a una que otra interna recluida por un marido ansioso de deshacerse de ella.

—Qué atrocidades se cometieron.

—Sí, es de las verdades más vergonzosas. Termino de contarte lo que sé. Cuando los jesuitas se hicieron cargo de las enfermas, los Sáyago fueron liberados de la responsabilidad, no así de la construcción del inmueble, en la que participaron activamente. Don José donó las figuras en madera de los mascarones que hasta la fecha se conservan en la fachada.

—Voy a buscarlos por curiosidad —comenté.

—El arzobispo, recordado por su misoginia, pidió eliminar los de mujeres, bajo el argumento de que eran impropios y desagradables. Ordenó que en su lugar se representaran únicamente rostros masculinos. Su deseo se vio truncado, pues murió de forma sorpresiva después de un largo viaje, en agosto de 1698. Don José, reacio en acatar el mandato, dejó los existentes y sumó, para honrar la memoria del arzobispo Francisco de Aguiar y Seixas, que tanto apoyó a las enfermas, algunos mascarones masculinos. Es de reconocerse que el arzobispo se preocupó por ellas.

Respondí con una mueca y Victoria me recordó que, para entender el pasado, no debo verlo con los ojos y el conocimiento del presente.

—Ojalá esas imágenes hubieran servido para internar a uno que otro familiar abusivo o a un padre que, por convencionalismos sociales, te abandonaba en este lugar —comento.

—Bueno hubiera sido, pero no fue así. Con el correr de los años, llegó a ser una institución con los mejores tratamientos utilizados en su tiempo: habitaciones pintadas de rojo, que se creía que animaba a las melancólicas, piezas en azul para las furiosas.

—¡Qué horror! A mis amigas y a mí nos hubieran metido en las azules —digo tratando de aligerar.

—Se les trataba con agua hirviendo o con agua helada, según fuera el padecimiento. Se les mantenía bajo rejas o amarradas con grilletes. Las internas perdían los pocos derechos civiles con los que contaban. Cuando alguna interna tenía un hijo, fuera por haber sido abusada durante su encierro o haber sido ingresada a la institución por padres coléricos inconformes con su embarazo fuera del matrimonio, el recién nacido era entregado a la casa de los niños expósitos.

—¡Ya no sigas, por favor! Es lo peor que le puede pasar a una persona.

—El hospital llegó a dar cobijo a mil pacientes que sobrevivieron años en esas míseras condiciones.

Exhaustas, llegamos al vestíbulo del Archivo Histórico de la Ciudad. Sumergida cada una en sus propias cavilaciones, nos despedimos con un largo, largo abrazo. Protegida por las paredes del palacete del archivo, descansé un rato en mi banca. Vi cómo Victoria, cansada, cerraba los ojos. Yo, pensé en Rosa.

* * *

Mi reloj marcaba las tres; aún había tiempo para caminar un rato y distraerme para no pensar en lo que habíamos visto. Tenía pendiente confirmar si había llegado la maquinaria para abrir las calles de Isabel la Católica y Donceles, justo la antigua calle de la Canoa. Pasaría a confirmar que todo estuviera en orden. Perderme entre el bullicio de la gente me vendría bien.

Busqué la edificación que construyó don José Sáyago. La encontré por las tallas realizadas por él mismo. Ahí estaban los retratos perennes del dolor, la angustia y la desolación. El número exterior seguía siendo el treinta y nueve. En el frontispicio, tres siglos después, los mascarones permanecían como recordatorio de los complejos laberintos de la mente.

Pasé un rato admirando la fachada. Un escalofrío me recorrió el cuerpo al recordar lo que había visto. En el antiguo hospital estaba el Archivo Histórico de Salud. Dos oficinistas que llegaban de comer abrieron la puerta. Muy correcta, les solicité que me permitieran asomarme a ver el patio central. El conserje de la entrada inmediatamente preguntó si tenía cita. En ese momento, una mujer cruzaba por los pasillos.

—¿Buscas algo del archivo?

—Quería conocer el lugar, leí algo sobre el inmueble. Me presento, soy Natalia de la Fuente, responsable de la coordinación de las obras de rehabilitación de las calles.

—Mucho gusto. ¿Ya van a entrar a Donceles? Pasa, te invito un café y puedo mostrarte algunos documentos. Soy Brenda Jiménez, directora del archivo —una mano cordial y segura saludó con firmeza. Era una mujer de carácter.

Pensé en que me vendría de maravilla un cafecito, aunque no estaba segura de si en ese lugar.

Su gabinete se encontraba en la planta alta. En una esquina del despacho había una cafetera eléctrica. Con decisión, sacó la jarra humeante. Las gotas de aquel oloroso líquido continuaron saliendo de la percoladora y chisporrotearon quemándose sobre la parrilla.

Instaladas es su despacho con nuestro café al frente empezamos a platicar.

—He leído un poco sobre el antiguo Hospital para mujeres dementes. Encontré cosas muy impresionantes y tengo curiosidad de saber qué fue lo que pasó con la institución —comenté.

—Se cuenta con muy pocos registros, pero algo se salvó en el tiempo. Se sabe a qué lugar fueron trasladadas las internas cuando este edificio clausuró sus servicios.

De una estantería sacó una carpeta con recortes de periódico fechados el primero de septiembre de 1910. Resaltaba la fotografía de un grupo de mujeres elegantemente vestidas a la usanza de principios del siglo XX, de espaldas, mirando una construcción horizontal muy grande, de tres pisos. Se protegen del sol con sombrillas de encaje. Llevan peinados a la *Gibson girl*, un chongo abullonado. En otra imagen se ve al general Porfirio Díaz de frac y sombrero de copa; su esposa, Carmelita Romero Rubio, porta una pamela con velo. Lleva un vestido de tafetán y guantes largos. Coqueta, con una mano está levantando el faldón para dar el siguiente paso; en la otra lleva cerrado su parasol. Están rodeados de militares en trajes de gala. Es la inauguración del Manicomio de la Castañeda.

El señor presidente general Porfirio Díaz, en el marco de los festejos del centenario, inaugura el Manicomio General La Castañeda, le acompañan su señora esposa, el embajador Henry Lane Wilson y los generales [...] *el magno hospital dará atención a 60 000 pacientes.*

El hospital fue construido en lo que fuera una antigua hacienda pulquera, propiedad del señor Torres Adalid, en el pueblo de Mixcoac.

—Todas las enfermas fueron transferidas a ese lugar —continúa—. En ese acto, sus expedientes se perdieron, como suele suceder con la historia de las mujeres que parece ser escrita sobre la arena, para que la borre el viento. No quedó rastro alguno. Existe un registro sobre los fundadores de la casa, don José Sáyago y su esposa —afirmó conocedora de su archivo—, pero nunca encontré el nombre de la mujer. Y si quieres mi opinión sobre este tema, considero que las enfermedades mentales siguen ocultas en las cavernas profundas y oscuras de la sociedad. Pocos desean reconocerlas —opinó con dureza.

—¿Cuándo se detuvo tanto atropello?

—A finales del siglo XIX se expidió un reglamento para evitar abusos de gente que pretendía hacer pasar por dementes a personas que no lo eran.

—¡Cuánto sufrimiento e injusticias habrán presenciado estos muros!

—Dolor y locura. El oficial de la entrada dice que escucha llantos y que arrastran cosas —comentó con una sonrisa—. Yo digo que son patrañas para pedir un aumento de sueldo.

Agradecí el café y la invité a formar parte de los comités vecinales.

Al cruzar el patio central, vi los corredores y los quicios de las antiguas habitaciones y recordé lo miedosa que fui de niña. Mi madre me advertía que había que tenerles miedo a los vivos, no a los muertos. Sin embargo, yo le temía a la oscuridad y sufría pesadillas por las leyendas de apariciones y espantos que contaban las nanas.

En un acto piadoso, antes de retirarme, abordé al guardia.

—¿Escucha ruidos en la noche?

—Lamentos —respondió serio.

—Al caer la tarde, ponga la radio y sintonice la Ke Buena, le garantizo que no se dará cuenta de nada.

—Señorita, esa estación es de música tropical.

—¡No importa!

—Es que a mí me gustan las rancheras.

Levanté los hombros y seguí mi camino. De lo que estaba segura era que Ramón, el hombre moreno y reacio del Palacete de los Condes de Heras y Soto, con el bochinche de la cumbia, dormía como un bendito.

Re-cordis

Recordar, del latín re- y cordis,
"volver a pasar por el corazón".

—Cuerpo de Cristo.

—Amén.

—Cuerpo de Cristo.

—Amén.

Sentada en una banca de la majestuosa iglesia de La Profesa, seguía con atención los metódicos y pausados movimientos del padre Rosalío.

Mientras esperaba hablar con él, me dediqué a observar la fila de feligreses que, con fervor, se acercaban a recibir la eucaristía. Me entretenía imaginando sus vidas. ¡Qué barbaridad!, mi voyerismo no tenía límite. Hurgaba en la vida de los que habitaron las casas de antaño y ahora lo hacía con los que pasaban frente a mí. Parecían ser hombres y mujeres de la zona. Volteé a mi alrededor. Ahí estaba la secretaria que aprovechaba su hora libre para depositar su angustia en el confesionario y la mujer que con los ojos cerrados pasaba las cuentas de un rosario. Al otro extremo, el oficinista de semblante sereno parecía dar gracias por el favor concedido y al fondo la modesta abuela con paso lento encendía una veladora para, acto seguido, irse a descansar a un rincón.

Envidio a los que tienen fe en un ser supremo que amaina tormentas. Yo me hice fiel a las creencias de mi madre: "Qué va a saber el cura de mujeres si no está casado. Si cometes un error, cuéntamelo a mí, no a un desconocido. ¿Quién mejor que otra mujer para aconsejarte? Si tienes algún problema, habla directamente con Dios, sin intermediario. Él es omnipotente, omnipresente, comprensivo. ¡Hazlo! Es el mejor ejercicio de reflexión para clarificar las ideas", decía con su pragmatismo infalible. En cuanto a enmendar mis desvaríos, me ahorré el conflicto de contárselos y mejor entré desde muy joven a psicoanálisis. Seguí tranquila en la iglesia, haciendo tiempo con mis cavilaciones, en espera de la cita con el párroco, a quien tenía que avisar del inicio de las obras en la calle de Isabel la Católica. Divagaba en espera de la frase: "Podéis ir en paz, la misa ha terminado" para lanzarme a hablar con el hombre adusto y de pocas palabras que oficiaba la eucaristía en una de las iglesias más importantes de la ciudad, a la que se le ha considerado "catedral alterna".

Observé las pesadas bancas de roble; sin duda, muchas eran las originales desde su construcción en el siglo XVI. La inmensa cúpula me pareció imponente. Con el cuello, sin disimulo alguno, torcido al techo, admiré su proporción áurea, aquella que Platón consideró la mejor de todas las relaciones geométricas y la llave a la física del cosmos. Esa fórmula matemática exacta que, por alguna razón, transmite misterio y belleza en los templos.

—En el nombre del padre, del hijo y del espíritu santo.

—Amén.

—Podéis ir en paz, la misa ha terminado.

Esperé unos momentos para que la gente se retirara.

—¡Padre Rosalío!, vengo del Fideicomiso a hablar con usted sobre las obras.

—¡Qué gusto que nos visite! Pase a la sacristía para que platiquemos.

—No le quito mucho tiempo, vine a informarle que abriremos las calles aledañas al templo la próxima semana y permanecerán inhabilitadas para el tránsito… 12 semanas.

—Pero ¿usted pretende que cerremos el templo?

—No, padre, no por la totalidad del tiempo, pero quizás sea conveniente que lo hagan por algunos días.

Se quedó callado unos instantes que me parecieron eternos.

—Mire, me preocupa mucho la situación. Como usted podrá imaginar, tenemos compromisos adquiridos, sobre todo bodas. Los novios son muchachos que han elaborado sus planes con amor y meses de anticipación, enviado invitaciones, realizado gastos. Cancelar es imposible —que si no lo sabría yo, entre esas bodas estaba la de mi sobrina—. Es muy difícil cerrar un templo, aunque he visto cómo se han conflictuado las otras calles donde han hecho trabajos —continuó ese hombre de carácter agridulce, para después sincerarse conmigo—. Además, me atrevo a comentarle que estos eventos ayudan a mantener este recinto y a paliar los problemas que tenemos en nuestro anexo donde está la pinacoteca virreinal. Por cierto, ojalá usted nos pudiera ayudar —señaló inclinando la cabeza para verme a través de la parte superior de los lentes.

Sí que La Profesa iba a ser una faena complicada.

—Padre, apoyaremos con todo lo que esté a nuestro alcance, veremos la forma de que sus compromisos no tengan que ser cancelados y nos mantendremos en contacto con usted. Por supuesto, le daré el número de mi teléfono directo. Por último, más allá de que iremos comunicando los procesos, le adelanto —hice una pausa para armarme de valor y darle la información más delicada—: en el cruce que hace esquina el templo, en Madero e Isabel la Católica, se encuentra la red principal de alcantarillado del Centro, y los ingenieros tendrán que hacer una excavación muy profunda.

—Ha estado complicado, ¿verdad? —comentó suavizando el semblante.

—Ni me lo mencione, es muy complicado —dije poniendo énfasis en esta última frase—, pero ahí vamos.

—Basta con tener fe y poner empeño para que las cosas salgan bien. Yo los felicito por el trabajo que están haciendo.

—Agradezco sus palabras, padre.

—Cuente con mis oraciones —y me escoltó hasta la puerta de la sacristía.

Estaba yo a punto de salir cuando, dudoso, se animó a preguntar:

—¿Tiene tiempo para mostrarle de una vez la pinacoteca y su cúpula? Podemos aprovechar que está el padre Ávila.

—El que usted requiera. De hecho, tengo una visita pendiente con él. Un buen amigo en común, Guillermo Tovar, me encargó que lo viera.

—Ubico muy bien a don Guillermo. Un hombre excepcional —dijo con todo formalismo.

Pasamos de nueva cuenta por la hermosa sacristía abovedada e hicimos un alto en las oficinas de la parroquia.

El padre Luis Ávila Blancas era un hombre mayor, canoso, bajito de estatura y pasado de peso. Si los seres humanos tenemos un símil con algún animal, él, sin duda, era un pequeño búho. Tenía una notable nariz aquilina y su mirada inteligente y sagaz acompañaba su andar tranquilo.

Guillermo me había advertido que el día que conociera a quien había sido canónigo de la catedral, estaría frente a un erudito que a lo largo de su vida eclesiástica, entre otras cosas, había consolidado el archivo histórico de la Catedral y que a él se debía la existencia del manuscrito de la *Gastronomía mexicana del siglo* XVIII, el más completo en su género. Pero su mayor mérito era, sin duda, haber rescatado las pinturas de la colección más íntegra del pasado pictórico novohispano, olvidada en bodegas desde las expropiaciones realizadas por las Leyes de Reforma.

Caminamos hasta el pie de una angosta escalera de caracol, por la que subimos a un segundo piso que desembocaba en una amplia galería rectangular. En las paredes se podían admirar las pinturas de gran formato, que me explicó el canónigo pertenecían a Cristóbal de Villalpando, Juan Correa, Miguel Cabrera y a muchos otros pintores considerados entre los mejores de los siglos XVII y XVIII. Percibí en su aguda mirada el brillo de la pasión del que ama lo que hace.

Al terminar el recorrido, al fondo, sobre una tarima, había un desolado piano de cola.

—Mire, aquí le presento nuestro primer problema. Nosotros no somos un museo ni contamos con un presupuesto como tal. Somos un templo vivo que, por el lugar donde estamos ubicados, no tiene una comunidad estable que lo apoye. Por mucho tiempo organicé conciertos en este salón. Tiene una capacidad para unas 150 personas. Los que nos hacían el favor de asistir, disfrutaban no sólo de buena música, sino también de estas hermosas obras. Las entradas nos eran de gran ayuda pero, bajo el argumento de que el acceso es muy pequeño, nos clausuraron.

Volteé a ver la escalerita de caracol y me imaginé el grito tan temido en México: ¡Está temblando! Ante un siniestro, no había manera de desalojar al público. El padre entendió mi silencio y, sin más comentario, continuó:

—Observe la cúpula que está en el recinto anexo —dijo al tiempo que continuó caminando.

Seguí sus pasos y al voltear hacia el techo, apareció sobre nosotros una cúpula fracturada y abierta, como una calabaza.

—Nuestro vecino, el Hotel Gillow, edificado por la venta de bienes de la iglesia sobre la antigua casa de ejercicios espirituales de los jesuitas, no tiene muro de colindancia. Las habitaciones para huéspedes del tercer y cuarto piso se encuentran sujetas a la cúpula y éstas, al ser más pesadas, con el tiempo han jalado el arco y causado los daños que usted ve. El hotel no se puede tocar, está catalogado como uno de los pocos edificios *art déco* que hay en el Centro.

—Lo único que sé, padre, es que las iglesias pertenecen al Estado y que el INAH es quien tendría que repararlo…

Él terminó la frase:

—…y que el INAH no tiene dinero para hacerlo, y así se van pasando los años —dijo con desánimo—. Vea qué puede hacer por nosotros, nuestro amigo Guillermo se expresa muy bien de usted.

De regreso caminamos pensativos. Me despedí con el compromiso de conseguir, por lo menos, una obra de contención.

Salí a la nave central y decidí permanecer un rato en la iglesia: pensé que haría honor al consejo de mi madre de enfrentar los retos con reflexión.

Crucé el ábside. Caminé admirando la rica decoración barroca y neoclásica, hasta toparme con una pileta de agua bendita. ¡Mmm! Había adquirido otra obsesión aparte del voyeurismo: el agua.

Muy segura, introduje el dedo índice para ponerme el líquido bendito en la frente. Después, con disimulo, metí el pulgar, el índice y el medio y discretamente con ellos toqué mi nuca. Metí los dedos de la mano izquierda y los mojé para colocarla como perfume en cada muñeca. Volteé a los lados y, asegurándome de que nadie veía, con descaro empapé la punta de los dedos de ambas manos y froté mejillas, frente y cuello.

Caminé como si nada hasta encontrar un lugar apartado para sentarme en una banca y cerré los ojos.

* * *

Escucho el eco de unos pasos. A mi lado, una mujer me conmina a no voltear. Sólo alcanzo a escuchar un susurro:

—Ahí vienen. Gracias, Dios bendito, llegaron con bien —afirma fervorosa con las manos unidas. Está arrodillada, igual que yo, en el reclinatorio.

Tres hombres ataviados con casaca corta oscura pasan frente a nosotras. Portan camisa blanca con cuello "palomita", mangas en puntilla y pantalones claros ceñidos dentro de las botas de caballería. Se escucha el rozar de las espadas que llevan a un costado.

La mujer murmura:

—Vienen a la reunión con monseñor Matías de Monteagudo. Aprobarán la proclama que nos hará libres. Esta iglesia es su lugar habitual de encuentro.

—¿El acta de Independencia? —por poco y grito.

—¡Shhh! Pues ¿quién eres que no lo sabes? —susurra—. Estamos aquí rezando y vigilantes de avisar si entra la guardia real. Hoy se firma la conjura de La Profesa. Somos las mujeres de mayor confianza de los "conspiradores". ¿O qué no? —dijo inquisitiva y con unos ojos como dos pequeños puñales.

—Sí, lo sé —mentí—. Me gana la emoción y la alegría, perdonad —bajé la voz lo más que pude—. Vengo por convicción a apoyar la causa, disculpad que no tenga mayor información —dije en tono suplicante y preocupada de haberme metido en un lío.

* * *

Abro los ojos y estoy de nueva cuenta en La Profesa que conozco. Quiero regresar a otros tiempos para que me develen sus secretos. Los cierro de inmediato, temerosa de perder el encanto.

* * *

Me encuentro en la sacristía, frente a un conciliábulo de sacerdotes. Todos tienen mal semblante. El mayor de ellos, con marcado acento castizo, iracundo vocifera:

—¡Por Dios santo! ¿Quién le cree ese laicismo ramplón a Juárez? ¿De dónde lo saca el mentecato? Nosotros lo educamos siendo un indio en Oaxaca. ¿A quién le debe su educación sino a la Iglesia? Qué tiempo miserablemente perdido con este hombre —niega con la cabeza de un lado al otro, mientras camina con pasos resonantes por la habitación—. ¡Que Dios le perdone, que yo... no! ¡Que se queme en los infiernos! Ahora, esa invención de confiscar nuestros bienes no es más que una agresión y una acometida contra la Santa Madre Iglesia. Miren si serán unos desvergonzados los del gobierno. Ese cínico de Sebastián Lerdo de Tejada vino la semana pasada a misa... ¡cómo se atreve a profanar la casa de Dios!

—Monseñor, le va a hacer mal tanto coraje. Debemos esperar la respuesta papal antes de actuar —tercia un sacerdote preocupado por la salud del arzobispo de México, el reverendo José Lázaro de la Garza y Ballesteros.

Un religioso de buen porte y pinta de intelectual alza la mano pidiendo la palabra.

—Lo cierto, monseñor, es que no hay tema en cuanto a credo. En el trasfondo de la medida está la bancarrota del Estado. El motivo que lleva a Juárez a tomar acciones radicales contra nuestras instituciones se debe a que las arcas de la nación se encuentran vacías y le urge hacerse de recursos para pagar a sus acreedores. Sé de buena fuente que una alternativa es vender la península de Baja California a los norteamericanos, quienes ya le han hecho una buena oferta, pero no quiere pasar a la historia como el general Santa Anna.

Se hace un silencio y todos ponen mayor atención a quien habla en tono pausado, sin prisa. Uno le cuchichea al otro:

—El padre Ramiro confiesa a la mujer de don Sebastián, mira que sí tiene información de primera mano.

—Se acogen a las Reformas Borbónicas de España que permitieron, para solventar el endeudamiento del rey Carlos III, la "desamortización de los bienes eclesiásticos" —continúa el que lleva la voz en la reunión.

—¡Estos reformistas son unos avariciosos! —interrumpe arrebatando la palabra un clérigo de abdomen prominente—. Si las congregaciones tenemos riquezas, es por nuestro trabajo, el de nuestros feligreses, y todo es en aras de difundir la palabra del Señor.

Ante esta última frase, la mayoría se persigna.

Monseñor sigue caminando frente a los ahí reunidos.

—Este año de 1859 será recordado como el de la ignominia. Debemos hacer un manifiesto —y con su dedo flamígero y tembloroso apunta al cielo para continuar—: Juárez y sus secuaces se van a condenar. Las nuevas leyes impedirán a la Iglesia tener propiedades y expropiarán todas las que posee hasta el momento para venderlas al mejor postor. Pero ellos tendrán negado ¡el reino de los cielos! —a un sacerdote bajito y discreto se le abren los ojos como dos grandes platos.

El hombre al que interrumpieron retoma la palabra; se hace un pesado silencio.

—Sé, queridos hermanos, que se han reunido en Palacio Nacional el mismo don Sebastián, el licenciado Valentín Gómez Farías y don Melchor Ocampo con el presidente, y sobre un plano extendido en una larga mesa de su despacho se decidió la división de los predios para su venta. Mitad para allá, mitad para acá, como si fuesen frutas del mercado.

Se escucha una exclamación generalizada de desaprobación, que resuena en la cúpula de la iglesia. El sacerdote levanta los brazos pidiendo silencio.

—Los templos se le quedarán a la Iglesia en comodato, es decir, en un préstamo para su uso, pero todo lo demás, los espacios donde vivimos, los conventos de nuestras hermanas, las escuelas que con esmero hemos construido, los huertos de árboles frondosos y maduros, todo, absolutamente todo, será requisado por el Estado para su venta.

El barullo crece entre los asistentes. Unos golpean con la palma de la mano los brazos de las sillas del presbiterio al tiempo que con voz exaltada repiten:

—¡Imposible! ¡Jamás lo permitiremos! ¡No y no!

Perdieron la batalla. Para mí, ahora estaban claras esas absurdas divisiones que había encontrado en el Centro, como la misma Profesa o la famosa panadería La Ideal, de la calle 16 de Septiembre, donde cohabitan, entre pasteles de merengue rosa para el día de las madres y blancos de tres pisos para las bodas, los magníficos arcos de lo que alguna vez fue el claustro de los franciscanos. Sí, los mismos religiosos que desde el atrio de esa iglesia salieron rumbo al norte de México a evangelizar, dejando a su camino un sinnúmero de excelsos monasterios hasta llegar a San Francisco, antes estableciendo la fundación de Los Ángeles en California.

* * *

Abrí los ojos, respiré profundo y me relajé un instante. Dudé en qué hacer, pero mi curiosidad pudo más que el cansancio. Nadie observaba. Con disimulo, fui hasta la pileta y con movimientos rápidos introduje los dedos de nueva cuenta, para repetir el ritual. Regresé a la banca y apreté los párpados.

* * *

Escucho la voz temblorosa de una joven.

—¡Vamos, hermana, no se distraiga! Deje el rosario, que el Señor entenderá la causa.

De un arrebato toma mi mano helada entre la suya, pequeña y sudorosa.

—¡Corra! ¡Dese prisa!

Escucho que golpean con violencia el portón de la iglesia.

—¡Abran! ¡De todas formas tiraremos la puerta! —vociferan—. ¡Diantres de mojigatas! Sabemos que ahí están con un cabrón "curita".

Sin pensarlo, emprendemos la carrera por la nave central. Voy trastabillando con el hábito. En los muros laterales, las sombrías imágenes del vía crucis nos acompañan. Poco antes de llegar al ábside se encuentra el último confesionario, en apariencia, adosado a la pared. Dos hombres lo están moviendo con dificultad hasta lograrlo. Dejan al descubierto un estrecho pasadizo; apresuradas entramos en él. Los últimos en acceder activan un mecanismo y el pesado mueble de madera queda en su lugar.

Un estruendo a mitad del camino nos paraliza. La irrupción en tropel de soldados retumba en el templo. Afuera, movimiento; dentro, oscuridad y silencio. En ambos espacios huele a sudor y adrenalina.

—¡Mi capitán! ¡Encontramos unos cirios, aún están humeantes!

—Estos "jijos" por aquí andan escondidos. ¡Tropa! —escuchamos a escasos metros de nosotros el desorden de pisadas—. Pongan mucha atención a lo que les voy a decir: o me encuentran a esos pendejos o a ustedes ¡se los carga la chingada! Si no salen, ¡prendan fuego a la iglesia! —vocifera el militar.

—¡Sí, mi capitán!, lo que usted ordene —esa frase vibra en las paredes.

Unos minutos más tarde, escuchamos a unos soldados jugar en el confesionario. Hacen vocecillas ridículas.

—Padre, confieso que quiero divertirme con una monjita sabrosa. Ando muy necesitado —se escuchan las risotadas de sus compañeros.

Trago saliva; tiene un sabor amargo. Un discreto hilo de líquido tibio empieza a correr escalera abajo. La chica que ha quedado peldaño arriba, apenada, baja la vista y unas tímidas lágrimas surcan sus mejillas. Tengo el impulso de consolarla, pero mi brazo, ante el pavor, no responde, sabe que no debe moverse.

Nos acostumbramos a la penumbra. El hombre mayor hace un ademán para que no entremos en pánico. La amenaza de fuego es pura palabrería. Con precisión matemática, lentamente, nos sentamos. Pierdo la noción del tiempo, seguimos petrificados. Ya no escuchamos voces. Después de lo que supongo han sido horas, en el máximo sigilo, nos animamos, uno a uno, a caminar por la escalinata. Al llegar mi turno, pienso que no quiero morir. ¿Apareceré infartada en la iglesia de mis días o pasaré a formar parte de las 250 000 personas que murieron en la Guerra Cristera de 1926?

La escalerilla conduce a un túnel. En las paredes, se alcanzan a ver inscritos nombres y fechas de quienes, inermes, reposan en las criptas. Al final del pasadizo, me sorprende encontrar bajo una bóveda a más feligreses. El aire está viciado, falta oxígeno. Hay un penetrante olor a vaho. Un sacerdote viste sotana y estola. ¿Sería él quien estaba oficiando misa? De ser capturado, será uno más de los 400 religiosos martirizados.

Las mujeres van a la moda de los años veinte, algunas llevan medias y sombrero fedora; otras, inexplicablemente, lucen joyas. ¿Habrán intentado ir a una tertulia o al café canasta del Casino

Español? Debemos estar entre 1926 o 1929, los tres ominosos y largos años que duró la etapa más reacia de la confrontación. Preferiría, en todo caso, formar parte de las 300 000 familias católicas que lograron huir del país.

A un ademán del sacerdote, nos hincamos. Junto a mí, un fervoroso creyente besa su escapulario varias veces. Tiene la frente perlada en sudor y el pelo húmedo en patillas y cuello.

En silencio, las decenas de labios de la cofradía empiezan a gesticular sus oraciones. Cierro los ojos. Ansiosa y suplicante, recuerdo a mi madre; doy inicio a una plegaria. La idea del fuego me da terror.

* * *

Sentí que, con sutileza, apretaban mi hombro varias veces.

—¿Se encuentra bien? —preguntó un jovencito al tiempo que cuidadoso me sostenía del codo—. Parecía faltarle el aire. La vi con las manos en el pecho y la garganta.

Sorprendida y confusa, respondí:

—Estoy un poco mareada, eso es todo.

—Puedo conseguirle un vaso de agua en la sacristía, la vi platicar con el padre Rosalío. ¿Quiere que le pidamos permiso para que se recueste un momento? Yo trabajo para él.

—No, ya está pasando —el muchacho, solícito, brindó de nueva cuenta su ayuda para ponerme en pie.

Sentí las piernas entumecidas. Los pantalones de mezclilla, a la altura de las rodillas, lucían dos lamparones verdes de moho. Los sacudí. Al chico le di las gracias y sin prisa, caminé a la salida.

Antes de cruzar el umbral, decidí hacer unas respiraciones profundas para recuperar la calma.

“Un, dos, tres… inhale… sostenga. Tres, dos, uno… exhale. Un, dos, tres…”. Lo único que faltaba para completar un día bizarro: terminarlo con los ejercicios de relajación del casete de Deepak Chopra.

A la salida, junto a la puerta reposaba el agua bendita. Pasé rápido y seguí de frente; el Templo de San Felipe Neri, conocido como La Profesa, ya me había regalado suficientes retazos de su historia.

Vagué por un rato. Recorrí el Centro atestado de gente. Desconocía sus destinos, pero sabía de sobra que, al igual que yo, eran seres que disfrutaban perderse por las calles.

Con un cúmulo de emociones a cuestas, fui haciendo pequeñas pausas frente a los aparadores, aferrándome al consumo, el más eficaz y socorrido distractor para evadirse en nuestros días. Caminé hasta la pastelería La Ideal, de la calle 16 de Septiembre, fundada por Adolfo Fernández en 1927, justo en la época del conflicto cristero. Quise admirar los arcos que alguna vez pertenecieron al antiguo Templo y Convento de San Francisco, uno de los complejos religiosos más importantes de la época virreinal que, tras su desamortización, pasó a formar parte de la panadería y, además, para el susto era buena idea comerme un garibaldi envinado. Bien lo merecía.

En medio del primer bocado, me llevé la mano a la frente. ¡La cita! ¡Quedamos a las cinco de la tarde y comentó que tenía una sorpresa! Vi el reloj. Contaba con media hora para llegar. Le había prometido no fallar.

Siempre he sido buena para caminar, en esa ocasión lo hice esquivando la obra a toda velocidad. Llegué al Palacio de Bellas Artes y, en avenida Reforma, tomé un taxi a la calle de Valladolid.

El mismo Guillermo abrió la puerta.

—¡Querida amiga! —como siempre, extendió los brazos y se acercó a darme un beso en la mejilla—. Qué gusto que llegas a tiempo. ¡Pasa! —sin más preámbulo, dijo divertido—: ¡Te va a encantar! —no pudo disimular esa sonrisilla de niño pícaro, tan característica en él, cuando algo le entusiasmaba.

En la terraza del último nivel de la casa, nos esperaba un hombre delgado de tez morena. Tenía la barba ligeramente sombreada. Vestía camisa de manta y pantalón con un cincho tejido en lana roja. Una escuálida cola de caballo le llegaba a los hombros. De los amuletos que le colgaban del cuello sobresalía a la mitad del pecho un gran ámbar.

Todo lo necesario se encontraba dispuesto y extendido en el piso. Incensarios con copal, cristales de cuarzo y unos robustos atados con ramilletes de hierbas olorosas. Cuatro veladoras formaban un cuadrado. Dentro de él, había dos círculos de flores blancas.

—Nos haremos una limpia con el mejor —dijo Guillermo orgulloso y persuasivo—. Con la cantidad de energías que recoges debes hacerlo, mi querida Natalia.

—Yo te sigo. Si tú lo crees, yo también —contesté—, pero vas tú primero.

Conforme se fue consolidando la intervención del Centro, mayor era su fascinación ante las historias. Si me comunicaba con él, exaltada por algún hallazgo, de inmediato sabía de lo que se trataba. Quizás nuestro asiduo y apasionado contacto con el pasado lo ponía nervioso y, por eso, a partir de entonces, con frecuencia acudía el chamán para hacernos limpias. Ese día, con los ojos cerrados y los brazos extendidos, parados al interior de un círculo de fuego, nos pasaron ramas de ruda y romero. Fue un alivio, si no físico, por lo menos psicológico dejarse llevar por el humo y limpiar el pasado para abrir camino hacia el futuro, sobre todo, en casos como el de aquel viaje en el tiempo en La Profesa en el que había pensado en la muerte. Salí con un ámbar en la bolsa.

Un día mi madre vio el amuleto de don Lucio. No confesé más allá que me había hecho una limpia, que en el Centro me habían regalado un anillo Atlante y que otra amiga me había dado el anillo Sagrav, y estos dos últimos los turnaba. Extendí la mano y le mostré el que llevaba puesto. En sus años de juventud, mi madre había sido maestra. Como tal, contestó:

—¡Ay, mi hijita!, mejor mete a la bolsa el libro de mi paisano Artemio del Valle-Arizpe o cuélgate el de la Ciudad de México de Salvador Novo. Ésos te servirían más.

Los trabajos avanzaban con celeridad, pero ese miércoles de finales de marzo las cosas pintaban mal.

—Natalia, está a punto de ocurrir una desgracia en la esquina de La Profesa —escuché decir a Sergio con voz alterada—. Una multitud insiste en cruzar la calle de Madero. Las personas que han quedado atrás, por más que se les explica que desalojen, no acceden a hacerlo. Empujan hacia adelante como si estuvieran en un estadio a punto de dar un portazo. ¡Urge que vengas!

Lo primero que se me ocurrió fue llamar al comandante Luna. Rápidamente le expliqué lo que pasaba. Estaba enterado, pero no de los 15 metros de excavación profunda a los que la gente se iba a enfrentar si continuaban empujando.

—Enviaré al grupo "cisnes" de mujeres policías —aseguró con firmeza.

Laura y yo tomamos los radios y corrimos.

Al llegar a la calle de Isabel la Católica reinaba el caos. Con dificultad, nos metimos entre la multitud que gritaba enojada. "¡Cómo se les ocurre cerrar las dos calles!". Las cisnes, con megáfonos, indicaban que quien quisiera cruzar la calle de Madero tenía que dar la vuelta a la manzana.

—¡Ni que fuera coche! —se escuchó que gritaron por ahí.

No había manera de controlar a la gente. Logré llegar a la reja del atrio de La Profesa. Me di cuenta de que, si abrían las puertas de la iglesia del lado de Isabel la Católica, donde estaba el tumulto, la gente podría cruzar por el interior del templo y salir por la puerta lateral, que daba a la calle de Madero.

Avisaron al padre Rosalío quien, como respuesta, dijo que no permitiría desmanes ni multitudes en su parroquia. Desde la reja del atrio pedí hablar con él. Después de un alegato, terminé por decirle que sobre su conciencia recaería la responsabilidad de una desgracia. Por fin accedió. Abrió la reja y la primera oleada de gente entró al atrio, como si se abriera la compuerta de una presa.

El padre y yo alcanzamos a refugiarnos detrás de un portón. Desde ahí observamos que al cruzar el umbral del templo, la muchedumbre guardaba silencio; algunos, incluso, hacían una pequeña genuflexión para santiguarse, viendo hacia el altar. Por unos minutos, el eco de cientos de pisadas, pausadas y metódicas, resonaba al interior del templo, pero al salir, volvían a vociferar:

—¡Inútiles! ¡Mira que tapar toda la calle hasta para los peatones!

El padre y yo nos volteamos a ver.

—Ya ve, padre, el Señor impone. Además, no sólo les salva la vida sino también les brinda unos minutos de paz.

Él no pudo evitar esbozar una sonrisa.

* * *

Los días pasaron y la boda de Mariana sería en unas semanas. Compré un vestido, invité a Guillermo y armé la ominosa mesa de solteros temporales y los sin remedio.

Mi sobrina era una más de las que tendrían que llegar en el tranvía turístico del Centro y caminar hasta la iglesia sobre una guía de alfombra que disimulaba un poco el terregal.

El 5 de abril tenía en la agenda un desayuno. Muy temprano, recibí una llamada de mi hermana.

—Natalia, mamá vino ayer por la noche a mi casa, no se sentía bien. Independiente como es, me sorprendió. Amaneció muy mal y no sabemos qué tiene. Nos vamos al hospital.

—¿Puede hablar? Pásamela —le pedí.

—No me estoy muriendo. Termina lo que tengas que hacer y aquí nos vemos —dijo contundente y mandona para soltar una de sus clásicas—: ¡y no corras!

Decía que yo era como el conejo de *Alicia en el País de las Maravillas*: siempre viendo el reloj y corriendo de un lado a otro: ¡se me hace tarde!, ¡se me hace tarde!

Llegué a Cuernavaca alrededor de las 11 de la mañana. Entré a la habitación del hospital, donde solamente se escuchaba el gorgoreo de un tanque de oxígeno.

—Mamá.

Una voz débil, inusual en ella, contestó:

—¿Quién eres? ¿Qué es ese ruido, está lloviendo?

—Son burbujas del oxígeno que te pusieron. Soy Natalia, mamá.

Estuve sólo unos minutos. Mi hermana entró para avisarme con voz apagada:

—Se la llevan a quirófano. Verán qué pueden hacer… —y casi en un susurro terminó la frase—: está muy grave, tiene septicemia.

Entumecida, no atiné a moverme. Como buena hermana mayor, me abrazó.

—Anda, vamos, ya se la van a llevar.

A partir de ese momento, no volvería a ver, ni a escuchar, ni a platicar, ni a reír, ni a discutir, ni a departir, nunca más nada con mi madre. Se me hizo tarde.

¿Que la muerte no avisa? ¿Cómo así, en una mañana? Durante dos semanas no pude ir a la oficina, simplemente no pude. Perder a mi madre fue sentir desplomado el techo, las paredes.

Fue quedar en medio del vacío, expuesta en el descampado. El frío de la orfandad siempre cala, no tiene edad; penetra, horada.

—Ya tienes que regresar a trabajar —escuché que Andrés Manuel decía en el teléfono—. Duele, duele mucho la pérdida de un ser querido. Rocío tiene tres meses de haber fallecido, pero hay que seguir adelante. Ya es tiempo de que te incorpores al trabajo. Te espero mañana. Voy a citar a una reunión para ver cómo va el Centro.

No tenía ánimo de ver a nadie, pero regresé a la ciudad. Mi jefe había perdido a su mujer y ya estaba en la oficina.

Diego, mi hijo, vino al sepelio de su abuela. Cuando lo llevé al aeropuerto, tuve que hacer un esfuerzo por mantenerme ecuánime. Sentía un nudo en el estómago. Nunca me había costado tanto trabajo dejarlo ir. Nunca me había sentido tan sola.

—Regreso pronto, no te preocupes. Te llamo en cuanto pueda. ¡Te quiero! —y se despidió a lo lejos desde la puerta de seguridad para tomar su vuelo.

Estuve largo rato viéndolo partir, con la sensación de vacío.

Al mes, el padre Rosalío ofició una misa para mi madre, organizada por vecinos y compañeros de trabajo. Al terminar, una dulce voz cantaba el *Ave María* mientras lentamente recibía los abrazos de pésame. El ingeniero Dovalí, el maestro Cervantes, las hermanas de la Iglesia de la Enseñanza, Guillermo, los notarios, mis compañeros de trabajo, hasta que le tocó el turno a una mujer… Victoria. Desconsolada, la abracé.

—Mi mamá. Mi mamá. Se murió mi mamá, Victoria —dije entre hipo y llanto, como lo hacía de niña—. Gracias por estar aquí —balbuceé entre sollozos.

—Con la cantidad de lágrimas que has vertido, ¿cómo no iba a venir? —dijo estrechándome con dulzura.

Escuché que alguien más decía:

—¿Qué vamos a hacer con Natalia?, no deja de llorar.

* * *

Llegó la fecha de la boda. Mariana lució el ramo que le había sugerido la abuela: unas flores del árbol "ramo de novia" que ella misma había plantado en su casa de Cuernavaca. Su nieta se veía preciosa frente al majestuoso altar neoclásico que, con esmero, diseñó el sevillano Manuel Tolsá en el siglo XVIII.

Tranquila, admiré dos tallas policromadas: san Ignacio de Loyola a la izquierda, san Francisco de Borja a la derecha. Unas joyas. En eso estaba cuando una sutil brisa con aroma a Joy pasó frente a mí. Era el perfume de mi madre. Había venido. Estuve a punto de soltarme a llorar, pero me contuve ante lo que ella diría: "Deja de hacer drama como María Tereza Montoya". Sonreí.

Recordé el día en que yo, desconsolada, lloré y lloré ante mi inminente divorcio "¡Ya para! Elizabeth Taylor se casó ocho veces y no creo que moqueara como tú, porque imagínate las arrugas que le hubieran salido". Por supuesto, lloré más fuerte y con más ganas.

En la recepción de la boda, Sergio, percibiendo mi tristeza, levantó su copa.

—Brindemos por doña Sara —y, en voz baja, comentó—: publicaron una esquela que decía: "Falleció a los 93 años". ¡Son unos brutos! Tenía 73. ¡Le aumentaron 20 años! Se los hubiera puesto "pintos".

Nos volteamos a ver y empezamos a cantar: "Sentir / que es un soplo la vida, / que 20 años no es nada, / que febril la mirada, / errante en las sombras, / te busca y te nombra. / Vivir / con el alma aferrada / a un dulce recuerdo / que lloro otra vez".

—¡Que el sonido cristalino de estas copas llegue al cielo! ¡Hasta el fondo por doña Sara!

La vida siguió su curso y, cuando pensaba en mi madre, su recuerdo volvía a pasarme por el corazón.

Mi Paquito

Vi mi reloj, marcaba la hora de la reunión de la obra. Rápidamente caminé a la cita con el ingeniero Dovalí. Sonreí al pensar que a esa calle la conocemos como Donceles, nombrada así por los atractivos y pudientes jóvenes del siglo XVIII que solían pasear por ahí. Donceles, la antigua calle de la Canoa, en breve sería una de las primeras vialidades que, a decir de los ingenieros, se abriría "de cuajo". Desde la época del porfiriato, exactamente 100 años atrás, no se realizaba una intervención de esa magnitud. Arqueólogos y restauradores esperaban con ilusión lo que revelarían sus entrañas. Evité pasar frente al número 39, no quería ver la casa para mujeres dementes y amargarme la mañana pensando en esas desventuradas.

Nos reunimos frente al Teatro de la Ciudad Esperanza Iris, donde ya nos esperaba el director, quien tendría que enfrentar la cancelación de eventos programados por el cierre de la calle; a cambio, tenía una solicitud especial para la instalación de una subestación eléctrica.

La suave llovizna nos obligó a entrar al *foyer*. Después de ponernos de acuerdo, el directivo se disculpó y ambos permitimos a los técnicos hacer su planeación con los ingenieros. El objetivo estaba cumplido. Dovalí dejó a su gente trabajando. Juntos nos acercamos a la puerta.

—Bonito el teatro, ¿verdad? De joven vine muchas veces —dijo prendiendo su inseparable cigarrillo con su encendedor Zippo de acero—. Cómo ha superado eventos adversos: incendios y escándalos. No así su dueña. Ah, ¡qué mujer! Sufrió un incendio pasional que no pudo apagar —y soltó una larga bocanada de humo—. Ya verá cómo nos encontraremos historias en estas calles.

—De niña venía con mi madre a la temporada de zarzuelas —comenté por continuar con la conversación—. Me encantaba cuando al finalizar la obra bajaban de la tramoya unos pendones con la letra para que el público cantara a coro con los actores —recordé con nostalgia.

—En honor a ella, vamos a dejar este espacio precioso —dijo en tono paternal—. Ande, vaya a descansar y no se ponga triste. Le voy a enviar a su oficina *La carta esférica* de Pérez Reverte. La acabo de leer, está muy entretenida. Distráigase un poco —insistió—. Le pediré a un ingeniero que la encamine con un paraguas al Fideicomiso.

Habían pasado pocos meses de la inesperada muerte de mi madre y me recuperaba de su ausencia con dificultad. Trabajar con obsesión era mi refugio.

—Se lo agradezco mucho, prefiero aprovechar el acceso al teatro para ver la restauración del interior. Nos vemos mañana en el recorrido de la calle —le dije y le di un abrazo de despedida.

Cada día crecía nuestro afecto y mutuo reconocimiento. Me había ganado a pulso que aceptara mis habilidades y las del equipo. Era un hombre inteligente y simpático que conocía su oficio con maestría. Cuando me encontré a solas, sobé mi talismán tentando al pasado, ¿sería posible regresar a mi infancia y ver una zarzuela con mi madre? Mejor aún, si dejaba que las gotas de lluvia me mojaran, quizás hasta podría abrazarla. Por unos instantes, cerré los ojos y dejé que el agua corriera por mi rostro. Deseaba que el tiempo cumpliera ese deseo... pero no fue así.

Estaba a punto de darme la vuelta para subir la escalinata, cuando escuché a un chico que gritaba con voz aguda.

* * *

—¡Extra! ¡Extra! ¡El marido de la diva, culpable del bombazo! ¡Extra! ¡Extra! —el jovencito corre a mi encuentro.

—Ándele, señorita bonita, cómpreme un periódico —dice con voz cantada y sonriente.

—No traigo dinero —contesté abrumada porque la noticia llamó mi atención y me hizo gracia toparme con un voceador de los que hacía mucho no veía.

—Ahí después me lo paga, tenga —y me da un ejemplar.

Se va corriendo a gritar la noticia junto a un joven que está a punto de subir la escalinata y quien viste de forma inusual. Pantalón de cintura alta y valenciana, camisa blanca arremangada con corbata muy angosta. Lleva el saco y un sombrero en la mano.

—¡Ven acá, chamaco! Dame el periódico —de prisa le da unas monedas que trae en el bolsillo.

Es un hombre de otros tiempos. Volteo hacia la calle, circulan un pesado Buick y un taxi pintado de cocodrilo. El periódico está fechado el 30 de octubre de 1952 y Victoria... no está.

Aferrada a mi talismán para sentirme más segura, corro detrás de aquel hombre joven que entra presuroso. Se dirige al segundo piso. A grandes zancadas, sube de dos en dos los escalones. Hago un esfuerzo para no perderlo de vista. Con el corazón acelerado, trato de impulsarme con el pasamanos. Ambos llegamos a lo alto, sofocados. Él va tan ensimismado que no me ve. En un extremo del pasillo hay una puerta. La abre, lo sigo y, para mi sorpresa, me encuentro frente a un espacioso departamento. En el recibidor hay un cartel de Esperanza Iris enmarcado en dorado. A mi derecha hay una puerta, me asomo. Da a un gran palco privado, el famoso número siete. La vista es majestuosa. Desde ese lugar la diva controla su reino. ¡Vive en el teatro!

El piso es de fino *parquet*. A la entrada hay un aparador con un jarrón chino y fotografías de ella, muy joven, en sus actuaciones, y en algunas otras imágenes aparece con un hombre. La mesa del comedor es oval, de fina chapa de zebrano y se alcanza a ver en la orilla del mueble una firma de Pander, el exponente del *art déco* holandés de los años cuarenta. La lámpara es una cerámica redonda vidriada color palo de rosa. La casa es armoniosa, perfecta y antigua. La sala está decorada con un hermoso gran espejo de marco de madera oscura, parece caoba. Quiero ver mi imagen reflejada en la misma luna donde se ha visto la gran diva. Estoy vestida a la usanza de los años 50. Llevo unos zapatos *pump* en charol color burdeos con tacón de aguja, vestido de falda circular y cinturón delgado. Luzco un peinado con ondas suaves que me hace recordar las fotografías de mi abuela, en eso estoy cuando escucho voces. Replegada en la pared, me escondo detrás de una puerta. Los que hablan pasan de largo frente a mí, ¡no me han descubierto!

—Rosa, llévale el periódico a la señora. ¡Apúrale! Hablan del patrón —dice en tono imperativo el hombre al que seguí.

La joven empleada duda por un momento al ver el encabezado.

—¡Córrele! Que es orden para ahorita —y truena los dedos.

—Pos ni que fueras mi patrón. Así te voy a hacer cuando me lleves al mandado —le contesta al que, me percato, es el chofer. Deposita el diario en una brillante charola de plata y se dirige a la habitación contigua.

—Ponle un vasito de agua, no seas así —la detiene el joven del hombro.

Los dos se voltean a ver con desconcierto, a sabiendas de que están jugando el papel de aves de mal agüero. Él la apoya poniendo una jarrita de cristal sobre la servilleta de piqué. Yo, sigilosa, logro ocultarme tras un biombo en una recámara. ¡Es la de la diva!

La muchacha entra. Se escucha el grito de una mujer madura, que repite:

—¡Paco, mi Paquito! ¡Mi Paquito es inocente!

—Señora —dice titubeante la chica—, ¿le traigo un tecito?

—No, dile a Rafael que me prepare un jaibol —dice en tono derrotado.

Un pesado silencio, que precede a la desgracia, flota en el espacio. Doña Esperanza se levanta y se dirige a un secreter donde se encuentra el teléfono. Nerviosa, saca de un pequeño cajón una libreta de pasta de piel craquelada color vino. Busca ansiosa un nombre. Se escucha el lento discar de los números al girar la rueda con el dedo índice. Los repite en voz alta para no equivocarse.

—Cuatro… —y se distingue el inconfundible sonido del lento retorno del disco a su lugar, ¡clic!— nueve… —¡clic!, y al quinto ¡clic! la mujer espera unos minutos.

—¿Licenciado Guzmán? ¿Ya se enteró de la noticia?… Lo culpan. ¿Qué vamos a hacer? No, no sé dónde está —hace una pausa—. Bueno —dice con vacilación—, sí podría averiguarlo, pero prometa que impugnaremos la sentencia.

Después de unos largos minutos en los que se dedica a escuchar, con un escueto: "Me avisa en cuanto sepa algo", cuelga lentamente el auricular.

La mujer luce abatida. Con paso lento y como si el alma hubiera abandonado el cuerpo, se sienta en el *chaise longue* de terciopelo rosa de su recámara y toma la fotografía con marco de concha nácar de la pequeña mesita de centro. Pensativa, mira el retrato donde está vestida de novia junto a su esposo.

Le vienen a la memoria imágenes de su vida, el trabajo que le costó llegar hasta ahí. Los años de arduo esfuerzo desde que, muy joven, se vino de Villahermosa a la capital cautivada por los escenarios, el público y sus aplausos. Había nacido para ellos. La diva, que se había ganado el nombre de "la Reina de la Opereta", que había sentado a su mesa a los más disímbolos y famosos personajes y condecorada por el rey Alfonso XIII de España, ¿iba a ser vapuleada en pasquines? ¿Qué acaso no sabían que junto al tenor Juan Palmer, su primer marido, construyó su propio teatro y que el mismo general Venustiano Carranza lo inauguró? ¿A "ella" la acusaban de estar casada con un asesino? Ya la vida le había cobrado suficientes facturas. La desgarradora pérdida de dos hijos que tuvo con su anterior marido y ahora, enamorada y en paz, ¿venían por su esposo?

Fragmentos de recuerdos se le agolpan en la memoria; no quiere saber de más dolor.

Se escucha que alguien llama a la puerta, y al no recibir respuesta, suena el discreto giro de la perilla. Deslizan la puerta con suavidad.

—Señora, aquí está su jaibol —Rosita coloca la bebida sobre un portavasos de madera laqueada. Se preocupa por la palidez de su patrona y le asusta su mirada perdida.

A Esperanza Iris, a partir de ese momento, se le recrudece el peor de los padecimientos, el que nubla el juicio y la voluntad: la obsesión por un hombre. Negará los hechos, sin importar cuál sea la verdadera historia. Para ella, Francisco Sierra no es culpable.

De pronto se oye el repiquetear del teléfono. Ansiosa por tener noticias, se levanta a contestar antes de que alguno de los empleados lo haga.

—Dígame, Guzmán. ¿Cómo? ¿Los testigos ya están declarando? Voy para allá de inmediato. Nos vemos en la agencia del Ministerio Público. Deme la dirección.

Con desazón, anota sobre un pedazo de papel que arranca de una libreta.

A Esperanza le informan que a raíz de la primera comparecencia de los testigos, se comprueba la participación de Francisco en la colocación de la bomba que derribó el avión de Mexicana de Aviación en pleno vuelo. Viajaban 20 pasajeros y cuatro tripulantes.

Su Paquito, al llegar al aeropuerto en su Cadillac azul tratando de tomar un avión rumbo a La Habana, ha sido detenido.

Por la captura de Emilio Arellano Schetelige, su cómplice, la Procuraduría General de la República ofrece $50 000 pesos. No serán necesarios, ya que el mismo hermano de Emilio lo entrega antes de que éste tome un barco en Veracruz.

La diva toca la campanilla de bronce que descansa sobre la mesilla para llamar a la empleada. Con voz nerviosa, le indica:

—Avisa a Rafael que prepare el auto y tú ayúdame a sacar mi traje sastre con chaqueta color camello, la que tiene un bies oscuro, y mi sombrero a juego, el redondo con velo al frente. También mi estola pequeña de zorro y unos guantes marrón. ¡Deprisa! —mientras tanto, ella introduce en su bolso un bilé, la agenda color vino y saca de un cajón bajo llave un grueso fajo de dinero.

La diva se viste. Con cautela, logro salir de la habitación; recorro un pasillo esperando que el chirriar de las duelas del piso no me delate. Trato te escabullirme rumbo a la salida, pero me topo con el chofer y pega un brinco.

—¿Y tú quién eres? ¿Cómo entraste?

—La puerta estaba abierta —balbuceé.

—¿Eres la que va a suplir a Carmen durante sus vacaciones?

—Sí —dije con inseguridad.

—¡Qué susto me diste! Para la próxima, toca a la puerta. Justo llegas a tiempo para acompañar a la señora ...¡la cosa está que arde! ¡Vente! Espérala abajo.

En la banqueta, Esperanza se percata de mi presencia.

—Tú debes de ser Luisa. Qué bendición que has llegado a tiempo. Entra al auto.

Me apresuro detrás de ella y subo al asiento del copiloto del Ford F-100, último modelo.

Durante el trayecto, me pide que cancele los compromisos que tiene en la agenda. Caigo en la cuenta de que soy la asistente de la diva.

En escasos minutos, llegamos a un Ministerio Público donde un enjambre de insaciables periodistas la aguardan y se arremolinan con cámaras alrededor del auto. Los flashazos nos ciegan por instantes. Se escuchan golpes contra las ventanillas y gritos.

—¡Doña Esperanza! ¿Usted sospechaba algo? ¿Cómo se enteró? ¿Conoce al cómplice de Francisco?

El abogado y un ayudante se abren camino para llegar hasta el auto y escoltan a la diva. Me cuelo con ellos.

Todo es gris en esas oficinas de escritorios de metal con pesadas sillas rotatorias del mismo color. Se escucha el constante teclear de las máquinas Remington y el tintineo del rodillo cuando las hábiles secretarias lo regresan de un golpe por la continua captura de palabras. La sala está abarrotada. El tufo de ceniceros repletos de colillas y el olor a café viejo y recalentado se suman al aire viciado que se respira en el ambiente.

Doña Esperanza se acerca al lugar donde están rindiendo las declaraciones. Alcanza a saludar a su Paquito, que se encuentra detrás de la barandilla. Un hombre solícito le cede su asiento. El proceso es público y abierto.

"¡Silencio en la sala!", exigen los abogados bajo amenaza de desalojar a los presentes.

Toca el turno de rendir testimonio a una sencilla mujer de abundante melena negra que lleva el brazo en un cabestrillo.

La joven que la acompaña tiene el cabello recogido en una sencilla coleta amarrada con una cinta y mantiene una constante expresión de asombro.

Dos investigadores dirigen el interrogatorio. Uno de ellos, el de mayor jerarquía, displicente y seguro, está recargado, semisentado sobre el escritorio. Sacude constantemente su cigarrillo en el cenicero, parece más un tic que una necesidad.

—Así que dígame, señora, ¿cómo es que usted llega a subirse a ese avión?

La mujer, angustiada, inicia su relato en voz muy baja.

—Licenciado, buscando trabajo vi en el aviso oportuno del periódico que una compañía americana ofrecía empleo temporal en Oaxaca.

—Le voy a pedir que hable más alto para que la señorita la escuche y pueda capturar su dicho, señora —le requiere el abogado del Ministerio Público, enfundado en su deslucido traje gris, a juego con el mobiliario.

Ella se aclara la garganta y hace un esfuerzo por sobreponerse:

—Le decía, licenciado. La paga era buena y la necesidad, usted sabe, es grande. El único requisito era contar con el acta de nacimiento para inscribirnos en el Seguro Social. Primero asistí yo y pregunté si aceptaban a mi sobrina. Me dijeron que si tenía el documento, se podía presentar. Había más personas solicitando empleo, pero les faltaba el certificado y nosotras, por suerte, lo teníamos —y se aclara nuevamente la garganta, que se le seca—. El trámite fue rápido, nos dieron a firmar nuestro contrato.

—¿Firmó algo más?

—Sí, unos papeles de un seguro de viaje mientras salía el alta del IMSS.

El abogado le acerca un vaso con agua para darle un respiro.

—Trate de tranquilizarse y platíqueme los detalles que recuerde, por mínimos que le parezcan. Dígame todo, absolutamente todo —la mujer, nerviosa, se restriega las manos.

—El mismo día de nuestra partida, a las siete de la mañana, llegó al aeropuerto la misma persona que nos entrevistó. Nos regaló una medalla con nuestras iniciales. A mí me tocó una virgencita del Carmen, mírela usted —y extiende la mano para mostrar el pequeño objeto—, y una esclava de plata muy bonita con nuestro nombre grabado en ella —con inocencia, le acerca su muñeca—. Ese día las estrenamos. Nos dijeron que servirían para identificarnos a nuestra llegada con los patrones. Eso es todo lo que sé, licenciado.

La mujer, articulada y precisa, ha sido muy clara. Es una maestra rural del estado de Puebla buscando hacerse de un poco de dinero extra. Los otros seis testigos, palabras más, palabras menos, declaran lo mismo. La constante es que tenían acta de nacimiento y firmaron una póliza de seguros La Provincial. Ninguno tenía copia ni sabía el beneficiario. A todos les regalaron una medalla y una esclava con su nombre. La excepción es un anciano, al que un sobrino trajo desde Chicago. A él le regalaron un cinturón, le pidieron estrenarlo el día del viaje y le hicieron una solicitud adicional: documentar una maleta que debía entregar al llegar a su destino. Por su declaración, se supo que era tío de Emilio Arellano.

—¿Cómo la ves, Ramos? ¡Qué par de cabrones! Las medallitas y las "chingaderas" eran para identificar los cuerpos. En la maleta colocaron los explosivos y se la dieron al pobre viejo. ¡Para no creerse la sangre fría que se cargan este par de hijos de la...! —remata un detective negando con la cabeza y tragándose la última palabra al percatarse de que la prensa lo puede escuchar.

Una declaración extraña se suma a las recabadas. La del americano que viajaba con su mujer. Con ámpulas en la cara y ambos brazos vendados por las severas quemaduras, relata que al iniciar el incendio al interior del avión, un hombre rompió una ventanilla y se lanzó al vacío bajo el grito de: ¡*Consummatum est*!

Los oficiales, durante las investigaciones, encuentran que se trata de un extranjero de origen polaco, beneficiario de la mayor cobertura de seguros del grupo: $300 000 pesos.

A Francisco, su abogado le recomienda entregar todas las pólizas que su amigo le dio a guardar en un sobre; lo hace al día siguiente. Declara que él desconocía el contenido. Emilio se presenta a juicio, los cómplices caen en contradicciones y en culparse mutuamente.

Paco se ve orillado a admitir que fue él quien compró el despertador con el cual se fabricó la bomba y lo llevó a una relojería de Isabel la Católica para que fuera ajustado con precisión. Acepta haber acompañado a Emilio a la joyería La Reina de Oro, en 5 de Mayo y Bolívar, para adquirir lo que usarían como identificadores de los cuerpos. Arellano lo culpa de ser el autor intelectual del plan y acepta haber sido sólo el instrumento para llevarlo a cabo.

Si la estrategia no tuvo como resultado la muerte de los 20 pasajeros y los cuatro tripulantes, se debió a un golpe de suerte.

Ese 24 de septiembre de 1952 amaneció nublado. La salida se retrasó 40 minutos. El sabotaje sucedió a 15 minutos de haberse iniciado el vuelo y no a gran altura, como era lo previsto. El artefacto casero armado por Arellano, especialista en manejo de explosivos en minas, abrió un boquete de 60 centímetros de ancho y doble de largo bajo la cabina de mando. Las dos sobrecargos, el copiloto y algunos pasajeros, aterrados, realizaron esfuerzos para taparlo con equipajes que salieron succionados por el aire.

El capitán Carlos Rodríguez, quien pilotaba el avión, era un experimentado veterano de la Segunda Guerra Mundial, miembro del escuadrón 201. Durante 20 minutos realizó maniobras. Rodríguez encontró un atisbo de luz entre las nubes y logró exitosamente el aterrizaje forzoso del DC-3 en el aeropuerto militar de Santa Lucía. La prensa lo calificó de "un milagro".

Se rumora que los acusados tendrán que enfrentar una condena de 30 años en Lecumberri.

A Esperanza le permiten, en un receso, hablar con su Paquito.

—Yo sí te creo, mi cielo. Ese infeliz te embaucó. Si es necesario hablo con el mismísimo presidente de la República —dice entre sollozos—. Ten fuerza y mucha fe. Saldremos de ésta.

A partir de ese día, acompaño a Esperanza a todas sus citas. Estoy a su lado en cada paso. La apoyo en cada llamada y la atiendo en todo lo que está a mi alcance.

La diva, a lo largo de las semanas en las que se lleva a cabo el juicio, habla con jueces y abogados, no sé si también con el mismísimo presidente, Adolfo Ruiz Cortines, pero dado el escándalo mundial que provocan los hechos, ya que se trata de uno de los primeros atentados contra civiles de los que se tenga registro, el resultado de la sentencia sorprende a todos.

El juez segundo de Distrito del ramo penal pronuncia su resolución, y en una sala abarrotada donde se ha llevado a cabo el rápido proceso entrega el veredicto a los acusados: Emilio Arellano Schetelige: 30 años de cárcel; Francisco Sierra: nueve. Arellano, inmutable, recibe el documento que define su futuro y lo guarda en el bolsillo interior de su saco de anchas solapas. El segundo rompe en llanto.

Se escucha un barullo y exclamaciones en un extremo de la sala. Esperanza acaba de sufrir un infarto. Entre la gente, la sacan de emergencia. Es atendida a tiempo. Después de una corta estancia en el hospital, regresa a casa. Voluntariosa y tenaz, se dedica a lograr su objetivo.

—Impugnemos la sentencia. A usted le parecerá un buen acuerdo, pero a mí ¡no! Pago lo que sea necesario. Es una injusticia. A Paquito lo engatusaron y usted lo sabe. No, no estoy conforme.

Cuelga el teléfono, ese aparato que en las últimas semanas se ha convertido en elemento vital y del que está constantemente atenta.

—Licenciado Martínez, usted me prometió que tendrían consideración con él. ¿Cómo es que Paco estará conviviendo en Lecumberri con rufianes? Hay que mantenerlo en los "separos" —la diva se suena la nariz, roja del rozar del pañuelo por la gripe que le aqueja.

Se observa al espejo mientras habla con el abogado. El reflejo ya no es el de la mujer vivaz que se casó a los 52 años con aquel joven de 27 del que se enamoró hasta el tuétano. Ha ganado mucho peso y necesita ocultar las canas. "Ella", la empresaria y actriz poderosa, se está quedando sin ánimo, sin dinero y sin su amor. Pero no se dará por vencida.

La apelación y el juicio es expedito. El gobierno quería acallar y terminar de una vez por todas con ese bochornoso suceso. Ésas eran las indicaciones de "arriba".

Sentado, detrás de un amplio escritorio de pesada caoba, el magistrado habla con su subalterno. Tiene frente a él una voluminosa carpeta. Golpea constantemente su elegante pluma Sheaffer sobre los papeles, puntualizando sus palabras. Atrás, en su credenza, está el Código Penal y la Constitución empastada en piel color baqueta, junto a otros libros de leyes. Una escultura de bronce con la justicia ciega adorna el otro extremo.

—¿Que no está conforme con la sentencia? ¡Ja! Seguramente esa señora imagina que estamos en una representación de vodevil y como no le gusta el final, lo quiere cambiar. La justicia,

Manuel, no distingue. Hay que juzgar a todos con el mismo rasero —afirma molesto.

El día de la resolución en segunda instancia, Francisco Sierra entra a la sala vestido con el uniforme a rayas de Lecumberri. Esperanza se impresiona de verlo en lo que considera una humillación. Las cámaras y los flashazos no se hacen esperar.

La diva pierde prestigio y seguidores a una velocidad galopante. La prensa la califica de solapadora de asesinos.

El caso cae en la sala del magistrado incorruptible y justo.

La sentencia de Francisco pasa de nueve a 29 años de prisión. Paquito escucha el veredicto y lo retiran del recinto. Esperanza ahoga un grito. Siente una estocada en el corazón.

—¡Lo hundí! ¡Lo hundí! Soy una imbécil —repite turbada.

La acompaño hasta su casa. Veo que se sofoca al subir al segundo piso. Arrastrando el poco espíritu que le queda, llega a su habitación. Rosita se ofrece a ayudarla a desvestirse. La diva pide que la dejemos en paz. Aturdida, avienta los zapatos. Se quita la ropa que la asfixia: falda, blusa, liguero yacen esparcidos en el piso. Las medias le quedan a media rodilla. Se tira sobre la cama cubierta únicamente por un fondo de seda. Siente un puño que le oprime el corazón. Preocupada, toca la campanilla del buró.

—Sírveme un poco de agua y llamen al doctor —le pide a su empleada con la voz entrecortada por la falta de aire.

Esperanza respira con dificultad. Me acerco con cuidado en lo que llega la ayuda. La cubro con una pequeña cobija de crochet que tiene al pie de la cama. Siento esa compasión que acompaña con amor el dolor del otro. La culpa es uno de los padecimientos más dolorosos, porque nos enfrenta a lo que no tiene remedio.

No puedo contenerme y le susurro al oído, al tiempo que le seco con un pañuelo la frente perlada en sudor:

—Va a estar bien, va a estar bien —le repito acariciándole el cabello y, en voz muy bajita, deslizo su futuro—. Será recordada por tu talento y el magnífico teatro que construyó a la altura de La Scala de Milán. Hoy me contaron que gracias a usted pisaron su escenario Caruso, Rubinstein, Anna Pávlova y tantos artistas más. Se mantendrá como uno de los mejores escenarios de la ciudad y llevará su nombre.

Temblorosa, sumida en su delirio, toma mi mano. La de ella está helada. Con voz débil y apenas audible, entre quejidos, escucho un: "Gracias. No te vayas, no me dejes sola".

El chirriar de llantas y el ulular de una sirena irrumpen el momento. Se escuchan unos decididos pasos acercándose por el pasillo. Me asomo. Replegada al muro, bajo la escalera de lado, lentamente uno a uno los escalones, mientras doy paso al tropel de paramédicos que suben con una camilla. Su médico viene en camino. Esperanza ha sufrido el segundo infarto.

Me deslizo hasta la calle. Me reconforta, desde el firmamento, la luna brillante de octubre.

* * *

Cierro los ojos. Al abrirlos, siento el aire fresco de la noche, que me pega de golpe en el rostro. Encuentro la calle ruidosa y veo caminar a la gente. Una despreocupada pareja de jóvenes en jeans deshilachados y camisetas a juego hacen un alto en el camino para, sin mayor pudor, darse un apasionado beso en la boca.

La cartelera del teatro anuncia: 25 y 27 de octubre en concierto: Joan Manuel Serrat: "Un canto a la vida".

Camino bajo la luz de los arbotantes. Mi chofer espera para conducirme a casa.

—La veo cansada, mi Lic. —me dice a manera de saludo.

Conduce por la avenida 20 de Noviembre rumbo a mi refugio, la privada empedrada y tranquila en Coyoacán. En el quicio de la puerta a punto de abrir, escucho que mi vecino, Enrique, un hombre dulce y platicador, se asoma por la ventana.

—¡Natalia! Fui al súper, te dejé en la puerta el litro de leche que me prestaste ayer.

—Gracias, querido, no era necesario. Estoy rendida, hoy vi a mucha gente —atiné a decir.

—Báñate con un limón, frótalo por todo el cuerpo y después lo tiras —dijo convencido quien tenía el extraño *hobby* de hacer "cartas astrales".

—Te prometo que lo haré, mañana hablamos —respondí.

Sobre la barra de la cocina, misteriosamente me esperaba un sobre. Gracias a esa nota, conocí el final de la historia.

Francisco Sierra Cordero fue un sobresaliente tenor. Su esposa lo impulsó con tal ahínco, que incluso participó en una ópera junto a Caruso. Fue ludópata y debía fuertes sumas de dinero, amén de haberse gastado el de su mujer y haber hipotecado el teatro. Ella le perdonó todo, hasta el haberla engañado con una antigua trabajadora del hogar con la que tuvo un hijo.

María Esperanza Bofill Ferrer, Esperanza Iris, nunca abandonó a su marido. A lo largo de diez años lo visitó en Lecumberri hasta el día en que el corazón se le detuvo para siempre. Nunca recuperó su fama en vida. Murió, sola, el 7 de noviembre de 1962, a los 74 años. Él purgó su condena. Se casó, tuvo cinco hijos, organizó un coro y hasta un grupo de mariachis durante su estancia en la cárcel. Nunca volvió a cantar profesionalmente. Falleció en 1988, pobre y repudiado.

Bajo el agua tibia de la regadera, froté con fuerza el limón contra mi pecho. Traía clavada la obsesión de Esperanza Iris en el corazón.

Antes de acostarme, preparé una taza de leche caliente, como me daban de niña, con el ánimo de que me ayudara a conciliar el sueño. Subí a la recámara. En la contestadora, el titilar de una lucecita anunciaba un mensaje. Escuché la inconfundible voz de Guillermo decir:

—Mi querida amiga, ven a comer mañana a la casa. Te tengo una sorpresa, ¡no falles! Cuando puedas, llámame.

Apagué la luz, abracé la almohada con fuerza y traté de dormir.

¡Está temblando, está temblando!

Como acordamos, llegué a la casa de Valladolid número 52 pocos minutos antes de las tres de la tarde. Me abrió, en su filipina blanca, su leal asistente Miguel.

Previo a subir los escalones que daban acceso al magnífico *hall*, había un piso de mármol con la figura de una estrella, símbolo de la luz que guía en la oscuridad e ilumina el camino ante lo desconocido. Antes de acceder al mundo de Guillermo, había que pararse sobre ella, quizás como un recordatorio de que el saber es un bien infinito e inmensurable.

En el primer nivel, te recibía una mesa de marquetería con un tibor chino de porcelana azul del siglo XVII. Atrás de él, al centro del muro, colgaba un espléndido espejo veneciano que daba la bienvenida a los pocos visitantes.

Una tarde, en nuestros acostumbrados cafés, me relató el primer espionaje industrial registrado en la historia. Fue durante el reinado de Luis XIV que, con artilugios, los franceses se apropiaron a través de intrigas, secuestros y hasta muertes por envenenamiento de la técnica de vidriado veneciano para construir la famosa Galería de los Espejos de Versalles. El de mi amigo era un auténtico espejo veneciano del siglo XVII.

A mi derecha, estaba la puerta de madera y cristal que dejaba entrever los grandes helechos y follaje del jardín secreto, que me encantaba. Unos escalones irregulares de piedra conducían al quiosco escondido de madera aparente. Un clásico diseño de las casas porfirianas.

El mozo que pasaba de ser un chofer trajeado y de gorra de plató de los años cuarenta a mesero de guantes blancos con charola en mano y filipina de chef, amablemente me pasó al pequeño salón principal. Una tenue luz se colaba a través de las cortinas de gasa drapeada. El espacio estaba protegido del mundo exterior por gruesas cortinas de brocado, que en ese momento se encontraban recogidas a los lados por unos cordones rematados con borlas doradas.

—Mi querida Natalia, ¡llegaste! —escuché de pronto a mis espaldas.

Coqueto y sonriente, Guillermo se acercó a darme un abrazo. Vestía su inseparable *tweed*, con pañuelo blanco en el bolsillo delantero.

—¡Qué gusto! ¡Pudiste llegar temprano! Platiquemos de las novedades mientras llegan los amigos que me interesa que conozcas.

Hizo sonar una pequeña campanilla para que acudiera el joven oaxaqueño del que me hacía gracia su agilidad para cambiar de vestimenta, semblante y actitud, según se presentara la ocasión.

—Miguel, sería usted tan amable de traer un tequila a la señora y otro para mí —le ordenó—. Hay que celebrar las buenas noticias que tengo querida —me susurró al oído—: a los subalternos y a los enemigos hay que hablarles de usted, y a estos últimos no es de respeto, sino de distancia y desprecio —asentí con la cabeza como si aprendiera la lección. Mi amigo era implacable con sus contrarios.

—Guillermo, hoy por la mañana el jefe de Gobierno citó al oficial mayor y a mí en sus oficinas. Nos pidió coordinar el proyecto de la construcción de una plaza en los terrenos donde se derrumbaron varios edificios en el terremoto del 85. ¿Ubicas los que estaban frente a la Alameda?

—¡Claro, cómo no! El Hotel del Prado, el Conjunto Alameda y varios más. Quedó en pie, si no mal recuerdo, el del arquitecto Villagrán, aunque muy dañado —comentó.

—Mañana voy a recorrer la zona. Hoy vi los planos de lo que será la Plaza Juárez. El proyecto estará a cargo del arquitecto Legorreta. Me preocupa el pequeño Extemplo de Corpus Christi, que quedará asfixiado entre grandes construcciones —le compartí—. No sé qué destino le podremos dar, pero hay que salvarlo. Toda esa área me parece tan separada del Centro, que me cuesta trabajo pensar que forme parte de él.

—Tienes razón—dijo pensativo—, cuando abrieron el eje central Lázaro Cárdenas, efectivamente partieron el Centro en dos. De un lado quedó el casco antiguo de la ciudad, y del otro, la elegante avenida Juárez con la Alameda. Abrir esa vía rápida fue su desgracia.

Sonó el timbre de la entrada, se escucharon unas voces. Guillermo me presentó a dos notarios, uno de ellos, Jorge Alfredo Ruiz del Río, presidía el Colegio Nacional del Notariado Mexicano. Después del aperitivo y una plática ligera, bordeando el jardín recorrimos el largo pasillo de piso de *chest* de cuadros blancos y negros que me recordaba al enigmático gran Gatsby.

Entramos al comedor a través de una puerta blanca de dos hojas. Había mesitas laterales con cocos chocolateros, uno de ellos de plata, decorado con un águila y el monograma del emperador Maximiliano de Habsburgo. Dos óleos de naturaleza muerta, obra del pintor José Agustín de Arrieta, adornaban el espacio. El antiguo reloj sobre un nicho en la pared marcaba el tiempo detenido en esa casa. La mesa lucía un mantel de lino color crema con tejido de ganchillo en los bordes. Cuatro sencillas sillas con respaldo redondo de mimbre formaban el comedor. Para Guillermo, más comensales era sinónimo de palabrería.

El servicio de plata, la sopera, el anillo para la servilleta y la base estaban dispuestos en el lugar perfecto, como en las casas de los más exquisitos porfiristas del siglo XIX.

—Natalia, los señores notarios requieren trasladar de manera urgente el Fondo Reservado del Archivo General de Notariado a otro lugar. Actualmente se encuentra en la Candelaria de los Patos, en la Merced, en condiciones que lo ponen en riesgo —dijo muy serio— y les gustaría encontrar un recinto en el Centro.

Uno de los comensales dio una convincente explicación:

—Miren ustedes, incluidos en los documentos que resguarda este acervo, están el testamento de sor Juana Inés de la Cruz, el de Leona Vicario y el de Francisco Villa, entre muchos otros —comentó entre platillo y platillo de la cocina mexicana que le gustaba ofrecer a nuestro anfitrión: pipián, tortillas y arroz con frijoles, eso sí, acompañados de un buen vino.

Se hizo una agradable tertulia de sobremesa. Todo en casa de Guillermo era de antaño y nostalgia. Platicamos sobre los mitos de la historia, de lo que los documentos revelan y lo terrenal y mundanos que eran nuestros héroes. El archivo guardaba testimonio de las múltiples compraventas de inmuebles realizadas por Benito Juárez, quien proclamó "vivir en la justa medianía"; la fe notarial de la compra de un esclavo por parte del cura Hidalgo, quien rompió las cadenas de la esclavitud; y el testamento de Antonio López de Santa Anna, que refleja la pobreza en que murió a pesar de haber vendido más de la mitad del territorio nacional.

Guillermo estaba contento y, para el café, se animó a invitarnos a conocer su biblioteca. Solemne, con guantes blancos, sacó de una gaveta varios ejemplares de las primeras ediciones de las obras de sor Juana y el tratado de arquitectura de Leon

Battista Alberti editado en París en 1512, con anotaciones del primer virrey de la Nueva España, Antonio de Mendoza y Pacheco. En esa casa no se necesitaba de la lluvia para viajar en el tiempo.

Al retirarse los notarios y cerrar la puerta, cruzamos una mirada cómplice: ¡el Extemplo de Corpus Christi!

"Sí, ese lugar al que no le encontrábamos futuro, había encontrado su vocación", pensé con alivio y satisfacción.

—¿Mañana te animas a acompañarme?

Negó con la cabeza.

—Está bien —conociéndolo acepté su respuesta sin mayor insistencia—. Me voy a casa a descansar. Te llamo para contarte cómo me va en el recorrido. Conseguiré el dato de cuántos metros cuadrados útiles tiene y sabremos si funciona para nuestro propósito.

Sus amigos éramos su ventana al mundo exterior: ordinario y terrenal. Él, como siempre, prefería resguardarse en su paraíso, ese pasadizo secreto perdido en el tiempo.

* * *

—¿Lista? ¿Trae bien abrochadas las botas y el casco?

Laura y yo vimos nuestros tenis.

—¡Sí! —miré la franja interior del casco blanco. Estaba renegrida por el sudor acumulado de los operarios. Me lo ajusté de mala gana en la cabeza.

—Subiremos las rampas de los cinco pisos del estacionamiento. Arriba tendremos que recorrer un tramo donde se irán haciendo más angostas por unos techos desplomados, pero no es muy largo —nos explicó el ingeniero

—¿Y es seguro? ¿No pueden colapsar con nosotros adentro? —pregunté tratando de dominar el miedo.

—¡No se preocupe! Han pasado muchos años desde el terremoto. Las construcciones ya están asentadas —gritó, mientras le seguíamos rumbo a nuestro destino.

Mis manos sudaban y el corazón me palpitaba con fuerza. Otro ingeniero, tratando de animar al grupo, reiteró que desde arriba se tenía la mejor vista para entender el terreno.

—Ya verán qué buena panorámica de la Alameda —dijo apurando el paso.

Caminamos por unas anchas rampas circulares. En la medida del avance hacia el último piso, el techo se iba acercando a nuestras cabezas hasta obligarnos a encorvarnos para poder continuar. El estacionamiento había colapsado de manera irregular.

—Falta muy poco para alcanzar el último nivel —anunció el que lideraba el camino.

Sólo se escuchaba el sonido de las piedrecitas de concreto del pavimento rodando con nuestras pisadas. Evité mirar lo que parecía ser un automóvil aplastado por el peso de una losa desplomada. La rampa ya no era ni ancha ni llana, teníamos que hacernos camino entre trabes y alambrones retorcidos que colgaban del techo. Estaba segura de que el retumbar de palpitaciones no era únicamente el mío.

¡Pum! El sonido de un golpe seco hizo parar a todos. Sentí un fuerte dolor en la frente y por un instante perdí la noción de dónde estaba. Aturdida, tuve que ponerme en cuclillas. Un metal como lanza estaba frente a mí. Un ingeniero recuperó mi casco del piso.

—Traer equipo le salvó de la varilla, caminó usted directo a ella —indicó molesto y señaló la punta amenazante—. Hay que fijarse dónde pisamos pero también hay que ir viendo hacia adelante. ¿Está usted bien? —preguntó y me asió del brazo para incorporarme.

Asentí sintiendo punzadas en la frente.

—Necesita colocarse bien apretado el casco —dijo, recalcando la palabra “bien”—. Le pruebo el mío, quizás le quede mejor —y lo ajustó con fuerza. Sin más, aguanté que estuviera sudado.

—Prácticamente ya llegamos, Lic. —agregó otro de nuestros acompañantes y me ofreció su ayuda para retomar el camino. Ya no era la “señora” que no iba a poder con el trabajo, me había ganado su respeto.

El tramo complicado en realidad era de unos cuantos metros, pero me parecieron eternos.

Finalmente, alcanzamos el último piso. Desde la superficie, todo era ruinas y desolación. Por unos instantes nadie se atrevió a hablar. La imagen desplegada frente a nosotros era de muerte y destrucción. Ninguno atinaba a plasmarla en palabras. Habíamos entrado a la zona de desastre por una improvisada puerta entre los tapiales de avenida Juárez. Ahora, desde lo alto del estacionamiento podíamos ver los 11 edificios semicolapsados que, ocultos tras esa barda, yacían inertes como mudos testigos de la desgracia. Sentí que me faltaba el aire. Ante mí, estaba la cruda muestra de la indefensión del ser humano y la contundente supremacía de la naturaleza.

El terremoto de 8.1 grados en la escala de Richter, el más fuerte y letal del siglo XX en el continente, ocurrió en la Ciudad de México a las 7:19 de la fatídica mañana del 19 de septiembre de 1985.

A mi mano izquierda quedaba una torre con la mitad de los pisos totalmente destruidos, otra sección parecía haber sido rebanada por la mitad con una guillotina y la última aún lucía en partes su fisonomía original. Era el estupendo Hotel del Prado. Desde uno de los ventanales rotos de lo que algún día fueron las lujosas habitaciones, todavía colgaba una cortina verde, amarillenta y raída por el inclemente paso de los años; se asomaba la piecera de una cama.

—En los cuartos hemos encontrado teléfonos —se animó a decir uno de los operarios con voz apagada.

"¿Quién habrá hecho en ese cuarto su última llamada?", pensé, con el corazón encogido, "¿alcanzaría la calle en los breves segundos que tuvo para correr?".

Abajo, quedaba el acceso al estacionamiento. Curiosamente en pie, rodeada de escombros, sobrevivía una caseta vertical de metal color crema, con los bordes del techo redondeados.

"¿Quién habrá sido el último que entró? Qué demencial pensar que el boleto sellado por el reloj checador marcó la hora de su destino", dije para mis adentros, sintiendo el pecho oprimido.

—Fue mejor que el temblor sucediera por la mañana. Las oficinas estaban cerradas— se animó a comentar uno de los contratistas que haría la demolición.

Laura, visiblemente conmovida, sólo atinó a contestar:

—Mi tío estaba esa mañana en la torre de Televisa, en la sección de noticieros.

Se hizo un silencio. El ingeniero que intercambió su casco por el mío pronunció un escueto:

—Lo siento mucho —para después de una pausa atreverse a decir—: mi familia vivía en el multifamiliar Juárez.

Todos sabíamos que de ese conjunto habitacional no había quedado ningún departamento en pie.

Aferrada al amuleto, traté de sobreponerme ante la desgracia desplegada frente a nosotros y sin poder evitarlo, me apareció una escena:

Una mujer con delantal recoge los platos de la mesa del comedor y se dirige a la cocina para dejarlos en el fregadero. Un hombre vestido de traje azul y corbata a rayas toma el último sorbo de café.

—¡Amor! Se me hace tarde, tengo que salir ahora o no llegaré a tiempo. Te veo en la noche —y le avienta un beso al vuelo.

Un niño se levanta con brusquedad de la mesa y corre a abrir la puerta de la primera recámara.

—¡Estela, apúrate que ya nos vamos! ¡Mi papá te va a dejar si no estás lista!

El pequeño corre escaleras abajo al mismo tiempo que, retorciéndose con dificultad, logra acomodarse en la espalda su mochila que lleva estampada la figura de Batman.

Una adolescente de suéter gris y falda tableada a cuadros sale corriendo.

—¡Adiós, ma! —con una mano sostiene una carpeta rosa, mientras que, con la otra, se sube torpemente las calcetas blancas.

La vecina, una mujer mayor en bata color lila, recoge el grueso periódico del tapete de su entrada. Sonriente, grita a la muchacha:

—¡Ándale, Estelita, corre que te dejan!

La fina coleta de cabello color castaño amarrada por el resorte con adorno de bolitas se ve ondear escaleras abajo como su último reflejo.

Son las 7:19 y el crujido acompañado de una fuerte sacudida de un minuto con treinta segundos, trastoca y conmueve al mundo.

El hombre que alcanza a cruzar el quicio de la puerta principal del edificio se pregunta: "¿Dónde quedaron los sueños, las risas, los juegos? ¿Dónde están las caricias, el amor y el anhelo de futuro?".

Cientos de edificaciones en una pequeña fracción de segundo caen desplomadas; los menos quedan reblandecidos. Treinta y seis horas después, en medio de los desesperados esfuerzos de ayuda a las víctimas, a las 7:40 de la noche una réplica de 7.3 grados en la escala de Richter trastoca y derrumba las endebles estructuras de los que se han defendido de la primera estocada.

El más joven de los ingenieros me saca de mi ensimismamiento. Llama la atención del grupo señalando la hermosa vista del Hemiciclo a Juárez, ese testigo incólume del infortunio.

—Licenciada, pues esto es lo que se va a demoler —me informa—. Hemos calculado hasta el momento siete edificios, equivalentes a 15 000 metros cuadrados, de los 27 500 que conforman la primera etapa. Proponemos iniciar el 9 de agosto y tenemos programado terminar el 15 de diciembre.

—Sí, Lic. —reafirmó un ingeniero de mi equipo—. Van a empezar con los más pequeños, los de la calle Luis Moya, que en la planta baja tenían restaurantes y locales comerciales; el de la calle Independencia, que corresponde al estacionamiento; dos de la calle de Dolores que fueron habitacionales, y otro más, donde estaba un Tomboy.

Un arquitecto mencionó tres construcciones sobre avenida Juárez con las que había que tener especial cuidado. El número 30, diseñado por el arquitecto Luis Villagrán y que por el estilo de la época tenía valor de calidad arquitectónica para el INBA. El número 36, donde estuvo el Cine Alameda, catalogado por el INAH y del que se había salvado la fachada; por último, el Extemplo de Corpus Christi, que milagrosamente se mantuvo en pie en medio de la catástrofe.

Era el año 2002. Los escombros de la avenida más codiciada en la ciudad de los años sesenta habían ocultado por 17 años, en duelo silencioso, su dolor.

Los ojos me empezaron a picar por el polvo, quería irme. "¿Cuántos cadáveres estarán sepultados bajo estas ruinas? ¿Cuánto tiempo hay que esperar para rehacer la vida tras la muerte? ¿Cuántos años?", me repetía durante el descenso.

Había sido un día triste y el cielo estaba gris como nuestro ánimo. Al bajar, con desgano, buscamos un lugar donde tomar algo. Teníamos la boca seca y el espíritu también. Permanecía abierta una cafetería en la planta baja del Balmer, un antiguo hotel que tenía los pisos superiores inhabilitados y cuya fachada lateral mostraba una larga cuarteadura. Al ver esa profunda cicatriz, dudé en entrar. Imaginé las toneladas de concreto sobre mi cabeza.

—Lic., tomaremos algo rápido. ¡Pase! —me insistió con amabilidad un ingeniero—. El hotel no tiene daño estructural —añadió otro—, además los pisos no tienen carga.

De mala gana entré, pero les pedí tomar una mesa próxima a la puerta. Fue inevitable no seguir hablando del terremoto. ¿Dónde estaba cada uno de los presentes en ese momento?: dormido, desayunando, rumbo a la universidad. Yo estudiaba en el extranjero, mi suegro estaba de visita y, gracias a él, logramos tomar el primer avión que salió a México. Nuestros compañeros de viaje fueron: el grupo francés de paramédicos, sus equipos y los inolvidables canes de salvamento. Al terminar la charla, que nos sirvió de desahogo, nos desperdigamos por el Centro.

Al llegar a la oficina me lavé la cara y no quise salir a comer. En ese día nublado y húmedo de verano, mi único deseo era encontrarme con Victoria. Esperaría con un café la lluvia de la tarde. Ante las primeras gotas salí a su encuentro.

Entré al pequeño *hall* del archivo. Saludé al vigilante y me senté en mi rincón, exhausta y con dolor en el cuerpo. En la frente, como un golpe a la memoria, me quedaba un tremendo moretón violáceo.

—Señorita, voy a retirarme un momento, ya sabe, uno tiene necesidad. Usted ya es de confianza. ¿De favor, si llega una visita le recuerda que se registre?

—No se preocupe —dije, recargada sobre el frescor de la gruesa pared de piedra—, yo les aviso—. Estaba segura de que no llegaría nadie.

—Natalia, vamos a dar una vuelta —escuché que decía Victoria en cuanto el vigilante se perdió de vista.

—¿A dónde quieres ir? Estoy muy cansada. Vine a buscar algo de consuelo y ánimo. Tengo ganas de llorar. ¿Por qué no me acompañaste?

—Les tengo pánico a los terremotos —y antes de que yo reaccionara, me encontré en un estudio de televisión.

* * *

Alrededor de una mesa de medialuna que forma parte del escenario, hay tres conductores: Lourdes Guerrero, María Victoria Llamas y el comentarista de deportes, Juan Dosal. Es el noticiero *Hoy Mismo.* De pronto, se escucha el repentino crujir de las paredes y la fuerte oscilación del inmueble. La transmisión continúa sin tregua:

—"Está temblando, está temblando. Un poqui-tiii-to, no se asusten, vamos a quedarnos —dice Lourdes con voz controlada—... Les doy la hora: siete de la mañana diez... ¡Ah!, chihuahua —y se escucha su risa nerviosa—, siete de la mañana con diecinueve nueve minutos y cuarenta y dos segundos, tiempo del centro de México.

Casi inaudible, la voz de María Victoria dice:

—Yo ya... —pero cruza los brazos en actitud derrotada, esperando a que rápidamente pase el tiempo.

Dosal voltea con desesperación al techo y a las cámaras, al ver cómo la gran lámpara que cubre todo el escenario se columpia cada vez a mayor velocidad, como un presagio. Sujeta el micrófono que tiene enganchado a la corbata y está listo para arrancarlo; pero Lourdes Guerrero, la conductora principal, insiste...

—Sigue temblando un poquito pero vamos a tomarlo con una gran tranquilidad.... Vamos a esperar unos segundos...

Los tres continúan sentados, pálidos, asustados, alrededor de la mesa.

Bruscamente, la señal se interrumpe, seguida de un estruendo. Es el desplome de la torre de Televisa Chapultepec precedida de gritos… polvo… confusión... llanto… Es la torre donde trabajaba el tío de Laura.

Estremecidas, sin un respiro para reponernos, Victoria y yo de pronto nos encontramos en el Instituto Teresiano, ubicado al sur de la ciudad, en las avenidas Miguel Ángel de Quevedo y Tlalpan. En un aula, 26 alumnas de preparatoria toman con una religiosa "su clase de siete". El imprevisto crujir del vaivén del edificio no se hace esperar. Las jóvenes gritan. La maestra da un manotazo sobre el escritorio y les exige silencio y calma.

—¡Nadie se mueva de su lugar! ¡Tranquilas! —la mujer se desgañita, histérica entre los escritorios que se deslizan, chocando entre sí. Empieza a rezar. Las chicas la siguen:

Dios te salve, María,
llena eres de gracia,
el Señor es contigo.
Bendita eres entre todas las mujeres
y bendito es…

Una sola estudiante desobedece la orden y se echa a correr fuera del salón de clases. Es la única que hace caso a la fortuna.

—Victoria, ¡no quiero ver más! —digo entre sollozos, pero no he terminado la frase cuando ya estamos frente a una fábrica de ropa. Dos grandes edificios en San Antonio Abad yacen destrozados. Entre los escombros, se ven máquinas de coser, pacas de ropa, rollos y más rollos de tela.

Una mujer grita enloquecida:

—¡La puerta estaba bajo llave! ¿Dónde están mis compañeras?

A pocas cuadras, el Tribunal de Justicia del Distrito Federal muestra, sin pudor, esparcidos sobre sus escombros, cientos de expedientes de juicios inconclusos; mientras que la Procuraduría

General de Justicia de la Ciudad, bajo el cielo de esa mañana, vomita desde sus mazmorras los cuerpos torturados de dos jóvenes inermes e indefensos.

Victoria me acoge y me rodea con sus anchas alas.

—Toneladas de papel, maquinaria y materias primas se almacenan en lo que fueron espacios habitacionales. Las construcciones no soportan las cargas —balbuceo entre sollozos—. La gente, inmóvil e indefensa, no sabe nada de protección civil —digo en tono derrotado.

—No existe el Sistema Nacional de Protección Civil, no evacuan los edificios... Se cometen innumerables errores —añade Victoria—. El terremoto es letal por la ignorancia, por la falta de reglas y normas de construcción y de uso de suelo. Es la caja de Pandora que deja al descubierto corruptelas y omisiones cometidas por el gobierno y por las empresas.

—Me estalla la cabeza. Estoy muy angustiada ¡muy angustiada! No puedo más. Por favor, regrésame a casa —suplico entre llanto entrecortado.

Terminamos sentadas mirando el mural de Diego Rivera *Sueño de una tarde dominical en la Alameda Central*, esa obra magnífica que se salva de las ruinas del Hotel del Prado como símbolo de impulso a la vida.

Diego niño está acompañado de la muerte "catrina", la que no es lamento, sino tránsito a otra vida. La calaca evoca a los que ya no están, pero que permanecen vivos en la memoria y habitan en nuestro corazón.

De reojo, observo a mi amiga que se mantiene silenciosa mirando hacia la excepcional pintura que está frente a nosotras. Discretamente, con sus bellas manos de dedos largos y bien proporcionadas, seca las lágrimas que sin remedio le surcan las mejillas. Apesadumbrada, recuerdo que Victoria se fracturó en el terremoto de 1957 en mil pedazos. No me atrevo a emitir palabra alguna. Trato de recomponerme admirando a detalle la obra que incluye a los protagonistas de la historia nacional y empiezo a identificar a cada uno: el emperador Agustín de Iturbide, Antonio López de Santa Anna, Hernán Cortés, sor Juana Inés de la Cruz, fray Juan de Zumárraga, también hay gente de todos los días: trabajadores, vendedores de globos y dulces.

—Natalia, toma —Victoria pone una carta "autoenvolvente" entre mis manos. La misiva está escrita en una hoja de papel opalino, plegada sobre sí misma a modo de sobre. Tiene un lacre con la inicial V—. Léelo, vas a entender mejor lo que pasó.

Nerviosa, la abro.

La redacción es similar a las tarjetas que aparecen con información sobre la credenza de mi oficina, pero está escrita en caligrafía Palmer y pluma fuente.

—Ahora no dio tiempo a que en los portales de Santo Domingo las mecanografiaran —dijo decepcionada.

¡Era ella quien las preparaba!

—Tienes una letra preciosa —repuse conmovida—. Gracias por todo lo que haces por mí.

Querida Natalia:

Nunca se supo a ciencia cierta cuánta gente murió en los sismos del 19 y 20 de septiembre de 1985. Lo que sí se registró es que colapsaron más de 371 edificios: la Secretaría de la Marina, la Secretaría de Comunicaciones, la del Trabajo, la de Comercio, la de Pesca, el Tribunal de Justicia, la Procuraduría General de Justicia, Luz y Fuerza del Centro, Nafinsa, Bonos del Ahorro Nacional... Conalep, Voca 5, Instituto Cultural Teresiano, Secundaria 3... Chilpancingo 116, Monterrey 87, Multifamiliar Juárez, Edificio Nuevo León, Donceles 26, Héroes 214, Tehuantepec 12, Insurgentes Sur 13, Niños Héroes 127,

Medellín 52, Orizaba 172, San Luis Potosí 72, Zacatecas 144, Durango 158, Perú 50, Bolívar 489, Granados 46, Chilpancingo 71, Camelia 148, Tokio 13, Atlixco 11, Atlixco 71, Amores 27, Magnolia 56, Xola 87, Mérida 64, Mérida 67, Mérida 68, Durango 61, Durango 70, Frontera 14, Chapultepec 166, Chapultepec 168, Colima 48, Colima 55, Tlaxcala 135, Coahuila 31, Chihuahua 201, Tabasco 133, Nápoles 67, Querétaro 179... Hoteles: Versalles, Regis, Alameda, Bamer, De Carlo, del Prado, Romano, Principado, Continental, Finisterre, Barcelona, Montreal... Hospitales: Juárez, Centro Médico, Centro Médico del IMSS, Central Quirúrgica... Coparmex, Televisa Chapultepec, Mueblería Salinas y Rocha, Sears Lindavista, Cine Morelia, Cafetería Súper Leche, Televiteatros, Radio Fórmula... Costureras San Antonio Abad, 16 y 50... Sucursales bancarias: Bancomer, Banco del Atlántico... Tienda H Steele, El Sardinero... y cientos de inmuebles más.

Nadie puede olvidar la experiencia del devastador terremoto. Para quien lo vivió en carne propia y perdió familiares, amigos y posesiones, siempre habrá un antes y un después del 85.

Ese día, los mexicanos descubrimos la fuerza que otorga la unión de voluntades. Los dramáticos sucesos que enfrentaron los habitantes de la ciudad se convertirían en la semilla germinal de una vigorosa sociedad civil.

La capital mexicana nació un 13 de marzo de 1325 y ha atestiguado a lo largo de sus casi siete siglos de vida conquistas, guerras, inundaciones y un sinnúmero de terremotos. No obstante, sigue en pie. Ciudades como la nuestra tienen la virtud del ave fénix: no importa qué tan terrible haya sido el daño, a la destrucción le siguen admirables periodos de reconstrucción y renacimiento.

Recargada sobre su hombro, admiro el mural una última vez. Victoria insistió en que tuviera la experiencia de los hechos y, con ello, entendí que la conservación de la memoria colectiva es la única que nos garantiza un mejor futuro.

Le agradecí que me despidiera arrullándome en sus alas. Con dulzura, antes de partir me susurró una frase: "Aquí decidimos vivir y las dos siempre amaremos esta gran ciudad".

* * *

—Lic., ya regresé, muchas gracias. ¿Hubo algún registro?

—No, estuvo todo muy tranquilo —le contesté a Ramón.

Victoria sonrió y me regaló su mirada de mayor ternura.

Seguí pensando en el terremoto a lo largo de toda la obra de la Plaza Juárez.

Un día le pregunté al ingeniero Dovalí cómo sucedió tamaña catástrofe. Me recomendó leer el estudio del doctor Jorge Flores Valdés, investigador del Instituto de Física de la Universidad Nacional, quien observó que todas las construcciones desplomadas en 1985, sin excepción, estaban construidas sobre el antiguo lago de Tenochtitlan y la zona lacustre de los lagos menores.

El estudio explica que el Centro de la ciudad está rodeado por zonas de sedimentos y rocas, lo que provoca que la onda sísmica quede atrapada en el terreno acuoso y que el movimiento, al pasar de un terreno duro a otro suave, cause una transferencia de energía en las ondas, ampliando su movimiento. Por ello, algunas zonas son altamente vulnerables a los temblores. Entendí por qué unos edificios colapsaron y otros no.

Al analizar el sismo del 85, llamó mi atención que muy pocas edificaciones virreinales fueran afectadas. Estos majestuosos palacetes quedaron como un recordatorio de nuestro complejo origen y grandeza.

¡Bienvenidas!

El paso del tiempo era implacable. Teníamos abiertos 19 frentes de trabajo. El Centro, de por sí caótico, daba la impresión de un territorio bombardeado. Calles abiertas, zanjas por doquier, ruido de máquinas, excavadoras, taladros y polvo, mucho polvo que me causaba frecuentes crisis de conjuntivitis. Esto me obligó a sumar a mi atuendo lentes oscuros, pero eso sí, ahora contaba con un flamante casco con mi nombre que apareció en mi escritorio el día de mi cumpleaños, con una nota:

¡Felicidades!
Te lo has ganado con el sudor de "tu" frente.
Sergio

¡Era el mejor regalo!

Parte de nuestra rutina era reunirnos con alguno de los grupos ciudadanos para informarles de los avances y hablar sobre imprevistos y dificultades. El hallazgo de un vestigio arqueológico, que a muchos nos emocionaba, implicaba suspender las tareas hasta que los investigadores recabaran información y dieran luz verde para continuar. Aunado a esto, se sumaba la elevación de costos por la maquinaria pesada ociosamente detenida. Retrasar las obras para la vida del Centro significaba una larga agonía que causaba sentimientos encontrados. Por un lado, teníamos premura por terminar lo más rápido posible; por el otro, era una oportunidad única y grandiosa para investigar el pasado.

La ciudad prehispánica y la virreinal, ocultas en el subsuelo, al sentirse expuestas alzaban la voz para contar historias adormiladas por siglos. Las calles expulsaban fragmentos del ayer. Los muros de los palacetes revelaban su testimonio del pasado. Frente a lo fascinante que esto era, el presente se imponía. Había que armarse de temple para manejar la frustración de los comerciantes; la gran mayoría tenía dificultades para sostener sus negocios sin las ventas. Por eso, hicimos un esfuerzo para terminar cada vía en lo que se perfilaba como un proceso de tres eternos meses.

Aún recuerdo con gran pesar a un joven empresario que insistía con angustia que acababa de invertir todos sus ahorros en una pizzería y las obras lo habían sorprendido a escasas semanas de su inauguración. ¿Cómo iba a mantener el restaurante? Se establecieron incentivos fiscales, pero éstos favorecieron únicamente a los propietarios de los inmuebles. Fue lo único que logramos establecer desde la ciudad. Nada podíamos hacer por los inquilinos de los locales, más que sensibilizar a los propietarios para que bajaran rentas o, aún mejor, las condonaran; esto se logró en muy pocos casos.

"Qué complejo es el desarrollo urbano de una ciudad", pensaba.

El casco histórico más antiguo del país enfrentaba una compleja intervención a corazón abierto: se mantenía vivo y con poderosos latidos. La alianza creada entre el Fideicomiso y los habitantes del primer cuadro de la ciudad se fortalecía a golpe de mutua confianza.

El ingeniero Dovalí, con satisfacción, se percataba, día con día, de que ese joven equipo al que sus colegas rechazaron en un inicio había logrado crear un método, coordinar el entramado de acciones y conciliar a las partes. En apoyo, representantes de su área tenían que estar presentes en las juntas de vecinos para explicar la remodelación.

—Hoy tenemos reunión con el grupo de la calle de Bolívar y con los de Donceles —me avisó Sergio de forma apresurada, sosteniendo semiabierta la puerta de mi oficina, con la mano en el picaporte—. Te veo en el patio, ya están llegando —y desapareció.

Eran alrededor de 100 personas. Un representante de Obras, otro del Sistema de Aguas y yo abrimos la sesión.

—¡Licenciada! —gritó un hombre arrebatando la palabra desde el fondo del patio—. La banqueta de Bolívar está otra vez llena de pisadas y quedaron marcadas las huellas. No pueden dejarla así, ¡quedó horrible!

El ingeniero de obras rápidamente respondió:

—Esa acera a la que se refiere el señor, ¡se ha colado cinco veces! Pedimos por lo menos tres días de no pisarla y no lo respetan.

—¡Hasta huellas de animales tiene! —insistió de nueva cuenta el hombre.

Una vecina arremetió:

—No tengo nada contra los animales, pero esas huellas son las del perrito que tiene su hija, don Jorge, por lo menos acéptelo.

Con la mano alzada, intervino otro comerciante sentado junto a don Jorge.

—Deberían de poner policías a cuidar las banquetas. ¡Que hagan algo!

Subí el tono de voz para que todos me pusieran atención antes de que se produjera un desorden.

—Vamos a mantener la calma y avanzar. Es absurdo solicitar policías para cuidar cada entrada. Les hemos pedido que ustedes se hagan cargo de su frente de calle y que cierren por completo unos días sus negocios. El que no pueda cuidar sus metros de banqueta, no puede exigir nada y tendrá como tapete de entrada las huellas de pisadas sobre el cemento fresco; pero les recuerdo, la última vez que se renovaron estas calles fue en 1902. Tuvieron que pasar 100 años para que sucediera de nueva cuenta. No duden que tendremos que esperar otro siglo para la próxima restauración. Bien vale la pena hacer el esfuerzo, ¿no creen? —dije manteniendo la técnica de "suave firmeza" y cuidando cada palabra, a sabiendas de que el desastre era provocado por muchos de los comerciantes que no respetaban las reglas. Continué—: Considero que no hay mayor discusión en ese tema y me permito recordarles…

Aprovechaba esos momentos para volver a crear consciencia de las dificultades y el esfuerzo que hacíamos todos: ellos y nosotros.

—De nueva cuenta les comento lo complicado que es circular las pesadas revolvedoras por las calles tan estrechas y transitadas. Es concreto hidráulico de última generación, especial para que no se fracture el pavimento con los frecuentes movimientos de la tierra. Este material tan especial es un invento mexicano desarrollado por la UNAM. México tiene los mejores ingenieros del mundo, justo por la complejidad de nuestro subsuelo.

Les compartí la anécdota que conocía de los ingenieros, pero no me atreví a hacerlo en tono de chiste y alarde como solían contar ellos.

—Hubo una convocatoria para lograr la rectificación geométrica de la Torre de Pisa. Concursaron despachos de todo el mundo: un japonés, un alemán, un noruego, y ganó… el mexicano. La técnica desarrollada por el ingeniero Enrique Santoyo para controlar el hundimiento de la Catedral y aplicarla en la torre fue la más exitosa. El subsuelo del Centro de la ciudad tiene un hundimiento diferencial de medio metro anual, y, por ello, hemos tenido la necesidad de ser los mejores en encontrar paliativos —concluí convencida de que dar información histórica o técnica generalmente funcionaba para cambiar la atención y atemperar los ánimos—. Ahora, imaginen el trabajo que se está realizando aquí. Hacer llegar al sitio no sólo el cemento, sino también la maquinaria pesada: retroexcavadoras, compactadoras, rodillos neumáticos, taladros mecánicos... colocar la infraestructura hidráulica y eléctrica en espacios tan pequeños. De forma manual, simular con sellos las divisiones del empedrado, entre muchas otras labores. Y todo para que alguien lo pise antes de estar seco.

Vi rostros serios; otros, escépticos.

Un hombre mayor, con semblante amable e impecable traje sastre, pidió la palabra.

—Buenas tardes, estimados vecinos. Soy el señor Cohen. Algunos de ustedes me conocen —con un tono de voz suave, sin mayores aspavientos, captó la atención de todos los presentes—. Estoy seguro de que coinciden conmigo en lo que les voy a decir... —hizo una breve pausa para aclararse la garganta—. Siendo un niño, en los años cuarenta, mis padres emigraron a este hermoso país. Como muchos otros de mi comunidad, nos establecimos en el Centro. He visto, no sin dolor, su deterioro. Esta rehabilitación representa una gran oportunidad. El ejemplo de las banquetas es muy claro: si quedan llenas de huellas, es responsabilidad exclusiva de nuestra idiosincrasia. Estoy convencido de que los aquí presentes tenemos una causa en común: que el Centro vuelva a tener el esplendor de antaño y quienes lo habitan son los mejores guardianes para ello.

Vi cabezas asintiendo y hubo algunos tímidos aplausos.

Otra mano se alzó al fondo.

—Estoy de acuerdo con el señor Cohen y tengo otro tema. Frente a mi negocio, hay una caseta telefónica ¡doble! Impide que mis clientes me vean y obstruye la circulación.

Tocó un problema nodal. Lo que habíamos descubierto era increíble. Cientos de casetas telefónicas estaban "sembradas", no existían permisos ni planos, nunca nadie había tenido control de su ubicación.

—No se preocupe, se eliminarán casi todas.

Habíamos contabilizado 348 en 52 manzanas; algunas, incluso, eran de doble cabina.

—Pero no se les ocurrirá dejarnos incomunicados —dijo otro con micrófono en mano.

—Oiga, mi negocio está en Donceles y en la banqueta tengo una jardinera que he cuidado a lo largo de muchos años, sé que la van a retirar ¿Harán lo mismo con las columnas del Teatro Fru Fru? Porque la dueña es la señora Irma Serrano.

—Todo lo que estorbe el tránsito peatonal, sin distinción de quién se trate, se va a retirar —afirmé.

Sonreí al recordar el último recorrido por Donceles con el ingeniero Dovalí. Nos detuvimos frente al teatro. Efectivamente, tenía unas gruesas columnas sobre la acera que, sin duda, se sumaban al desorden imperante.

—¿Cómo ves la fachada? ¿Quién se la habrá diseñado a Irma Serrano?

Me quedé viendo el teatro, que no tenía ni pies ni cabeza.

—Dicen que su maquillista —y soltó una carcajada.

En las reuniones con el jefe, habíamos acordado evitar los escándalos. Convencer a la dueña del teatro, quien tenía bien ganado el apodo de "la Tigresa", parecía un reto wmayúsculo y a mí me tocaba negociar con ella.

—Vamos a verla, ingeniero. La contacté por teléfono, contestó de inmediato. Muy amable me invitó a visitarla, no pude negarme. Vive en una casona de avenida Reforma, en las Lomas. Corre la leyenda que tiene un inmenso candil del Castillo de Chapultepec y un espejo de piso a techo que perteneció a la emperatriz Carlota de Habsburgo. Y que ambas cosas se las regaló su enamorado, el presidente Gustavo Díaz Ordaz. ¡Vamos! —insistí—, va a ser toda una experiencia.

—¡Nooo! Yo ya estoy viejo. A ella le gustan los jóvenes. Invita a dos ingenieros guapos para que te acompañen.

—¡Uy! ¿Ya ve?, pues voy a ir sola. ¡Todos están bien feos! —los dos reímos.

Antes de concluir la asamblea vecinal, una muchacha sentada junto a una mujer canosa de cabello corto y gruesos lentes fue la última en pedir la palabra.

—La madre Evangelina desea hablar —anunció muy correcta.

—Por favor, pásenle el micrófono —solicité.

—Es algo muy específico sobre nuestra residencia, prefiero plantearlo en privado para no distraer a los vecinos —dijo la discreta y amable religiosa.

Al final se acercaron las dos mujeres.

—Mira, Natalia—me di cuenta de que era más política que yo. En público me había hablado de usted; en corto, de tú—. Sé que ustedes tienen muchas ocupaciones y nuestro problema es menor. No quiero importunar, pero necesito que nos apoyen.

Era obvio que le apenaba decirme la barrabasada que habíamos cometido.

—Somos cinco religiosas encargadas de la custodia de la Parroquia de Nuestra Señora del Pilar o de La Enseñanza. ¿La conoces?

Tuve que negar con la cabeza, confesando que nunca había entrado.

—Vivimos ahí en una pequeña residencia. Todas las noches escuchamos el ruido de las máquinas, así que no tuvimos el cuidado de asomarnos a ver qué pasaba. Contamos con un vehículo, una camioneta de "estaquitas". ¿Las ubicas?

Siempre terminaba sus frases con una pregunta más, en el ánimo de suavizar lo que estaba a punto de soltar. Y yo estaba tan cansada que sólo asentía con la cabeza.

—Solemos guardarla por las noches a un costado del atrio. Hoy por la mañana, al tratar de salir, nos percatamos de que en nuestro frente había una zanja muy profunda y que habíamos quedado encerradas en el templo.

La madre notó algún cambio en mi semblante, porque rápido añadió:

—Los ingenieros, "muy amables" —y con su tono pausado y correcto recalcó el calificativo—, cuando logramos contactarlos a través de un vecino, consiguieron un tablón y nos ayudaron a cruzar la excavación. Vieras qué ingeniosos.

Sentí la cabeza como una tetera en ebullición y el vapor a punto de iniciar el chiflido del agua hirviendo. Me controlé.

—Nuestra preocupación es que el único vehículo con el que contamos estará inhabilitado por varias semanas. En él transportamos los víveres del comedor comunitario de la Catedral, entre otros encargos de los que somos responsables ante Su Eminencia Reverendísima, el cardenal Norberto Rivera. Es también obispo. ¿Lo sabías?

Afirmé con la cabeza. Mi enojo y preocupación ya estaban en estado de locomotora a punto de arrancar. Tenía una cita pendiente con el cardenal para explicarle las obras que haríamos alrededor de la basílica. Lo único que me faltaba era, con el drama de la "estaquita", perder la buena comunicación con las autoridades eclesiásticas.

Tomé aire antes de responder. A mi alrededor, vi sólo caras largas.

—Si ahora tienen tiempo, podemos ir caminando a la iglesia y analizar cómo resolverlo.

Nos enfilamos hacia la calle de Donceles. Al llegar a la entrada, los operarios discutían echándose la culpa unos a otros. Con lógica infalible argumentaban que cómo se iban a imaginar que la iglesia tenía un auto… pero estaba a la vista y era de color ¡rojo!

Laura alzó la voz, para que la escucharan.

—Natalia, se te hace tarde para la cita en la Cámara de Senadores —dijo lanzándome una mirada solidaria y cómplice—. Mientras tanto, le resolveremos el problema a la madre Evangelina — y bajando la voz susurró—: ¡tienes una cara!… esto se resuelve aunque tengan que cargar la camioneta, además están preocupados de que el ingeniero Dovalí se entere. Vete a dar una vuelta, relájate un poco.

A pesar de no tener ninguna reunión, me pareció buena idea entrar a la antigua Cámara de Diputados. Convencer a los senadores de utilizar una sede alterna en el transcurso de la rehabilitación había sido todo un tema y lo habíamos logrado; mi premio sería admirar el recinto vacío.

Caminé entre el polvo y el ruido de las máquinas. La gente, sin tregua, circulaba apretujada buscando su camino entre la angosta brecha que dejaba la obra. Me sumé como un pez más a ese acaudalado río humano.

Llegué a la esquina de Ignacio Allende y Donceles. De frente, en desplazamiento ortogonal, se erigía la hermosa fachada neoclásica del recinto construido en 1910 por el arquitecto Mauricio de Maria y Campos. Era un diseño que evocaba un templo grecorromano.

Salí de mi embelesamiento por el tránsito de la muchedumbre que me instaba a no detener el paso. En la cinta de resguardo, compitiendo con el ruido del taladro, le grité a un operario para solicitar autorización y cruzar las zanjas por los improvisados tablones hasta llegar a la escalinata principal. Lo logré.

Frente a mí, al final de los peldaños, estaban las tres puertas de hierro forjado y vidrio que invitaban a cruzar el umbral. Sobre la elaborada herrería de color verde, cubiertos de polvo, estaban detenidos en el tiempo los detalles bañados en oro. Resaltaba en cada una de ellas, un gran monograma con las iniciales CD. En la parte superior, rematados por arcos de medio punto, unos grandes óculos iluminaban el vestíbulo principal y filtraban la luz a través de sus vitrales.

Sobre las seis columnas jónicas de la fachada, se asentaba un frontón triangular con una alegoría escultórica que expresaba el imperio de la ley; en el centro, la figura principal era la de una joven rodeada de niños.

"Qué incongruencia", pensé. "La sociedad ha sido injusta con nosotras y nos ha escatimado derechos y garantías, pero la sensatez de la justicia siempre está representada por una mujer".

Subí la ancha escalinata contando peldaños, como solía hacerlo en la infancia: ...dos, tres... siete, ocho, nueve... ¡catorce!

Recordé que Porfirio Díaz, al igual que mi padre, fue masón, y que las edificaciones con fines políticos guardan símbolos de esa sociedad secreta.

Para la masonería, el siete es el número que simboliza la relación entre lo divino y lo humano, y representa la armonía y la perfección. Siete fueron los días de la creación. Siete es el número de la proporción áurea en la arquitectura. Subí 14 escalones, ¡dupla de siete!

Volteé a ver de nueva cuenta los óculos. Para los masones, la forma circular de esas ventanas adornadas con guirnaldas en relieve simboliza la gloria y la perfección. La visita se vislumbraba prometedora.

Las puertas estaban cerradas. Me asomé a través de los vidrios, pero no vi a nadie. Toqué con insistencia y nada. Apresurada al sentir que empezaban a caer unas gruesas gotas de lluvia, bajé a buscar una puerta lateral. Ahí tuve suerte. Me resguardé en un pequeño techo y, a pesar de que estaba a punto de mojarme, al guardia no le importó. Después de consultar a la administración, me dio acceso.

—Suba usted —dijo señalando una escalera lateral de mármol—. El contador Zúñiga está terminando un asunto y manda decir que en cuanto se desocupe, sale a saludarla.

Le di un breve "gracias" junto con un "no se preocupe, vengo por unos minutos". En realidad, prefería hacer el recorrido sola. Me alisé un poco el cabello húmedo por la lluvia y acaricié el talismán.

* * *

Poco antes de llegar al *lobby* me sorprende escuchar el sonido de muchas voces que cada vez se hacen más fuertes. Hay un intenso olor a tabaco. Al llegar al *hall*, encuentro a unos señores de traje sastre con sacos de grandes hombreras, solapas anchas y pañuelo al frente. Están fumando cigarrillos y, uno que otro, puro. Platican acaloradamente. Algunos llevan en la mano elegantes sombreros estilo *borsalino* de lana o fieltro en la mano; a otros, bajo los anchos pantalones de valenciana, se les asoman lustrosos zapatos bostonianos. Me da un vuelco el corazón. Son iguales a los que usaba mi padre.

Di un vistazo a mi alrededor. Sólo hay señores y una que otra mujer de servicio deambulando por ahí. Me percato de que eran personajes parecidos a los que conocí en la historia de Esperanza Iris.

Había cruzado nuevamente a los años cincuenta.

Entre el barullo y el eco que tiene el vestíbulo pongo atención en la conversación de uno de los grupos.

—Licenciado, no me va a convencer. El tiempo me dará la razón. Es una decisión equivocada. ¡Una estupidez!

Un hombre robusto con fuerte acento norteño interviene:

—Hable con propiedad mi estimado, hay que llamar a las cosas por su nombre, es una "pendejada" que voten las viejas —y deja escapar una estridente carcajada—. En vez de que voten, hay que "botarlas" de la política —dice acercándose al oído de su interlocutor.

—Mire, estimado don Ramiro, lamento disentir. El señor presidente se comprometió en campaña, frente a 20 000 mujeres, a otorgarles el voto; pues ni modo de no cumplir.

—¡Ah, chingao! Ora sí que me salieron muy cumplidores. No hemos sacado las iniciativas de la Secretaría de Agricultura y Ganadería ni la de Recursos Hidráulicos. ¿Desde cuándo nos apuran las señoras? ¿O a usted sí?

El hombre, molesto, está a punto de hacerse de palabras con su interlocutor, cuando otro advierte:

—¡Ahí viene el líder!

Se escuchan saludos y abrazos con fuertes palmadas en la espalda. El presidente de la Cámara, Antonio Bustillos, camina por los corrillos con la parsimonia y la solemnidad del que se sabe autoridad, y llega hasta el grupo que discute.

—Señores, ¿listos para la sesión?

—Cuando usted indique, don Antonio —contesta uno.

Otro se atreve a retomar el tema.

—Aquí andamos discutiendo la modificación a la ley que nos pidieron aprobar el día de hoy, que por supuesto —rectifica— nos manifestaremos a favor —y en tono inquisitivo, continúa—: pero mi estimado licenciado, ¿se ha pensado bien en el riesgo que implica darles el derecho a participar en las elecciones a las señoras? Las damas están fuertemente influenciadas por la Iglesia y van a votar por los que los curas les digan.

—¡Estamos armando un ejército conservador! —puntualiza otro de los hombres que se levanta el cinturón para que se asiente en él su prominente abdomen, al mismo tiempo que habla.

—¿Por qué, en todo caso — interviene el líder— no pensamos en que nosotros, los padres, esposos e hijos de las damas, podemos influir en ellas? De verlo así, tendríamos un ejército a nuestro favor —sonríe complacido de su argumentación—. Y miren ustedes, compañeros, el señor presidente es un hombre de palabra y el voto fue una promesa de campaña, amén de que también se comprometió el partido.

Su acompañante añade:

—Existe también una fuerte presión internacional. Las señoras votan en los Estados Unidos, Ecuador, Brasil, Venezuela, Argentina, Chile, Bolivia… imposible mantenernos al margen.

Un joven diputado se acerca al grupo, se trata de Rodolfo González Guevara, quien se dirige al líder de la cámara.

—Licenciado, en las puertas del recinto están las compañeras que fueron invitadas a presenciar la sesión, pero no les permiten el acceso —por la insistencia en que lo plantea, me doy cuenta de que está a favor.

Otro llega apresurado, detrás de él.

—Estaban invitadas unas cuantas, pero hay como 100 allá afuera.

Divertida, observo la escalinata llena de mujeres. Traigo en la mano una libreta de espiral y un lápiz. Seguramente soy la secretaria de algún diputado. La libreta tiene unos garabatos en taquigrafía.

—Hay que dejar pasar a las damitas y que suban a las galerías. Pero antes, permítanme acercarme a saludar —insiste el líder.

—No, licenciado —advierte otro—. Mejor las saluda conforme vayan ingresando o al final de la sesión. Si usted se acerca a las puertas, se pierde el control y entrarían en tropel. Nos parece que no hay suficiente cupo para todas.

—Alborotadoras —masculla uno de los diputados.

Me escondo detrás de una columna y espero a que las dejen pasar.

En cuanto ingresa el primer grupo, me sumo a él. Quiero asegurarme un lugar en uno de los balcones centrales. Nos hacen subir al último piso por las ondulantes escalinatas de mármol. Disfruto de los hermosos detalles arquitectónicos, sobre todo, de la bella ornamentación *art nouveau* de muros y techo. Las figuras inspiradas en la vegetación y la naturaleza con su follaje suavizan el espacio.

Mis compañeras de aventura lucen animadas y seguras. Risueñas, charlan entre sí. Se hacen bromas. Van vestidas para una ocasión especial. Me gusta la moda de los años cincuenta, es la posguerra y el mundo quiere dejar atrás sufrimientos y penurias. Las mujeres en esa década se incorporan en mayor medida al sector productivo, pero también desean volver a sentirse bellas y seductoras.

Hay quienes llevan vestidos ceñidos al cuerpo, entallados con falda acampanada. Desfilan por los peldaños texturas y diseños de lunares, rayas y flores; los bolsos de mano se balancean al ritmo de sus dueñas. En el ajetreo, sobresalen los collares de moda: perlas de todos tamaños sin importar si son auténticas o de fantasía.

Algunas mujeres van peinadas de moño italiano como la famosa actriz del momento, Audrey Hepburn, quien siempre me ha parecido guapísima y elegante. Las más formales llevan traje sastre de falda lápiz, con cintos ajustados que hacen resaltar la cintura; portan guantes y pequeños sombreros de tocado con ligeros velos.

Se escucha el firme tac tac de los *stilettos* al subir, las medias de seda con costura atrás marcan el paso sobre los tacones de aguja que estilizan la figura. Mimetizada, vestida como ellas, incluso con una incómoda faja como las que usaba mi madre, me cuelo a la sección que tienen destinada.

Conforme vamos llegando nos acomodamos en las butacas. Me toca un buen lugar. Tengo una vista de 180 grados del salón de plenos. Llama mi atención el medallón que se erige en el centro del muro principal, que, en letras de oro, ostenta la palabra en latín: *LEX*. El siguiente relieve es una gran águila de alas extendidas, coronada con un gorro frigio y flamígeros rayos de sol que simbolizan la iluminación y la libertad.

Muros, balcones y la misma tribuna ostentan, igual en la yesería que en las tallas de madera revestidas de hoja de oro, la figura de guirnaldas que recuerda la hermandad entre los hombres.

De la cúpula cuelga un candelabro francés de cristal y latón que data de 1909. Sé por la reciente limpieza que le hicieron que pesa más de 700 kilos y tiene cerca de 500 bombillas.

La bóveda está decorada con rosetones y detalles también en oro, que hacen alusión a que el único límite para el ser humano es el cielo. A los pies de ese firmamento, se asienta el mundo de lo terrenal: los hombres que dialogan entre sus curules de caoba y piel de color oliva.

Percibo de nueva cuenta el penetrante olor a cigarrillo, pero ahora se mezcla con el aromático café que unas solícitas secretarias, charola en mano, ofrecen a los legisladores. Los congresistas empiezan a ocupar sus lugares.

Estoy tan absorta que apenas percibo que mi vecina de asiento, una joven amable, me entrega uno de los racimos de rosas que circulan entre las filas.

—Selecciona algunas y pasa las demás —me indica— y recuerda que hay que deshojarlas —al ver mi cara de sorpresa, me ayuda a separarlas un poco para facilitarme el trabajo.

Torpe, trato de no clavarme las espinas, tomo unas cuantas y las paso a mi compañera de junto.

Los representantes de la mesa directiva, parsimoniosos, suben los escalones para ocupar sus lugares junto a la tribuna. Cuento los siete peldaños de la perfección masónica.

Con atención descubro que sobre las letras CD en oro hay un mascarón con el rostro de una persona mayor. Estoy pensando en su posible significado, cuando escucho que me explican:

—El rostro del viejo hace alusión a la sabiduría y, si te fijas bien, la tribuna conserva su forma original, que es la de un ataúd que simboliza: "Ley o muerte sobre la ley" —me da un codazo al tiempo que susurra—: ¡es el colmo que no me reconozcas!

La mujer que está sentada a mi lado es Victoria. Sin contener mi sorpresa, la abrazo emocionada.

—¿Qué haces aquí?

—¿Pensabas que me la iba a perder? ¡Ni loca! Yo también quiero vivir el momento.

—¡Te ves guapísima! ¿Por qué no me tocó sombrero? —le reprocho en tono de broma.

—Soy mayor que tú, querida. Mis años me permiten elegir lo que quiera.

Trae una capa muy a la moda en color chedrón, con dos pequeñas aperturas a los costados para sacar los brazos. Me doy cuenta de que bajo el manto esconde las alas y que el coqueto sombrero distrae la atención para que no se noten.

Alcanzo a decirle que estoy feliz de que estemos juntas, antes de que nos interrumpa el insistente repiqueteo de una campanilla.

—¡Señores! Sean tan gentiles de pasar a sus lugares. Solicitamos orden en la sala. También pedimos silencio a quienes nos hacen el favor de acompañarnos desde la galería. Vamos a proceder al pase de lista.

El presidente de la Cámara instruye al diputado secretario. Los legisladores, uno a uno desde sus curules, gritan: ¡presente!

Todas bajamos la voz. De pronto se escucha un cuchicheo entre las butacas de la galería.

—Victoria —la llamo en voz muy baja—, ¿quién es esa señora que acaba de llegar? Aquélla, a la que le guardaron un lugar.

—Es Amalia González Caballero, la que encabezó la Alianza de Mujeres de México. Ese frente recabó miles de firmas que entregaron al presidente Adolfo Ruiz Cortines. En cierta forma, es el antecedente legal para la aprobación del voto femenino.

Se escucha un fuerte:

—¡Hay *quorum*, señor presidente!

—Gracias, señor secretario, siendo las 13:15 horas del 9 de diciembre de 1952 declaró instalada la sesión. Continúe usted con el orden del día, señor diputado.

—...Cuarto punto: dictamen sobre el proyecto de declaratoria de reforma a los artículos 34 y 115 fracción I de la Constitución General de la República.

—¿No es el único tema a tratar? ¿Vamos en cuarto lugar después de la Confederación de Trabajadores? —exclamo ofendida. Me gano un pequeño pellizco.

—Calma y guarda la compostura o nos van a sacar. Estamos en 1952. Espera a que escuches los argumentos. Ya van a llegar al punto.

—Honorable Asamblea: voy a dar lectura a la exposición de motivos de la iniciativa de ley del Ejecutivo, presentada ante este honorable Congreso:

Considerando que la mujer mexicana, generosa y desinteresadamente ha prestado su valiosa aportación a las causas más nobles, compartiendo peligros y responsabilidades con el hombre e inculcando en sus hijos los principios morales que han sido un firme sostén de la familia mexicana.

Someto a la consideración de vuestra soberanía la siguiente iniciativa de reforma:

Art 34. Son ciudadanos de la República los varones y mujeres que, teniendo la calidad de mexicanos reúnan, además los siguientes requisitos:

1. Haber cumplido 18 años, siendo casados, o 21 si no lo son, y

2. Tener un modo honesto de vivir.

El congresista continúa con la lectura.

—Qué emoción, Victoria —digo en voz muy baja, en medio de las justificaciones que expresan para otorgarnos el derecho al voto. Entre algunas de ellas está el que en 57 países la mujer ya lo obtuvo—. Así que cedieron ante la presión internacional.

—¡Shhhh! —me reclama una mujer sentada detrás de mí.

Bajo aún más el tono de voz.

—Y resulta que todo es debido a una graciosa concesión del presidente —concluyo, al mismo tiempo que Victoria me lanza otro codazo—. ¡Me dolió! Tienes las alas muy huesudas —le susurro al oído, divertida.

Llama nuestra atención la firmeza con la que el presidente de la sesión anuncia:

—Se abre el registro de oradores. Están inscritos, en contra, los ciudadanos diputados: Chávez González, Gómez Mont, Aquiles Elorduy…, en pro los diputados: Cabrera Cosío, González Guevara… —y una larga lista que hace que me acomode en la silla como si fuera a ver una película de estreno. No quiero perder detalle.

—El C. diputado Francisco Chávez González pide un voto en particular para fijar su posición antes de abrir el debate. Se lo conceden.

Toma la tribuna un hombre de unos 40 años. Reconozco que viste bien, a pesar de que no me gusten los trajes en color café.

Lleva un chaleco tejido de grecas en tono claro, la corbata anudada a la perfección y un bigotito recortado, ícono de virilidad y galanura para los seductores de la época. Tan exaltada me siento, que no me percato de la presencia del frío que precede al invierno.

—Honorable Asamblea:

Puesto que vamos a hablar de la mujer y frente a la mujer, espero que este debate sea una justa de caballeros.

Para algunos el voto que se concede a la mujer entraña un grave peligro porque la mujer, se dice, es pasional, la pasión que a veces es abnegación y es amor y sufrimiento. Pero mayor peligro que eso es conservar el sistema de fraude en México.

Una de las razones que se esgrime para sostener que la mujer no debe de acompañarnos en el camino cívico es que este camino está todavía muy sucio y enlodado.

¡Votaré en contra!

Uno a uno van subiendo al estrado; en sus discursos hacen referencias a sus conocimientos sobre derecho romano y recurren con frecuencia a citas históricas. Pienso, con tristeza, en la pobreza de argumentos que utilizan los legisladores en los congresos del tiempo del que provengo.

Con los ánimos cada vez más exacerbados, la discusión sube de tono.

Victoria y yo secundamos los aplausos y silencios de las sufragistas. Siento que han transcurrido varias horas. Tengo antojo de un café. Como si adivinara mi pensamiento, mi amiga cuchichea burlona y provocadora:

—Lo siento, querida, es sólo para los diputados —respondo con una mueca. Escucho que anuncian al siguiente orador.

—Tiene la palabra, en contra, el ciudadano Aquiles Elorduy.

Sube un hombre mayor de peinado engominado y gruesas gafas de pasta color negro.

—Señores: en mi vida he tenido pasión por dos cosas: el hogar mexicano y los principios absolutamente liberales de la Reforma. El mexicano ha sido ejemplo de hogares en el mundo, y yo he conocido el español, el francés, el inglés en mis viajes a Europa. Las madres mexicanas, las hijas, han tenido un sacrificio, una abnegación, un amor por el hogar que ha culminado en lo excelso. Eso se ha debido a que se han dedicado casi exclusivamente, todos los días de su vida y todas las horas de sus días, al hogar. Tengo tal pavor a su desquiciamiento moral que he hecho hasta una obra de teatro —que seguramente han visto representar— exclusivamente para censurar las costumbres actuales.

Me refiero al vicio extendido de fumar, de beber, de bailar en cabarets, de estar en las playas, hasta con los novios, las señoritas casi desnudas. Ahora la "canasta uruguaya" se ha desarrollado de tal manera que los maridos necesitan pedir audiencia a sus mujeres para hablar con ellas.

En el recinto se escuchan estruendosas carcajadas y fuertes aplausos. En la galería, silencio.

—Me dan ganas de aventarle el tallo con espinas —digo en broma, pero mi joven vecina se lo toma en serio.

—Quedamos en no caer en provocaciones. Elorduy es un viejo anticuado, pero muy buen tribuno. ¡Mira a nuestros compañeros! Entre risa y risa, se olvidan del acuerdo.

—Tienes razón, no vale la pena —atino a decir.

El hombre continúa con su grandilocuente argumentación:

—Se alega que hay que hacer justicia a la mujer… tienen toda la que han debido tener. Ocupan un trono. Yo recuerdo una frase de Luis Cabrera, que dice: "Los maridos estamos divididos entre dos grupos: los que confiesan que sus mujeres los mandan y los que disimulan".

Entre la algarabía, los legisladores ríen divertidos. Aquiles Elorduy acrecienta los ánimos y gesticula con teatralidad.

—Tengo miedo, ¡tengo pavor! Tengo nietas que adoro y considero que están en un peligro eminente dentro de la liviandad que actualmente reina en la sociedad mexicana. No, señores, yo no acepto asumir esa responsabilidad; por eso, a pesar de la cortesía que les debo a las señoras que en este caso veo y no me han golpeado con las bolsas como otra vez lo hicieran en la Cámara —las carcajadas no se hacen esperar— *me pronuncio contra el dictamen y pediría no se aprobara. He concluido, señores.*

—Más que café, preferiría un tequila —le comento a Victoria.

Para la mirada del siglo XXI que poseo, es una joya de despropósitos.

Mi fiel cómplice sólo atina a señalarme con el dedo índice sobre los labios que guarde silencio.

—Tiene la palabra en pro el ciudadano Luis Rodríguez.

—He escuchado con interés los argumentos expuestos por nuestro ilustre y respetable colega Aquiles Elorduy. Tan viajado y culto. Defender el sentimiento moral de nuestras familias equivale a exaltar las virtudes inmarcesibles de la Patria.

Se escuchan en la sala nutridos aplausos. Me parecen alegatos conservadores y nada alentadores para ser a favor.

—¿Es indicio de desarreglo social que muchas mujeres mexicanas fumen, asistan a cocteles o se dediquen en sus ratos de ocio a la "canasta uruguaya", que tanto alarma a mi interlocutor? Si esas mismas aficiones las tenemos los hombres, ¿por qué vamos a condenar a nuestras compañeras? Que lo digan las mujeres que me escuchan en la galería.

Diligente, y más de acuerdo, me sumo a los aplausos de mis compañeras.

—Ayer, sumisión e infamia para las de su sexo. Ni siquiera reconocimiento de su categoría humana. Un pedazo de jerga en su lecho; un catecismo para formar su cultura y un metate como instrumento de oprobio en su trabajo, empeñado de rodillas,

dignifican el triángulo de su pequeño mundo, abierto a sus oraciones y cerrado a sus inquietudes, en donde la única realidad consiste en su prole, parida con el dolor de todos los humillados.

Aplauden los legisladores y me sorprende que muchas mujeres los secunden. Los fundamentos que esgrimen los que están en contra del dictamen, son por demás sexistas, pero mi sorpresa es que aquéllos a favor, también. No puedo evitar mi malestar.

—Natalia, ¿te gustan los zapatos que traes puestos? —sorprendida, me fijo en ellos—. Hay un anuncio en boga que dice *"fitting the fashion to the action"* —me dice Victoria. La escucho sin entender a dónde quiere llegar con esa conversación que nos distrae del debate.

Las dos calzamos zapatos de tacón con pulsera en el tobillo. Los de ella están tejidos al frente, los míos tienen un coqueto moño, parecidos a los de la caricatura de la ratona Mimí.

—Están monos. A decir verdad, me gustan, hacen que la pantorrilla se vea más gruesa —comento moviendo la pierna para verla mejor.

Mi amiga, circunspecta prosigue:

—Montada sobre esos presumidos moños, a juego con el vestido ajustado de tela de lunares que llevas puesto, tienes que mirar esta historia. Sobre esas pisadas has de comprenderla. Es la década de las modelos *pin-up*, de Marilyn Monroe, de los *brassières* puntiagudos que enfatizan los senos, de la mujer hogareña que en los anuncios publicitarios llora porque se le quemó la sopa y un benévolo y condescendiente esposo la disculpa con un: "No te preocupes, mi cielo, por fortuna no quemaste mi cerveza"; o la esposa sumisa y diligente que con pantuflas Florsheim en mano recibe en casa a su adorado hombre haciendo una reverencia en cuclillas. ¿Qué esperas escuchar de estos señores que llevan tatuada esa imagen?

Volteo para ver a mi alrededor.

—Atesora dentro de ti a estas mujeres que han tenido la inteligencia, la audacia y el valor para anteponerse a esas miserables barreras. Y como reza el primer anuncio que te compartí: viste a la moda y… ¡actúa!

Nunca había estado más de acuerdo con mi amiga. Pensativa, sigo la sesión.

—Tiene la palabra en pro el ciudadano diputado Ramón Cabrera Cosío.

—*En las comisiones hemos analizado las opiniones laudatorias y los contras de la proposición que se puede concretar en cuatro puntos: primero, impreparación femenina; segundo, desquiciamiento familiar; tercero, libertinaje en función del medio político y cuarto, fanatismo.*

—El compañero diputado Rodolfo González Guevara quiere hacer uso de la palabra en pro de la iniciativa de reforma de ley. Adelante, proceda por favor.

—*¿Que el problema del hambre y la miseria en México es un problema de sexo? La mujer ha luchado con el hombre por la libertad. Ha participado de manera activa. La Revolución la ha capacitado para estar a favor de los intereses del pueblo. Ha adquirido su capacidad en esa lucha intensa, histórica, y ha sido no para traicionarla, sino para fortalecer los principios de la propia Revolución mexicana.*

Resuenan unos nutridos aplausos, el joven diputado hace una larga y bien fundamentada intervención, que es bien recibida en la galería.

—Señores legisladores, la presidencia pregunta en votación económica a los ciudadanos diputados si consideran suficientemente discutido el dictamen. Vemos una votación unánime a mano alzada.

—Se considera suficientemente discutido. Procederemos a la votación.

—¡A favor! ¡En contra! ¡A favor! ¡En contra! ¡A favor! ¡A favor! ¡A favor!...

—¿Falta algún ciudadano diputado de votar? —pregunta el secretario.

El presidente de la sesión toma la palabra.

—En consecuencia, fue aprobado en lo general y en lo particular la declaratoria relativa a las reformas a los artículos 34 y 115 fracción primera de la Constitución. Pasa al Ejecutivo para los efectos constitucionales correspondientes.

El joven diputado González Guevara voltea hacia la galería. Con los brazos abiertos hacia nosotras, lanza con voz ronca y fuerte:

—¡Ciudadanas mexicanas! ¡Ciudadanas mexicanas! ¡Bienvenidas!

Entre vítores y aplausos, una lluvia de pétalos de rosas cae en la sala de sesiones. Nos ponemos de pie y aplaudimos a rabiar. Tengo un nudo en la garganta y los ojos anegados por unas gruesas lágrimas. Todas se abrazan, algunas lloramos.

La Cámara de Diputados empieza lentamente a despejarse. Al cruzar el umbral para bajar las escaleras, Victoria me da un beso en la mejilla. Presurosa se escabulle y desaparece al igual que las demás mujeres.

Siento una tremenda responsabilidad. Conmovida, entiendo la secuencia de la Historia. Ellas lucharon por el derecho al voto que a mi generación nos corresponde hacer valer.

* * *

Tardé en reaccionar ante la voz del contador Zúñiga, que me preguntaba:

—¿Cómo está? No la quise interrumpir. La vi muy reflexiva mirando la sala de sesiones.

—Sí —contesté, haciendo un esfuerzo por recuperarme—, es que mi papá fue diputado —mentí.

Mi padre fue un político que llegó a gobernar su estado, pero no fue legislador. Con nostalgia, recordé su inseparable sombrero Stetson que usaba como buen norteño.

—Es bonito desempolvar la memoria —dijo Zúñiga recargándose en la balaustrada del segundo piso, viendo hacia el vestíbulo de la entrada—. ¿Sabe?, me gusta leer. Uno de mis autores favoritos es Victor Hugo. Le voy a regalar, por lo de su papá, una de sus frases para que la atesore: "El recuerdo es la presencia invisible".

—Muy cierto —contesté.

—Antes de irse, fíjese en los candelabros de este vestíbulo —las luminarias estaban sujetas sobre unos dragones de latón—. En muchas culturas, ese animal simboliza el poder supremo y la suerte, ¿se imagina la de cosas que han visto y lo que podrían contar? —dijo sonriendo—. Este edificio originalmente fue un teatro, por eso un político declaró que se seguían representando comedias, vodeviles y tragedias griegas.

—Algunas han valido mucho la pena —añadí convencida.

Me despedí de Zúñiga, un hombre sensible y culto.

—No se moleste en bajar —le pedí— conozco el camino.

—Cuando salga, observe las cabezas de león de ojos abiertos talladas en piedra que están a los extremos de la fachada. En la masonería significan protección y vigilancia de la ley. ¡Hacen falta más de esas cabezas! —guiñó el ojo y, sin más, me despidió desde lo alto de la escalera.

Llegué al Templo de La Enseñanza. Sólo quedaban cuatro trabajadores. Alcancé a escuchar el final de su hazaña.

—¡Quiubo, compadre! Te gané la apuesta, güey, tú invitas las chelas.

Orgullosos de haber liberado la camioneta del atrio de la iglesia, se despidieron. A lo lejos, vi cómo se retiraron los cascos y, sudorosos, uno de ellos cruzó el brazo por el hombro de su compañero. Se fueron caminando, como niños, entre bromas y empujones.

Era mediodía, me enfilé rumbo al Fideicomiso. A las puertas de la oficina encontré a Laura platicando con Lily y Anabelí. Ambas eran abogadas y hacían trabajos claves. Anabelí sorteaba a los grupos de vecinos y Lily, la más joven, llevaba los temas legales y administrativos.

—Vamos a comer, yo invito, ¿qué se les antoja?

—¿Y eso? ¿Qué celebramos? —respondió Lily con extrañeza.

—Celebramos el simple hecho de ser mujeres —contesté.

Con mirada inquisitiva y aire cómplice, se voltearon a ver. Anabelí fue la primera en reaccionar.

—Pues vamos, ¡eso merece un tequila!

En la comida charlamos de la vida y de nuestros anhelos. Decidimos darnos la tarde libre. Yo pedí un brindis por el poema de Rosario Castellanos:

Debe haber otro modo que no se llame
Safo ni Mesalina ni María Egipciaca
ni Magdalena ni Clemencia Isaura.
Otro modo de ser humano y libre.
Otro modo de ser.

Keké Soledá

El cielo amaneció con unos tupidos nubarrones negros que presagiaban lluvia. En mis planes estaba ir al Extemplo de Corpus Christi y conocer la situación del espacio para, de ser factible, proponer trasladar el Archivo Histórico de Notarías a ese lugar; sin embargo, alistarme para recorrer la zona con sus rastros del terremoto hacía que me invadiera un sabor amargo. Detalles como el del señor Cohen ayudaban a dulcificar los días. Saqué un té de la cajita de madera y releí la nota que la acompañaba:

Estimada Natalia:

Lo que con empeño y convicción se construye, pervive y nos ilumina a lo largo de la vida. Piense que vale la pena el trabajo que usted hace por el más bello de los centros del continente.

Agradecido por su esfuerzo y dedicación, cuente conmigo siempre.

Queda de usted, afectuosamente,

Moisés Cohen

La vida es una línea constante de contrapuntos. Me sentí de mejor talante. Sonreí al recordar la imagen del afable anciano que, con sombrero de fieltro —como los que ya nadie usaba—, elegante y propio en su hablar, se fundía con los extraños espíritus detenidos en el tiempo.

Teníamos días tranquilos y ése prometía ser uno de ellos. Las obras llevaban su curso y las reuniones con los vecinos formaban parte de la vida diaria.

Tomé mi casco de la obra y, al alcanzar la puerta, el repiqueteo del teléfono me obligó a regresar.

—¿Bueno? ¿Sergio? ¿Cómo van? Te escucho nervioso. ¿Cómo que encontraron muchos huesos a poca profundidad? ¿Está alguien del INAH? Ya sé que te preocupa que nos detengan las obras, pero hay que avisarles para saber qué son. Voy para allá. ¡Rápido! Dime en qué esquina fue el hallazgo.

En mi reloj vi que pasaba de mediodía. Era buena hora para llamar a Guillermo. Como el noctámbulo que era, estaría despertando, pero con suerte podría contactarlo. Marqué. Atendió mi llamada ese ominoso aparato que le permitía seleccionar con quién hablar. Una voz inconfundible con tono engolado de *maggiordomo di palazzo italiano*, atendía en la contestadora.

—Habla usted al cincuenta y dos, cero siete, treinta y cuatro ochenta y dos. Tenga usted la bondad de dejar su nombre, hora de llamada y número telefónico.

Después del mensaje entraba el intermitente sonido del correr de la cinta desgastada, tsssss, tsssssss.

—Guillermo, soy yo, Natalia, ¡contesta! Urge que hablemos.

Silencio.

—¡Guillermo!, no seas así. Seguro ya estás despierto. Estoy muy preocupada. En la esquina de avenida Hidalgo y la calle de doctor Mora hay decenas de cráneos a muy poca profundidad.

—Abriste el quemadero de la Inquisición —escuché su voz en tono seco y rasposa, al otro lado del auricular. Entre un bostezo, continuó—: registra el hallazgo y vuelvan a cerrar. Mi querida amiga, lo que encontraron sirve únicamente para consignar en la memoria colectiva esa ominosa vergüenza del virreinato.

Atribulada, salí al encuentro del sombrío abismo del que prefería no indagar.

* * *

En la Alameda, de pie, mirando hacia el oriente, donde se encuentra el viejo Templo de San Hipólito, con distracción acaricié el amuleto de don Lucio. Una ligera brisa de lluvia y un brusco movimiento bajo los pies me obligó a soltarlo para tener firmeza y no trastabillar. Frente a mí, cruzó una ráfaga de dolor acumulado por siglos. Tuve el impulso de cerrar los ojos, y al abrirlos estaba en lo alto de una colina.

* * *

A lo lejos, veo un valle en donde se erigen, irrumpiendo el exuberante paisaje sin pudor, unas construcciones de paredes calizas que hacen resaltar los techos de teja roja. Cerca de la pequeña villa, alcanzo a ver un largo de playa con un fuerte. No puedo evitar una primera bocanada de calor, acompañada de una densa humedad que provoca que la blusa se me pegue como segunda piel. Decido acercarme. Bajo por una vereda a través de una hondonada con follaje de vibrantes tonalidades esmeraldas. He caminado apenas algunos cuantos pasos y encuentro un caserío. Al llegar a la primera choza, me asomo por un orificio que hace las veces de ventana y, ante la sorpresa de lo que encuentro, guardo un profundo silencio.

—*¡Aché! Ibaé bayé tonú. Ibocheche.*

Una joven de cabello largo rizado realiza una profunda reverencia ante una humilde ofrenda de pequeños frutos tropicales.

—*¡Olorún, obá! ¡Olorún obá! Tobi, tobi* —repite con fervor en lucumí.

—Oshún, no quiero —susurra con un llanto entrecortado—. Protégeme, amada Oshún. ¡No quiero! ¡No quiero! Odio a don Martín —solloza.

—¡Soledá! —grita una mujer mayor frente a la puerta—. Escuché que vienen por ti, pero no es don Martín, son ellos, los *apadis.* ¡Corre, *Keké* Soledá!

La mujer habla con angustia, pero pronto se retira de la entrada por el sonido de los cascos de caballos que se acercan a galope. Aparecen tres hombres de semblante recio, con acento castizo y fuete en mano, azuzando a los perros que, nerviosos, ladran anunciando la llegada de los forasteros al caserío. Los habitantes del lugar, en su mayoría negros, de músculos nervudos y sudorosos, se arremolinan en torno al bohío.

—¡A un lado! ¡Haceos a un lado, miserables! —gritan a los pocos vecinos que aún no corren a esconderse.

Desmontan dos hombres sucios y de mal aspecto. Uno de ellos tiene la cara redonda como un melón y ojos pequeños como dos guindas ácidas bajo unas cejas pobladas y en desorden. Saca de su alforja un rollo de papel amarillento, que denota haber sido utilizado muchas veces, e inicia la lectura:

—En nombre de su majestad, el rey Felipe IV de España, en mandato a la bula del papa Sixto IV, *Exigit Sincerae Devotionis Affectus*, y del Consejo de la Suprema Inquisición, hemos de ejecutar la detención de la criada, cuyo único nombre conocido es el de Soledad. Dicha moza es acusada de realizar actos en contra de la fe y de practicar la brujería, por lo que ha de ser presentada ante el Tribunal del Santo Oficio de la Villa de Córdoba de los Caballeros. Corriendo el mes de octubre, de san Bernardino de Siena, de 1618. Damos fe.

El segundo hombre, mientras su compañero da lectura al edicto, otea la calle vacía y terregosa. Sólo quedan unos cuantos perros olisqueando las patas de los caballos. De un puntapié, echan abajo la mísera puerta. El que lleva el mando escupe en el piso y, soltando improperios, patea todo lo que encuentra a su paso:

—¡Zorra inmunda! Sal de tu escondrijo —vocifera con voz carrasposa. El hombre que lo secunda, de nariz aguilucha, rostro cacarizo y graniento, ve con curiosidad y desprecio las humildes ofrendas que se encuentran en uno de los muros de la covacha y llama la atención del que parece ser su superior.

—¡Ved, señor! —señala excitado hacia el altar—. ¡Ved, señor! —insiste convencido de su hallazgo—. Aquí está la prueba fidedigna de los actos impíos de la bruja —pero su jefe está maliciosamente viendo hacia una esquina de la humilde morada donde están apiladas ramas para alimentar el fogón.

Con regocijo, el hombre suelta un grito:

—¡Hala, perra inmunda! ¡Te he pillado! —y al mismo tiempo que dice la frase, con fuerza jala el pequeño brazo de la mujer que se alcanza a ver detrás de los maderos.

Escucho que ella suelta un grito ahogado en llanto. Pide misericordia entre sollozos. Todo es inútil. La sacan del lugar a empellones. El gordo le propina un bofetón que la dobla. El otro la manosea. Amarran unas cuerdas alrededor de sus delgadas muñecas y de su cintura, para iniciar el camino colina abajo, acompañados solamente de los ladridos de los animales. Corro despavorida tras ellos. Soledad, aterrorizada, tiene los labios blancos, secos. Con el cabello hirsuto, la blusa raída, va descalza tratando de llevar el paso al caballo del que la han atado. Los pies le sangran con el inmisericorde andar entre guijarros y piedras. Al llegar al final de la hondonada, una carreta desvencijada espera a la comitiva. De un tumbo, avientan a la joven en su interior, quien, para entonces, ha perdido la consciencia. Ensillan las mulas y jalan rumbo a la villa el viejo carromato con la muchacha inocente, vejada.

Subo con Soledad, siento ganas de arrullarle entre mis brazos para darle algún consuelo imaginario. Me doy cuenta de lo hermosa que es la mulata, exponente de la unión de dos culturas: la sangre negra y la española. Su diferencia estriba en la fortuna de la cuna que los vio nacer.

Con brusquedad, vuelvo al momento por los gritos:

—¡Arpía! Trajimos vuestro carruaje listo para que hagáis una entrada triunfal al pueblo. Ya os espera la garrucha y el potro —espeta uno de ellos con sorna a la adolescente. El otro da un latigazo que provoca el relinchar de los caballos, que continúan la marcha.

Al llegar a la villa, aunque le avientan un balde de agua a Soledad, no reacciona. Un hombrecillo se acerca con una picana de punta de hierro para aguijar bueyes y de un picotazo en un costado consigue despertarla.

—¡Levántate!, que el pueblo os quiere ver. Haced vuestra entrada triunfal. ¡Bruja!

Una multitud espera el espectáculo. Algunos la reciben en silencio; los más, envalentonados, empiezan a tirarle piedras y puños de tierra. La muchedumbre cómplice, o amedrentada de ser acusada de lo mismo, empieza a gritarle improperios. Es una ominosa catarsis colectiva. Después del lastimoso camino, llegamos al fuerte de San Juan de Ulúa. Ahí termina el viaje de Soledad, encerrada en una oscura y fétida mazmorra.

Escucho cómo los carceleros comentan la belleza de la mulata.

—¡Es una pena! ¡Está arruinada! Y sí que la infeliz es buena moza —concluye uno de los carceleros.

El más viejo voltea hacia donde se encuentra Soledad y sólo atina a decir con un dejo de tristeza:

—Es tan sólo una chavala.

Siento el rápido paso de los días y las semanas. La joven está sucia y desmejorada. La densa humedad de la celda junto al mar hace difícil respirar.

Salgo de nueva cuenta a investigar el estatus del juicio en los tribunales de la Inquisición, que he logrado ubicar. Lo que escucho me indigna aún más.

—Don Martín de Ocaña, ¿está usted seguro de su acusación?

—Sí, señor oidor, esa mujer me enamoró a través de algún brebaje y a poco estuvo de hacerme perder la cordura. Mi fuerte fe me ha salvado —dice mustio, bajando la cabeza.

—Siendo usted el alcalde de la Villa de Córdoba, su honorable palabra no está en duda. Hágase, pues, justicia en defensa de la fe.

Así que todo era a causa de un hombre despechado que se aprovechaba de su raza y su poder. Ese infeliz es un viejo para la muchacha. "Qué injusticia que, por su obsesión, ella esté pudriéndose en la inmundicia y destinada a una muerte tormentosa", pensé indignada.

De pronto, tocan la puerta.

Un hombre entra apresurado y, atropelladamente, suelta su misiva.

—¡Señor! ¡La mulata se ha ido! ¡Se ha fugado!

—¿Qué decís? —pregunta atónito el oidor.

—Que ha desaparecido, señor. Eso mismo vengo a informar —responde el hombre, en actitud avergonzada.

Al llegar al fuerte y bajar a las mazmorras, todos escuchan la historia contada por el más viejo de los carceleros.

—Ayer el turno de vigilancia le tocaba a Joaquín, el más joven de nosotros. La mulata le ha pedido un trozo de carbón —afirma bajando la cabeza—. Él, tratándose de la última noche de la condenada, se lo ha concedido y ella… —el hombre señala hacia una pared.

En los húmedos y oscuros muros está dibujado un barco de grandes velas sobre un mar. El carcelero continúa su relato:

—Joaquín ha contado que él elogió el bonito navío y que ella, insidiosa, le preguntó:

—¿Qué crees que le hace falta a mi velero?

A lo que él contestó:

—¡Navegar!

—Su señoría, la mulata saltó al navío y ¡zarpó! Joaquín, con la razón perdida, se internó en la selva y no le hemos vuelto a ver.

Aseguran que esa noche, los lugareños vieron una embarcación de velas airosas perderse en el horizonte.

Yo no supe más de Soledad.

Caminé hacia las afueras del pueblo rumbo a lo alto de las colinas, por donde había llegado. Descansé bajo una inmensa ceiba. Admiré, a lontananza, el profundo azul del mar. Sorprendida, reflexioné en que mis viajes ahora podían ser más largos, lejanos e intensos. El sonido de la selva, el calor y la humedad me provocaron un profundo sopor. El letargo en que caí pareció ser de horas; el tiempo pasó con lentitud. Quería regresar a casa. Cerré los ojos, y cuando los abrí, estaba sentada en una banca de la Alameda Central frente a la excavación.

* * *

—Saber de lo que se trata.... impresiona —comentó un ingeniero sentado junto a mí viendo hacia donde estaban los operarios y el personal del Instituto Nacional de Antropología e Historia. Sólo atiné a contestarle con un escueto:

—Sí.

—Le traje un refresco, Lic., tómelo, le va a caer bien. Se ve usted agobiada.

La bebida dulzona y de un artificioso color naranja se resbaló lentamente por la garganta. La bebí completa.

—Mil gracias, me supo "a gloria". Aquí dejo la botella.

—Sí, ahí está bien. Regresó a chambear, Lic.

—Mañana paso para ver cuánto lograron avanzar.

Vagué un rato por la Alameda. Caminé hacia el Centro por la parte trasera del Palacio de Bellas Artes y crucé el ruidoso eje central Lázaro Cárdenas, para internarme por la calle de Donceles.

Entré a una librería de viejo. Grandes pilas de publicaciones y paredes con estanterías repletas le imprimían carácter al espacio. Sentado al fondo del local, frente a una mesa que hacía las veces de escritorio, un hombre mayor, con unas pequeñas gafas para la vista cansada, hizo a un lado el libro que tenía entre las manos. Sin mayor preámbulo, preguntó:

—¿Buscas algo en especial?

—¿Qué puedo leer sobre la Inquisición?

—Depende de qué quieras. ¿Supercherías? Te recomiendo no perder el tiempo con estupideces. Lee una investigación de fuentes directas.

Recorrí el local hasta llegar al fondo del pasillo, deslizando los dedos sobre los libros. Sentía una especial fascinación por los mundos paralelos que habitan. El hombre subió a una escalera y conforme seleccionaba un libro, leía el título y lo tiraba desde lo alto al piso.

—*La Inquisición novohispana, Leyendas mexicanas* de Artemio del Valle-Arizpe y *El libro negro de la Inquisición.* ¡Ahí tienes! —y bajó de la escalerilla.

Acompañada de mis lecturas, caminé hasta llegar a la Plaza de Santo Domingo. Me encontré con los Portales de los Evangelistas donde, antaño, se instalaron los escribanos que desde el siglo XVIII dieron voz a los que no sabían escribir. Con pluma de ave, papel, escritorio y dos taburetes, ¿cuántas cartas de amor o de reclamos habrán escuchado? En su lugar, encontré pequeñas imprentas, esas que cada día están más en desuso y no porque ya no se tenga nada que comunicar, sino por esa compleja transformación a la tinta etérea a la que el mundo se ha acostumbrado.

Al centro de la plaza, me topé con una estatua de doña Josefa Ortiz de Domínguez, "la Corregidora". Leí la pequeña cédula del pedestal. Era de ¡Enrique Alciati! El mismo creador de Victoria. Cruzando la calle, me llamó la atención un palacio barroco. Leí la inscripción que había en la entrada:

Antiguo Palacio de la Inquisición.
En este lugar, el 4 de noviembre de 1571, se instauró
el Tribunal del Santo Oficio.

Pasó un chico vendiendo frituras y botellitas de agua, opté por esta última. Agobiada por la intensidad del viaje, vertí un poco del líquido en mi mano y me refresqué la nuca.

—Construcción hermosa y sombría del arquitecto Pedro de Arrieta, quien también edificó la Iglesia de La Profesa y el Extemplo de Corpus Christi —escuché que alguien decía a mis espaldas—, mazmorras infernales contra santuarios de paz.

Era la voz inconfundible de mi amiga. Se me iluminó el rostro al verla.

—Supe de tu viaje a Veracruz, por eso vine a verte.

—Estoy rendida —confesé.

—Ven, vamos a que descanses un poco.

Lo hicimos a los pies de la estatua, donde charlamos un buen rato. Le conté detalles de mi travesía.

Tomó los libros de mis manos y abrió el primero, Artemio del Valle-Arizpe:

—"La mulata de Córdoba se convirtió en leyenda y se mantiene viva en el imaginario colectivo de los veracruzanos"

—leyó—. ¡La conociste! —dijo para después hojear otro libro—; qué abominable y vergonzosa la forma como el hombre desperdició su imaginación y talento para crear instrumentos de tortura. Mira —y señaló una página.

Lo que encontramos no me atrevo ni a repetirlo. Hombres, mujeres y jóvenes murieron bajo el execrable yugo de la Inquisición. Muy pocos de los condenados lograron salvarse. Miles de mujeres, por su sapiencia o liderazgo, fueron quemadas en la hoguera. Curanderas y parteras, acusadas de brujas, fueron chivos expiatorios de intrigas palaciegas. A ellas les fue más fácil condenarlas. Todos sus juzgadores eran hombres.

Vimos registrado un famoso juicio en Francia, donde un cerdo, pobre animal, fue vejado, humillado y torturado por haber mordido a un niño y no haber emitido arrepentimiento alguno.

Sentí una fuerte opresión en el pecho. Victoria se acercó, dejó los libros a un lado y me acurrucó.

—Déjalo salir.

Recargada en ella y sin poder contenerme, lloré. Nos quedamos en silencio un buen rato.

—¿Sabes? A mi amigo Guillermo le encanta la genealogía.

—Sí, lo sé.

—Él asegura que mi familia paterna desciende de un joven judío converso, que llegó al norte del país y se asentó en la villa de Santiago del Saltillo, en Coahuila.

—No lo dudo. Los sefardíes llegaron a la Nueva España al huir de la persecución desatada por los Reyes Católicos.

Las dos suspiramos viendo el temible "Palacio de la Santa Inquisición".

—Como en la selección natural de las especies, parece que el triunfo es de los más aptos. Algunos se salvaron entre las dunas del desierto; otros, en un velero se hicieron a la mar —después de un largo silencio, Victoria se levantó y me tendió una mano—. Anda, vamos de regreso. Necesitas ir a descansar.

Tomamos el camino de regreso al Palacete de los Condes de Heras y Soto. Antes de alcanzar la puerta, se detuvo y se despidió con un beso en la mejilla.

En la edificación de cantera, estilo barroco novohispano, hay un delicado labrado que representa un querubín que carga un cesto de fruta y posa su pie regordete sobre un león. Victoria tocó el piececillo del angelito, se abrió una puerta y por primera vez la vi ingresar a su mundo paralelo. En una milésima de segundo, había desaparecido en la historia de los muros y en el laberinto de los tiempos.

¿Dónde estás, corazón?

Esa noche dormí mal, inquieta y afiebrada. A la mañana siguiente tomé dos aspirinas y un café cargado para enfrentar el día. Las últimas semanas me había sentido fatigada y con frecuentes palpitaciones. Solicité una cita a mi médico al que consultaba desde hacía años.

Salí del consultorio con las afectuosas palabras del doctor, taladrando en la cabeza.

—Es usted joven, delgada —dijo con su tono dulce y paternal—, no debería de tener tan alto el colesterol.

Sin levantar la vista de los estudios, continúo leyendo acuciosamente.

—Esos repentinos dolores de cabeza parecen ser producto del exceso de trabajo —meneó la cabeza en un gesto de desaprobación—. La crisis que usted tuvo fue, sin duda, nuevamente una descarga inusual de adrenalina. Para estar seguros, tendríamos que hacer otros análisis —afirmó mientras repasaba acuciosamente los resultados de laboratorio que tenía entre sus manos—. Va usted por el mismo camino que hace algunos años. No encuentro otra razón —explicó y guardó las hojas en el folder de mi expediente.

Me escudriñó a través de sus gruesas gafas; percibí su mirada suave y compasiva.

—Lo que veo con claridad son unas pronunciadas ojeras y un rostro demacrado. Usted no debe manejar ese nivel de estrés. Y por experiencia le digo que nadie tendría que vivir volcado al trabajo. ¿Dónde quedó la paciente disciplinada? —reiteró, pero ahora con severidad—. La vida ya la ha forzado a hacer altos en el camino y usted debe tenerlo en cuenta.

Ese personaje regordete y afable, con gran paciencia, me había sacado adelante después de haber perdido la tiroides.

La primera vez que me recibió en ese pequeño consultorio, llegué en situación crítica. Tenía 20 años y una expectativa de diez más de vida. Gracias a su dedicación y sabiduría, logré recuperar una vida plena, intensa y productiva. Desde nuestro primer encuentro, y con el paso de los años, la operación había quedado como un simple dato en mi pasado. Como uno de los parches que tenía Victoria, producto de su caída en el terremoto.

Sacó del cajón de su escritorio una hoja de papel y me ofreció la pluma que siempre traía en la bolsa del frente de su bata blanca, junto con su identificación de internista del hospital.

—Voy a pedirle que haga un ejercicio. Divida en tres bloques la hoja, y en cada uno haga una lista del uno al ocho; cada número representa una hora de las 24 que tiene el día. Ocho deben ser para dormir, ocho para trabajar y las ocho restantes para desayunar, comer, cenar, trasladarse a su trabajo, leer, hacer ejercicio, ver a la familia, tomar café con una amiga, ir al cine, escuchar música. Llene sus bloques con honestidad. Si usted desayuna o come en reuniones de trabajo, lo pasa a la lista del trabajo. A toda actividad ponga la cantidad de tiempo que le destina.

Empecé a hacer mi tarea frente a él. Entraba muy temprano a trabajar. Con suerte, si es que no me había tocado alguna conferencia de prensa a las seis de la mañana, estaba instalada en la oficina a las ocho en punto. Para entonces, me había bañado corriendo y había desayunado cualquier cosa en no más de

15 minutos. Para ganar tiempo, durante el trayecto a la oficina me iba arreglando, tomaba llamadas, revisaba la agenda, leía pendientes. Llegaba al trabajo a tratar, sin respiro, un tema tras otro. Invariablemente se presentaban imprevistos y, no pocas veces, hacía corajes. Contratiempos que resolver, decisiones que tomar. Cuando no me saltaba la comida era porque había aceptado tomarla con alguien que tenía alguna dificultad o petición (otra vez con mi obsesión de "aprovechar el tiempo"), y no era raro que terminara indigesta.

Antes de concluir, me puse a llorar sobre las hojas de papel. Me di cuenta de que mi día iniciaba a las seis de la mañana y regresaba a casa a las nueve de la noche. Trabajaba 15 horas. Llegaba a bañarme, a tirarme en la cama para abrir un libro y quedarme dormida en la primera página.

Diego, mi hijo, con quien guardaba muy buena relación, estaba estudiando la preparatoria fuera de México y hablaba con él una vez por semana. Era la ejecutiva ideal, no tenía ni perro que me ladrara, porque a Mancha la había dejado encargada en Cuernavaca.

El doctor me dio un abrazo.

—Está a tiempo para hacer cambios. Disfrute lo que hace y administre sus fuerzas. El día es de 24 horas, no tiene más, y contamos solamente con una vida para disfrutarla.

Mientras recogía mi bolsa, sentí el impulso de observar con detenimiento, por primera vez, el consultorio con su escritorio de madera clara y credenza a juego. Al fondo, predominaba un estante con libros de endocrinología y expedientes perfectamente ordenados. Tomé consciencia de lo pequeño que era el espacio, en contraste con la sabiduría y el conocimiento que albergaba. Era una habitación sin mayor pretensión que reflejaba el equilibrio entre la vida privada y la pública. A un extremo del librero, había un discreto marco rectangular con las fotografías en blanco y negro de unos niños, retocadas en tenues colores pastel, como se usó en los años cincuenta. Esta vez no salí deprisa.

—¿Quiénes son? —me atreví a preguntar.

—Mis seis hijos —afirmó orgulloso—. Tengo de todo: audaces, reservados, altos, delgados; y hasta una hija que no entiende que debe bajar de peso —finalizó haciendo un guiño—. Pero todos son personas de bien, no me quejo.

Me abrió la puerta y, antes de despedirse, terminó diciendo:

—Y no olvide sus cuatro manzanas al día.

—¿Cuatro? —pregunté asombrada.

—Sí, ¡cuatro! —dijo riendo—. No se las coma, aunque también le harían bien. ¡Camínelas! —ordenó, haciendo una expresión con el dedo índice de la mano, simulando círculos—. Dé cuatro vueltas a la manzana todos los días. ¡Ah, y no se trague los corajes! Enciérrese en una habitación y grite cuando sea necesario.

Las reuniones con Victoria y mis viajes al pasado eran agotadores, pero fascinantes; el desastre era en mi vida privada. Un encuentro con amigas de la infancia, a las que se les quiere sin cortapisas, me pareció un buen comienzo para cambiar mis hábitos. Nos dimos cita en un restaurante japonés, ubicado en avenida Reforma, donde iniciaba la zona residencial, pues eso lo hacía de fácil acceso a todas.

Al entrar, vi a lo lejos a Liliana y a Lourdes, sentadas junto a un ventanal que daba a una jardinera. Una fuente que asemejaba una pequeña pagoda dejaba correr una tímida cascada. Me guio hasta ellas, menú en mano y pasitos cortos por la estrechez de la falda, una joven vestida de kimono rosa de tela estampada con cerezos en flor. Al ver a mis amigas, solté un sincero:

—¡Cómo las he extrañado! Me han hecho tremenda falta.

—¡Uy!, viene chipil. Qué bueno que no aceptamos la plancha de *teppanyaki* y escogimos este rinconcito. Me parece que la plática se va a poner buena —dijo Liliana, a quien envidiaba su risa fácil y carácter alegre, aunque llevara mil problemas a cuestas.

Lulú era maternal.

—Ven para que te dé un apapacho —su abrazo apretado no hizo más que sacarme el aire y la risa.

—Dirán lo que quieran, pero si les contara lo que he vivido, no me lo creerían.

—Pruébanos —retó Liliana divertida.

No les iba a compartir más allá de lo cotidiano o pensarían que el trabajo me estaba trastocando la cordura.

Un mesero de saco negro y porte impecable se acercó a preguntarnos si queríamos beber algún aperitivo. Liliana pidió un tequila y de una vez decidió que fuera doble.

—He aprendido a tomar bebidas fuertes —dijo burlona, a modo de justificación.

—En una ocasión, escuché decir a Lupe, la hija de Diego Rivera, que las grandes mujeres mexicanas toman tequila —repuse—. Me sigue pareciendo un sabor áspero y picante, seguramente porque me faltan méritos —dije entre risas—, pero he de aprender a beberlo.

En realidad, aún seguía temerosa por el episodio de salud que había tenido. Me animé y pedí uno sencillo.

—La están pensando mucho, niñas —interrumpió Lulú y le indicó al hombre que nos atendía—: yo tomaré una copa de chardonnay, y por favor que esté muy frío.

El lugar era frecuentado por políticos y empresarios que buscaban salir de los lugares habituales, en su mayoría hombres trajeados de azul marino que, presurosos, entraban ajustándose la corbata.

La carta prometía una comida deliciosa. Ordenamos los platillos y en el momento en que llegaron las entradas, mi celular empezó a sonar con insistencia. Una, dos, tres y cuatro veces.

—Disculpen que tome la llamada, pero debe tratarse de algo urgente.

Con fastidio, contesté.

—Perdón que la interrumpa, me han dicho que está usted en una comida, pero considero importante que esté enterada. Soy el ingeniero Muñoz, encargado de la obra en el Extemplo de Corpus Christi. Encontramos algo y necesitamos que venga a testificar el hallazgo —dijo con voz apresurada—. En una esquina del presbiterio, a un metro del nivel del piso, hallamos adosada al muro una pequeña lápida con la leyenda grabada: 1728 —continuó emocionado—. La piedra estaba floja y un trabajador, por curiosidad, la removió. Al retirarla, descubrió un hueco y, al meter la mano para ver qué había, al fondo encontró una caja de metal muy pesada, cubierta de polvo y un poco enmohecida. Ya la sacamos —remató contundente su atropellado relato, para que no quedara a discusión que el objeto se encontraba entre sus manos.

Estuve a punto de pegar un grito, mezcla de emoción, asombro y susto de que la hubieran abierto.

—Ingeniero, dígale a su gente que en ninguna circunstancia vayan a abrir la caja, tenemos que avisar a los arqueólogos —le dije con ansiedad—. Insisto: no permita que la abran —repetí con énfasis y casi deletreando las palabras—. Al contacto con el aire, cualquier cosa que esté adentro puede deteriorarse y nosotros seríamos los responsables.

Frente al hallazgo, la espada de Damocles se balanceaba sobre mi cabeza. Obviamente no me harían caso.

—Queridas, tengo que irme. ¿Y si encontraron el corazón? —pensé en voz alta.

—¿Qué corazón? —preguntaron intrigadas.

—Ya les contaré, tengo que salir corriendo.

—Adelanta algo, no nos dejes así —reclamaron.

Mientras tomaba mis cosas, empecé un atropellado relato para compartirles parte de la historia.

—¿Recuerdan que les conté de los edificios en avenida Juárez que colapsaron en el terremoto? Pues ahí, en medio de todo ese desastre, curiosamente quedó en pie una pequeña iglesia.

—Nunca me he fijado —comentó Liliana intrigada.

—Pasa casi inadvertida. Está enfrente de la Alameda —señalé, ayudándolas a ubicar de lo que les estaba hablando—. Al anunciar la obra, me visitó una vecina del Centro y me regaló una copia de la leyenda escrita por Artemio de Valle-Arizpe: "Ojos, herido me habéis". Cuenta la leyenda que, por amor, un virrey pidió que ahí fuera enterrado su corazón. En broma, a la mujer le aseguré que me lo iba a encontrar. De estar dentro de la caja que descubrieron, quedaría confirmado que la voluntad del virrey es un hecho histórico y no una leyenda. Y sería el único corazón que, como reliquia, ha sido localizado en México.

—¡Ah, no! —las dos reaccionaron casi al unísono—, nos merecemos la primicia.

Lourdes, enfática, en aras de continuar con el relato, me instó a quedarme:

—Come algo, por eso estás tan flaca. Llevará años eso ahí dentro; no va a pasar nada porque pase un rato más. Debió de haber permanecido escondido entre esos muros ¡siglos!

—Flaca ha sido y seguirá siendo. Nos debes una comida para contarnos. Corre, que nosotras te invitamos —Liliana se levantó para apurarme a salir.

Nos despedimos con un largo abrazo y la promesa de contarles sobre el origen del misterioso descubrimiento.

Me dirigí en el auto rumbo al Centro por Reforma, que nunca mehabía parecido tan larga. Llegué a la Fuente de Petróleos, que se construyó para conmemorar la Expropiación Petrolera y ahora lucía a la mitad de su diseño original, devorada por los pasos a desnivel. Recorrí con ansiedad la avenida, y por la ventanilla, tratando de distraerme, observé el camino. Apareció la polémica y sensual Diana Cazadora y, a lo lejos, se veía la copia de Victoria a la que erróneamente llamamos el Ángel de la Independencia, cosa que ofende a mi amiga. Pensé en que las dos mujeres están hermanadas por la desgracia: a la primera, en 1944, la Liga de la Decencia encabezada por la esposa del presidente Ávila Camacho la cubrió con un grueso faldón de cobre, y a lo largo de los años la han vestido infinidad de veces. A mi cómplice de anchas alas, que parecía proteger con ellas a la ciudad, la han ultrajado las propias mujeres, como grito desgarrador contra los feminicidios.

Un poco después, apareció la Glorieta de la Palma que, desde su construcción, gobierno tras gobierno, tuvo la tentación de dejar su huella en la rotonda, suplantando su esbeltez con un monumento, como si dejar una obra escultórica fuese garantía de la calificación a su legado. Mi ansiedad iba *in crescendo.* El tráfico siempre es más lento cuando llevamos prisa. Por fin, llegué a la Glorieta de Cuauhtémoc y vislumbré la estatua de Cristóbal Colón, de la que ni la escultura de fray Bartolomé de las Casas, a sus pies, se salvaba de ser vandalizada cada 12 de octubre.

Cada glorieta representa una etapa de la historia de México. El trazado del Paseo de la Reforma y sus monumentos tienen una secuencia histórica conocida por pocos y desconocida por los políticos en turno, que han dejado que se modifique. Cuauhtémoc nos recordaba honrar nuestro origen indígena; le seguía Cristóbal Colón, quien representaba el encuentro entre dos mundos. La estatua ecuestre creada en honor de Carlos IV por Manuel Tolsá representa el reinado español, a pesar de que él es quien cede en 1808 la corona a Napoleón. Curiosamente, la estatua conocida como el Caballito ha sido la más errante. Su ubicación original fue en la Plaza Mayor (1803-1824), se albergó en el patio de la antigua universidad (1824-1852), cabalgó en la primera glorieta del Paseo de la Reforma (1852-1979) y ahora descansa en la plaza Manuel Tolsá. Le sigue la Columna de la Independencia con la hermosa victoria alada y la simbólica glorieta de la Palma, que se plantó en ese lugar en los años veinte. Al final de la avenida, la Diana, cuyo título original es La Flechadora de la Estrella del Norte, representa al México moderno.

Entre mis cavilaciones, por fin el auto dio vuelta en avenida Juárez y, al llegar frente al Extemplo de Corpus Christi, entré apresurada al recinto. Al fondo se veía el equipo de trabajadores.

Tuve que caminar cuidadosamente de lado, recargada a la pared, evitando caer en una excavación, lo que hizo que sintiera mi llegada en cámara lenta. El piso central había sido levantado para realizar el proyecto de recimentación y estructura, lo que dejó al descubierto vestigios arqueológicos. La excavación tenía cerca de metro y medio de diferencia con el estrecho pasillo de piedra, por el que yo trataba de llegar al presbiterio. Todo estaba cubierto por gruesas lonas negras que evitaban ver las decenas de esqueletos de feligreses sepultados. En una visita previa realizada a la obra, por imprudencia de un ingeniero y mía por haber confiado en él, al darme la mano para bajar a ver lo que estaban haciendo, di un salto y la altura era mayor a la que yo había calculado. De pronto sentí un tronido seco bajo mis pies, acompañado de un profundo: ¡crack! Pegué un grito que retumbó con un eco por toda la cúpula. Aunque él aseguró que no, yo tuve la certera sensación de que había pisado el hueso de un difunto de la época colonial. Durante mucho tiempo, si cerraba los ojos, seguía escuchando ese tétrico sonido que me causaba escalofríos.

Gran parte de los hallazgos mortuorios encontrados en las excavaciones se consideraron inusuales, por lo que entraron en la catalogación de "enterramientos desviados". Llamó la atención de los arqueólogos el descubrimiento de un osario cuyos restos habían sido expuestos al fuego y con huellas de corte y desollamiento. Se trataba de cuerpos que fueron exhumados, trasladados y enterrados nuevamente. Otros eran esqueletos completos, quemados quizás por haber fallecido de enfermedad contagiosa. También se encontraron los restos de una mujer cuyo ataúd, contradiciendo la usanza católica de la orientación norte-sur, estaba orientado este-oeste. Quizás no era católica y por alguna razón logró un espacio en ese lugar privilegiado. Lo que más me intrigó fue el entierro de un hombre de unos 35 años con un grillete en la pierna izquierda. Encontré un documento que revelaba su posible significado: cumplir una penitencia en la otra vida.

Después de un largo recorrido, finalmente llegué al presbiterio. Hallé a todo el equipo rodeando un pequeño objeto, como si de un acto de veneración se tratara. Uno de los arqueólogos ya había tomado control de la situación.

—¡Acérquese, vea lo que encontraron! —afirmó con vehemencia y, sin mediar palabra, tomó lo que parecía una caja y la puso entre mis manos.

La sostuve con suavidad, temerosa de que, por el paso del tiempo, fuera frágil. Era una urna semirectangular de metal verdoso. Estaba fría. Helada. Hipnotizada, la regresé a su lugar.

—Le mostraré lo que hay dentro —continuó diciendo.

Al percatarme de que la caja había sido abierta, estuve tentada a alzar la voz como recomendó mi médico, pero no pude, caí en una turbia fascinación.

—¡Mire!

Sacó con mucho cuidado el contenido y apareció lo que asemejaba una piedra porosa, ovalada.

Después de una pausa y una profunda inhalación, sólo atiné a decir en un susurro:

—Parece ser un corazón petrificado.

La mañana siguiente al hallazgo, cuantas veces pude repetí para mis adentros, volteando al cielo con el puño, como si con ello imprimiera mayor vigor a mi petición:

—Bendito agosto que traes lluvia entre tus días. ¡No me falles!

La tarde llegó acompañada de una tímida llovizna. Corrí impetuosa al encuentro con Victoria.

Saludé a Ramón, quien a pesar de sus impertinencias ya formaba parte de mis afectos. Me acomodé en la banca del rincón que tarde a tarde me había apropiado.

—Victoria —susurré.

—Natalia —susurró a su vez en el mismo tono de voz—. Ya sé lo que vienes a contar.

—Entonces, podrás imaginar las ganas que tengo de conocer al virrey.

—Yo no visito a necios.

—¡No salgas con eso! —contesté atónita.

—Detesto a los lacios de espíritu, incapaces de luchar por su verdadero amor. Además, estoy muy desvelada. Toda la noche hubo ruidos del presente y visitas del pasado —sin aguardar respuesta continuó—: En la madrugada apareció doña Mariana Heras y Soto. La que vivió aquí a mitad del siglo XIX, la única heredera de los condes que compraron esta casa y la habitaron por dos generaciones. Siempre llega enojada, reclamando que dónde están sus muebles y sus finos candiles traídos de Murano. "¡Los gobelinos! ¡Los gobelinos! ¿Qué hicieron con ellos? ¡Por qué tanto papel por todos lados!", gritaba, sin concesión, por los pasillos. El que es bonachón y atento es Joaquín García Icazbalceta. En cuanto aparece, saluda. En 1865 se casó con Filomena Pimentel y Heras, descendiente de Mariana. ¡Me encanta! Es culto y elegante. Historiador, filólogo, bibliógrafo y escritor. Uno de los primeros miembros de la Academia Mexicana de la Lengua.

Él llega feliz diciendo: "¡Qué maravilla! Hoy voy a disfrutar la mapoteca del siglo XVI".

"Parece que sólo pueden ver los documentos hasta la fecha en la que ellos fallecieron. Por cierto —dijo soñolienta—, muy merecida la placa que pusieron en su honor a la entrada de la casa.

—Victoria, sé tolerante como predicas, ¡vamos! —supliqué—. Quiero conocer al virrey.

—Visita el Antiguo Palacio del Ayuntamiento. Cuando entres al salón de cabildo, al fondo, en lo que fue el antiguo despacho de los virreyes, encontrarás la pinacoteca con los retratos de los gobernantes de la Nueva España. El de don Baltazar de Zúñiga y Guzmán está colocado en la parte superior del muro, es fiel reflejo de su persona. Cuando el rey Felipe V le dio su nombramiento, contaba a la sazón con 57 años. Para mayor dato, era soltero y un tanto enamoradizo —terminó esa última frase entre un profundo bostezo. Cerró su gran ojo oblicuo y se durmió.

—Mira si serás pesada —reclamé con enojo—. ¿Quieres que lo conozca en retrato?

Conseguí un buen libro sobre los virreyes de la Nueva España y ése fue quien me acompañó al Antiguo Palacio del Ayuntamiento.

Entré a la galería de los 61 gobernantes de la Colonia y encontré la pintura al óleo de don Baltazar. Llevaba una protuberante peluca blanca con destellos grises, peinado de raya en medio, "¿o sería su propio cabello grisáceo lo que le caía ondulante sobre los hombros?", me pregunté. La boca era pequeña, de labios delgados y apretados, conteniendo las palabras. La nariz aguileña le afeaba un poco, pero los ojos grandes como dos almendras enmarcados por unas espesas cejas angulosas le imprimían agudeza y carácter. La mirada marcadamente dirigida hacia un extremo del salón me obligó a hacer lo mismo.

Distinguí una puerta, la abrí. Toqué el amuleto. Contuve el aliento. Ahí estaba el mismísimo marqués.

***

Don Baltazar observa desde el balcón la gran plaza, con los brazos entrelazados a la espalda, en gesto de superioridad y confianza.

Viste una casaca de terciopelo azul con ajustados pantaloncillos a juego. A mis espaldas una mujer con vestido de percal café y largo delantal trae una bebida humeante en pocillo de talavera, sobre una charola de madera laqueada. Antes de entrar, comenta con otra más joven:

—¿Habéis notado los calzones ajustados de fino género? En la misma estrechez se manifiesta la forma del muslo. ¡Alaaa! Qué elegancia y atrevimiento de nuestro soberano, y por amor del cielo, ¡es soltero! —escucho el comentario entre sus discretas risillas. Sé que imaginan más allá del muslo.

—¿Y has notado las calzas que porta? —añade la otra con voz casi de niña—. ¡Qué hermosas que están! ¿Habéis visto el chaleco? El bordado pareciese ser de plata y oro, ¡jamás visto por estos lares! —la jovencita se queda con la boca abierta.

A mí me llaman la atención sus delgadas pantorrillas enfundadas en unas medias blancas rematadas con lazos color vino. Parece un aguilucho.

De pronto un hombre de mayor rango, por su ropaje menos burdo que el de las chicas, irrumpe en la conversación.

—Trae acá, mozalbeta lerda. Dadme esa batea. ¡Qué hacéis aquí husmeando! Dejad el cotilleo y volved a vuestro lugar. ¡Apuraos con el fogón, que es lo que debéis de hacer!

—No estabais en tu puesto, Anselmo, y han urgido atención a su excelencia —contesta pronta la más vivaracha.

Con un gesto, las despide. Ellas le responden haciendo un mohín, en signo de importarles poco y se retiran cuchicheando su hazaña que, con seguridad, esparcirán por doquier.

—Su señoría, le han preparado una taza de *cacahuatl* —hace una pequeña y torpe reverencia, la bebida se tambalea pero logra salvarla. Don Baltazar sonríe ante los aprietos del mozo—. Su excelentísimo monseñor Juan Leandro Gómez de Parada ha obsequiado a su merced cacao del arzobispado. Espero que a su señoría le asiente los ánimos.

El hombre deja la taza de chocolate en una mesa con patas de fina y elaborada talla. Sin dar la espalda, se retira del lugar. El espacio huele a humedad, la espumosa bebida esparce un aroma a canela que mejora el ambiente. Los pisos son de madera. Hay un bargueño enconchado que me parece espectacular. En la mesa de trabajo, que cuenta con una silla frailera, sobresale un astrolabio y un Cristo Expirante en marfil con base de caoba. Los candelabros churriguerescos son de plata repujada.

El virrey se lleva la mano a la frente para limpiar el sudor con la manga de grandes olanes de su camisa. Aún no logra acostumbrarse a la altura de la ciudad.

Es verano, el marqués arribó a la Nueva España después de una larga travesía de cinco meses por tierra y por el océano Atlántico. Toma con parsimonia y delicadeza la bebida, sin dejar de ver al exterior. Yo abro el libro que traje conmigo.

"Baltazar de Zúñiga y Guzmán Sotomayor y Mendoza, duque de Arión, marqués de Valero, muy joven participó en la batalla de los Campos de Buda contra los turcos y en la lucha perdió a su hermano más querido. Fueron tan grandes las atrocidades vividas, que en su fuero interno se convirtió en un convencido de buscar vías de reconciliación entre los pueblos. Con ese ánimo llegó al continente en 1716. Su llegada fue motivo de festejos. La nobleza, la Iglesia y el pueblo celebraron a su nuevo virrey, quien muy pronto se daría cuenta de que arribaba a una sociedad que no tenía una plena unidad. El pueblo indígena estaba ahí, vivo, complejo; el español, ensimismado en la supremacía".

Tocan a la puerta. Entra un hombre cuya vestimenta denota que pertenece a la aristocracia local, pero a diferencia del virrey su ropaje es más ligero. Le anuncia que le esperan para dar inicio a la reunión de cabildos. Salgo detrás de ellos.

—Los indios del norte atacan las poblaciones, los centros mineros se quejan de que no pueden trabajar y las haciendas son constantemente asaltadas —dice con voz temblorosa un enfurecido y abotargado concejal.

—Tengamos en cuenta los constantes abusos perpetrados contra ellos. De seguir así, nunca podremos pacificar estas tierras —contesta impaciente don Baltazar y continúa—: Fundamos la Villa de San Antonio de Béxar en Texas. Establecimos puestos de avanzada en Florida para evitar que Francia nos arrebate territorio. ¡Por Dios Santo! ¡Para vuestro bien y el de la Corona, no maltratéis a los indios de esa forma! Les necesitamos —arremete con dureza.

El virrey goza de buena fama. A su arribo, dio órdenes de llevar a cabo la reconstrucción del Palacio del Ayuntamiento. Es un hombre con carrera política y administrativa reconocida por la Corona, lo que implica que será un buen negociador ante el imperio para dejar mayores recursos en la Nueva España. La ciudad apenas se recupera de los daños causados por la tormenta de 1629. La densa precipitación pluvial tuvo una duración de más de 40 horas sin descanso, lo que causó la más grande inundación de su historia. En "la tormenta de San Mateo", como se le llamó, murieron más de 30 000 indígenas que vivían en sencillas chozas de adobe en la periferia, y de las 20 000 familias de españoles que sobrevivieron a la catástrofe, sólo 400 no emigraron a otras poblaciones, registró el arzobispo Francisco Manso de

Zúñiga en sus escritos. Por la magnitud de los daños, se llegó a pensar que no volvería a ser habitada jamás, pues la ciudad se mantuvo meses bajo dos metros de agua. Aunado a esa desgracia, en 1692 un motín originó un incendio en el Palacio Virreinal y en el salón de cabildos, lo que los destruyó casi por completo. Entre las mayores pérdidas, se contó el archivo. Llevó décadas su reconstrucción: los peninsulares y criollos estaban seguros de que la Muy Noble, Muy Insigne y Muy Leal Ciudad de México había costado a España demasiadas vidas, oro y plata como para perderla.

El marqués inicia su mandato y, a los pocos meses, organiza la inauguración de un nuevo y suntuoso salón de cabildos. Es un hombre de respeto, así que la comunidad tiene fe en que apaciguará los ánimos y con ello habrán de disminuir los conflictos.

Pero a él no sólo le preocupan las irreconciliables diferencias entre el mundo indígena y el español. De regreso en su despacho, da instrucciones a su secretario:

—¡Tenemos que enviar refuerzos al sur! —dice con gravedad—. Esta carta debe llegar con prontitud a manos del sargento mayor, don Alonso Felipe de Andrade.

Remata la misiva, elaborada con caligrafía impecable de un escribano y la firma del virrey al calce, que asemeja una filigrana, una tentadora frase para el valiente sargento: "Tengo a bien otorgarle el título de gobernador de toda la tierra que libere en el sur".

Con voz firme, sin perder la compostura, termina la instrucción.

—Tenga su merced la bondad de hacer llegar este título a la Villa Rica de la Vera Cruz —y extiende el documento al emisario.

Aunado a las constantes crisis internas con los indígenas, el virreinato enfrenta la invasión de corsarios ingleses encabezados por el temible Francis Drake, quien ha obtenido el control de la

Isla del Carmen en la península de Yucatán. Urge salvar a la Villa de San Francisco de Campeche, la fundación más antigua en la zona, importantísima puerta económica para el comercio entre la península y Europa. Don Alonso, hombre de gran talante, acepta y lucha por el Imperio español (lo que le costará la vida), pero logra la retirada de los ingleses a Belice y Jamaica donde se asientan por tres siglos.

Campeche continuará protegida de invasiones posteriores por gruesas murallas desplazadas en forma hexagonal, de 2536 metros de largo, un sistema único en América. Si bien la espectacular construcción detuvo a filibusteros y piratas, recuerdo con mi mirada de futuro, que no podrá, 200 años más tarde, detener al coronel Fernando Lapham, quien ordenará su demolición para poder ver el océano y sentir la brisa del mar. Con ello, México perderá su única ciudad amurallada. Se salvarán menos de 400 metros de construcción, como muestra de las glorias pasadas.

Para tranquilidad del virrey, las amenazas externas han sido controladas; falta fomentar la amalgama social.

El marqués de Valero suele hacer a un lado las gruesas cortinas de damasco para observar la Plaza Mayor. Posa las manos sobre el barandal de hierro forjado y siente el aire fresco que llega desde los volcanes. Frente a él, se yergue la imponente Catedral, construida con las piedras de los antiguos templos de la gran Tenochtitlan. Las 35 campanas, con su armónico repiquetear, llaman a misa de seis. El sereno inicia su recorrido para encender los faroles de la plaza. El gobernante siente un fino e imaginario hilo conductor que une su alma al templo. Cierra los ojos y, fervoroso como es, en sus adentros empieza hablar con Dios.

—Señor Padre, envíame una señal para sosegar los ánimos. Soy fiel creyente en tu infinita sabiduría.

Interrumpe su plegaria ante el sonido de alguien que toca a la puerta.

—Su señoría, aquí está la correspondencia —dice con pleitesía y veneración un joven mestizo.

Entre las cartas está un mensaje de sor Petra de San Francisco y Luna, descendiente del conquistador Pedro de Alvarado, conocida por sus grandes virtudes. En la misiva, la religiosa resalta a detalle el estado que guarda el convento de las capuchinas que el marqués ha impulsado. Para terminar, la abadesa sugiere: "Ojalá a su excelencia le moviera Nuestro Señor a que hiciese un convento de la primera regla de Santa Clara". La señal había llegado.

Al día siguiente y, en varias ocasiones posteriores, el virrey toma su carruaje para llegar a través de las callejuelas, evadiendo canales y lodazales, a ver a sor Petra. Dirige el coche de altas ruedas de madera un altivo cochero que disimula con gallardía, pues lleva al soberano, los brincos y tumbos que le provoca el atropellado camino. La cabina está decorada en su exterior con el escudo de armas de la ciudad: azul y oro con un castillo de tres puentes y dos leones desafiantes uno frente al otro; diez hojas de tuna enmarcan la imagen. Pienso que es una sencilla síntesis de ambas culturas. Entre las cortinillas, se asoma de vez en cuando el marqués a saludar a los parroquianos. En cada esquina de la góndola, el carruaje lleva un farol que por las noches ilumina su camino.

En poco tiempo, la abadesa y el gobernante planean la fundación de un convento de monjas clarisas. Don Baltazar será el patrono para su construcción y propone la conveniencia de que se admitan mujeres indias, quienes sólo eran aceptadas en los conventos como criadas al servicio de las españolas. Las grandes diferencias en las costumbres, en el carácter y hasta en la alimentación hacían que la convivencia fuera incómoda para las peninsulares e infernal para las indígenas.

En 1722 nace el primer convento para hijas de caciques. Quienes ingresaron provenían de familias indias nobles de buena situación económica y con educación. El devoto virrey conjuga lo político y lo religioso a la perfección. Esa iniciativa es un acertado acercamiento con los líderes indios. Los requisitos de ingreso los imponen los frailes franciscanos y son estrictos: ser descendiente de limpio linaje, ser india pura, ser hija de legítimo matrimonio, no entrar forzada al convento, no haber estado bajo proceso del Tribunal de la Inquisición y, por último, reunir las condiciones físicas para soportar las durezas del recogimiento conventual.

Josefa del Espíritu Santo, 29 años; Apolonia de la Santísima Trinidad, 23; Juana María del Espíritu Santo, 15; Gertrudis del señor José, 21; Teodora Antonia, 30; María Teresa, 29; Coleta, 27, son las primeras en ingresar. Sus edades llaman la atención. Con la salvedad de Juana María, las mujeres ya no son consideradas unas jovencitas. Deseo que tengan una verdadera vocación para la clausura monástica y que su ingreso no se deba a su soltería. A una mujer del siglo XVIII, a falta de varón que la proteja, sólo le queda como ominoso futuro el encierro.

Las religiosas destacan por su sensibilidad. Sus dulces voces, acostumbradas a cantar en su lengua original, ahora lo hacen en latín. Tocan la vihuela y la flauta, aprenden los oficios “mujeriles”, como el bordado y la cocina. Les enseñan a leer a la perfección pues han de aprender el catecismo. De la viveza de la colorida vestimenta indígena pasan al austero hábito marrón. De acuerdo con el libro que llevo conmigo, en los registros de la época se asienta que poseían, como las dementes de la calle de Donceles, un solo hábito a lo largo de su vida monástica. Esto último me parece un horror de austeridad, pero recuerdo la insistencia de Victoria: “No juzgues el pasado con tu mirada de futuro”.

Las superioras del convento son peninsulares, con la salvedad de sor Petra. Conviven la cultura del trigo y el maíz. Las monjas españolas supieron por qué las indias tienen tan bella dentadura al oler las tortillas quemarse en el comal y observar a las jóvenes limpiar sus dientes con el maíz hecho carbón. También aprenden de ellas a aliviar el dolor de cabeza con chiqueadores en la sien.

Don Baltazar es un devoto feligrés. Asiste a la iglesia con regularidad para que Dios escuche sus plegarias, pero en la misa solemne en acción de gracias por la salud del rey don Felipe V, oficiada en Catedral, quiere el destino que dos corazones queden prendados para siempre. El virrey se sienta en la primera banca en el ábside de la iglesia, para admirar el retablo de los reyes. De pronto, escucha unos delicados pasos dirigirse a la reja de tapincerán de la capilla contigua. La figura de una hermosa joven llama su atención. Lleva una blusa plisada con un coqueto olán de encaje en la manga que cae a mitad del brazo. La falda de terciopelo marrón ceñida a la cintura acentúa su porte espigado. A través de la mantilla, delicada y sutil, se distingue una frondosa trenza azabache. Y, como si estuviera planeado, sus bellos ojos se cruzan con los del gobernante. Eso basta. Una emoción indescriptible los invade.

El duque de Arión no vuelve a conseguir la paz interna. Los siguientes días busca a la mujer. Asiste, como nunca, a festejos, convivios y a los saraos con la esperanza de volver a verla. Ningún subordinado conoce la identidad de la enigmática doncella. Él sabe que no fue un sueño cuando una tarde calurosa, desde su balcón, ve pasar un carruaje en el que viajan los bellos ojos. El virrey grita anhelante al cochero para que detenga su paso.

—¡Su excelencia! —sorprendido le inquiere su secretario—. ¿A quién deseáis llamar? Permitidme hacerlo yo.

—¡Es ella! Va en el carruaje que lleva por adorno plumaje esmeralda.

—Señor, es doña Constanza. Viaja acompañada de la condesa de Miravalle, su madrina, despidiéndose de sus amistades porque en tres días va a profesar de manto y velo en el convento.

El marqués siente un dolor agudo y profundo en el pecho. Retira de su mano izquierda un anillo de turquesa y brillantes y pide que se lo hagan llegar, pero ya es tarde. Ambos ven desaparecer por las sinuosas callejuelas a quien llamó con tanta insistencia.

Doña Constanza cumple la promesa a su difunto padre, ingresa al convento de las clarisas como sor Marcela del Divino Amor. En el corazón del virrey queda la aberrante cicatriz de la pérdida. Entre plegarias suplicantes y la intimidad de su dolor se anida como hiedra venenosa el anhelo de lo que pudo ser.

En noches febriles, ante el reclinatorio de su habitación, busca sosiego y reza sin cesar:

—*Pater noster, qui es in caelis: sanctificetur nomen tuum; adveniat regnum tuum; fiat voluntas tua, sicut in caelo, et in terra…* —su devota lealtad no logra evitar que se cuelen destellos de rabia al pronunciar—: "Hágase tu voluntad así en la tierra como en el cielo…".

El virrey, con melancolía, envía al convento obsequios y recursos para que nunca falte nada. Con devoción asiste cada día a misa para escuchar las dulces voces del coro que lo acarician con tristeza.

No puede evitar pensar en esos ojos que deseaba suyos, y ahora son del Creador para la eternidad.

—Señor, perdonad mi atrevimiento —dice entre sus plegarias—, soy un desviado pecador. Sufro y reniego. La Iglesia me arrebató mi más puro y preciado afán. ¿Quién soy yo para disputar el amor frente a vuestra magnificencia? Otorgadme la absolución, os prometo vivir con fe y resignación este martirio.

Uno de esos días, a la hora acostumbrada del arribo al templo, un hombre sucio, mal ataviado y con la mirada turbia le increpa y, antes de obtener respuesta, con rapidez asesta a don Baltazar dos puñaladas dirigidas al pecho. Él, en un reflejo milagroso, logra interponer el brazo. La daga, artera, entra por el costado izquierdo.

En un instante las vidas cambian. Clamor y confusión. Algunos piden por la vida del virrey; otros por la venganza del agravio.

—¡Detened al malnacido! —grita la turba.

—¡A un lado! —exigen los guardias a la muchedumbre que se arremolina, mientras dos de ellos sostienen por los hombros al marqués abatido. Se dirigen sin dudarlo al interior del templo.

—¡Atended a vuestro soberano que se desangra!

Sor Petra, alarmada, permite que lo lleven al interior del convento a pesar de la clausura.

—¡Apurad! Traed baldes de agua y unos lienzos —ordena a unas impávidas religiosas.

Una joven temblorosa, conteniendo el llanto, es la más solícita. Con valentía y fuerza, venciendo la fragilidad de su cuerpo, carga con los baldes.

Sor Petra le pide que cuide al virrey en lo que ella prepara lo necesario.

El hombre ve esos ojos, sus ojos, por fin reflejados en los suyos.

Tembloroso, retiene su mano y le susurra:

—Dios ha escuchado mis plegarias, he sido bendecido —dice entre sollozos—: Me ha permitido verle de nueva cuenta, doña Constanza.

Las manos delgadas y suaves de sor Marcela del Divino Amor sostienen las de Don Baltazar. Siente que el llanto la ahoga, pero no permite que la venza.

—Tenéis que vivir para que yo viva en vos, si no, muerta estoy.

Sor Petra, con el rabillo del ojo, se percata de la escena. Siente un aguijón en el pecho. Ella también guarda, con pesar, una historia de amor. Rumiando su amargo recuerdo, compadecida de sí misma, encomienda a la joven novicia atender al enfermo.

El virrey convalece algunos días. El más tímido roce de piel atiza el fuego e invade las entrañas. Ella desearía que las heridas fueran suyas; él moriría antes que abandonar el convento. Un beso apremiante, una caricia atribulada. Un deseo irrefrenable, una trémula mano buscando la humedad en el cuerpo. La breve estancia con las clarisas se detiene en el tiempo de la eternidad.

Milagrosamente, don Baltazar sobrevive. Al año siguiente, recibe una misiva en la cual se le insta a incorporarse a las Cortes de España para ser nombrado mayordomo mayor de su majestad Felipe V. Con pesar prepara su partida, con fervor reza y escucha por última vez el dulce canto de las clarisas en misa. Poco después de su llegada a Madrid, el 26 de diciembre de 1727, a los 69 años, de un profundo sueño no despierta más.

En su testamento, consigna la encomienda de que su apesadumbrado corazón sea sepultado en el Templo de Corpus Christi. Acatando su voluntad, es menester cruzar el Atlántico y llevarlo en una pequeña caja de metal. Durante cuatro meses navega en el sutil murmullo del vaivén de las olas del mar.

A su llegada, la ciudad entera es convocada a una misa solemne en su honor. El pequeño templo es reservado para los peninsulares. Los caciques indios exigen su lugar; quieren honrar a quien fuese su mejor aliado y obtienen el derecho a entrar. Los pobladores comunes, agradecidos con uno de los soberanos más queridos, conforman una nutrida concurrencia en el exterior. Bellos acordes de vihuela y suaves cantos de novicias acompañan la ceremonia. El corazón del virrey, apacible, traspasa el umbral dentro de una pequeña arqueta oval; un cojinete rojo adornado con borlas doradas le sirve de descanso.

Al pasar frente a la celosía del coro se escucha un grito de dolor. La bella religiosa que desfallece lleva escondido entre sus manos un anillo de aderezos de brillantes y turquesa.

Durante tres siglos, los muros del templo guardarán, silenciosos, el secreto.

* * *

Abracé contra mi pecho, bajo mi saco, el libro que me acompañó al encuentro con Baltazar de Zúñiga y Guzmán Sotomayor y Mendoza, duque de Arión, marqués de Valero. Con tristeza, abandoné el Antiguo Palacio del Ayuntamiento y caminé, sin rumbo, bajo la lluvia.

El corazón, durante la restauración del extemplo, salió a la luz por un momento y se volvió a colocar en el lugar y disposición que ordenó el virrey.

Meses más tarde, cuando se llevó a cabo la inauguración del Archivo Histórico de Notarías en Corpus Christi, y pueden dar fe como testigos los invitados, al pronunciar en el discurso el nombre del marqués, falló la luz por un instante y, en la oscuridad, un fuerte tronido nos sobresaltó. El grueso vidrio de la ventana arqueológica colocada en el piso del ábside, sin razón aparente, se fracturó por completo.

Meses después viajé a Ecuador a una reunión de centros históricos. A mi regreso, el vuelo se complicó y quedé varada por más de 15 horas en el aeropuerto de Panamá.

—Sí, bueno —contesté el celular.

—La licenciada Ernestina Godoy, directora de Servicios Jurídicos de la ciudad, desea hablar con usted, se la comunico.

La voz de una joven me dejó en la línea, en espera.

—Hola, Natalia, ¿cómo has estado? Me urge que firmes un documento. ¿Puedes pasar mañana a primera hora a mi oficina? Tengo la solicitud de que una reliquia encontrada en las excavaciones del Centro sea donada al convento de las monjas clarisas en Tlalpan.

—¿Qué? —atiné a decir—. ¿El corazón del virrey?

—Eso mismo.

—Estoy fuera de México, pero, ¿cómo? ¿Para qué lo van a trasladar al sur de la ciudad?

—La Fundación Miguel Alemán intercedió para que la reliquia sea donada al convento —me repetía amablemente sin inmutarse.

—Oye, pero la voluntad del virrey fue que su corazón descansara en Corpus Christi y lo dijo en su testamento.

—Eso fue hace años —contestó sin turbarse.

—¡Y qué importa! —atiné a decir—: los testamentos no caducan.

Me enfrasqué en una discusión inútil. Para entonces, mi voz sonaba cada vez más alterada.

—¡Es su corazón! —insistí con desesperación—. ¡Es el corazón de una persona!

Al pronunciar esta última frase en la sala de espera, dos pasajeros con torpe disimulo se incorporaron en sus asientos para escuchar mejor.

—Además, no puedo firmar porque estoy fuera de México —al decir esto sentí alivio; no se podría realizar el trámite hasta mi regreso.

Seguro pensó que era un capricho extraño y fuera de lugar. Se despidió con amabilidad y con la promesa de que investigaría si existía impedimento legal para realizar la donación.

Recibí otras llamadas con el mismo e inamovible argumento: "Es una instrucción". Y yo con mi terquedad insistí:

—¿De quién? ¿Por qué carajos? No, no, no, no, no, no —pronunciaba acelerada—, no es correcto. No pueden sacar el corazón así nada más y llevárselo. ¡Pobre hombre!

Otros viajeros, sacudiéndose el letargo que causan las horas de espera, se cambiaron de lugar parando oreja: "¿Qué le sacaron? ¿Un corazón? ¿A quién?".

Hasta que escuché en una de las llamadas la voz categórica de un funcionario que me sacó de la duda: "Es instrucción del jefe de Gobierno y no esperaremos a que llegues a México. El corazón se entregará al convento de la orden de las clarisas, el virrey fue su patrono. La petición fue realizada a través de los familiares del exgobernador de Veracruz, Miguel Alemán Velasco".

Para entonces, los lugares a mi alrededor estaban ocupados por los curiosos. Enojada, con mirada fulminante, volteé a verlos y salí de la sala a comprar algo de beber que me quitara el mal sabor de boca.

Hablé con Jorge Alfredo, el notario con quien armamos el proyecto del archivo a trasladar, y coincidió en que había sido la voluntad del difunto pero, ¿dónde estaría el testamento? Ambos concluimos: ¡en España!

Fue tal mi alegato ante los que llamaron que, incluso en medio de la desesperación, me atreví a decir que sería terrible que la prensa se enterara de tamaña aberración. Ante mi tozudez, se tomó una decisión salomónica: el corazón del virrey se partiría en dos. Una parte para las Clarisas, otra para el Centro de la ciudad. "Fin de la historia", dijo la abogada. Lily, la administradora, tuvo que firmar el documento en mi ausencia.

Unas probetas con fragmentos del derrotado corazón fueron colocadas en la caja de plomo e introducidas en el nicho.

De regreso, en el vuelo de Copa Airlines, pensé en la disyuntiva a la que, aún no lo sabía, con frecuencia tendría que enfrentar: respetar el pasado, tomando en cuenta voluntades, pasiones, aciertos y desaciertos de quienes lo habitaron, o traer ese pasado y adaptarlo a nuestras creencias y caprichos del presente.

A mi regreso a México, entristecida, me refugié en el rincón de siempre a hojear un libro de Corpus Christi.

—¿Cómo estás? —escuché que con voz dulce me preguntaba Victoria.

—Jodida, ¿cómo quieres que esté? Le partieron el corazón al virrey.

—Ya lo tenía partido.

Preferí no contestar.

—Y para colmo, espera a que escuches lo que publicó mi querida maestra Josefina Muriel, en *Las indias caciques de Corpus Christi*: "El corazón del virrey fue encontrado al hacer las reparaciones de la iglesia en 2005 y se encuentra en el Instituto Nacional de Antropología e Historia; más no así la caja de plata, que está perdida".

Abrí el libro en otra página.

—Por suerte, el arqueólogo Octavio Corona, responsable de las excavaciones, escribió: "El hallazgo se hizo el 16 de enero del 2004. La Dirección de Salvamento Arqueológico registró que, sobre la pared al sur oriente y asociada con las lajas de cantera rosa del piso, se encontró una pequeña lápida con la inscripción 1728, que servía de tapa a un nicho profundo. De acuerdo con fuentes históricas, debe corresponder al corazón del marqués de Valero, fundador del convento de Corpus Christi. El hallazgo se volvió a colocar en su lugar".

—No se perdió ninguna caja y no era de plata —rematé ofendida.

Victoria pasó su ala sobre mi espalda y murmuró:

—Así se construyen las leyendas, querida.

—¡Vaya, pues! —hice una pausa que más semejó un puchero—. Y para amargarme más, estuve pensando en el corazón del virrey tan llevado y traído, y el mío, sigue sin inquilino.

Victoria negó con la cabeza.

—No seas amargada, todo llega a su tiempo.

Años más tarde, conté la historia a la escritora Beatriz Espejo, omitiendo por vergüenza la parte del corazón partido. De ella hizo una espléndida novela sobre las monjas clarisas en México, a la que tituló *¿Dónde estás, corazón?*

Impasibles

La muerte no es nada. Yo sólo me he ido
a la habitación de al lado.
Yo soy yo, tú eres tú.
Lo que éramos el uno para el otro,
lo seguiremos siendo.
La muerte no es el final,

Canónigo Henry Scott-Holland

En la preparatoria, tuve la fortuna de toparme con una excelente maestra de historia. Era una mujer de unos 40 años, guapa y elegante. Usaba el cabello recogido en un chongo, lo que le daba una imagen severa, y unos aretes grandes de media perla, que la hacían verse mayor. Lola era hija de refugiados españoles, hablaba recio y tenía mal carácter, pero de ella conservo el amor por la historiografía y la desacralización de sus actores. Afirmaba que los hechos históricos no son lineales. El día que la escuché decir:

—¡Nada!, ¿ustedes se tragan el cuento de la valerosa Corregidora arriesgando la vida, así nada más, por la Independencia de México? ¡Pues no! Sin duda, fue una convencida de luchar contra la Corona de Fernando VII, pero se involucró por amor.

Entendí que los sucesos relevantes de una época, más que una pila de datos, son producto de las vidas y el frenesí de quienes la protagonizan. Los sucesos hay que imaginarlos, revivirlos. ¿Cómo era la sociedad del momento? ¿Cuáles eran sus valores, sus limitaciones? ¿Qué le pasaba a los héroes y a las heroínas por la cabeza y, sobre todo, por el corazón?

Doña Josefa Ortiz Girón fue una mujer inteligente y apasionada por la causa. Consta en carta enviada en febrero de 1810 al virrey Calleja, por uno de los delatores de la conspiración, el alcalde Juan Ochoa, al referirse a la forma en que se expresó doña Josefa en una reunión clandestina: "La mayor locuacidad en contra de la nación española y en contra de algunos ministros, la hizo la esposa del corregidor", "el torrente de esa señora ha conducido a depravados fines que he anunciado" y "no tiene empacho a concurrir en juntas que forman los malévolos".

Era una mujer valiente, de convicciones. La Corregidora pasa a la historia porque es ella quien alerta a Ignacio Allende, Miguel Hidalgo y los hermanos Aldama de que la conspiración ha sido descubierta, lo que cambia el curso de los acontecimientos. Ese mensaje los salva de la represión y los mueve a adelantar el levantamiento armado. Lo demás es conocido.

—¿Cómo se explica que el corregidor, Miguel Domínguez, haya encerrado a su esposa bajo llave mientras él recorría, casa por casa, con la guardia virreinal, las calles de Querétaro buscando insurrectos? —continuaba Lola provocándonos.

"Ella arriesgó su vida avisando a los rebeldes que la conspiración independentista había sido descubierta. Luchaba por la causa y por salvar la vida a Allende, del que, se dice, estaba muy enamorada.

Por esa maestra entendí que el motor que mueve al mundo es la pasión. Para mí, Josefa Ortiz dejó de ser la adusta imagen en relieve de una anciana que aparecía en los "quintos" de cobre de mi infancia, aquellas monedas de cinco centavos que guardaba con recelo hasta la hora del recreo, para salir corriendo a comprar chupirules, mazapanes y frituras en la cooperativa de la escuela. Hasta mi juventud descubrí que Josefa fue una mujer muy bella y Allende, un hombre galante, educado y guapo. Y ambos personajes eran seres de nobles sentimientos. Cualquiera que sea la verdadera historia de la Corregidora, me inclino por imaginarla como una mujer que luchó por la Independencia de México y por la vida de su amado, y que se contagió de sus ideales porque el amor es así, se infiltra hasta por los poros.

Josefa fue admirada por su belleza y entendimiento. Uno de sus detractores que la llevó a prisión tuvo entre sus argumentos afirmar que representaba un peligro preocupante: "[...] es un agente efectivo y descarado, audaz e incorregible. Excelentísimo, la mujer del Corregidor es una verdadera Ana Bolena que ha tenido el valor de seducirme a mí mismo, aunque ingeniosa y cautelosamente".

El mismo calumniador tendría que explicar más tarde, a través de una carta, ante la ignorancia del virrey, quién había sido Ana Bolena y relatarle su trágico final, que quizás deseaba también para la propia Josefa.

Ante las acusaciones, fue arrestada e incomunicada; tiempo después, la sentenciaron a tres años de cárcel. El corregidor pidió licencia de su cargo para interceder por su libertad, argumentando que era madre de 14 hijos. No sabemos si fue un acto de amor o una súplica para que la liberaran dada su prolífica familia.

En tanto, Allende se convirtió por algunos meses en uno de los máximos líderes de la insurgencia. Fue capturado seis meses después del levantamiento, en marzo de 1811, enjuiciado y ejecutado en la ciudad de Chihuahua el mes de junio. Su cabeza, junto a la de otros insurgentes, fue expuesta en plazas como símbolo disuasivo a sus seguidores. Tenía 42 años, al igual que Josefa.

Es fascinante, y a la vez aterrador, pensar que un hecho considerado íntimo y de consecuencias inmediatas en la vida personal puede trascender el tiempo y modificar la realidad no sólo del individuo, sino de miles de personas. Si el rey Eduardo VIII no hubiera abdicado a la Corona del Reino Unido en 1936 por amor, convirtiéndose en el duque de Windsor junto a su amada, la norteamericana Wallis Simpson, la Segunda Guerra Mundial hubiera tenido otro desenlace. Es conocida la cercanía de la pareja al nazismo y la declaración de Adolf Hitler acerca del fallido reinado: "Su abdicación fue una severa pérdida para nosotros. Si hubiera continuado, todo habría sido diferente". El reinado de Eduardo VIII habría significado el fortalecimiento y la propagación del nazismo en Europa, y el planeta tendría otra geografía política.

La Historia está configurada por eventos racionales, planeados, y por impromptus, como en la música. Y estos últimos, de arrebatos, delirios, pasiones, preferencias y deseos. Así se escribe la historia y así es como aprendí a entenderla.

* * *

El día que me pidieron que me reuniera con el líder de los asambleístas de la ciudad, el diputado Manuel Jiménez Guzmán, para organizar el traslado de los restos de Benito Juárez del Panteón de San Fernando al de Dolores, la idea era que descansara en la Rotonda de los Hombres Ilustres (que, años más tarde, cambiaría la palabra "hombres" por la de "personas"), y leí entre otros libros que me regalaron, las cartas de amor de doña Margarita Maza de Juárez a su esposo.

El diputado Jiménez era un hombre de estatura baja, cabello rizado, grandes lentes de marco de pasta negra y traje sastre oscuro con rayas blancas. Tenía finos modales y se dirigía con amabilidad. Hablaba como si estuviera dando un discurso, ceremonioso y engolado. Lo caracterizaba ser muy nacionalista y gran admirador de Juárez.

—Mire, sé que su señor padre fue masón, gran maestro de grado treinta y tres. Pocos llegan a ese puesto. Un hombre de respeto —y con ese argumento abrió la conversación para convencerme.

Yo afirmé con un movimiento de cabeza. Sabía que la gran mayoría de los políticos mexicanos, por lo menos hasta los años setenta, eran masones. Muy lejos de lo que corre como leyenda, las logias masónicas tenían como objetivo el crecimiento personal y colectivo de sus miembros. Realizaban actividades filantrópicas y eran importantes espacios para socializar y hacer política. Masón significa "constructor" y sus integrantes, además de procurar "construir conocimiento", parten del principio de "la construcción del templo interior", que requiere de la armonía entre el estado físico, psíquico y espiritual del ser humano, sin importar credo o religión. Las logias imponen rigurosos filtros de aceptación y grados de ascendencia. Crean vínculos de pertenencia y fraternidad. Por ello, los políticos de antaño priorizaron la incorporación de masones a sus equipos de trabajo, por considerarlos confiables y compartir principios en común. En México, si se quería llegar alto, un requisito subyacente era pertenecer a una logia.

Los masones han tenido un papel preponderante en la historia de nuestro país: Miguel Hidalgo, Ignacio Allende, José María Morelos y Pavón, Benito Juárez, Lucas Alamán, Maximiliano de Habsburgo, Porfirio Díaz, Francisco I. Madero, Jesús Flores Magón, Venustiano Carranza y Lázaro Cárdenas entre muchos otros. Desde su origen, utilizaron signos como elementos de identificación. Estos símbolos son enunciados matemáticos.

Tienen tres representaciones básicas: Cosmos-Templo-Hombre y utilizan la Palabra, la Escuadra y el Compás para identificar a cada uno. Otra alegoría conocida es el Delta Luminoso, un ojo dentro de un triángulo, interpretado como la vigilancia de Dios sobre la humanidad. El techo del antiguo congreso al interior de Palacio Nacional tiene en el centro precisamente un gran Delta Luminoso.

Aunado a los beneficios de pertenecer al grupo, está el atractivo adicional de lo enigmático y secreto. Fuera de las logias, se reconocen entre ellos a través de claves. Recuerdo que firmaban con tinta verde. Hasta la fecha guardo, como fetiche, la fijación infantil de que firmar con pluma fuente y tinta verde da suerte.

—Queremos hacer un magno homenaje a Benito Juárez, gran maestro e ilustre masón, para conmemorar los 200 años de su natalicio, que se cumplen en marzo de 2006. Sugerimos respetuosamente que sus restos sean trasladados a la Rotonda de las Personas Ilustres, que alberga a las personas más reconocidas del país.

Confieso que no conocía el Panteón de San Fernando e ignoraba el estado en que se encontraba. Así que, como hacen los políticos, contesté con un amable:

—Con mucho gusto, será un placer participar en tan digna labor. Permítanme analizar el proyecto e investigar cuáles serían los trámites para realizar la exhumación.

En cuanto la comitiva salió de mi oficina, corrí a investigar cómo podía visitar el panteón. Exhumar un cuerpo era lo último que se me antojaba sumar a mi currículum. Por alguna razón, Benito Juárez descansaba en ese el lugar.

Tenía que actuar a la brevedad porque un tema de esa magnitud y con tanta fuerza política correría rápido. Al día siguiente, fui con Laura y Sergio a la colonia Guerrero, y conseguimos que un empleado de la entonces delegación Cuauhtémoc nos abriera la reja del panteón que, para mi sorpresa, estaba en una situación de completo abandono. Lápidas levantadas, hierba crecida; una imagen de desamparo y desolación. A mano izquierda del terreno, se veía una gran explanada donde el departamento de limpieza guardaba los carritos de doble tambor y escoba de largas varas con las que barrían las calles del barrio. ¡Increíble! En ese ambiente, entre la basura y decenas de gatos que merodeaban el lugar, descansaban los restos de los héroes de la Reforma. Recorrimos el cementerio hasta dar con el mausoleo de Benito Juárez. Ahí estaba, estupendo, cincelado en fino mármol blanco. El Benemérito de las Américas se encontraba acompañado en su última morada por su esposa y sus hijos.

Muy cerca del mausoleo llamó nuestra atención una tumba también de mármol y grandes proporciones, rematada por una pirámide trunca y flanqueada a los cuatro costados por unas antorchas finamente cinceladas. Me acerqué a leer el epitafio: "Llegaba ya al altar feliz esposa, ahí la hirió la muerte... aquí reposa". La parte frontal de la tumba tenía cinceladas unas pequeñas flores que formaban un semicírculo, en cuyo centro se encontraba el nombre de Dolores Escalante, fallecida en 1850. En la otra cara de ésta y sobre una superficie sin mayor decoración estaba escrito el nombre del liberal José María Lafragua (1813-1875). Leí las fechas, él había sido sepultado 25 años más tarde que la mujer. En ese momento me di cuenta de que ahí yacía una apasionada pareja del siglo XIX.

Investigué su historia. Dolores murió el día de su boda de un súbito síncope cardiaco, él sobrevivió muchos años y nunca se casó. Fiel a su novia, poco antes de morir pidió estar a su lado. Una década más tarde de la muerte de la joven, él escribió su historia amorosa en un texto que nunca publicó, titulado *Ecos del corazón*. Algún acucioso investigador encontraría el manuscrito de este amor truncado por la muerte entre los documentos y en el vasto acervo de Lafragua, que forman parte de la Biblioteca Nacional. En la tumba frente a nosotros yacía un reconocido liberal, masón, diputado del Congreso Constituyente, uno de los principales creadores del Código Civil, del Código Penal y de la Ley de Garantías Individuales; un político de la Reforma y un hombre que a lo largo de su vida vivió con una honda pena de amor.

Al salir de San Fernando, tuve el presentimiento de que, ante nuestros ojos, se revelarían muchas historias de amor.

Llegando a casa hojeé el libro que los masones me habían obsequiado en su visita: *Juárez, apuntes para mis hijos*. La dedicatoria estaba escrita en una impecable caligrafía Palmer, aquella letra cursiva surgida a finales del siglo XIX, con lo que a mí me pareció una bella tinta verde, quizás por remontarme a la imagen de la pluma fuente de mi padre.

En esos apuntes autobiográficos que escribió el presidente Benito Juárez se describe a sí mismo como "impasible", pero si hurgamos la correspondencia entre él y Margarita, su esposa, hay penuria, sufrimiento, grandes pérdidas y largas ausencias. Sobre ello, Andrés Henestrosa escribió: "Sufrió mucho y sintió mucho. No se alteraba su color, pero se removía su corazón. No, no era impasible, sino que el pudor, que es una virtud indígena, le evitaba el grito, el aspaviento. Durante la guerra se le murieron los hijos. Entonces lloraba, pero en el acto se le secaban las lágrimas".

Más que virtud indígena, la apariencia imperturbable responde a la enraizada convicción entre los hombres poderosos de que expresar sentimientos equivale a demostrar debilidad. Juárez siempre se cuidó de reflejar un semblante de fortaleza y compostura ante las más grandes tragedias familiares. Enfrentaba con estoicismo sus derrotas.

Su éxito en la vida fue producto de la tenacidad y el empeño. Siendo ya un prominente abogado, se casó a los 37 años con la joven Margarita, de 17, hija adoptiva de la familia Maza, en la que él mismo creció bajo la tutela de su hermana que trabajaba como cocinera de la familia. A pesar de la diferencia de edad, común en los matrimonios de aquella época, y del origen social, esto último poco usual, la pareja Juárez Maza demostró entendimiento y amor. Él trabajó compulsivamente; ella lo apoyó sin claudicar. Margarita fue una mujer inteligente y aguda. Compartió con su esposo una fuerte convicción anticlerical y la ideología liberal.

Su relación estuvo sujeta a constantes pruebas. Sufrieron amenazas, persecuciones y, lo que más les dolía, separaciones por los avatares políticos. Ambos enfrentaron vicisitudes, gozaron los triunfos, no se amedrentaron ante las derrotas y conquistaron el poder. A lo largo de esos años, el matrimonio procreó 12 hijos: nueve niñas y tres niños. Cinco fallecieron siendo aún muy pequeños.

Durante la intervención francesa, Juárez se vio obligado a enviar a su familia a Nueva York para protegerla. En esa estancia, murieron de pulmonía dos de los niños, entre ellos Pepito, de 11 años, el más allegado al padre, quien, desconsolado, en una carta a su yerno Pedro Santacilia, escribió: "Es mucho lo que sufre mi espíritu y apenas tengo energía para sobrellevar la desgracia que me agobia y no me deja respirar. Murió mi adorado hijo y con él murió también una de mis más bellas esperanzas. Ahora me aflige la salud de Margarita".

La prolífica correspondencia entre los esposos da testimonio, por un lado, del profundo e inexplicable sentimiento de culpa que guardó Margarita por la muerte de sus hijos y, por otro, de la preocupación y el deseo de Juárez por estar junto a su mujer. Las cartas muestran los estados de ánimo de ella y el desasosiego de él por el bienestar de su familia. Reflejan su amor:

Tú recibe el corazón de tu esposa que te ama y desea verte.

Abraza a nuestros hijos y recibe el corazón de tu viejo.

Recibe mil abrazos de todos tus hijos
y el corazón de tu esposa que te ama y no te olvida.

En fin, a las demás muchachas diles que no las olvido un momento y que no pierdo la esperanza de que pronto las estreche en mis brazos. Tu esposo que te ama y desea…

Adiós, Nito, sabes que te ama y no te olvida y desea verte tu esposa.

¡Cuántas diferencias había entre ambos! La edad, el origen, las historias personales, pero había efervescencia, erotismo y deseo. Algo difícil de aceptar en nuestro imaginario al pensar en el severo Juárez.

Margarita creció bien arropada. Tuvo padres que la quisieron y hermanos que la protegieron. Benito pasó hambre, vivió en la pobreza y, sin hablar español, a los 12 años huyó de un tío que lo golpeaba. Margarita desayunaba un espumoso chocolate de Oaxaca y pan de piloncillo. Benito, niño, salía a trabajar con el estómago vacío. ¿En qué momento estas dos almas se encontraron? Él, físicamente desabrido, poco agraciado y 17 años mayor que ella; Margarita, dulce y de finos modales. El destino, que no sabe de reglas, dicta el futuro de la vida. ¿Cómo hicieron a un lado sus diferencias? ¿En qué momento se enamoraron? ¿Fue fácil que la familia Maza aceptara esa relación?

Tengo la imagen de un adusto Benito Juárez hablando a la nación: “Los hombres no son nada, los principios lo son todo”. “Aquel que no espera vencer, ya está vencido”. “No deshonra a un hombre equivocarse. Lo deshonra la perseverancia en el error”.

Don Benito fue un hombre brillante, testarudo y apasionado no sólo por la patria, sino también por su mujer. "Tu esposo que te desea", así de simple y contundente se despide en sus cartas sin importarle que su correspondencia pudiera ser interceptada por los conservadores. Él supo lo que era amar a alguien y, aun así, no lo conmovieron las lágrimas de Carlota ante el juicio a su marido Maximiliano de Habsburgo.

Margarita iniciaba muchas de sus cartas con un dulce "mi viejo", que me hizo recordar la diferencia de edad que hubo entre mis padres: 25 años. Mi madre era una muchacha de 18 años, alta y guapa, de grandes ojos negros almendrados, maestra en el poblado de acequias, enclavado como oasis entre las profundas dunas del desierto de Coahuila. A mi padre le decían el güero Román: simpático, inteligente y buen orador. Durante su campaña para gobernador del estado, visitó Viesca y, a partir de ese día, el destino decidió unir esas dos vidas. Él murió a los 63 años; ella, entonces de 38, decidió que a partir de ese momento su existencia fuese rumiar en soledad. Parte de mi infancia transcurrió entre largos pasillos silenciosos. En el cuarto de mi madre, entre penumbras, se detuvo el tiempo. Pensé en la secrecía que guarda el universo de las parejas. Sólo ellos, en la intimidad, saben cómo gravitan sus estrellas.

La presidencia de Juárez duró 15 años. Poco antes de concluir su mandato, la vida de Margarita, sumida en una profunda tristeza por la pérdida de sus hijos, se apagó. Fue sepultada en el Panteón de San Fernando el 4 de enero de 1871 y, un año más tarde, lo sería su amado Nito, quien murió a los 66 años en Palacio Nacional, víctima de una angina de pecho. El presidente, admirado por algunos y odiado por otros, pidió que sus restos fueran colocados junto a su mujer. Con los esposos descansan cinco de los 12 hijos de la familia Juárez Maza. ¿Por qué violentar su voluntad? Juárez debía permanecer junto a su familia.

Los hechos autobiográficos relatados en *Apuntes para mis hijos* omiten el fusilamiento que ordenó el presidente en contra de Maximiliano, Miguel Miramón y Tomás Mejía en 1867. Algunos hombres y mujeres fueron irreconciliables en vida y lo son también en la muerte.

Miguel Miramón fue el presidente más joven que ha tenido México. Conservador y un brillante militar, se casó a los 26 años con Concepción Lombardo cuando ella tenía 23. Desde el día en que se conocieron, en unas prácticas militares en el Castillo de Chapultepec a las que las hermanas Lombardo fueron invitadas, el joven capitán quedó prendado de la joven y en pocas semanas le propuso matrimonio. Concha relata que, en broma, le contestó: "Cuando el capitán llegue a general, me caso con él". Transcurrieron dos años para concretar su enlace. A los diez días de una apresurada boda en medio de los constantes compromisos militares de Miguel y bajo advertencia de que así sería en muchas ocasiones, se dio la primera separación de la pareja:

"Mi esposo me comunicó la noticia de su partida. Todas las reflexiones que mi esposo me hacía no bastaban para mitigar mi dolor y el continuo llanto que salía de mis ojos".

"Pero amada Concha, cálmate, es preciso sufrir para gozar después", sellaba la misiva con "tu apasionado esposo Miguel".

En su autobiografía, ella escribe: "Por primera vez recordé las funestas palabras que mi esposo me dirigió en vísperas de mi boda: con valentía, tendrás que acostumbrarte a mis largas ausencias".

El heroísmo y compromiso del general Miramón ganó la confianza y admiración de los conservadores, hasta el punto de proponerle la presidencia de la República, la cual ocupó por dos años. Los acontecimientos se agolparon rápidamente. Los conservadores perdieron la batalla por el control del país. A pesar de las súplicas de familiares, allegados e intelectuales de la época, como el escritor Victor Hugo, quienes clamaban por el perdón de los sentenciados, el emperador, Tomás Mejía y el propio Miramón fueron fusilados en 1867 en el Cerro de las Campanas, en el estado de Querétaro.

Maximiliano pidió al pelotón que no le dispararan en el rostro, se dice que para evitar que su madre lo viera desfigurado. Para su desgracia no se cumplió su deseo: fulminado por las balas de las bayonetas cayó sobre unos pedruscos que le golpearon justamente en la cabeza y el rostro. A su muerte, el ataúd en el que fue colocado resultó pequeño para su gran estatura, 1.90 metros; se serruchó el cajón y le quitaron la tapa de un extremo. Y así se fue el emperador en una carreta, con los pies de fuera tambaleándose hasta el convento de las capuchinas. Después de un malogrado embalsamamiento realizado por el doctor Vicente Licea, y seis meses de arduas negociaciones entre México y la Casa de Austria, el cuerpo de Maximiliano regresó a Europa en 1868, en muy malas condiciones, en la misma fragata en la que llegó cuatro años antes: La Novara.

Mejía no estuvo exento de avatares. Fue bien embalsamado, pero su mujer, Agustina, en la mayor pobreza, no contaba con los medios para enterrar de inmediato a su marido. El general, vestido de frac, con corbata de moño, estuvo sentado por seis meses en un modesto sillón de la sala de su casa en la colonia Guerrero. De este hecho, existe una fotografía. Agustina, acompañada de su silencioso marido, recibió innumerables visitas. No fue sino hasta que Juárez supo de la situación, que Mejía pudo descansar en el Panteón de San Fernando junto a su correligionario, Miguel Miramón.

La viuda de Miramón sí sepultó de inmediato a su marido, pero antes de hacerlo, convenció a un médico de que al cadáver le extirpara el corazón, ella lo guardaría en una caja de porcelana como reliquia. Por meses, a donde Concha se desplazaba el corazón de su amado, auténticamente, la acompañaba. No fue sino hasta un año después que sus hermanas lograron convencerla de que todos los restos de su marido descansaran en paz en el panteón.

Años más tarde, Concha, horrorizada al enterarse de que en ese mismo camposanto se encontraban los restos de Margarita y Benito, ordenó trasladar a su marido a una capilla en la Catedral de Puebla. El túmulo de Miramón se encuentra vacío, en el jardín principal que da acceso al cementerio, como un recordatorio de las cruentas luchas que enfrentaron entre sí los mexicanos del siglo XIX.

Concepción quedó viuda a los 35 años con seis hijos y, bajo el consejo que le dio su marido, dejó el país y solicitó apoyo a las cortes de Austria y Bélgica. Logró sobrellevar la viudez gracias a una pequeña pensión belga y le fue fiel a Miguel Miramón hasta la muerte. Escribió sus memorias en Palermo, Italia, las cuales fueron descubiertas en 1980 por una de sus nietas. En ellas, Concha, como la llamaba Miramón cariñosamente, dejó testimonio de ese gran amor. Ya en el exilio y a los 80 años, se dedicó a ordenar las cartas que recibió no sólo de su esposo, sino también de muchos de los correligionarios de la época, y a hacer una historia sobre la encarnizada lucha entre liberales y conservadores. Su interés primordial fue limpiar la honra de su marido y explicar los hechos desde una posición única y privilegiada. Las 900 páginas de su libro forman un extraordinario y poco usual testimonio. Escasas memorias se han escrito en México y mucho menos por mujeres. Ahí quedó plasmada la trágica vida de esta joven pareja. En los convulsos años de la segunda mitad del siglo XIX, enfrentaron circunstancias políticas de las cuales no siempre estuvieron plenamente convencidos, pero Miramón fue pieza clave.

Impresionada por las historias que descubrí, hablé con el jefe de Gobierno. Finalmente, los restos de Benito Juárez no saldrían de San Fernando y el recinto que, a pesar de que fue declarado Monumento Nacional en 1935, estuvo olvidado por décadas, tuvo la oportunidad de recuperarse gracias a la inquietud que tuvieron los masones. Esta vez se decidió promover un acuerdo y quedó establecido que, a partir de mayo de 2006, el panteón sería declarado museo. Ahí descansan los restos y las pasiones de Benito Juárez, Mariano Otero, Melchor Ocampo, Tomás Mejía, Miguel Lerdo de Tejada, Francisco González Bocanegra, Francisco Montes de Oca y de muchas, muchas mujeres de las cuales aún está pendiente escribir sus historias.

A la declaratoria del cementerio como museo no llegamos totalmente a tiempo. Algunos próceres habían sido exhumados de sus tumbas y trasladados a algún estado de la República para crear un monumento. Tal es el caso de Vicente Guerrero y Francisco Zarco. Los restos del general Ignacio Zaragoza también fueron transferidos, con motivo del 114 aniversario de la batalla de Puebla, a dicho estado; lo mismo sucedió con los de su esposa Rafaela Padilla.

Hoy un monumento ecuestre de carácter militar coronado por fusiles resguarda los restos de la pareja, la monumental estatua está en la esquina de la transitada avenida que lleva su nombre y la calzada de los Fuertes. ¡Pobres Ignacio y Rafaela! ¿Cómo van a encontrar algo de paz entre el acre olor a gasolina, el tráfico y el constante ruido de camiones?

El Panteón de San Fernando guarda historias épicas, de amor y muchas anécdotas. Por ejemplo, hay un nicho, perteneciente a la bailarina Isadora Duncan, la afamada artista fundadora de la danza moderna que encontró la muerte en Niza. En su gira de 1927, un admirador la invitó a dar un paseo por la costa en un flamante auto convertible. Él, galante, le abrió la portezuela; ella, de movimientos delicados y gráciles, subió al asiento del copiloto. Coqueta, cruzó sobre su estilizado cuello un largo y sedoso *foulard.* Él la miró con el orgullo de tener a la mujer-diosa del momento a su lado. Sonrientes, iniciaron el camino. El *foulard* ondeó al ritmo de la velocidad, danzó con el viento como la propia Isadora lo hacía en el escenario. En un azar del destino, aquella larga tela de bello color que le rodeaba el cuello se fue enredando como una hiedra entre las llantas del auto. El conductor no pudo detener el vehículo a tiempo. La vida se desvanece en un instante. Dictamen pericial: muerte por ahorcamiento.

El cuerpo de la bella mujer descansa en el cementerio Père Lachaise, en París; sin embargo, en el nicho 19 del patio principal de San Fernando hay una lápida en mármol negro y letras en bronce dorado que dice: "Isadora Duncan (1877-1927). École du Ballet de L'Opéra de Paris". Corre la leyenda de que un mexicano desconsolado por la pérdida de la bailarina la hizo colocar en honor de su amada. Los ancianos de la colonia Guerrero recuerdan la figura de un misterioso caballero que hacía estacionar un elegante Lincoln a las puertas del panteón todos los sábados a las seis de la tarde en punto. Sigiloso, con ramo de rosas rojas en mano, solicitaba abrir las puertas del cementerio. Algunos dicen que se llamaba: Plutarco Elías Calles.

Lo que pasa después de la muerte es un misterio, pero la forma como reaccionamos los vivos ante ella es un reto. Sobre la muerte, guardo las lecciones de vida que me dio María Esther, la abuela paterna de mi hijo. A unos días de que se celebrara mi boda, me invitó a Guadalajara para conocer a su mamá y presentarme ante su padre. ¿Pero el general José Zuno no había fallecido hacía tiempo?

Me casé muy joven. Mi suegra era una mujer de mucho carácter, habló tan natural y contundente que no me atreví a preguntar ni a contradecirla.

Llegamos con la abuela Carmen. Era una viejecita delgada, notablemente erguida, de tez blanca. Unos profundos surcos en el rostro le añadían autoridad. Vestía de negro y tenía el cabello ondulado, totalmente encanecido. La familia se cimentaba alrededor de su poderoso bastón de mando femenino. Guardo el maravilloso recuerdo de escucharla a la hora del café hacer un giro en el tiempo y compartirnos sin tropiezos las cartas de amor que recibió del general durante la Revolución. Meneaba la cucharilla del azúcar con la que había endulzado la taza, al tiempo que su mente volaba hacia otros tiempos: "Mi querida y amada Carmelita...".

Al terminar la visita, doña Esther avisó a su madre, con voz tranquila y muy segura:

—Natalia y yo vamos a visitar a mi papacito. Antes pasaremos a comprar unos "pinceles" —y dirigiéndose a mí continuó—, porque has de saber que le gustaba pintar y fue amigo y mecenas de Diego Rivera.

En el camino paramos en el mercado y compramos un gran ramo de flores llamadas… pinceles.

Llegamos al panteón y recorriendo un camino muchas veces andado, dimos, entre lo que a mí me parecieron intrincadas alamedas, con la tumba del general. Ella empezó a platicar con él: "Cómo estás, papá, te vengo a presentar a Natalia, que se va a casar con mi hijo Pablo". Al tiempo que con inusual dulzura hablaba, arreglaba la tumba. Yo la ayudaba en silencio. "Estudió Sociología…", y así siguió haciendo la presentación. Al terminar, las dos nos quedamos admirando nuestra obra. Los macetones que adornaban el sepulcro nos habían quedado hermosos. Ella se despidió: "Bueno, papá, ya la conociste, vengo a visitarte tan pronto pueda". Volteó a verme y me dijo: "Cuando tengas un pesar, frente a una fotografía de tu papá prende una veladora, él te va a escuchar". Sonreí agradecida por el consejo. Se dio la media vuelta y yo, sin pronunciar palabra, me fui pensando en la manera tan sana de ver la muerte, pero sobre todo, en la fortuna de seguir hablando con su papá.

Todos los 1° de noviembre, mi suegra montaba en su casa un gran altar de muertos con fotografías, varios objetos y calaveritas de azúcar con los nombres de todos sus muertos y de la familia viva. Al casarme, tuve el honor de contar con mi propia calaverita. Nunca nos imaginamos que, pocos años después, mi suegra tendría que enfrentar la muerte de uno de sus hijos. No hay pérdida ni dolor más grande, por eso dicen que no existe palabra para nombrarla.

Rodolfo murió de una trombosis. Así, de pronto, sin avisar, como son las grandes tragedias. Pablo y yo, en ese entonces, estábamos estudiando fuera del país. Llegamos apenas a tiempo para el funeral. Impresionados, desmañanados, inconsolables. No entendíamos ni había manera de aceptar lo sucedido. Mi suegro, don Luis, fue presidente de la República en los años setenta, por lo que al sepelio acudió muchísima gente. Más que una ceremonia luctuosa, parecía un mitin político. Fotógrafos sobre las tumbas tratando de captar un gesto, personajes apresurados por hacerse notar. Se escuchaba el constante y desagradable saludo de dirigentes palmeándose las espaldas. Mi suegro, como Juárez, se mantenía impasible. Fueron momentos terribles, incómodos y carentes de sosiego e intimidad.

Al día siguiente, cuando todo parecía haber quedado atrás, mi suegra citó nuevamente a la familia en el modesto panteón del pueblo de San Jerónimo, ese pequeño recinto que había quedado anquilosado en medio del barullo de la ciudad y que el día anterior había sido rebasado por la multitud. Tuvo el cuidado de que todos los nietos estuvieran presentes. Nos reunió alrededor de la modesta lápida con el nombre de su hijo, que sólo tenía como adorno una campana de bronce colgada de un pequeño arco. Tranquila y, como la abuela Carmen, bien erguida, se dirigió a los niños:

—Aquí está su tío Rodolfo, el papá de sus primas —en ese entonces de 4 y 6 años—. Cuando quieran hablar con él, le tocan la campana para que despierte.

Los adultos no podíamos contener el llanto. En cambio, los niños corrieron entre risas a llamarlo.

—¡Tilín! ¡Tolón! ¡Tío Rodolfo! ¡Tío Rodolfo!

Rodolfo Echeverría murió a los 31 años.

¡Hasta no verte, don Porfirio!

Se acercaban las fiestas patrias, preámbulo de los últimos suspiros del año. A partir de septiembre, los días vuelan y llueve...

Teníamos abiertos frentes de obra en las calles aledañas al Zócalo: 5 de Febrero, que conmemora la fecha de la promulgación de la Constitución de 1917; Madero, por el prócer de la Revolución, y 5 de Mayo, nombrada así por la batalla de Puebla. Esta victoria la celebran con gran entusiasmo los chicanos como un recordatorio de que hemos sido capaces de librarnos de las tentaciones de los imperios. Algún presidente, bajo la política del "buen vecino", en una efusión de amor fraternal, estableció en esa fecha un convivio en la Casa Blanca con la comunidad mexicano-americana para, de esa forma, hacerle un guiño a los 34 millones que la conforman. Ese día se comen tacos, guacamole, se bebe tequila y cerveza, y las ventas de esas bebidas superan las de St. Patrick's Day y el Super Bowl. Acorde con el espíritu pragmático que impele a los estadounidenses, el 5 de mayo es un éxito comercial.

Estaba distraída en mis reflexiones cuando Laura entró a darme un mensaje: solicitaban mi presencia de manera urgente en el despacho del secretario de Gobierno, con planos y programa de obra en mano. Le propuse que también se alistara para acompañarme.

Cuando entramos a la reunión, ya había un grupo de señores sentados en torno a la larga mesa de juntas.

Nos ofrecieron un lugar. Saludamos presurosas para no interrumpir. Frente a mí estaba el ingeniero Dovalí y el director del Sistema de Aguas y, misteriosamente, también habían asistido miembros del Ejército.

El secretario de Gobierno, Alejandro Encinas, tomó la palabra:

—Les reitero que llevaremos a cabo las acciones necesarias para que el trayecto del desfile del 16 de septiembre no se vea afectado. Cité a la directora del Fideicomiso, quien está a cargo de las obras, para que esté enterada, contemos con su colaboración y coordine a las partes involucradas.

Y siguió con lo que parecía un discurso de lugar común:

—El gobierno de la ciudad considera el 16 de septiembre como una fecha fundacional para los mexicanos…

Hizo un panegírico que me sorprendió. Alejandro era un hombre de muy buen carácter, inteligente, conciliador y, al contrario de nuestro jefe, de trato fácil y accesible. Estaba sentado a la cabecera en saco de *tweed* y corbata. A pesar de la espesa barba que era su sello personal, alcancé a distinguir su cuello tenso, rígido y la mandíbula apretada. Habíamos cultivado una buena amistad y, a diferencia de su estilo casual y cálido, se dirigía a todos nosotros en tono seco y formal.

—Entonces, resumiendo: hoy es 13 de septiembre, nuestro compromiso es que para el día 15 el tramo de Monte de Piedad, las calles de Madero y 5 de Mayo estén rellenas y aplanadas para que pase el desfile —continuó haciendo un ademán hacia mí, con amabilidad—. La directora nos apoyará avisando a las empresas Luz y Fuerza del Centro y Teléfonos de México, así como a hoteles, vecinos y a quien sea necesario.

Levanté la mano.

—¿Cómo? Una disculpa, no entiendo bien. Las calles están abiertas. Las tuberías de las instalaciones de agua potable, drenaje, luz y fibra óptica se encuentran a la mitad del proceso de instalación.

—Lo sabemos —contestó Alejandro—. Esas vías tienen que estar rellenas y transitables para el desfile.

—¿Cómo? ¿Las vamos a volver a tapar sin terminar? No me queda claro. Las empresas se van a negar. El presupuesto ya se ejerció. La maquinaria pesada está en sitio. Hacerlo sería volver a empezar.

Me parecía absurdo y una necedad lo que acababa de escuchar. El corazón me palpitaba como si estuviera en una carrera de obstáculos. Tomé un poco de agua con la mano temblorosa. Continué, tratando de disimular mi estado alterado:

—¡Ha sido un esfuerzo inmenso! Los vecinos no lo van a permitir. ¿Y si el desfile lo hacen en calles alternas como Tacuba o Venustiano Carranza? No sé, es algo menos complicado y más práctico. Es moverse una cuadra —tomé aire para darme fuerza a continuar—. Además, dudo mucho que nos dé tiempo. Estamos a dos días.

Sentí un puntapié bajo la mesa. Era de Laura. Volteé a ver al ingeniero Dovalí que, con la cabeza un poco agachada, negaba sutilmente y con la mano me hacía una ligera señal de "no".

Un militar tomó la palabra. Me di cuenta de su porte: casquete corto, rostro bien afeitado, un uniforme que parecía recién sacado de la tintorería, bajo el cual se adivinaba un cuerpo musculoso. A su lado, dos hombres del mismo perfil, impávidos, descansaban los antebrazos en la mesa. Cada uno, seguro por pura costumbre, tenía una libreta en blanco frente a sí con una pluma perfectamente acomodada al centro.

—Mire, señorita —y dio con toda calma un sorbo de café, sin inclinar un milímetro la espalda erguida. Sin prisa, regresó la taza a su lugar—, el 16 de septiembre es el desfile por excelencia. Es una costumbre establecida hace muchas décadas por las Fuerzas Armadas. No vamos a cambiar la ruta. Si necesita refuerzos, le envío un pelotón. Mis muchachos en una noche apisonan el terreno.

Terminó la junta. Estaba claro. La decisión había sido tomada por el jefe de Gobierno con los altos mandos. Poseía una inexplicable debilidad ante la milicia que, con los años, se haría más profunda. La decisión era una locura. Se perdería tiempo y dinero. La conclusión de mis compañeros de desgracia fue que con el Ejército no se puede discutir.

Cabizbajos, nos retiramos cada uno con sus pensamientos a cuestas. Los míos fueron sobre los peligros que implica el poder militar sobre el civil. Nunca, ¡nunca!, ha funcionado.

Laura me pidió una disculpa por el puntapié; a ella, como alerta, le había dado un pisotón el colaborador de Alejandro sentado a su lado. Los del gobierno de la ciudad nos habíamos dado ligeros puntapiés bajo la mesa; los militares nos los habían dado de frente y sobre ella.

De nueva cuenta fui a desahogar mis desgracias con Victoria. Entré al edificio arrastrando el paso, poco antes de que cerraran el archivo.

—¿Cómo has estado, Ramón? —pregunté en tono apagado—. ¿Me dejas entrar un ratito a descansar?

—Claro, mi Lic. Ya sabe que está usted en su casa.

—Te traje un refresco y papas de las que te gustan —a esas alturas ya éramos amigos y yo de manera tácita había establecido un pequeño soborno.

—¡Gracias, Lic.! Y ¿qué cree? Olvidé mi lonche y me voy a quedar sin cenar.

—¿Cómo crees, Ramón? Te invito algo.

—Me da pena, va a pensar usted que soy un encajoso.

—Para nada, ni lo digas.

—Pos son fiestas patrias, se lo acepto. ¿Qué tal unos tamalitos? Y le traigo unos a usted.

—Lo que se te antoje. También podrías comprar una torta en El Rey del Pavo —yo siempre con el vicio de mamá pensando en la proteína—. Lo que se te antoje más —recapacité— y me traes lo mismo, pero permíteme quedarme un rato después del cierre, no seas malito —rogué con voz apagada—. Si quieres ir a comprar tu cena, yo no le abro a nadie. Voy a hacer una meditación.

—Ándele pues, a ver si no me regañan. Échese su coyotito en la banca. Pero nomás por esta vez que tengo que salir, ¿eh? No se le vaya a hacer costumbre.

En cuanto escuché que el vigilante abría su paraguas y cerraba el portón, me dejé caer con desgano en la banca de madera y, alisando el cabello húmedo, tomé el talismán en mis dos manos sintiendo que me daba fuerza y me desahogué.

—Querida, no sabes el coraje que hice y la impotencia que sentí hoy —conforme avanzaba en mi relato, Victoria abría cada vez más grande su ojo oblicuo hasta que terminé de relatarle el desatinado encuentro.

— Lo sé, con los militares ni se analiza ni se discute, se acatan órdenes. Así es su idiosincrasia. Pobre de ti, que tendrás que hablar con los afectados sin posibilidad de mediación alguna.

Cansada, cerré los ojos y nos quedamos un largo rato en profundo silencio.

* * *

De pronto, como el despertar de un sueño, me alerta el agudo silbar de un tren. Estoy al pie de un vagón. Tengo un maletín a mis pies. Traigo puesta una falda de cretona color marrón que me llega a los tobillos. Tiene ligeras costuras dobles y un bies en la parte inferior; eso la hace menos sobria y más coqueta. Veo que mis zapatos de cuero negro son de tacón de carrete y con una hebilla se abrochan a los lados. La blusa es de popelina con muchos y finos pliegues al frente. Los pequeños botones que hacen contraste con la blancura de la blusa también son negros y rematan en el cuello alto con un corbatín de moño del mismo color. La manga es larga. Traigo una chaqueta a juego en el brazo. Lo mejor es el sombrero de ala ancha con un listón rosa alrededor y flores de seda a un costado.

A lo lejos, una mujer esbelta y distinguida ondea el brazo para llamar mi atención. Trae un sombrero repleto de flores y una larga pluma. Camina con elegante andar, maletín de cuero y sombrero en mano.

Se siente el ligero trajín de los pasajeros que, para mis estándares, no son muchos. La mujer que a su paso llama la atención por su belleza es Victoria. ¡Qué poca! Y yo que pensé que lucía elegante: ella se puso un traje precioso, sofisticado, lleva guantes y a mí me vistió de algodón.

—¡Hola, querida! —me dice al llegar con voz agitada—. Pensé que se me haría tarde. ¿Cómo te sientes?

—Nada más explícame lo del vestido y lo de tu maletín de cuero.

—El maletín de tela es más ligero, y con lo flacucha que estás me pareció que te sería más fácil cargarlo. Fíjate bien: tiene bordados a punto de cruz, no seas quejosa. El vestido, mmm… en el Palacio de Hierro *madame* Bernard no tenía de tu talla —dijo burlona—. Aquí eres una joven viajando con su cuñada, mayor que ella, así que ¡obedece! —y soltó una risilla.

Al salir de la estación, me detengo un segundo a observar la fachada. En la piedra de cantera están labradas las palabras:

Ferrocarriles Nacionales de México
Estación Buenavista

Sentí una emoción desbordada. Afuera hay movimiento. Conviven carruajes tirados por caballos con uno que otro automóvil de llantas altas, como los que he visto en fotografías antiguas, con grandes faroles saltones que parecen un par de ojos en alerta. Algunas calesas llevan bandera amarilla, otras azul o marrón.

—Fíjate en la que traiga banderita amarilla, son los taxis que están en espera —advierte mi amiga—. ¡Cochero! —le grita haciendo despertar con su voz al hombre que dormita en un pequeño cabriolé—. Disculpe, ¿usted viene a recoger a la señora Fernández Urbina?

—Sí, patrona. Soy Eufemio, para servir a usted.

—Lo supuse. ¡Qué bien! Ayúdenos a subir el veliz que trae el mozo que viene atrás de nosotras.

No estoy acostumbrada a trepar con falda larga a lo alto de nuestro coche. Estoy a punto de subir la tela hasta mis rodillas. Victoria arquea una ceja, en signo de desaprobación. Con cuidado, abordo sin desfiguros. Es mi entrada a 1910.

Animosa, Victoria plantea dos opciones de hospedaje:

—El Hotel Geneve, recién inaugurado en la calle de Londres de la elegante colonia Juárez, es el más moderno. En su restaurante, aparte de servir un extraordinario *foie gras* y *petits fours*, por las tardes sirven un platillo que ha causado sensación: el sándwich. O bien, nos hospedamos en el más alto rascacielos de la ciudad, el Hotel Imperial, sobre Paseo de la Reforma. Es más céntrico y anuncia la novedad de habitaciones con baño propio.

Sin dudarlo, respondo:

—¡A ése!

El carruaje inicia su andar entre los brincos y el vaivén que provocan los incipientes amortiguadores. El golpe de los cascos del caballo sobre la rudimentaria avenida acompaña nuestro camino. Estoy feliz y se me nota en la cara. Victoria me da unas palmaditas en el muslo.

—Merecías un paseo y salir de fiesta.

—Gracias —respondo con el más profundo sentimiento de gratitud y consciente de mi buena fortuna.

Todo lo que observo me parece de una generosa dimensión humana. La ciudad está arbolada y tiene un dejo rural. Hay estanquillos, recauderías y no falta la pulquería que asoma detrás de una esquina. El aire es limpio y fresco, inhalo profundo. Los pulmones se me llenan de otros tiempos. Pasamos casonas de uno y dos pisos. La gente se atraviesa por cualquier lugar. Hombres en calzón de manta llevan canastas de mimbre, cargan huacales con mercancías que llegan a la ciudad. Nuestra calesa se detiene detrás de un tranvía jalado por mulas, en la esquina del Paseo de la Reforma y San Cosme. Reconozco a la izquierda la Iglesia de San Hipólito. La fachada se ve hermosa, despejada. No hay puestos de ambulantes a los que estoy acostumbrada, pero sí uno que otro menesteroso sentado en el portal pidiendo limosna.

Me llega un fuerte olor ácido y acre a orines.

Victoria lo percibe y, como suele hacer, comenta:

—El gran modernizador, don Porfirio, está introduciendo agua potable y drenaje en la ciudad.

—Hablas como si fueras una señora del porfiriato.

Victoria saca un abanico de su bolso de mano y lo menea provocadora.

—¿Qué te extraña? Don Porfirio y yo somos contemporáneos y ha hecho mucho por poner a México a la altura de las grandes ciudades europeas. Además, gracias a él existo.

Victoria toma un semanario, *Revista de Revistas*, que está en el asiento y me señala un anuncio de Ferrocarriles Nacionales que dice: "Viaje a la Ciudad de México, sus parques, alamedas y edificios hacen de ella: el París de América".

Vamos contentas. Mi mirada descansa, no hay un solo anuncio. Las calles tienen uno que otro tímido cable: son los de la luz y las líneas telefónicas que abastecen a los mil teléfonos que existen en la ciudad.

Hay basura, pero es distinta. Hojas de árboles que revolotean al pasar del tránsito, tierra, piedras, cucuruchos de periódico para contener semillas, hojas de maíz que sirvieron de plato para algún hambriento.

Damos vuelta a la derecha para transitar sobre Reforma, que luce como un verdadero paseo. Me sorprende que no tenga camellón, pero sí unos anchos andadores en cada costado. Entre arbustos y frondosos árboles, se ven algunas majestuosas casonas afrancesadas. Un cielo transparente y luminoso con nubes arreboladas acompaña nuestro camino.

Los carricoches de caballos y *charabancs* son más elegantes que los que he visto hasta el momento.

—A la una de la tarde, los grandes señores toman el aperitivo en el Jockey Club y a las cinco, las mujeres van a los parques o a salones de té. Aunque no lo creas, se estila venir al Paseo de la Reforma a ver la puesta de sol —sostiene mi amiga, ufana.

—Nunca me había percatado tan claramente de las esculturas que hay a lo largo de la avenida, están impecables.

—Son recientes. Se iban a colocar deidades de la mitología griega, pero el periodista Francisco Sosa propuso que, en su lugar, fueran esculturas de los próceres que participaron en el movimiento liberal de la Reforma. Díaz lo captó al vuelo e instruyó que cada estado de la República propusiera dos nombres. ¡Ay, mi general! De todo hace "su" evento para dar un discurso. Los dictadores no pueden dejar de hablar y de colgarse medallas de cualquier cosa —asegura reflexiva.

Sobresale una construcción; hemos llegado a nuestro destino. El cochero da vuelta para dejarnos al pie de la entrada. Un toldo y una alfombra roja nos dan la bienvenida. El eficiente portero recibe nuestros maletines. Una novedosa y reluciente puerta giratoria nos da acceso a un amplio *hall*. Entre las tenues notas de un violín que toca un vals de Strauss, nos recibe una lámpara de araña que cuelga del techo. Sus decenas de luces nos prometen noches luminosas.

—*Madame* Fernández, bienvenida. Sus reservaciones están listas. La suite 307 tiene vista al paseo y la habitación que usted solicitó para la criada está en la parte trasera del edificio. En un momento suben sus equipajes, *madame*.

—Ésa no soy yo, ¿verdad? —pregunto sorprendida.

—Por supuesto que no, pero una señora como yo debe viajar con alguien que le ayude a vestirse. Es una mujer que contraté para que nos cierre el corsé del vestido de noche.

Desde ya siento que me falta el aire, suspiro y reclamo:

—¡No puedo ni con las pijamas de resorte!

Huele a maderas, tabaco y ligeramente a gardenias, gracias a los macetones emplazados junto a las columnas. Admiro el piso brillante de mármol y la generosa escalera curvada que conduce a la parte superior. En el salón, la gente descansa en los sillones de estilo vienés. Las mujeres platican; los hombres fuman. Una joven se arregla el cabello recogido con el moño que lleva en la nuca. Un viejo saca del bolsillo de la solapa un peinecillo de carey, voltea a los lados y cuidando que nadie lo observe, se peina los largos y afilados bigotes. Absorta, me descuido y suelto los guantes que me ha dado a sostener Victoria.

—Por favor, permítame, bella dama —escucho que con voz engolada dicen a mis espaldas y antes de que yo reaccione, aparece frente a mí un hombre de peinado engominado de raya al medio, entregándome el guante.

—Ay, gracias —digo turbada.

—Gracia… ¡la que le adorna, bella dama!

Tengo que esforzarme por no reír al ver al personaje. Pantalón de lana a rayas, saco cruzado, corbata de moño y bombín, sí, un sombrero hongo, y pañuelo en la solapa.

—¿Las distinguidas damas nos visitan en la capital por las fiestas? Por supuesto, sin ánimo de importunar y con mis respetos, me atrevo a preguntar y a ofrecerme a sus pies para acompañarlas y mostrarles la ciudad —hace una leve inclinación de cabeza colocando su sombrero del lado del corazón.

Estoy a punto de abrir la boca cuando Victoria aparece junto a mí.

—Disculpe usted, no podemos aceptar invitaciones; mi señor suegro, el padre de Natalia, es muy estricto y ya nos espera.

Sin más, Victoria se despide con una rígida sonrisa y me toma del brazo con suavidad.

—Dos mujeres en un hotel como éste y una de ellas sin anillo es porque la parienta está apoyando a buscar marido a la "quedada", como les llaman a las solteronas. Se dice que "la que no se cuece en un hervor, debe hacer frente al que le tire el primer capote", pero no estamos para aventuras, y a este lagartijo se le ve a leguas que anda cazando a una mujer de sociedad.

—¿Quedada?

—Quedadísima. El 84% de las mujeres en esta época se casan entre los 12 y los 23 años y es muy bien visto que exista diferencia de edad en las parejas. Obviamente el hombre es el mayor. Para muestra, un botón: don Porfirio le llevaba 15 años a su sobrina Delfina, quien fuera su primera mujer; y su actual esposa, Carmen Romero Rubio, tenía 17 años y él 51 cuando contrajeron matrimonio.

El dato de que se casaran siendo todavía unas niñas me da horror.

—Y, ¿quién se supone es mi padre? —susurro intrigada.

—El tiempo —responde en tono de decir una obviedad—. ¡Vamos, que se hace tarde! A nuestro regreso, doña Matilde tendrá listos nuestros atuendos de noche.

El cochero nos espera.

—Eufemio, a la Alameda—ordena Victoria.

Sigo disfrutando de la agradable tarde entre un paseo lento y cadencioso, acompañado del trinar de pájaros que revolotean en las copas de los árboles. Es sorprendente la luminosidad del cielo, el silencio y la tranquilidad que se respira. Agradezco a la vida haber conocido a Victoria. Sobre el Paseo de la Reforma, poco antes de que demos vuelta a la izquierda, vemos la estatua ecuestre de Carlos IV.

—¿Y por qué usas el apellido Fernández Urbina? —le pregunto.

—Por el escultor que me restauró después del terremoto del 57. Él es, para mí, como un segundo padre y en este momento nadie lo conoce.

El trayecto es corto. Descendemos en la Alameda. Las mujeres, las más elegantes y bien vestidas, llevan parasol, caminan y platican en pares. Hay nanas con carriolas siguiendo a sus patronas. Parece más la escena de un jardín francés. Veo a un chico en triciclo, otro juega con una rueda que empuja con un palito que lo hace correr. Hay globos y vendedores con canastas de golosinas.

—¡Hay variedaaaa por la fiesta de mi general! ¡Lléveloooos! ¡Lléveloooos! ¡Dos centavos la piezaaa! —grita un vendedor y ofrece muéganos, gaznates, rosquillas, alfeñiques, pepitorias, trompadas y palanquetas.

—El dulcero hace mofa del general —comenta Victoria con discreción—. El grito de Independencia se dio un día como hoy, 15 de septiembre, pero el dictador cambió los festejos de las fiestas patrias al 16, para que coincidieran con su cumpleaños.

Se escuchan a lo lejos las notas de una música alegre. Nos adentramos en el parque, recorriendo fuentes y esculturas como la de Venus y Neptuno, hasta topar con un quiosco donde, con entusiasmo, toca una banda. Es una zona popular. En ese lugar se divierte gente que viste de forma sencilla. Bailan al ritmo de una polka pegajosa.

De las modas que nos llegan de París y Nueva York,
hay una sin igual que nos llama la atención.
Son las bicicletas que transitan de Plateros a Colón,
y por ellas han olvidado la sombrilla y el bastón.

—Señorita, ¿bailamos? —me invita un joven sin mayor preámbulo que extenderme la mano. Volteo a ver a Victoria, que tamborilea con los pies, sin poder disimular sus ganas de bailar.

—¡Ve! Aquí te espero; yo traigo anillo de casada —ríe y, para rematar, grita entre el barullo mientras yo me dejo conducir a la pista del brazo del muchacho—: ¡recuerda, eres una "quedada" y andas en la búsqueda de a quién lazar!

Empiezo a girar al ritmo de "La polka de las bicicletas". El muchacho, ágil, me lleva dando saltos por la pista.

Las bicicletas, niña hermosa,
son las que andan por ahí,
ellas corren muy veloz igual que el ferrocarril.
Vámonos a la Alameda a pasearnos por ahí,
y ahí compartiremos con muchísimo placer.

Giramos divertidos. Doy vueltas hasta sentirme atontada. Recuerdo los festivales de danza de la primaria y me da un ataque de risa. No puedo más. Suelto al joven y corro hacia Victoria. Respiro tratando de remontar la agitación y, con voz entrecortada por la falta de aire, suelto un:

—¡Qué divertido, pero qué calor! —termino con las mejillas encendidas.

—No te preocupes —saca una polvera de su bolso y con esmero pasa la borla por mi rostro, con polvos de arroz, y me da un abanico—, ya compraremos una loción —dice al tiempo que me alisa el cabello—. Vamos andando, que nos cierran los *grand magasins.*

A lo lejos, llama mi atención un grupo de personas que están alrededor del Hemiciclo a Juárez.

—Se va a inaugurar por la tarde. Si da tiempo a nuestro regreso, nos escabullimos para ver aunque sea de lejos al general. Como siempre, él dará el discurso.

Antes de abandonar la Alameda, con sus fuentes del antiguo mundo griego y sus esculturas francesas con títulos como *Malgré tout* y *Desesperación*, nos topamos al oriente, de frente al Palacio de Bellas Artes en construcción, con una estructura de vidrio y metal: es una galería con pérgolas que resguardan una nutrida colección de orquídeas y plantas de ornato.

Cruzamos la Plaza Guardiola, con sus exuberantes jardineras, para encontrarnos sobre la calle de Plateros, ahí está la Casa de los Azulejos. En la planta baja hay una botica y la primera fuente de sodas; en la parte alta, el famoso Jockey Club. A sus puertas, unos hombres elegantes, de bastón y sombrero de copa, sostienen una acalorada discusión.

—Se lo repito, ¡gané la elección! Le gané a Porfirio, ¡cómo que no! ¡Soy el presidente legítimo!

Mi amiga me jala contra la pared. Simulamos ver el escaparate de una chocolatería que está junto al edificio, para seguir escuchando. Se trata de don Nicolás Zúñiga y Miranda, abogado y sismólogo, mejor conocido como el "Candidato Perpetuo". Es el hombre que se registra en todas las elecciones para competir contra el dictador.

—Mi lema ha sido "el candidato de la gente" ¡y no voy a traicionar al pueblo! —exclama agitando el bastón—. En 1892 denuncié el fraude y lo haré de nueva cuenta en esta elección que será otra farsa. Y volveré a llamar al general: ¡usurpador!

—Don Nicolás, otra vez se lo llevarán preso —afirma el más joven con desesperación.

—¡Patrañas! Viejo necio.

—Lo sueltan después de unos días, así fue la última vez —comenta otro hombre que pasa junto a nosotras, acomodándose la chistera.

—El gobierno lo considera un loco y no le harán nada porque con los escándalos que arma, se da a conocer más. Lo que hacen algunos para conseguir fama, mi querido don Rolando —espeta otro que lo secunda y se despide con un leve toque en el sombrero, que hace relucir un anillo en el meñique.

—Señores, he competido en las elecciones de 1896, en las de 1900, en 1904 y lo haré en las que habrá este año —declara a los pocos que quedan a su alrededor.

"El Candidato Perpetuo" trae un monóculo y viste como un caballero inglés. Detiene bajo el brazo su bastón y se coloca con parsimonia sus guantes blancos en gesto de que se dispone a abandonar el lugar. Está a punto de retirarse, cuando del Jockey Club sale a alcanzarlo un mesero.

—Don Nicolás, ¡su pipa!

—Gracias, Juanito, la había olvidado —saca de su bolsillo unas monedas.

El joven le ayuda a encenderla.

El "presidente legítimo" pasa junto a nosotras y, al sentirse observado, nos saluda como buen político, ondeando la mano para después seguir su camino plácidamente fumando su pipa, como si nada hubiera pasado.

—Para muchos, Nicolás Zúñiga representa un símbolo cómico de la fatalidad dictatorial y la nula democracia. Al triunfo de la Revolución, seguirá compitiendo contra los militares Venustiano Carranza, Álvaro Obregón y Plutarco Elías Calles. Los partidarios de este último lo amenazarán de muerte —comenta Victoria—. Tuvo un triste final: a pesar de haber pertenecido a la más rancia aristocracia mexicana, murió solo y en la pobreza. Pero tiene razón en luchar contra los militares, porque con ellos no hay democracia.

Ya no alcanzamos a comentar más. Tanto simulamos ver unos bombones en el escaparate que el dueño sale a invitarnos para que conozcamos su chocolatería, Le Deverdún.

Las piezas están perfectamente colocadas una a una sobre platos pasteleros de varios pisos. Hay cajas de seda rosa, amarilla, azul y blanca detrás del mostrador. El olor dulzón del chocolate nos invita a sucumbir ante el pecado capital de la gula. Victoria me indica que escoja dos y ella hace lo mismo.

—Llevaremos cuatro dulces —indicamos al dependiente—. Deme el estuche celeste de flores, por favor.

Nos acercan una charola para que escojamos cada pieza como tesoros.

—La cajita y los chocolates están pintados a mano, ¡qué monada! No sé cuál escoger —exclamo.

—*Mais oui, madame!* ¿De qué otra forma va a ser? Y son importados de París. *Pardon, je n'ai pas compris* lo del mono.

—Disculpe usted a mi cuñada, es la primera vez que le permiten viajar a la capital. Es de San Luis Potosí y a la hacienda no llegan estos productos —me da un golpecito en la costilla con el ala que lleva oculta bajo el chal.

—¡Ah! Pues le deseo que disfrute mucho, *madame.* Por cierto, tenemos por las fiestas unos estuches especiales con la figura del general, son más grandes y un poquito más costosos, pero valen mucho la pena.

Nos muestra una caja con una estampa que tiene impreso, enmarcado por guirnaldas, a Miguel Hidalgo, Benito Juárez y Porfirio Díaz.

—Así estamos bien —contestamos—. ¡Felices fiestas! —y salimos a disfrutar nuestro botín.

Estoy por reclamarle a mi amiga por haber comprado sólo cuatro bombones, cuando caigo en la cuenta de que aún no existe el consumo compulsivo que aquejará al mundo del futuro.

Al salir, vemos que dos militares, que a la vez hacen las funciones de policías, llevan sujeto a un jovencito de unos 11 años. Lo avientan en el primer portón que encuentran. Con fiereza, le pegan un manotazo en la nuca. El muchachito sólo atina a subir sus escuálidos brazos para amortiguar los golpes. Lo zarandean y le dan un puntapié. Le quitan un morral de manta que lleva cruzado al torso. Estoy a punto de intervenir; Victoria me detiene. Vuelan por el piso unos folletos y hojas del periódico *Regeneración*.

—¡Quién te los dio, muchacho cabrón! —grita.

Entre mocos, el chiquito balbucea:

—Yo sólo vendo periódicos. Me los dio un señor diciendo que alguien pasaría a recogerlos y me pagaron diez centavos por el mandado.

—¿Y dónde los van a recoger? ¡Muchacho tarugo!

—Pos aquí mismo, patrón.

—¡Ah que la chin...! Pos ya no los vas a entregar porque te vamos a dar una zurra.

Victoria me vuelve a detener y dice:

—Al igual que ellos, el 75% de la población es analfabeta, pero reconoce que el periódico es subversivo porque no está impresa el águila de *El Imparcial*.

Efectivamente, después de esculcarlo y quitarle lo que pueden, sueltan al niño, que se escabulle entre las calles. El dulce no me quita el mal sabor de boca.

Retomamos el camino al Zócalo, pero antes decidimos desviarnos un momento hacia la calle de Bolívar, a la zapatería El Borceguí. Necesito conseguir medias. La fachada tiene un larguero de bronce donde están amarradas las riendas de unos caballos que sacuden la crin para espantar las moscas mientras, pacientes, esperan a sus jinetes. La ciudad tiene una peculiar imagen rústica, mezclada con una pujante modernización.

La zapatería huele a cuero y pegamento. Me entretengo viendo los modelos que ofrecen ser confeccionados a la medida. Todo tiene adornos alusivos al centenario de la Independencia. Banderas tricolores con una gran fotografía de don Porfirio al centro enmarcan el mostrador.

—*Madame*, están agotadas. Hemos vendido todas por las fiestas pero le puedo ofrecer unas calcetas de algodón. Tienen un precio de ¢25 centavos. Han llegado de París.

Victoria las revisa, son largas, me las muestra e indica a la dependienta.

—Las llevaremos.

Regresamos a la calle donde la aristocracia va para ver y ser vista: Plateros.

—Si te lastiman los zapatos, podemos tomar un tranvía para que nos acerque a la plaza. Llegando al hotel te las pones.

Acepto subirme a uno. Me dan pesar las mulas que lo jalan, pero veo que conservan el brío. Somos siete pasajeros sentados uno frente al otro. Sigo la conversación de un hombre mayor.

—¡El cinematógrafo, el fonógrafo, el telégrafo, el teléfono… ¿qué más van a inventar? La sociedad se desquicia. Mejor que vayan a misa o se pongan a leer en lugar de perder el tiempo. ¡A dónde vamos a llegar!

Abruptamente, mi compañera de viaje jala un hilo que hace tintinear la campana que pende de un pequeño poste junto al cochero y pide parada.

—¡Había olvidado llevarte al cinematógrafo! Está en Bolívar y Plateros.

De un brinco estamos a mitad de la calle. Hay que esquivar bicicletas, caballos y coches.

El anuncio de El Salón Rojo resalta a la entrada en la Casa Borda. Por las fiestas de la Independencia y el cumpleaños 80 de don Porfirio, hay función corrida. Compramos en taquilla dos entradas por ¢50 centavos.

En el *foyer*, unos espejos distorsionan nuestra imagen. La gente señala y ríe a carcajadas al verse reflejada. Nosotras también. El salón está oscuro y, a pesar de ser amplio, el aire es denso y huele a sudor y comida. Buscamos un lugar entre las sillas desordenadas, que la gente mueve a su placer. Un músico sentado frente a una pianola ubicada junto a un incipiente símil de pantalla toca polkas.

La película se llama *La pared*. Suena el correr de la cinta. Un hombre con mazo en mano le da golpes a una pared que se va desmoronando poco a poco hasta caer vencida por completo. Algunos ríen y aplauden; otros lanzan frases de admiración. En eso consiste el espectáculo. La gente habla, comenta, se carcajea. El cinematógrafo corre la cinta al revés. La pared se reconstruye. ¡Ohhh! El público exclama sorprendido. La mujer sentada junto a mí se persigna: "¡Es obra del demonio!".

—Victoria, algo me pica.

—¡Uy! A ver si los ratones no te pegaron las pulgas. Hay plaga en la ciudad.

Horrorizada, encojo las piernas y subo lo pies a la silla. Una mujer desaprueba con un gesto de rechazo mi abrupto.

La cinta es proyectada una y otra y otra vez más, hasta que un trabajador solicita que abandonemos la sala para que entren nuevos espectadores a disfrutar de una de las grandes maravillas del mundo moderno. Yo salgo con comezón en las piernas.

Por las calles venden todo tipo de parafernalia alusiva a los festejos: botones, carteles, estampas, platos de cerámica, tazas, cucharitas de plata, postales. Los productos llevan la figura de los próceres que nos dieron patria, pero, sobre todas ellas, sobresale la del dictador. Vasos pulqueros en el fondo llevan la figura del general. ¡Hasta no verte, don Porfirio! y empinan la bebida hasta terminarla. Otros vasos tienen grabado el rostro del cura Hidalgo: ¡Échate un Hidalgo! Chocan las copas en eufóricos brindis. El gobierno acuñó monedas y medallas de oro y plata. Los establecimientos crearon su propia producción de objetos para la celebración.

Llegamos al Zócalo que, en su colindancia con la Catedral, es un parque poblado de fresnos. La Plaza del Empedradillo es la estación de los recién estrenados tranvías eléctricos, que, junto a los de tracción animal, seguirán prestando servicio otros 20 años.

—La aristocracia mexicana espera la llegada del ferrocarril, como en la época virreinal se anhelaba la llegada de la nao de China. Los grandes *magasines* reciben mercancía: El Puerto de Liverpool recibe de Londres, El Puerto de Veracruz, propiedad de *barcelonnettes*, productos de España y el Palacio de Hierro tiene su línea marítima establecida directamente desde Saint-Nazaire —explica mi amiga, conocedora de la moda *comme il faut* y el *savoir faire* del momento.

Optamos por la opción francesa, que nos queda más cerca. El Palacio de Hierro, con su estructura de metal y vitrales, está recién construido. Es un espacio arquitectónico espléndido, inspirado en las más modernas construcciones de París, Londres y Nueva York. La tienda departamental es amplia y limpia. Un elevador de rejas de hierro y bronce sube a los pisos superiores y te acerca al monumental vitral de mil colores que adorna el techo. Las clases sociales no se mezclan. Hay señoras de grandes sombreros y vestidos elegantes. Todo luce con banderas e imágenes del general.

La mercancía está desplegada en pequeñas vitrinas. Vamos directo a las medias de seda. Mi amiga decide cuáles comprar, entre las pocas que le muestran. Con gran ceremonia, las envuelven en un papel blanco y las colocan en una caja para entregárselas, no sin antes cerrarlo cuidadosamente con un listón de seda. Son unas simples medias, pienso para mis adentros, pero hay un reconocimiento a su valor y un gozo inefable por las pequeñas cosas.

Antes de retirarnos, nos detenemos en la perfumería. La esencia de moda se llama Enigma y se anuncia "como el mismo perfume que usted encuentra en el *11 de Rue Royale, Paris*".

—¡Cuesta una fortuna! —reclama Victoria— pero lo valemos —y se anima a comprarlo—. Incluya también un jabón Lubin —pide sacando unas monedas de su bolso.

Con la misma calma y ritual ceremonial, envuelven nuestros preciados productos. Nos obsequian una revista, el *Diario del Hogar*, y un fistol donde aparece el general Díaz envuelto en la bandera nacional.

Ya en la calle, decidimos comprar un ejemplar de *El Imparcial*. Mientras esperamos al cochero, lo hojeo y me fijo en una nota cuyo encabezado dice: "Sensacional y terrible noticia. La señorita Sofía Ahumada se arroja de la torre de Catedral. Tenía 15 años. Dejó una nota que versa: 'Para qué sirvo yo. Lo que no sirve que no estorbe' ".

—No todos vienen a las grandes tiendas ni toman el té en el café Baltimore o desayunan en el Palm Garden del Hotel

Geneve. Hay una ola de suicidios por falta de trabajo. Ella se lanzó al vacío, otros tapan orificios de ventanas y puertas para que el anafre de carbón consuma el oxígeno de alguna mísera vivienda —explica con tristeza mi compañera de aventura.

Todo es un contraste de luces y sombras.

—Natalia, guarda eso, es raro que una mujer se interese en leer.

Doblo el periódico hasta lograr que sea un cuarto de página para ver, con discreción, un anuncio. Tengo las manos manchadas de tinta.

—Por eso las mujeres sólo leen el misal —dice Victoria jactanciosa.

—Estoy cansada, han sido demasiadas emociones y tengo sed. Hagamos una parada —suplico.

—Vamos a un cafetín en los portales, ya verás qué lindo lugar —se acerca al carruaje conducido por Eufemio y le pide que nos espere.

En la ciudad hay un ambiente festivo. En los portales, los vendedores de comida cargan con grandes canastas de pepitorias, chicharrones y patas de pollo enchiladas. Un hombre ofrece asientos frente a un tablón que muestra una baraja:

—¿El que nunca muere?

—¡El valiente! —gritan los jugadores.

—Donde acarrea el agua María…

—¡El cántaro!

—Lo que toca el mariachi de Simón…

—¡El bandolón!

Juegan a la lotería. Emocionados, colocan una semilla en la rústica cartilla.

—Fresco y oloroso, en todo tiempo hermoso…

—¡El pino! —gritan los jugadores al unísono.

—¡Lotería! ¡Lotería! —un hombre corpulento que reacciona como niño, se pone de pie.

Victoria comenta:

—Mmm... como está el ambiente, unas damas como nosotras no pueden ir a cualquier lugar. De opciones tenemos: el Café París, de don Paul Marnat, el Café Colón, que está de moda o el Café Royal, de don Teófilo Mallet. La novedad de este último es que es atendido por mujeres.

Hago un rictus de no estar dispuesta a desplazarme más.

—Está bien. Vamos a un figón. Así se les llama a las fondas de comida mexicana, y de los pocos lugares donde se mezclan ricos y pobres; además ¡estamos de fiesta!

Caminamos media cuadra hasta llegar al mejor: Las Cañitas. Me desplomo en la primera mesa que encuentro. Es un lugar sencillo con mobiliario de madera, donde todos se ocupan sólo en comer. Hay mesitas sobre el portal, en una de ellas está una familia de clase alta que mantiene derechas y bien sentadas a dos simpáticas niñas con vestidos de olanes y botas de agujetas. Van peinadas de bucles y media coleta, que remata con un gran moño. El mozo del lugar, al vernos, coloca un mantel de percal en nuestra mesa. Victoria pide unas aguas de horchata. El joven nos declama el menú: "Torta de cielo, sopa de pan, puchero con calabaza de Castilla o un manchamanteles. De postre hay capirotada con piloncillo y vainilla de Veracruz, o bien, un sabroso arroz con leche con harta canela", concluye orgulloso.

Ordenamos la sopa y una torta de cielo que me supo a gloria. Bebemos nuestros vasos de agua fresca mientras ajustamos nuestros planes. Dudamos si, por la tarde, ir al *garden party* en Chapultepec o a la inauguración del alumbrado público de la calle de Espíritu Santo, recién bautizada como Isabel la Católica. La ceremonia es en el Casino Español y asistirá la comunidad ibérica.

—Chapultepec estará alumbrado con quinqués de queroseno, antorchas y velas. Anuncian que se abrirán cientos de botellas de *champagne* traídas de París y te darán a la entrada un carnet de baile para que apuntes a los que te soliciten una pieza para bailar *two-steps* en la cuadrilla —me explica con paciencia.

—Ya me agobié, no tengo ni idea de cómo se baila eso.

En lo que decidimos, con discreción, saco el periódico donde se anuncia:

"La fiesta del centenario de la Independencia se viste de gala, llegaron delegaciones de Japón, Alemania, Francia, el Imperio Austrohúngaro y 25 países más. La comunidad internacional no sólo nos honra con su presencia, sino también, hace significativos obsequios a México. En la resplandeciente colonia Juárez se colocó la primera piedra del monumento a George Washington, obsequio de los Estados Unidos de América".

En el periódico hay un listado de las obras con las que el general ha puesto a México a la altura de los grandes países del mundo. Sí, él, solamente él, es quien ha logrado un éxito apoteósico. Así me entero de la inauguración del Palacio Postal, del Ministerio de Comunicaciones y Obras Públicas (el que yo conozco como Museo Nacional de Arte), del Palacio de Lecumberri, el Mercado de la Lagunilla y del esplendoroso Teatro Nacional (Palacio de Bellas Artes) con sus ricos mármoles, como el de Carrara. Se anuncian instituciones vanguardistas de salud y asistencia social: el Manicomio General de la Castañeda, el Hospicio para Pobres y el Hospital General. Numerosos monumentos efímeros y permanentes forman parte del listado: el Hemiciclo a Juárez y el destinado a los Niños Héroes. Y nadie como el régimen de don Porfirio para hacer ciudad: instruye que se realicen las obras del gran canal del desagüe, la Casa de Bombas de la Condesa, las primeras calles asfaltadas, la luz eléctrica y el gas, sin olvidar los ductos subterráneos con agua de Xochimilco para abastecer a la ciudad. Comunicó al país a través de cientos de kilómetros de vías férreas y, como ícono de todo ello y símbolo de la unidad nacional, la excelsa Columna de la Independencia.

—¡Vaya! No cabe duda de que el general Díaz caerá por injusto, no por improductivo —murmuro entre dientes.

Decidimos ir al Casino, esa opción nos permite tener tiempo para admirar el Reloj Otomano que regaló Turquía y pasar frente a la casa del general y Carmelita, que me da curiosidad conocer, en la calle de Cadena.

Me atrevo a preguntar, aunque siento que es un tema que Victoria evita, por qué no ha mencionado ir a la columna. Con la tristeza reflejada en sus grandes ojos oblicuos, confiesa:

—Me cuesta trabajo enfrentarme a lo bella que fui y en lo que quedé reducida después del accidente.

Reacciono, afligida:

—Sigues siendo bella. Las cicatrices en la vida dan carácter y nos hacen más hermosas. Eso me lo has enseñado tú.

Me conmueve verla así. Su rostro rezuma un profundo pesar. La abrazo fuerte, sólo deseo evitarle a mi cómplice y mejor amiga esos oscuros pensamientos que de pronto la obnubilan.

—Mira lo que encontré en el periódico —digo para distraer su atención—, es un anuncio de Teléfonos de México: "$6.26 pesos por la línea de un kilómetro y $10 pesos por la instalación. Hable usted en el mayor secreto. Diga con qué número y no con qué persona quiere comunicarse".

Victoria sonríe y saca de su bolsillo una pequeña libreta para mostrarme lo que, con su caligrafía Palmer rebuscada e impecable, está escrito en ella.

—En el primer lugar de la lista del directorio está: Inhumaciones Eusebio Gayosso con el número uno. Encabeza la lista porque en algún momento todos los que tienen teléfono, lo tendrán que marcar —comenta conteniendo, con el pañuelito bordado que saca del bolso, unos lagrimones que empiezan a correrle por las mejillas—. Casa familia Romero Rubio: 1005 —refiere sonándose la nariz—. El suegro de Porfirio gestionó que coincidiera con el número exterior de su casa de Tacubaya. Seguro el viejo distraído tiene miedo de que se le olvidara —continúa con mejor semblante—. El Puerto de Veracruz tiene el número 634 y el Puerto de Liverpool, el 643. Ambos están fastidiados porque la gente invierte los números por equivocación. Yves Limantour tiene el número 62 y los Díaz-Romero Rubio, el 64.

—¿Cómo conseguiste el teléfono de la casa del general? —pregunto sorprendida.

—Ya sabes, mis contactos. Una nunca sabe qué se puede ofrecer. Voy a pagar para que sigamos andando —sugiere y me abraza, acercándome a ella.

—Para mí también ha sido una bendición encontrarte —y me da un beso en la frente en signo maternal.

Yo ya estoy completamente repuesta.

Subimos al carruaje que esperó pacientemente en el Zócalo, con don Eufemio dormitando en él. Recorremos las primeras calles.

Observo con curiosidad las tiendas. Pasamos frente al almacén La Sorpresa y, en la esquina de Bolívar y 5 de Mayo reconozco la talabartería La Palestina, que ofrece sillas de montar, reatas, fustes, baúles y velices. Su barandal adosado a la fachada como el de El Borceguí tiene la representación de unas finas cabezas de caballo en cobre, donde también los jinetes amarran a sus corceles.

En Bolívar, bajamos para apreciar el Reloj Otomano obsequiado por los inmigrantes de esa comunidad asentados en México. Está colocado sobre una base de cantera rosa labrada con algunos elementos moriscos.

—Qué curioso, nunca me había fijado que tiene cuatro carátulas de bronce —comento—, dos marcan la hora en números arábigos y las otras dos…

—En números dígitos árabes —hace la precisión Victoria—, en escritura aljamía.

Tiene unos hermosos mosaicos, tres campanas doradas y símbolos de tres banderas: el escudo nacional mexicano, la media luna de Turquía y el cedro del Líbano. Aquí a todo árabe se le considera "otomano".

Victoria me comenta que de la joyería La Esmeralda le prestaron unos "aderezos" de perlas y pequeños rubíes para lucirlos en la noche.

—Yo usaré las madreperlas; el juego que lucirás tú ¡es precioso! Te va a encantar. Traje unos abanicos de carey y seda divinos.

De pronto, seguimos animosas y, entre risas, buscamos la calle de Cadena.

Sentimos una ráfaga de viento acompañada de una fina lluvia. Nos volteamos a ver dudosas de si es mejor regresar al carruaje.

—Está a la vuelta de la esquina. Vamos rápido —decide Victoria.

A las puertas de una cantina, hay unos hombres desaliñados con unos tarros en la mano.

—Son los bebedores que por ocho centavos consiguen que le pongan aguardiente a su taza de té endulzada con melaza. Así pasan el día los "té-por-ocho" merodeando las cantinas.

Sentimos que está a punto de arreciar la lluvia. Apuramos el paso. El viento sopla con intensidad; de pronto entra en calma. El cielo ya no carga nubarrones negros. Al llegar, Victoria señala la casa número 8 que pertenece a la familia Díaz, pero no podemos acercarnos, está rodeada por una muchedumbre. Se escucha el tronar de cohetes. ¡Hay jolgorio! Unos gritos destemplados nos paralizan. Con precaución nos acercamos. Algo no cuadra y no entendemos, hasta escuchar nítidamente lo que vociferan. Como animales en alerta, nos paralizamos.

—¡Muera el dictador! ¡Que caiga Porfirio! ¡Mueran los zánganos!

La multitud enfurecida trata de tirar la reja de entrada a la casa. Varios mozalbetes trepan por las columnas que la sostienen. Destrozan todo lo que está a su alcance. La reja está reforzada con una gruesa cadena.

—¡Abran el portón! —gritan—. ¡A tirarla! —vociferan otros, y con una viga varios hombres empujan la verja que está por vencerse.

Una cuadrilla de caballos se acerca a galope. Nos pegamos a la pared. El tronido de las balas, hasta el momento al aire, nos hace retroceder. Golpean con fustes y con la picana de la bayoneta a la gente que corre despavorida. Nosotras también corremos a la esquina en búsqueda de Eufemio. No está.

Vemos a lo lejos una carreta que viene a trote. Victoria se atraviesa en medio.

—¡Victoria, cuidado! ¿Qué haces? —se escucha el relinchar de las bestias que son obligadas abruptamente a detenerse.

—¡Llévenos! —Pago con todo lo que traigo —le enseña la pulsera que cuelga de su muñeca.

—¡Señora, qué hace usted a la mitad de la calle!

Victoria, de un brinco, está en el trasportín. El cochero, al ver mi torpeza, me jala del brazo y de un solo golpe estoy dentro.

—¡La ciudad está desquiciada! —vocifera entre el ruido de los cascos de los caballos—. ¿Qué hacen dos damas afuera de la casa del general? —pregunta—. Don Porfirio tiene un fuerte dolor de muelas. Corren rumores de su renuncia y la gente, atemorizada por las noticias de las atrocidades cometidas en la toma de Ciudad Juárez, no sale de sus casas.

Nos percatamos de que, por su forma de vestir, no es un cochero, debe ser el dueño del carruaje. Las calles están vacías.

Siento el pulso acelerado. Tengo la boca amarga y un nudo en el estómago. Victoria me toma la mano para darme fuerza.

—¿Nos haría la caridad de llevarnos a Buenavista? —le ruega.

—El Santísimo les ampara, voy a Santa María la Ribera y queda a un paso. Vine al Centro a salvar unos documentos. Soy contador, trabajo con Yves Limantour —nos dice entre gritos—, y don José ha decidido que a pesar de su cercanía con el régimen, pase lo que pase, él no abandonará México.

Las dos nos quitamos el sombrero y nos agachamos entre los papeles, tratando de pasar desapercibidas al escuchar el motor de un auto. A galope, llegamos en lo que a mí me pareció una eternidad.

El caballero, del cual no supimos su nombre, no quiso cobrarnos, nos despidió con un: "La Virgen María les acompañe en el camino y las lleve a buen destino".

La estación luce llena: gente con bultos, maletas, familias… confusión.

—Evangelina, hay que tomar el primer ferrocarril a Veracruz, la frontera norte está muy lejos y me dicen que no lograremos cruzarla. La estación Torreón está tomada —suplica un hombre con desesperación a una mujer joven que lleva en sus manos tensas y apretadas a una niña de cada lado.

Entramos a buscar el andén. Se escucha el agudo chiflido de la locomotora.

—Hay que apurarnos —indica Victoria.

Mientras esperamos a que la pesada máquina de vapor se acerque, escucho a una anciana dar la bendición a un joven.

—Vaya a buscar a su padre, mijo. Tráigalo con bien —lo persigna con fervor y llorosa le pasa una medallita por el cuello. El joven agacha la cabeza para que lo alcance.

—No se preocupe, abuelita, usted prometa que va a estar bien. Cuídeseme mucho —y besa las rugosas manos de la vieja.

El muchacho aborda el tren, después de nosotras. Entramos al primer vagón, donde logramos encontrar asiento. Volteamos a vernos, las dos estamos desaliñadas, con el cabello desordenado.

Escuchamos el silbar del ferrocarril que anuncia su partida. Con lenta fuerza, la máquina empieza a andar. Victoria recarga la cabeza en la ventanilla para mirar el camino.

—Hoy es 25 de mayo de 1911. Mañana renunciará Porfirio, el 31 partirá desde el Puerto de Veracruz a París, en el buque Ypiranga —murmura—. La lluvia nos adelantó en el tiempo.

Exhausta, me recargo en su hombro y cierro los ojos; prefiero no ver.

Un denso silencio nos atrapa; me quedo dormida con el traqueteo del ferrocarril, hasta que las tenues notas de una cadenciosa canción me despiertan.

* * *

Me dediqué a perderte.
Y me ausenté en momentos que se han ido para siempre.
Me dediqué a no verte.
Y me encerré en mi mundo y no pudiste detenerme…

Abro los ojos y me encuentro a Ramón, de pie junto a mí, en el vestíbulo del Archivo Histórico de la Ciudad.

—Lic., le subí un poquito a la música. Es que usted primero estaba muy tranquila, pero luego empezó a respirar muy agitada, re'feo y pos dije: "Mejor la voy a despertar con Alejandro Fernández, el Potrillo".

Oigo un ¡pumm!, ¡pummm! que me sobresalta.

—Son cohetes, no se asuste. ¿No ve que ya están cerca las fiestas? Aquí está su torta de El Rey del Pavo y le traje una Coca Light de las que le gustan.

Respiré hondo varias veces para recuperarme.

—Gracias, Ramón. Pásame el refresco por favor, que tengo la boca seca.

Volteé a ver a Victoria, tenía su gran ojo oblicuo cerrado. ¡Cuántos sentimientos no se le removieron en nuestro viaje!

—Ay, Ramoncito, gracias por la torta, la comeré en casa, estoy bien cansada.

Antes de irme, me animé a preguntar:

—¿Me das permiso de tocar la escultura?

El velador se sorprendió ante mi petición.

—Si tiene ganas, ¿por qué no? Ya va a ser 15 de septiembre, su mero cumpleaños. A mí se me hace que viene a verla porque le da suerte —sonreí—, y mi Lic., cuando tenga ganas de volver a echarse un coyotito, regrese con confianza —comentó con cierta complicidad.

—Te voy a tomar la palabra, no sabes cuánto te lo agradezco.

Acaricié la mejilla de Victoria para susurrarle:

—Descansa, gracias, gracias por ser tan buena amiga, la más entrañable de todas. Cuenta conmigo siempre.

Después de darle un largo abrazo, me despedí de Ramón, quien estaba absorto en la lectura de sus revistas de mecánica.

Al cerrar el gran portón de madera, me perdí entre el ruido, los automóviles y el bullicio de la ciudad.

En el camino al estacionamiento para recuperar mi camioneta, mantuve grabada en la memoria la imagen de la anciana y su nieto al pie del andén. Un escalofrío me recorrió el cuerpo.

Sé que a partir de ese día un millón de mexicanos perdieron la vida y cerca de 300 000 salieron a refugiarse a Europa y Estados Unidos. La Revolución mexicana será recordada como la gesta armada más sangrienta del orbe, con la que irrumpió el siglo XX.

Llegué a casa después de ese inquietante día de contrapuntos. Con sigilo, crucé el patio, que despedía un apacible olor a tierra mojada. El chasquido de las llaves, al introducirlas en el cerrojo, rompió el silencio de la noche y junto a ellas, lo hizo también la voz del vecino, que llamó desde su ventana.

—¡Nataliaaaaaaa!, ¿quieres cenar algo?

Al percatarse de mi sorpresa, suavizó su abrupto con algo tentador:

—...y te leo tu carta astral.

Volteé a ver la bolsa de papel estraza de El Rey del Pavo y a él.

—No me siento muy bien —remató.

Enrique padecía una de las peores dolencias: la soledad. Ese lastimoso estado mental que Freud definió a partir del desamparo sufrido en la infancia.

Contrastaba su afección con la de Guillermo. Él, cuando no deseaba ver a nadie, que era con bastante frecuencia, citaba a Jung:

"La soledad es adictiva. Una vez que te das cuenta de cuánta paz hay en ella, no quieres lidiar con la gente".

A diferencia de los dos, sin sofisticación alguna, yo padecía el síndrome del "corazón de pollo": no sabía decir que no, así que, a pesar de mi cansancio, acepté.

—Vengo agotada, me daré un baño y comemos algo en casa.

—¡Gracias, Natalia! Llevo mi compu y todo para hacer quesadillas —contestó con una amplia sonrisa.

—No te molestes en traer comida.

Entré y dejé la famosa torta en el refri, pensando en que ya había encontrado dueño.

Con pesadumbre, subí los peldaños de la escalera rumbo a la recámara. Dejé mi ropa en el cesto de lavar con la sensación de que me libraba del polvo de un siglo. Al dar el primer paso y tocar el piso frío de la regadera, sentí el punzante dolor causado por ampollas en la planta del pie, a las que se sumaba el ardor de otras tantas en mis pobres dedos. Pero eso sí, bailar polkas en la Alameda había valido la pena. No sólo eso me quedaba como recuerdo de lo vivido, también tenía unas abultadas ronchas en las pantorrillas, que no cesaban de darme comezón.

Sonó el timbre, así que con el pelo de ratón mojado, metida en unos pants, bajé a la cocina y abrí la puerta, dispuesta a cenar en medio de la astrología.

Mi futuro danzaba entre Saturno, Plutón, sextiles y cuadraturas, tortillas, salsa y queso. Mi porvenir se presentaba como beneficioso escape para dejar atrás la Revolución mexicana.

—La astrología es un lenguaje y, si lo entiendes, las estrellas te hablan —afirmaba Enrique serio y convencido—. La información te da poder, así que, con la carta, tienes una mejor hoja de ruta para enfrentar la vida. Tienes una carta de nacimiento alineada con el poder —continuaba mordisqueando la torta con la mirada fija en la pantalla de su laptop, donde se desplegaba mi futuro.

—En la casa tres, que es la del entorno social, tienes a Mercurio muy bien aspectado. Mantendrás comunicación con mucha, mucha gente. Cuentas con ayudas del pasado. Mmm… —se quedaba pensando—, veo trato laboral con hombres muy poderosos. Ahí hay puros sextiles. Veo algunas cuadraturas en otros aspectos de tu vida; quiere decir que las cosas no son fáciles, hay dificultades, pero las libras. El planeta que rige la casa siete es Venus, el del amor y la pareja. Bueno, amiga, viene lento pero ya está caminando. La próxima vez que nos veamos te digo. En el trabajo te va ¡rebién!

Enrique se retiró tranquilo, con mi recomendación infalible de leche tibia con canela para conciliar el sueño.

"La vida es mágica", dije para mis adentros, satisfecha con lo que me había dicho y feliz de sentir el amuleto de don Lucio colgando de mi pecho. Si se cumplía o no, poco importaba. Escuchar buenas noticias aunque, en realidad, fueran el canto de las sirenas era objeto de sosiego.

Una comerciante del Centro me había regalado un anillo Atlante, con la preocupación de siempre: “Usted ve a mucha gente, úselo para contar con más fuerza y protección”. Las hermanas de la Compañía de María Nuestra Señora del Templo de la Enseñanza me hicieron una preciosa tarjeta bordada por ellas mismas, en el sobre incluyeron un rosario de palo de rosa y la promesa de que en sus rezos pedirían por mí. La pintora Marta Chapa, una mujer dulce y cariñosa, puso entre mis manos el anillo Sagrav. El instructivo aseguraba las siguientes bondades:

“Al usarlo, se forma un campo de luz alrededor de la persona y crea una barrera de protección contra ataques psíquicos. Úselo para lograr una limpieza en su aura, sólo basta que estire su mano izquierda y apunte al cielo, y que deje colgar su mano derecha con los dedos abiertos para que lo negativo se transmute y vaya al centro de la tierra”.

¡Fantástico! Cuando estaba fastidiada de una situación, con disimulo apuntaba al techo con un dedo y sacudía la otra por todo el *parquet* del piso de mi despacho hasta que por lo menos mejoraba mi mal humor.

Subí a la recámara y me senté en la orilla de la cama. Sosteniendo con ambas manos la taza con el líquido tibio y dulzón que me servía para dormir, le di un sorbo. Recorrí el cuarto con la mirada. De pronto sentí que la fotografía de mi padre me observaba. Tuve el impulso de prenderle una veladora y platicar con él. Pensé en mi abuela, su madre, quien lo arrulló entre sus brazos en medio del fragor de 1910.

Bajo la tenue luz, a los dos les prometí compartir lo que viví. Muy clarito escuché que me susurraban que haría yo bien, porque sólo conociendo nuestra historia podríamos evitar los ominosos errores del pasado.

Yo también te amo

—Vengo a entregar esta placa de bronce —y sin mayor preámbulo, la mujer se plantó en la recepción cargando un voluminoso envoltorio que colocó sobre la mesa de registro, sin dejar lugar a discusiones— y quiero hablar con la directora.

Llegaba de hacer un recorrido por las calles y, al percatarme, atendí a la mujer. Sin más dilación, la vecina soltó su mensaje.

—Hace tiempo la encontré tirada en la banqueta, la recogí y la he guardado por varios años. Ahora que están arreglando las calles es el momento de que vuelva a donde pertenece. Si tienes tiempo te muestro el lugar, podemos ir caminando, está muy cerca de aquí —dijo enfática.

Así era el centro, sorpresivo, inesperado. Me acerqué a ver lo que tenía grabado la plancha de cobre: "En esta casa vivió y murió el poeta don Francisco González Bocanegra, donde escribió las estrofas del Himno nacional, Año 1853".

—¡Qué maravilla que resguardaste este registro! —dije analizando la placa herrumbrosa que tenía entre mis manos, y ella contestó con una amplia sonrisa de satisfacción—. ¿Dónde está la casa? —pregunté ansiosa. Los descubrimientos del Centro siempre develaban algo excepcional.

—Muy cerca del Café Tacuba.

De regreso, decidí encerrarme un momento en la oficina. Qué extraño. En la restauración del Panteón de San Fernando había aparecido la lápida de la tumba de González Bocanegra en la azotea de la pequeña oficina, sin registro de su ubicación original. Seguramente la habían colocado ahí cuando los restos fueron trasladados a la Rotonda de las Personas Ilustres. Estaba olvidada y perdida como la placa que daba testimonio del lugar donde creó su obra más importante.

Era la temporada de las tardes lluviosas. El olor a humedad presagiaba el agua a punto de caer. Tomé mi sombrilla y salí de nueva cuenta rumbo al número 48 de la calle de Tacuba. No pude evitar la tentación y, en el camino, extendí los brazos para que las finas gotas que empezaban a caer se escurrieran entre mis dedos.

La casona se había convertido en una vecindad. Bloqueando la entrada, una vendedora rodeada de niños atendía una improvisada dulcería. Compré, como pretexto, un refresco y algunas frituras. Le pedí permiso para sentarme en las escaleras del patio interior, aduciendo que estaba cansada y empezaba a llover. Ella accedió y comentó que los vecinos no tendrían inconveniente; además, la mayoría llegaba tarde de trabajar.

Al tocar la piedra de uno de los peldaños para sentarme, percibí una ligera turbulencia. Observé hacia la pequeña y deteriorada edificación de dos niveles. Me pregunté dónde habría habitado Bocanegra. Acaricié el talismán. Las imágenes se agolparon frente a mí.

* * *

—¡Francisco! Esta vez no lo voy a permitir. Siempre quieres pasar desapercibido. Es una gran oportunidad. ¡Vence esa timidez de una vez por todas! Estoy segura de que vamos a ganar —dice la joven en tono amoroso, mientras su vestido de tafetán verde hace ruido al rozar las baldosas, en su impaciente ir y venir por el pasillo del primer piso.

Un hombre de pelo castaño peinado de raya en medio, bigote y barba afilada en punta está recargado con los brazos cruzados sobre el barandal y, pensativo, ve hacia el patio central de la planta baja. Con apariencia melancólica y dulce, escucha a la mujer.

Las escaleras centrales están flanqueadas por dos tibores de talavera, que dan mayor vida al espacio. ¡Luce tan diferente el lugar! Macetas de frondosos helechos adornan las esquinas. El pasamanos de hierro forjado tiene un discreto remate de encino.

Las palabras de la mujer se acompañan de sus firmes pisadas sobre el embaldosado.

—El general Santa Anna lanzó la convocatoria. Es un gran acontecimiento para la república. Tienes buena relación con el gobierno. Querido, te has sacrificado trabajando en temas aburridos de administración para sacar adelante a tus padres, ya es hora de que brilles por tu talento —es claro que no descansará hasta que él acceda.

De pronto, ella hace un alto en su andar y con ademán de tomar fuerza le sugiere al distraído y meditabundo Francisco, tomándolo de la mano.

—Ven un momento, quiero mostrarte algo.

Advierto que habitan toda la casa. Subo para no perderlos. Entramos a un cuarto amplio y agradable, en el último nivel. La habitación es de techos altos y vigas de madera. Dos ventanales permiten la entrada a los rayos luminosos del Valle de México, uno de ellos tiene un pequeño balcón hacia la calle. La mesa que hace la función de escritorio resguarda un fino portaplumas doble de forma alargada, tiene un tintero en uno de sus extremos. Una silla de respaldo de mimbre y un sencillo quinqué los acompañan. Hay un paquete de papel, entrelazado por un listón de seda roja, que sin duda fue preparado con esmero.

—Siéntate para que me digas si la silla es cómoda.

Francisco se acerca al escritorio y con la mano recorre la tersa madera. Se sienta y toca los papeles. Sonríe con ternura. La mujer está en el quicio de la puerta.

—Querido… —hace una pausa animándose a terminar la frase—: ya estás inscrito en el concurso. La convocatoria fue publicada en el *Diario Oficial*. Pedí apoyo a mi padre para llenar los documentos del certamen.

Ella tiene la mano en el picaporte, él, sentado frente al escritorio, la voltea a ver sorprendido. Está a punto de increparla cuando la joven mujer suelta:

—No te dejaré salir de aquí hasta que tengas listo el manuscrito que he de entregar al mismo don Sebastián Lerdo de Tejada, quien se encarga del concurso en el Ministerio de Fomento —dice segura.

—Guadalupe, ¿cómo te has atrevido a hacerlo sin mi autorización?

—Porque tengo fe en ti y no tengo reparo en decirlo. No hay marcha atrás — refuta enfática y, temblorosa, cierra la puerta de un solo jalón. Se escucha el girar de una llave.

El poeta, incrédulo, se acerca a la gruesa puerta de madera y da, primero, unos fuertes golpes con los nudillos, para después hacerlo, desesperado, con la palma de la mano.

—¡Abre, Guadalupe! ¿Cómo te has atrevido a registrarme sin yo saberlo? —vocifera.

La joven agitada se lleva la mano al pecho y lo escucha del otro lado.

—¿Es uno de tus juegos? ¡Abre ya! —insiste.

—Me atreví para que no perdieras esta gran oportunidad. Queda poco tiempo para entregar la composición —se hace un pesado silencio que Guadalupe aprovecha para recomponerse. Su voz dulce susurra a través de la puerta—: A mí me enamoraste a través de un hermoso poema. Ahora haz que todos, con tus estrofas, lo hagamos de México —un denso silencio cae entre los amantes hasta que una voz dulce pronuncia—: te amo, Francisco. Perdóname.

Él suspira, derrotado; la conoce, sabe que no la hará desistir. Va al escritorio que con esmero le han preparado. Mueve la cabeza de un lado al otro, acaricia el papel y pronuncia un casi inaudible:

—Yo también te amo.

* * *

Al salir de la casa, la mujer de la tiendita me abordó.

—Subió usted al segundo piso, ¿verdad? ¿Algo le llamó la atención? ¿A poco usted es de las que ve cosas? Dígame la verdad. La estuve observando y ni se tomó el refresco. Dicen que en estos lugares deambulan ánimas.

—Admiro la arquitectura del Centro y esta casa llamó mi atención, quería ver la construcción desde arriba —contesté.

Me lanzó una mirada de "No te creo nada". Sin duda, doña Guadalupe había aventado la placa a la banqueta como recordatorio del talento de su marido y para que alguien se diera cuenta de la situación en que se encontraba su casa.

Di las gracias a la vendedora. Ella, divertida, se despidió con un "¡Si descubre algo me cuenta!". Las dos nos regalamos una sonrisa.

* * *

—Buenas tardes, mi Lic., ¿viene a descansar del ruido de afuera? —dijo Ramón, quien se había acostumbrado a mis extrañas meditaciones en el vestíbulo.

—Sí, voy a quedarme un ratito en la banca.

—Ándele, pues, aquí estoy para lo que se ofrezca.

Instalada en mi rincón, fuera del alcance de su vista, esperé el momento para platicar con Victoria.

—Te vi en casa de los primos Bocanegra —se regodeó una Victoria risueña.

—Querrás decir esposos, y hubieras venido conmigo.

—Ya los conocía. ¡Eran primos y esposos! Hijos de dos hermanos españoles nacidos en Cádiz. Francisco creció en San Luis Potosí y estudió en México, en casa de sus tíos. Ahí se enamoró de Guadalupe. Fueron una gran pareja. Ella me encanta. Lo increíble es que ante ese severo acto de amor él se inspiró y escribió las diez estrofas del himno en un día, es más, se dice que en cuatro horas —remarcó—. Por cierto, te estaba esperando para ver juntas el estreno del Himno Nacional.

* * *

De pronto, vuelvo a sentir sopor y frente a nosotras aparece el teatro que mandó construir el general Antonio López de Santa Anna, gran aficionado a la música, en especial a la ópera. Tiene una enorme fachada de mampostería de 40 metros de largo y 18 de altura. Inscrito a lo alto, se encuentra el nombre: Gran Teatro de Santa Anna. Puertas de hierro forjado franquean la entrada y unas lámparas de aceite la iluminan. Siento la calle empedrada bajo mis pies. Estamos en el mismísimo teatro.

—No puedo contener mi estupor ¡Es monumental! Nunca lo hubiera imaginado tan majestuoso —estoy impresionada con lo que tengo ante mis ojos—. ¡Es grande y hermoso, Victoria!

—Y Porfirio Díaz lo demolerá en su totalidad para abrir la calle de 5 de Mayo y Bolívar. El pobre Santa Anna morirá viejo, en la miseria y desprestigiado. Nadie querrá conservar algo que recuerde su mandato.

Los carruajes acceden por la calle Alcaicería, en mi tiempo continuación de la calle de 5 de Mayo, y por la calle de Vergara, ahora Bolívar. Los cascos de los caballos forman un sonido rítmico al golpear el adoquinado de la ciudad. Sus ocupantes bajan presurosos. Los más acuden a pie. Visten sus mejores galas. Un cartel junto a una taquilla anuncia:

Palcos y plateas con ocho entradas $16 pesos.
Palcos segundos $12 pesos.
Balcones y lunetas asiento con cojín $2 pesos y 1 real.
Galería 5 reales.

Los boletos no son baratos, Victoria lo hace notar por el anuncio en un poste que da cuenta de lo que se compraba con un peso:

Señoritas ofrecen para caballero serio:
Habitación con tres comidas, una muda de ropa limpia a la semana y un criado para dar bola a las botas por el modestísimo precio de un peso diario. Acudir a la calle de Jesús María 4.

A pesar del costo, el lugar se encuentra abarrotado. Nos disponemos a entrar. Vemos en el *foyer* de piso enladrillado una fuente en el medio y, desplegado, el programa del 15 de septiembre de 1854.

Inicio: 7 p.m.
Llegada de la Junta Cívica al teatro

Obertura de Temístocles
Obertura La reina de un día
La cavatina de El barbero de Sevilla
Arenga cívica por Francisco González Bocanegra
Número principal:
Himno nacional mexicano *premiado por el Ministerio de Fomento, con letra de Francisco González Bocanegra y música de Jaime Nunó, dirigido por Giovanni Bottesini*

Nos asomamos al interior. Es de llamar la atención su gran tamaño. Tiene 2400 butacas de caoba forradas de un rojo aterciopelado, el piso de duela y los balcones son de finas maderas. Se le considera el edificio más bello en todo el país.

Un joven acomodador, ataviado con un traje gris de lustrosos botones dorados, nos indica que nuestros boletos corresponden a un balcón. Presurosas, nos dirigimos a las escaleras semicirculares del *foyer*, sin dejar de admirar los vestidos, los tafetanes y los encajes de la clase pudiente. Crinolinas de jaula circular o miriñaque dan volumen a las faldas. Los corpiños se ajustan con un corsé. La mayoría lleva blusa de manga garibaldi bombacha; las menos y más sofisticadas, escotes ovalados que dejan ver los hombros de su piel mestiza. Los galantes caballeros sin distingo social dan el brazo a su dama para ascender al piso superior. Predomina un ambiente afrancesado de innegable sello propio.

Con dificultad subo las escaleras, no estoy acostumbrada a lo que traigo puesto. Siento como si llevara un pesado lienzo de tela amarrado a la cintura. Victoria sube ágilmente, tengo que apurar el paso para no quedarme atrás. Levanto el vestido, hasta la altura de los tobillos para no tropezar con los escalones. Al llegar al segundo piso, encontramos nuestro palco.

¿Cómo se sientan sobre la incomodísima jaula de aros de metal colgada de la cintura? Observo a Victoria. ¡Nada! Me hace gracia descubrir lo sencillo que es. Basta con sentarse en la silla de reversa y los aros quedarán al frente.

Desde mi lugar, tengo una vista privilegiada. El teatro, iluminado por quinqués de gas, se adorna con espejos, flores y hojas de naranjo, cuyo aroma se mezcla entre el olor a sudor. Escucho a mis vecinos, unos jóvenes acompañados de sus padres, que se retan a contar cuántos palcos existen. El mayor pone fin a la discusión, 81 balcones despliegan como adorno la bandera nacional, afirma categórico y, nada más para actores, existen 32 camerinos. Es un teatro que los citadinos admiran por sus instalaciones y la calidad de sus espectáculos.

Se hace el silencio. Un maestro de ceremonias en frac acinturado y de anchas solapas aparece en el proscenio. Es un hombre mayor, formal y orgulloso del papel que desempeña esa noche. Detrás de él, resaltan las pesadas cortinas color granate del escenario.

—Buenas noches, finas damas y caballeros. Agradecemos a todos su gentil presencia —anuncia su voz engolada y continúa—: hoy es un día especial y contamos con un gran programa que culminará en el estreno de la obra ganadora del Himno Nacional, que representará a nuestra gloriosa patria.

El público aplaude. Se siente el calor de un teatro lleno. Las mujeres agitan sus abanicos. Quienes están a distancia, utilizan binoculares para no perder detalle. Se anuncia que su Alteza Serenísima, el presidente Santa Anna, por encontrarse indispuesto, no asistirá a la ceremonia. De gayola, se escuchan chiflidos y risas que son acallados. Se abren las cortinas para dar inicio a los festejos, hasta llegar al número ocho del programa.

—Damas y caballeros. Se presentaron a concurso 25 obras, la letra compuesta por el poeta don Francisco González Bocanegra ¡ganó por unanimidad! —dice exaltado de emoción el conductor. Se escuchan aplausos y vítores—. Y de 15 composiciones para musicalizar las diez estrofas y el coro, el galardonado es el maestro don Jaime Nunó —recalca.

El auditorio nuevamente aplaude entusiasmado. En ese momento, caigo en cuenta de que en la vida no hay casualidades. Un potosino y un catalán son los compositores de nuestro himno. Un mexicano y un español. Dos nacionalidades que, en síntesis, reflejan nuestro origen.

—Demos la bienvenida a quienes tendrán el honor de interpretar el himno ganador —entre un nutrido aplauso, de bambalinas aparecen elegantemente ataviados una mujer y un hombre.

—Con ustedes, el gran Lorenzo de Salvi, tenor de fama mundial —el público aplaude entusiasmado—, acompañado de la joven y talentosa soprano Claudina Fiorentini, bajo la magistral conducción del maestro Giovanni Bottesini.

—Ahora, para todos ustedes, ¡el *Himno nacional mexicano*! —las pesadas cortinas se abren.

Bottesini levanta su batuta frente a la orquesta y al bajarla se escuchan con fuerza y vigor los primeros acordes del Himno Nacional; en unos instantes, se incorpora la robusta voz de De Salvi.

Mexicanos, al grito de guerra
El acero aprestad y el bridón;
Y retiemble en sus centros la tierra
Al sonoro rugir del cañón.

En la segunda estrofa entra Claudina Fiorentini.

Ciña ¡Oh, Patria! tus sienes de oliva
De la paz el arcángel divino,
Que en el cielo tu eterno destino
Por el dedo de Dios se escribió.

Mas si osare un extraño enemigo
Profanar con su planta tu suelo,
Piensa ¡Oh, Patria querida! que el cielo
Un soldado en cada hijo te dio.

Siento el cuerpo erizado y no puedo evitar que las lágrimas me empañen los ojos. Recuerdo, nostálgica, a mi padre; cuando era niña, a mi hermana y a mí nos hacía ponernos firmes y de pie al escuchar el Himno Nacional, así fuera por la televisión. Es una disciplina que llevo tatuada en la piel.

* * *

—Lic., ¿aprendió a meditar de pie? ¡Está bien derechita! Me atreví a interrumpirla porque tiene usted los ojos bien abiertos y lagrimosos —lo volteé a ver con cara de "¡No puede ser!".

Sin mayor explicación, me despedí de Ramón, que seguía haciéndome plática sobre las técnicas de los yoguis.

Del Himno Nacional mexicano se ha dicho que es una canción bélica. Sí, es un canto contra las invasiones. En el siglo XIX, las hubo y en reiteradas ocasiones, de España, Francia y Estados Unidos. El himno, si bien exalta la defensa del territorio, también recalca la paz y la concordia entre los mexicanos. Es un llamado a dejar atrás las cruentas guerras civiles que caracterizaron esos años.

Hay algunos críticos que han planteado que el himno es obsoleto y que habría que actualizarlo, cambiando su contenido. Esta idea es tan absurda como pretender cambiar de abuelos porque ya no son actuales. Sus estrofas reflejan valores perennes. El coro hace referencia a estar listos para defender la patria. La frase: "y retiemble en sus centros la tierra" así como la de la estrofa "y sus templos, palacios y torres se derrumben con hórrido estruendo" hacen referencia a la defensa del territorio y a los frecuentes fenómenos naturales, como los temblores que sufre el país.

Supe por Victoria que Bocanegra murió joven, a los 37 años. En una asonada, se le acusó de conservador por haber escrito las estrofas en el régimen de Santa Anna. No tomaron en cuenta que el promotor principal del concurso fue el liberal y ministro de Fomento, Lerdo de Tejada, y que Francisco nunca participó en política. A pesar de ello, tuvo que esconderse de la persecución, en un sótano, alejado de su familia. Enfermó de tifus y murió a los pocos días. En los periódicos de la época hay una escueta mención de su muerte y ninguno aludió a su obra principal.

Guadalupe González del Pino, su viuda, nunca volvió a casarse. Apoyada por sus padres, cuidó de las cinco hijas que tuvo el matrimonio.

Jaime Nunó llegó a capitán de infantería del Ejército mexicano. Dirigió algunas bandas de guerra. Emigró a los Estados Unidos y trabajó como maestro de música en una escuela en Búfalo, Nueva York. Fue longevo. En el ocaso de su vida, unos militares descubrieron su identidad y lo invitaron a México a los 50 años del Himno Nacional. Tuvo una vida modesta y murió en Estados Unidos en 1908.

Al terminar las obras de la calle de Tacuba, saqué el rótulo de bronce restaurado que había guardado en mi oficina. Propuse a mi jefe que fuera colocado en presencia de alguna autoridad y se diera a conocer el lugar, olvidado a través de los años, donde se escribieron las estrofas que aprendimos desde la primaria. La propuesta se desechó por la situación en que se encontraba el espacio y me sugirieron colocarla con discreción.

—Miren, tenemos el honor de regresar esa placa a su lugar —comenté a Laura y Sergio mientras, apenados, observábamos cómo la placa era adosada a la fachada sin mayor ceremonia y únicamente ante la presencia de transeúntes curiosos, la vecina que entregó la placa y mi amiga, la de los dulces.

Esto lo hicimos coincidir con el 150 aniversario de la creación de la oda que nos une como mexicanos (1854-2004). Ese 12 de agosto, el gobierno de México realizó una gran exposición en el Castillo de Chapultepec y el himno se entonó a las 12 en todo el país.

Yo estaba segura de que por la noche, Guadalupe, la mujer que tanto quiso al poeta, a sabiendas del aniversario, despegó y aventó la placa en la banqueta para recordarnos el lugar donde su amor escribió el Himno Nacional. Pero la casa de los Bocanegra continuó en ruinas, en calidad de propiedad privada.

Pachuco

Se decía que, en los años cincuenta, el Hotel de Cortés recibía a los más afamados artistas de Hollywood pues estaba considerado entre los mejores de la capital. La antigua construcción novohispana del siglo XVII, emplazada en el costado poniente de la Alameda Central, con su fachada en tezontle rojo y llamativos relieves en cantera, guardaba su encanto a pesar de haber perdido buena parte de su fisonomía original ante la vorágine de la urbanización. El nombre, contrario a la creencia popular, no tenía que ver con el conquistador, ya que había sido edificado casi un siglo después de su muerte. Ésa era la referencia que yo tenía.

Más tarde descubrí que fue propiedad de la orden de los agustinos recoletos, quienes en 1780 fundaron en ese lugar la Hospedería de Santo Tomás de Villanueva. El tranquilo y espacioso monasterio solía brindar refugio y descanso a los evangelizadores que llegaban de España. Para muchos, permitía realizar una escala en la gran ciudad antes de continuar el largo camino al puerto de Acapulco, desde donde zarpaban en el galeón de Manila a surcar mares vacilantes rumbo a Filipinas.

Con el devenir de los años, por alguna extraña razón, el hotel del siglo XX se había venido a menos. Sus dueños me habían invitado a conocer el sitio para discutir los problemas que afectaban a la zona. Asistimos Sergio y yo. Al entrar, nos encontramos con el antiguo claustro convertido en un gran patio rectangular, con una bonita fuente de cantera al centro. Cinco desperdigadas mesas de jardín, acompañadas por unas sombrillas tristes nos dieron la bienvenida.

Sentados, esperamos a nuestro anfitrión. Un hombre joven, de buen ver y sonrisa amable se presentó. Nos acompañó a hacer un pequeño recorrido e insistió en que nos quedáramos a comer. A pesar de tenerlo prohibido por mi médico ("No coma mientras trabaja"), accedí. La plática versó en torno a la congestionada avenida Hidalgo: que si estaba invadida de comercio ambulante, que si faltaba alumbrado público, que el ruido de los camiones molestaba a los huéspedes, y la falta de limpieza en las calles, inaceptable. El icónico hotel era uno más de los que sufrían el caos del centro. Querían saber si el proyecto de rehabilitación llegaría hasta el portal de la propiedad.

A mitad de la conversación, sirvieron antojitos mexicanos. Al segundo bocado, al hablar el aire empezó a salirme por la nariz en lugar de por la boca. Ante mi voz hipernasal, Sergio me miró inquisitivo. Algo en la comida me había tapado la nariz. Saqué un kleenex y mientras me sonaba, muy profesional intentaba continuar con la reunión:

—*Seghuro que vergemos como llegarh ghasta aghquí.*

El hombre simuló no percatarse. Empezó un chipi chipi de finas gotas que aceleraron el ritmo de nuestra comida. Las sombrillas, por fortuna, no alcanzaban a cubrirnos. Por fin nos despedimos.

—¿Qué te pasó? —inquirió Sergio.

—¡La cebogha! Aghunas veghes megh tapagh la narigh. El choferg yagh viene. Aquigh esperogh.

—Salgo corriendo a la obra de la Plaza Juárez, quedé de verme con los ingenieros —dijo— y carga antihistamínicos en la bolsa, lo único que nos falta es que se corra la voz de que la jefa es gangosa —dijo burlón.

—Nogh jodagh, nos vemogh magnana.

Hice tiempo para que la crisis cesara un poco y, mientras, me recargué en una de las columnas de cantera del corredor, admirando el patio. Un mesero, apurado, corría para recoger la vajilla de las mesas. Yo continuaba respirando por la boca.

Extendí el brazo para recibir en la palma de la mano el agua de lluvia. Simulé haber olvidado algo en donde habíamos estado sentados y, con ese pretexto, caminé bajo las gruesas gotas que empezaban a caer.

* * *

Al llegar a la mitad del patio, la fuente se convierte en un pozo. Un fraile, bajo la lluvia y entre naranjos, da vuelta a una manija de la que pende una cuerda que tira al fondo.

—Hermano, traed acá los baldes para llenarlos. Estáis flaco y aún débil, os conviene aprovechar mi ayuda —un hombre robusto, vestido con una cogulla café de tejido burdo, se dirige a mí en tono paternal—. Y no os preocupéis. Yo a vuestra edad, aunque os parezca extraño, también era enclenque —dice sonriendo.

A mis pies están dos grandes baldes de madera. Por lo que acabo de escuchar, tendré que cargarlos. Traigo unas sencillas sandalias y en cuanto doy el primer paso, siento las suelas planas y duras, durísimas de cuero. Están amarradas con unos listones del mismo material y llevo unos calcetones de algodón que me raspan los tobillos. Tengo que ser cuidadosa al caminar.

Mi colobio está deslavado, tiene un olor añejo a grasa, mugre y años de uso. Hago un esfuerzo para cargar los cubetones. Llenos, pesan el triple.

—Veo que en tu cordón lleváis un solo nudo. Bien podrías traer varios más y así, demostrar que os comprometéis a mayor penitencia.

Ante su indicación, asiento con la cabeza escondida en la capucha y mascullo un:

—*Sigh, lo haghré.*

—Tienes suerte, el calor de la cocina te secará un poco.

Acarreo con dificultad los baldes y me despido con un casi inaudible:

—*Graghias.*

A tropezones, camino por el pasillo. Me asomo en la primera puerta y alcanzo a ver el refectorio; la siguiente conduce a una capilla, precedida por la biblioteca. Sigo el recorrido. La cocina, por lógica, no ha de coincidir con el patio central, así que continúo recto y, en la esquina, paso por detrás de una escalera. Casi tiro lo que voy cargando al percatarme de que en la siguiente entrada dos religiosos con el hábito remangado y rodillas al aire platican plácidamente sentados en unas pestilentes letrinas colectivas.

Desando el camino hasta el patio central. Continúo otro tramo, hasta reconocer el agradable olor a especias. He llegado a mi destino.

—¡Chaval! Trae acá el agua para verterla en el caldero. ¡Anda! Se hace tarde.

Escucho un escándalo de gallinas. Están a punto de ajusticiar a una. Con mi casi vegetarianismo, me vuelvo rápido y evito verlo. Hay dos fogones que chisporrotean y crujen cuando los alimentan con maderos. Huele a masa recién horneada, mucho ajo y leña.

Los religiosos son chaparros y fornidos; para la época, soy demasiado alta y delgada.

—Toma el cuchillo que está sobre la encimera y corta esa cebolla cabezona junto con los *cippollini.*

La hoja de hierro forjado es rudimentaria y pesada; al cortar, se me nublan los ojos. Con la manga del hábito, sin soltar lo que traigo en las manos, doy un repasón y sorbo los mocos de la nariz. ¡Soy un pinche de cocina!

—¡Ala!, por Dio' Santo. Ya habéis llorao lo suficiente. Sea por Dio', chaval, trae acá; yo lo hago. Hay que rezale todo' los días a San Pascual Bailón pa' poder trabajar en la cocina. Si queréis, mejor ayuda a distribuir las escudillas en el refectorio. Ya han de estar llegando los hermanos. Toma la batea aquella y acompaña al padre Julián.

La batea, la batea, rápido, ¿cuál batea? Veo al religioso salir con una bandeja de madera, voy por la otra.

—Este pobre mozuelo —escucho que dicen a mis espaldas— desembarcó en la Vera Cruz con buen tiempo y, andando en mula por el camino de las Ventas, habiendo pasao Córdoba y Perote, le han atacao unos salvajes. Sus compañeros murieron, y a éste le han dao una paliza de Dio' Padre que se ha salvao porque el señor quiso concederle el milagro.

—Todos vienen con la ilusión de embarcarse rumbo a las Filipinas —intercede otro, mientras aclara las escudillas en el agua, ya grasosa, de uno de los baldes que he cargado.

—Él, según entiendo, quiere navegar para encontrarse con un tío; pero con la desgracia que le ha acontecido, llegó sin un duro, está en espera de que la familia le envíe algo.

—¡Vaya! Desde que fray Andrés de Urdaneta descubrió el tornaviaje del oriente a nuestras tierras, todos quieren navegar. El descubrimiento de esa corriente de agua caliente ha sido altamente beneficioso. Se ahorran un mes de navegación y muchos naufragios.

—Dicen que al puerto llegan impresionantes cargamentos de pimienta, clavo, té y seda. Y unos bordados magníficos nunca vistos, en oro y plata. El día que fui a dejar la correspondencia a la Catedral, estaban entregando los que el excelentísimo obispo, monseñor Antonio Bergosa y Jordán, seleccionó para su mitra y para vestir a la Virgen de la Asunción.

—Todos quieren embarcarse. Pero al pobre mozalbete, si le ha ido mal de la Vera Cruz a nuestras tierras, para llegar a *Ácatlpolco*, que se prepare para cruzar el río Papagayo, andar hasta San Juan de Iguarán, subir a Taxco, encontrar Acahuizotla y soportar el calor de Petaquillas. Se requiere de mucha plata para ir cambiando bestias, valor para enfrentarse a las alimañas, linces y aguantar mosquitos. Y si la mismísima virgen no le ampara, le podrán tocar grandes movimientos de la tierra.

—A todo esto, ¿cuándo le dejaron salir de la cuarentena? —pregunta uno.

—Ya no arrastra la pierna —tercia otro.

Al escucharlos, disimulo y salgo con mi batea… renqueando.

En el refectorio, hay unos largos tablones y, sobre un entarimado está dispuesta una mesa principal. Poco a poco, en la sobriedad del salón, los frailes ocupan sus lugares. Saludan con una ligera inclinación de cabeza.

De la cocina llega el almuerzo y, en el mayor silencio, el abad sentado en el estrado bendice los sagrados y frugales alimentos. En mi escudilla sirvo una pizca de comida. Todo es paz y silencio. El tiempo se desliza lento, no lleva prisa. Al terminar, me incorporo a las fatigosas labores de la cocina.

Ahí, el cocinero de mayor rango presume una carta.

—¡Mirad! Me han llegado noticias de fray Eustaquio, avecindado en el Convento de los Carmelitas.

—Sostiene que en el Desierto de Nuestra Señora del Carmen, en los montes de Santa Fe, habitan extrañas bestias y leones —afirma con toda seguridad el que lleva el cazo.

—¡Ala, habladurías! Son gatos de monte. Se quejan para evitar que se transite el Camino Real de Tierra Adentro, la ruta más grande del mundo, y el Señor castiga la mentira, cierto es que en el claustro hace tremendo frío. ¡Hasta helar las entrañas! —dice riendo.

La tarde serena se filtra en la quietud del monasterio. El tañido de las campanas invita a misa. Los melódicos rezos acompañan la caída del sol. Suavemente, la llama de las velas parpadea, alargando las sombras que enfilan rumbo a sus celdas.

—Ha llegado la mujer del molinero a entregar sacos de trigo —nos avisan.

—¡Mala hora!, pero estando cortos de tan preciado bien, habrá que recibirlos y agradezcamos la bondad de la providencia. Hermano Julián, el chico puede ayudarle. Que todo quede bien guardado en la despensa —nos indica el mayor.

Asiento con la cabeza y sigo al padre. Antes de salir, escucho que me dicen:

—Tenga la bondad de repetirme su nombre, soy desmemoriado.

Se me ocurre un:

—*Guan degh Diogh*.

—Descanse, Juanito, y le espero en la cocina al clarear el alba.

La carreta de mulas está dispuesta con los costales en una puerta lateral del hostal donde se encuentra un grupo de frailes que reciben a los viajeros; una mujer cautelosa se acerca y pregunta:

—¿Siglo XX?

—¿*Vightoria*? —susurro.

—Si descubren que eres mujer, no sabría cómo salvarte de las mazmorras de la Inquisición. No hables.

—*Nigh puedo*.

—En cuanto caiga la noche, ve al huerto. Al final del muro, encontrarás una cuerda; no sé cómo lo harás, pero tienes que trepar.

—*Egsta altíghimo.*

—Del otro lado yo te pesco. Debes hacerlo hoy. Si es celda compartida, corres mayor riesgo.

Victoria está preocupada y me da una última recomendación:

—Busca unos trapos para que los amarres a tus manos y puedas escalar el muro.

Exhausta, cumplo con mis tareas y espero a que reine la noche. Paso por las letrinas sigilosamente y, al final del corredor, salgo al huerto. Luna nueva, oscuridad total. Camino hasta encontrar la soga. Gracias a la fuerza que da el miedo, logro alcanzar la cima. El muro es muy alto.

Victoria ordena:

—¡Tírate!

Dudosa, me lanzo abajo y caigo entre sus alas y los matorrales.

Nos da un ataque de risa y, nerviosas, echamos a correr.

—¡Al canal!

La sigo; no atino a saber dónde estoy. El coro único y rítmico de los grillos al batir sus alas y el constante croar de ranas delatan un ambiente tranquilo y campirano. Cruzamos unas modestas casas de adobe ubicadas en un campo de chinampas. Estamos en el cuadrante de Cuepopan, en el antiguo barrio de Iztacallecan ubicado al noroccidente de México-Tenochtitlan. Es lo que ha quedado debajo de avenida Reforma norte. Cruzamos una calzada con árboles de tule, es la otrora majestuosa calzada de Tacuba. Entiendo que la traza de la ciudad está en un islote y los españoles, más ávidos de tierra que los mismos holandeses, han ido arrebatando terreno al lago de agua salada. Sofocadas, alcanzamos la ribera y nos tiramos en la hierba.

—En el siglo XVIII, el Imperio español domina al mundo. En el territorio de la Muy Noble y Leal Ciudad de México caben el centro de Madrid y Barcelona juntos. Se han apoderado del continente americano, se han enriquecido con metales preciosos, explotan los cuantiosos y exuberantes recursos naturales de sus tierras. Por tres siglos, su flota marítima, impetuosa y soberbia ha cruzado el océano dominando la ruta hacia Asia. Pronto empezará su estrepitoso declive por la incompetencia política, sus divisiones internas y la corrupción —explica reflexiva Victoria.

Tiradas en la hierba, con los pies sumergidos jugueteando en el agua fresca de una acequia, admiramos las titilantes estrellas en la bóveda celeste y les pedimos que nos acompañen a otros tiempos.

* * *

—¡Sale filete chemita y una tampiqueña para la tres! —grita el asistente de una mayora entre el ruido del chocar de las ollas y el crepitar de la grasa en las cazuelas.

—Ándale, reinita, muévete para que no nos castiguen —dice, con voz cantada de barrio, una mujer risueña, guiñando el ojo en señal de complicidad—. Acuérdate que hoy tienen boletos pa'l programa —corro a la rudimentaria salamandra y pongo en la charola los platillos.

—¡Qué! ¿Ya no saludas? —Victoria está junto a la mayora. Es la responsable del *plating*. Con su buen gusto, da los últimos toques y se asegura de que todo se entregue de manera atractiva. Divertida, contesto a mi amiga aventándole un beso al aire.

—¡Deja de pensar en la musaraña! ¡Apúrale!

—No te distraigas, reina —me dice una mujer chaparrita y rolliza.

Un lavaplatos, entre el ruido del chorro del agua y los sartenes, añade:

—Déjela, doña Bety, está fantaseando con ¡Pedro Infante! —y empieza a silbar la canción de "Amorcito corazón".

Sin demora, cuidadosamente pongo la bandeja en el pasaplatos donde la espera un elegante mesero. Un hombre serio se asoma por la puerta de la cocina y al verme, dice apresurado:

—¡A ver, tú, Graciela! No vino la cigarrera a trabajar. Necesito que nos apoyes. Ve a los *lockers* y que te den el uniforme para que salgas a ofrecer puros. Pero ¡vuélale!

—¿Yo? —contesto asustada—. No voy a saber cómo venderlos.

—Apúrate y no te hagas la chistosa.

El hombre desaparece. Quedo paralizada, con la mirada fija hacia la bamboleante puerta abatible.

Victoria hace un ademán con la cabeza, señalando hacia el lugar donde están los vestidores. Ahí recibo una crinolina, falda negra corta, un saquito rojo ajustado con botones dorados al frente y medias negras. La encargada voltea a verme los pies y haciendo un gesto que le arruga la nariz, dice displicente:

—¿Traes otros zapatos? Ésos… no pasan.

Me asomo al *locker* y veo unos relucientes tacones de charol.

La mujer de pocas palabras por último me alarga un pequeño sombrero también rojo. Parezco el botones de un hotel elegante de los años cuarenta.

Salgo orgullosa, pero se atraviesa en mi camino un espejo. ¡Ay, no! Estoy ridiculísima: faldita ampona, sombrerito de "gritón" de la lotería y, para rematar, llevo colgada al cuello una tabla con puros, cigarrillos y Chiclets Adams.

Como toro a punto de ser ajusticiado, transpiro adrenalina y salgo al ruedo. Qué suerte que no son los años ochenta, porque si hubiera llegado de mesera al Hooters, ¡me moría!

El salón está lleno. Predominan los trajes sastres masculinos y un penetrante olor a tabaco. Los ruidosos comensales platican, comen, beben y fuman al mismo tiempo que yo siento un sudor frío.

—Chelita, ve a la mesa cinco donde está el licenciado Ezequiel Padilla. Pidieron unos Montecristo —ordena el capitán de meseros, pero antes echa un vistazo a mi tendedero y se tranquiliza al ver que hay suficientes—. El suyo dile que es cortesía de la casa. En una de ésas le gana la presidencia al licenciado Alemán.

Tambaleante, me dirijo a donde ha señalado el *maître*. Esquivo el ir y venir de charolas con viandas, martinis, vermouths y whiskys. Un mesero se acerca y me dice al oído:

—¿Qué pasa, Graciela? Dice el "capi" que no te jorobes, que camines derechita. Con gracia, como tu nombre, no como renacuajo —y burlón, sigue hacia la cocina con su charola de platos sucios sobre el hombro.

En la mesa a la que me enviaron está un camarero tomando la orden.

—Compadre, discúlpenme que haya llegado tarde, pero no había forma de desafanarse. El bufete está saturado de demandas laborales. Parece que no hay quien se reponga de la herencia que nos dejó la Ley del Trabajo del presidente Ortiz Rubio.

—No te preocupes, compadre. El licenciado Ezequiel es muy paciente y buen amigo. Sabemos de tu buena relación con el sector obrero. Nos gusta que defiendas y seas cercano a los trabajadores porque hay que ganarle al PNR, ¡a como dé lugar! Así que esta comida es para pedir tu apoyo y organizar reuniones con los líderes sindicales —dice contundente y sin rodeos el hombre más viejo. Enseguida ordena:

—Tráele un jaibol al licenciado para que se empareje con nosotros y sírvelo generosamente, José.

El mesero, libreta en mano, toma nota y pregunta al que llegó tarde:

—Y el señor, ¿qué gusta comer?

—Tráigame lo mismo que pidió mi compadre, además el nombre de ese filete se lo pusieron en honor del juez Chema Lozano, mi otro compadre.

Deletrea en voz baja y anota: Che-mi-ta.

—El mío cámbialo mejor por el chambarete —tercia el último.

—Cham-ba-re-te —remarca sobre el papel un punto final y se retira por su comanda.

Uno de ellos alza la voz para saludar.

—¡Don Artemio! —afable y circunspecto un hombre de anteojos redondos y peculiar bigote de punta en alto se acerca a la mesa—. ¿Trae su canastilla de pan?

—En ningún lado lo hacen tan bien como en mi casa. Ya ve usted, algunos tenemos pequeños privilegios —contesta.

Ambos se abrazan con gran afecto, dándose palmadas en la espalda.

Paradita como soldado, espero mi turno para ofrecer mi mercancía. Me cautiva el mural progresivo pintado en el muro del fondo con personajes asiduos al lugar. Entre los retratos está el del hombre al que saludan; se trata de don Artemio del Valle-Arizpe quien, efectivamente, cuando llega a comer al restaurante carga con su propio pan.

—Señorita, ¿nos atiende por favor?

—¡Disculpe! ¿Cigarrillos?

—Sí, mi chula, déjanos unos habanos antes de que se te acaben.

Ellos eligen. Me percato de que en cada compartimiento donde están acomodados los productos, el precio está escrito a lápiz. Titubeante, sobre la libretita que viene en mi cigarrera hago la cuenta. ¡Extraño la calculadora! Y, entre mi dislexia ante los números y que no estoy acostumbrada a sumar fracciones de centavo, ruborizada por mi tardanza, extiendo la cuenta y el habano Montecristo, sin atinar a quién dirigirme:

—Son $3.37 pesos. Y éste es para el licenciado Padilla. Cortesía de la casa.

— ¡Ah! ¿Y a los demás sí nos vas a cobrar, chula? —asiento con la cabeza—. No cabe duda de que la casa apuesta al caballo puntero —y sueltan la carcajada.

Las mejillas se me encienden.

Don Amador Prendes, dueño del lugar, acostumbra pasar de mesa en mesa a asegurarse de que su clientela esté bien atendida. Al escuchar las risotadas, se acerca a saludar.

—¿Todo bien con los señores?

—Todo bien, don Amador.

—La casa tiene visión —le dicen entre risas.

El dueño me voltea a ver y trata de entender qué pasó y qué hago ahí. Sonrío y me alejo disparada.

Entre manteles de un blanco impecable y sillas de cuero, voy ofreciendo cigarrillos Lucky Strike, Chesterfield, Pall Mall, Phillip Morris y los del inconfundible dromedario impreso en la cajetilla y en mi memoria infantil: los Camel que fumaba mi padre.

—Señorita, unos Pall Mall y hágame el favor de conseguir un cenicero.

Un camarero, solícito, se acerca con uno de grueso vidrio color ámbar, que descansa sobre una canastilla y pedestal de bronce.

Mientras espero a que paguen, escucho que, despectivo, uno de los comensales señala hacia la puerta del restaurante.

—¡Mira nada más al *pachuco* que está entrando! No deberían dejarlo pasar.

—Es la nueva estrella de la XEW. No te imaginas las filas que hay para asistir a su programa y cómo se llena el Palacio Chino cuando proyectan sus películas —aclara su amigo.

—¡Babosadas! Entretenimiento zonzo para el pueblo —remata el hombre y acciona un encendedor Dunhill de oro y prende su habano.

Volteo a la puerta para ver de quién hablan. "¡Lo conozco!", balbuceo con sorpresa al tiempo que me tropiezo y casi caigo al piso con todo y mi tenderete.

Tin Tan camina sonriente y provocador, partiendo plaza con un sombrero que lleva a un costado una exagerada pluma de faisán. Viste un llamativo traje *zoot* de pantalón de pierna ancha y zapatos bicolor, blancos con marrón. Germán Cipriano Teodoro Gómez-Valdés y Castillo saluda a su paso a los comensales con un breve toque con el dedo índice en el ala de su sombrero. Se dirige a un *booth* junto a la ventana donde ya le esperan tres personas. El mesero le lleva un jaibol e inician la plática. Voy ofreciendo cigarrillos hasta llegar a donde se encuentran.

—Germán, está todo arreglado. En tu próxima película participan tus hermanos y, por supuesto, tu compadre el "Carnal" Marcelo. Ya acordamos un buen contrato para todos.

—Tienes muy buen representante —interrumpe uno de los hombres—. El licenciado Bello es "hueso duro de roer".

—Tin Tan es garantía. Todas las películas que hemos firmado con su estudio —arremete Bello— han sido un éxito en taquilla: *El hijo desobediente*, *Calabacitas tiernas* y la última de la temporada, *El rey del barrio*.

—*Of course,* que no se dude porque nos salamos —intercede Germán—. Me disculpan que sólo los acompañe unos minutos, tengo programa en la XEW a las cinco. Brindemos para celebrar —levanta su vaso, se escucha el chocar de cristales y él suelta un efusivo—: *Cheers, my friends* —y se empina el whisky de un solo trago, se levanta y, como si fuera a empezar a bailar un rock & roll, se contonea con "See You Later Alligator".

Tin Tan se retira como entró: contento, saludando a la gente y, coqueto cuando pasa junto a mí, inclina la cabeza y se levanta el sombrero. Echa un rápido vistazo a mis largas piernas bajo la faldita y parafrasea el título de su película:

—Así me gustan, "tiernitas como las calabacitas" —siento las mejillas encendidas; él me regala su más amplia sonrisa.

El capitán, con discreción, se acerca a mí.

—Llegó la cigarrera. Si no tienes doble turno, te puedes retirar —antes de que me vaya, remata—: eres medio bobalicona. Te quedas viendo demasiado a los clientes. ¡Ándale, vete a cambiar!

Corro hacia los *lockers*. La mujer de la ropería tiene *El Gráfico* en sus manos.

—Ay, muchacha, ¿tú sabes leer bien? —asiento con la cabeza—. Dime qué dice aquí.

Leo en voz alta el titular:

— "Indignación por la brutal golpiza a connacionales en Los Ángeles, California, por vestir como *pachucos*, atuendo prohibido por el alcalde Poulson. Mueren cinco jóvenes de origen mexicano de entre 15 y 17 años".

—¡Virgen Santísima! A mi Carlitos lo sonsacaron para irse a trabajar por allá.

Una fotografía, por demás alarmista, de unos muchachos severamente golpeados acompaña la nota de primera plana.

—No se apure, su hijo no ha de tener nada que ver con esto —la conmino a no ver más el periódico tratando de calmarla.

La modesta empleada, triste, se arremolina en su asiento y se santigua.

Cambio de ropa, liberada del trajecito, entro a la cocina en busca de Victoria.

—La mayora te espera afuera, pélale, manita, para que alcancen a llegar a la XEW —me insta la cocinera de voz cantada.

Victoria está irreconocible. Lentes de gatito, suéter pegado a la Natalie Wood, collar corto de perlas y falda de lápiz. Yo estoy pasable… mente vestida para pasar inadvertida. Como siempre, nada espectacular.

—Es para que no llames la atención… bobalicona —y Victoria guiña el ojo.

—Pues estuve a punto de ligarme a Tin Tan.

—¿Ah, sí?

—Te da envidia, confiesa.

—¡Nada más eso nos faltaba! —ambas soltamos una carcajada.

—¡Vámonos! Irá antes al Hotel Ritz de la calle Madero. Me encantan los bares de los hoteles de los años cincuenta. Entramos directo a la barra curva de madera, piel en los taburetes, espejo reflejando botellas, vasos de cristal, mezcladores y *cocktail shakers*.

Victoria pide un Tom Collins; yo una bebida rosa adornada con una cereza, es un medias de seda.

—Te la van a servir en una copa de seno de María Antonieta. Los franceses dicen que la forma es así porque la esposa de Luis XVI mandó sacar el molde de su seno izquierdo.

Abro los ojos como platos y estoy a punto de pedir una champañera para medirla en el mío.

—¡Ay, no te la creas!, es una pretensión francesa. No es verdad, ya existían en Inglaterra. Mira —me da un codazo con el ala bajo el suéter que trae echado sobre los hombros—, ya entró, lo están esperando sus hermanos.

Antes, Tin Tan saluda a un americano que bebe al otro extremo de la barra. El cómico, cantante, bailarín y actor se dirige a él en perfecto inglés. Suelta unas carcajadas y se despiden con sendas palmadas en la espalda.

Se para en seco cuando ve a Victoria.

—Señorita, su belleza me ha ¡entoloachado! —se pone las manos en la cabeza y finge estar aturdido.

Las dos lo festejamos entre risas.

Tin Tan se queda unos minutos con sus hermanos, se toma otro jaibol y, antes de partir, le da a uno de ellos un sobre que parece llevar dinero. Se despide y el más delgado lo acompaña a la puerta abrazándolo del hombro. Al pasar junto a nosotras, alcanzamos a escuchar que le dice:

—Saludas a la *mamma*, dile que se cuide mucho. Que apenas pueda la voy a visitar.

—Sí, carnalito, no te apures. Ella entiende que andas con muchas cosas. Ya está mejorcita.

—La *mamma* es de origen italoamericano —comenta Victoria—. Y por ella, Tin Tan pasa su juventud en Ciudad Juárez, donde ama y se identifica con los chicanos residentes en Estados Unidos.

Junto a nosotras, comentan:

—Mira, ahí va un mexicano genial, poseedor de una saludable falta de prejuicios. El pachuco que ha logrado una reafirmación identitaria.

Quien lo dice es un joven estudiante de Filosofía y Letras, Carlos Monsiváis, a su maestro, Carlos Fuentes.

Victoria, al darse cuenta de que me he quedado boquiabierta viéndolos, comenta:

—Te conmino a que no pongas cara de boba.

Ella levanta su copa brindando a lo lejos con Fuentes. Yo, sin poder evitarlo, exclamo:

—¡Qué guapo!

Volteamos hacia la puerta al escuchar que llaman a alguien que ingresa al bar.

—El que acaba de entrar para unirse a los Carlos es Octavio Paz —susurra mi amiga—, autor de *El laberinto de la soledad*, donde afirma que los pachucos son rebeldes instintivos contra el racismo norteamericano.

—¡Claro que lo he reconocido!

Caballeroso y diplomático, al pasar junto a nosotras nos saluda.

—Buenas tardes, con el permiso de ustedes.

Las dos contestamos asintiendo con la cabeza y, al mismo tiempo, con una sonrisa.

—Victoria, qué voz tan aguda tiene —comento con cautela para que no nos escuche—. Lo imaginaba petulante, pero se muestra educado y amable.

—Coincido contigo. Sus adversarios le temen por su carácter fuerte y la forma como defiende sus posturas: con arrebato y pasión. Somos afortunadas, acabamos de conocer a uno de los poetas más grandes del siglo XX —vemos que se aleja hacia una mesa. Victoria añade—: como cualquier persona, tiene sus debilidades intelectuales y, como a ti, le encanta perderse en las películas de ciencia ficción y le gusta la serie *Viaje a las estrellas* o *Star Trek*.

—Ya no me dará culpa admitir ser admiradora del Dr. Spock y del capitán Kirk —comento divertida—. Qué impresión ver a los tres grandes. ¿Te imaginas las pláticas que han de tener? Al que conozco es a "Monsi", obvio ya viejo; vive en compañía de 13 gatos y 20 000 libros. Es simpático verlo joven, delgado y con esas gafas grandes de pasta que imprimirán por siempre su personalidad. Se ve serio y con cara de pocos amigos, pero tiene un gran sentido del humor. Me encanta su ironía y sus aforismos. Ante tiempos de incertidumbre, pienso en el de: "Si nadie te garantiza el mañana, el hoy se vuelve inmenso".

—Tiene razón, nosotras debemos vivir con intensidad el hoy —ambas nos regalamos una mirada de complicidad.

—Observa qué atento escucha Monsiváis a Paz —comenta Victoria—, lo admira, pero más temprano que tarde empezarán las diferencias entre ellos. El primero es más joven, pero no menos sagaz. De forma simplona, a ambos los de tu tiempo los encasillarán en los extremos, al primero con la izquierda y sobre el otro dirán que es de derecha. Lo cierto es que son dos inteligencias universales.

—Y Monsi, además, es generoso. Va a donar a la ciudad su "colección de colecciones". Es original y muy peculiar. Tiene fotografías, caricaturas, miniaturas —bebo un poco de mi medias de seda y me atraganto con la cereza.

—Sé de alguien que ya bebió mucho...

Yo, sin hacer caso, doy otro trago del líquido dulzón que tengo frente a mí para desatorar la frutilla y continúo animada con mi relato.

—Está a punto de inaugurarse el Museo del Estanquillo. En este momento se realizan trabajos para recuperar la fachada, ¡no sabes qué belleza! Me hubiera encantado conocer la joyería para la que se construyó —e imaginé el gran letrero a la entrada: La Esmeralda Hauser-Zivy—, inaugurada por Porfirio Díaz y, durante varias décadas, la más prestigiosa en México.

—Estuve como invitada —dice Victoria presumida— ¿y quién crees que me prestó las joyas que traíamos puestas en nuestro viaje al porfiriato? El mismísimo señor Zivy. Un encanto de hombre.

—¡Qué tonta! Se me olvida que fue en tu época.

—Nada de tonta, un poco atolondrada, sí —interrumpe Victoria—. ¿Ves cómo tú también sabes cosas? Tienes que dejar atrás las inseguridades —me quedo pensativa—. Me has contado que tu amigo Guillermo, cuando le dices que no sabes nada, te responde con un: "¡Pero si eres más lista que un diablo!" —sonrío al recordarlo—. Si fueras hombre, con lo que has logrado, tendrías una autoestima envidiable.

De pronto escuchamos barullo y risas. Las ventanas donde están los *booths* son de vidrio y hacen el efecto de cámara Gesell. Una mujer se acerca al cristal y, frente a su reflejo, coqueta y gesticulando, se pinta los labios.

—Mira cómo para la trompita —dice uno con gesto de darle un beso.

La mujer se mete la mano en la blusa y se acomoda el busto.

—¡Ay, qué rico! —y se escuchan risas. Por último, se ve de espaldas y se jala el calzón para acomodarlo.

—¡Quién fuera esa manita! —y se escuchan carcajadas.

En el bar sólo hay hombres y una que otra mujer que sirve las mesas.

—¡Vámonos! —me jala Victoria.

Al salir, nos encontramos con una parada del tranvía frente al ventanal del Hotel Ritz. Eso explica que las mujeres, sin saberlo, mientras esperan el trolebús, se arreglen reflejadas en el vidrio.

Tomamos un taxi "cocodrilo", son compartidos y muy amplios. Victoria, impetuosa, pide al chofer:

—Nos deja frente a la radiodifusora.

En la banqueta, hay una larga fila de mujeres y jóvenes, en su mayoría, secretarias y oficinistas.

Victoria, como diva, saluda y se brinca la fila. Es tan hermosa y tiene una personalidad tan arrolladora, que nadie duda de que se trata de una artista y su asistente. Tomamos dos lugares de la primera fila. El auditorio está frente al foro donde se transmite en vivo el programa.

El "Carnal" Marcelo y Tin Tan cantan "Watatina". Él inventa palabras, fonéticamente mezcla el español y el inglés, recrea melodías. Los asistentes ríen y aplauden agradecidos por las horas de olvido que les permiten dejar atrás las tribulaciones cotidianas.

Cuando hacemos fila para desalojar el pequeño auditorio, vemos a un hombre joven entrar a las cabinas.

—Es Carlos Chacón, un genio —comenta Victoria—. Este año empieza a escribir la exitosa radionovela de 3 000 capítulos, *Chucho "el Roto"*, basada en la leyenda de un bandido que a finales del siglo XIX hace justicia a favor de los pobres. Se mantendrá ¡once años al aire!

—¡Cuántas mujeres cocinan acompañadas de su radionovela y cuántos miles de hombres la escuchan en sus talleres también! —comento mientras recorremos los pasillos de la XEW.

Tin Tan se sube a un auto convertible y, como buen *rock star*, se despide de sus fans ondeando la mano. Lo seguimos en un taxi. A pocas cuadras, se baja en la Alameda, camina tranquilo y sin prisa por el parque rumbo a la antigua Hospedería de Santo Tomás de Villanueva. Prende un cigarrillo y, a su paso, va dejando un fuerte tufo de la *green*, como suele llamar a su cannabis.

Al llegar a la avenida Hidalgo, se detiene unos instantes y, pensativo, admira la fachada. Cruza la avenida, entra al Hotel de Cortés, pide una mesa y... su whisky. Se queda viendo hacia el nivel del segundo piso. Victoria y yo repentinamente nos transportamos a la época que está recordando el actor.

Un Tin Tan niño juega en los corredores, entre las puertas de las viviendas que algún día pertenecieron a los dominicos. Una mujer, secándose las manos en el delantal, llama a sus hijos.

—*Bambini, la cena è servita!*

Los niños, de camiseta deslavada y pantalón zancón, juegan a la pelota en el patio central de la vecindad. Germán Valdés, nostálgico, da un sorbo a su último jaibol del día.

Victoria, con ternura, comenta:

—Es un hombre que no le da mayor importancia al dinero. Cuando tiene, lo disfruta; cuando no hay, vuelve a trabajar. Prestará su voz y su música a las películas infantiles de Walt Disney. Reirá a carcajadas, será irreverente y contestatario. No todos lo entenderán. Bailará swing, rock & roll, chachachá y se erigirá como el Rey del Barrio que, generoso, da voz y protege a los que menos tienen. Filmará más de 100 películas. Hará lo que le venga en gana y cumplirá con la consigna de los famosos: *"Live fast, die young"*. Tranquilo, a los 53 años dormirá para siempre por un cáncer hepático terminal del que nunca se enterará.

"Este viaje fue entrañable —comenta Victoria en el Palacete de los Condes de Heras y Soto.

—Mira qué chistosa. Cargué baldes de agua en el siglo XVIII, charolas repletas de platos en los cincuenta, una caja de madera al cuello con cigarros y… en tacones…

Victoria interrumpe

—…y te tomaste muchas medias de seda.

—¡Dulcísimas! —respondo—, mañana me va a doler la cabeza.

* * *

Y amanecí… con la cabeza pesada.

—¡Qué carita, nena!, ¿A dónde te escapaste ayer? ¡Ahhhh! —Sergio, exagerando, se tapó la boca con la mano—. Tienes marcada una línea roja en el cuello. ¡Cochina! ¡Hiciste *bondage*! Tan seriecita que te ves. Son las peores, diría la tía Cuca.

—Ay, ¿qué es eso? Sergio, no sé de qué hablas. Estuve arreglando la casa y me duele el cuerpo y la cabeza.

—Mentirosa.

—¡Juro! Bueno, no juro —hice una pausa mientras pensaba rápido qué inventar—. Tomé un anís dulzón porque me cayó mal la comida.

—¡Agh! Qué asco. Mejor te hubieras tomado un tequila y se te olvida.

—Anda, dejemos de perder el tiempo. Pongámonos a trabajar. Vamos a supervisar las obras.

—¡Ay, qué estrés! Mejor vamos a chismear tantito. ¿Ya escuchaste que el jefe se lanza a competir por la presidencia de la República? No hemos tenido tiempo para "echar chal".

—Sí, me enteré. Y no te he comentado que desayuné con Alejandro Encinas, lo van a nombrar jefe de Gobierno interino y el candidato para la ciudad será Marcelo Ebrard.

—¿El "Carnal" Marcelo? ¡Vaya! —dijo sorprendido.

Sonreí al recordar al original.

¿Tlatoani?

En la ciudad empezaron los movimientos políticos. Muchos funcionarios, tentados por la adrenalina que da el poder, se incorporaron a las campañas. Nosotros teníamos demasiada obra en curso y, por eso, Alejandro Encinas, el recién nombrado responsable de la ciudad, había hablado conmigo para pedirme que no abandonara el puesto.

El teléfono repiqueteó en mi escritorio. Escuché al otro lado de la línea la voz alegre del que estrena encargo.

—Acabo de tener una reunión con una funcionaria del Gobierno Federal, se llama Xóchitl Gálvez, va rumbo a tu oficina. Te pido que la recibas y hables con ella sobre el predio que comentamos el otro día, el de Las Ajaracas. Creo que ya le encontramos un buen destino.

En no más de media hora estaban frente a mí el arquitecto Enrique Norten, conocido por su enfoque contemporáneo y su estilo modernista, y la encargada de asuntos indígenas del país. Desplegaron unos planos en la mesa de la sala de juntas, era el desplante de un moderno edificio con fachada de vidrio.

La mujer, simpática y vivaracha, tenía un ligero frenillo al hablar.

—Mira —señaló, con su más amplia sonrisa, un punto—, en esta esquina el arquitecto detectó el terreno para el edificio del Instituto Nacional de los Pueblos Indígenas. ¡Ni mandado a hacer! Junto al Templo Mayor.

Asentí a todo, sin poder evitar levantar ambas cejas, pues una punzada en el corazón dictaba lo contrario. Les pedí dejar la propuesta para analizarla con el equipo de obras.

Por la tarde, sentados en la oficina con los planos extendidos ante nosotros, el viejo arquitecto Cervantes negaba con la cabeza.

—Está a los pies del basamento de la pirámide. Sin duda, resguarda un espacio ceremonial. Al hacer la excavación para los cimientos del edificio, nos encontraremos algo.

—Fue lo que pensé, por eso pedí tiempo.

—Y está usted frente a un problema. El nuevo jefe de Gobierno está entusiasmado y éste sería uno de los proyectos más importantes en el año en que estará a cargo de la ciudad.

—Lo sé —dije mirando el negro de mi café, como mi suerte—. Anoche platiqué con Guillermo. Usted sabe cómo reacciona cuando algo no le gusta. Vociferaba en el teléfono —e imité su tono de voz—: "¿Una construcción moderna de vidrio? ¡Qué esperpento y ofensa para el Centro Histórico! ¡Esos edificios son tendencias efímeras! En cuanto metan el trascabo y acabes con lo que hay en el subsuelo, ¡te van a llevar presa!".

Cervantes sonrió, recordando a nuestro amigo.

—Y luego ni cigarros podrían llevarme a las visitas porque no fumo —rematé tratando de meterle humor a mi desgracia.

—Mire —dijo muy serio—, no sé si la lleven presa, pero lo que sí le aseguro es que hasta ahí llega su carrera…

—…y meter maquinaria pesada sería una irresponsabilidad mayúscula —completé su frase lapidaria.

Al día siguiente, regresaron Xóchitl y su equipo. Les expliqué la complicación que tenía el terreno y añadí tajante que no servía para su propósito. Escéptica ante lo que escuchaba, espetó:

—Me caes bien por cabrona. Te le plantas a tu jefe —dicho esto rematό—: pero el edificio está aprobado por el Gobierno de la Ciudad y lo vamos a construir. Es un terreno ideal.

—No soy cabrona y estoy a favor de tu proyecto. Pero no es el lugar para construirlo.

El antiguo predio conocido como el de Las Ajaracas, nombre heredado por el diseño de grecas que llevaba la fachada de la antigua Casa del Mayorazgo Nava Chávez, era uno de los terrenos más codiciados en la ciudad, representaba el centro del Centro y por eso tenía años sin vocación. Propuestas iban y venían, ninguna llegaba a cuajar.

—¿A quién defiendes? ¿A los indígenas vivos o a los muertos? —insistió.

—Si no defiendo a los muertos, los vivos no tienen futuro.

—Pues yo prefiero luchar por los vivos, los otros ya no están. Un edificio dedicado a temas indígenas al pie del Templo Mayor está chingón.

Yo prefería renunciar al Centro que meterme en semejante embrollo.

—El INAH, al menor hallazgo, nos va a parar la obra. Te lo digo de buena fe, no es el lugar.

Tenía frente a mí a una mujer inteligente, pragmática y… tozuda. Nos despedimos con el ánimo de encontrar un justo medio. Al siguiente día visité a mi nuevo jefe, Alejandro.

—Prefiero renunciar —expuse firme y con gran pesar.

Conciliador, como era, de inmediato llegó a una conclusión.

—¡Ay, Tensita! —uno de sus colaboradores más cercanos fue el que me había bautizado con ese apodo—, no sufras antes de que las cosas sucedan. Iniciemos las excavaciones para los cimientos y si encontramos un yacimiento arqueológico, detenemos los trabajos.

Salí más tranquila, pero no del todo. Busqué con urgencia a Victoria. Necesitaba la profunda y sutil sabiduría de sus consejos.

Pasaron tan sólo dos días y por fin la naturaleza brindó las condiciones para encontrarnos. Al entrar al vestíbulo, por enésima vez, traté de fingir que me encantaba admirar la cabeza, porque ayudaba a concentrarme y a llenar la mía de ideas. Ramón, acostumbrado a verme, me dejaba en paz, aunque… no siempre.

—Cerramos a las seis, Lic., no se olvide. Luego mis jefes me llaman la atención.

—¿Ves qué pesado es? Ahora que podemos platicar, sale con eso —intervino Victoria.

—Ni critiques a Ramón, que es mi cómplice y ya hasta lo quiero; además, no cuestiona el que yo venga con tanta frecuencia. Hablemos rápido. Tengo un problema que solucionar.

Después de escucharme, se quedó pensativa. Tenía la rara manía de hacer una respiración profunda antes de liberar la información que le salía como viento fresco de los laberintos profundos de la memoria. Al estar lista, continuó, sin voltear a verme, para dar instrucciones precisas:

—Busca a Hernán Cortés. Es un hombre de luces y sombras, duro pero muy inteligente. Si logras hacerlo hablar, procura delicadamente sacar en la plática el tema de la traza original de Tenochtitlan. Quizás podamos dilucidar qué había en ese lugar. ¡Ah! Y no lo olvides, tuvo muchas mujeres, así que ha de ser coscolino y coqueto.

—¡Qué miedo! Ni loca voy sola a ver a ese señor —pero, como la curiosidad mató al gato, le pregunté:

—¿En dónde está?

—Descansa, discreto y olvidado, en un nicho del templo que forma parte del Hospital de Jesús Nazareno, una de las pocas edificaciones del siglo XVI que se conservan en la ciudad. Cortés mandó construir el hospital y la iglesia en el mismo lugar donde fue el encuentro con Moctezuma, en 1519. Vale la pena visitarlo.

—Sólo tratas de convencerme. Te conozco.

—Tómalo o déjalo —y cerró los ojos.

—No empieces con que duermes porque le regalo una bocina-amplificador al radio de Ramón —Victoria abrió los ojos como platos—. Si viajo a la antigua ciudad, prométeme que me alcanzarás, no quiero ir sola —reparé con suavidad—. ¿Te imaginas aparecer a la mitad de la Conquista? Desde cualquier bando, todo ha de ser sufrimiento y horror.

—Iremos juntas, lo prometo.

Los operarios, con cautela, iniciaron los trabajos sobre el terreno aledaño al de la Casa del Mayorazgo Nava Chávez, donde habíamos propuesto la creación del Museo Archivo de la Fotografía. Con lentitud y de forma manual, avanzamos en la excavación para los cimientos.

La mañana que fui a visitar a Cortés, no olvidé echar al bolso el *Rescue Remedy* de flores de Bach, aquellas gotitas que me habían recomendado para enfrentar situaciones estresantes y de las que ya era fan. "No vaya a ser la de malas", dije para mis adentros.

Llegué caminando a la calle de San Salvador y frente a una pequeña plaza en las entrañas de la ciudad estaba escondido el templo de Jesús Nazareno e Inmaculada Concepción. Encontré dos pórticos en el pequeño atrio. El de la mano izquierda, a ras de piso; el de la derecha, con una escalinata.

Vi que un hombre gordito y patizambo subía los peldaños. Arrastraba con pereza una escoba.

En ese instante, se escuchó el llamado a misa. Al ritmo del badajo de las campanas, el hombre aquel bamboleaba el cuerpo de un lado al otro al subir: din, don, uno, din, don, dos, din, don… siete peldaños. De nuevo me encontraba con el siete.

Lo seguí hasta entrar a la primera capilla, la que, para mi sorpresa, parecía la de algún poblado remoto: sencilla, austera, paredes blancas y un dejo campirano. En ella, la turbulencia de la ciudad se quedó detenida en la entrada.

Con cautela, abordé al hombre.

—Buenas tardes, disculpe, ¿usted podría indicarme dónde se encuentran los restos de Hernán Cortés?

Como respuesta, recibí una mirada de fastidio. Empezó a barrer en dirección contraria a la mía.

Lo seguí.

—Soy investigadora de la Facultad de Historia.

—Anda usted un poco norteada en su investigación y al capellán no le gustan los curiosos en la casa del Señor. A la iglesia han de venir los fieles a rezar y usted —vio mi pantalón de mezclilla y tenis— tiene pinta de periodista.

—Le prometo que no —reparé —. Estoy escribiendo un libro sobre el capitán Hernán Cortés; conocer el lugar donde descansa es sólo por curiosidad.

—Está en el templo equivocado —observó—. Vaya al de junto —y empezó a barrer y levantar el polvo en señal de que me retirara de ahí.

—¡Gracias! —salí feliz.

Antes de abandonar el lugar, volví a admirar la fachada. Tenía una deslavada inscripción en latín o español antiguo de la cual… ¡no entendí nada! Sin duda hacía referencia a la construcción de la iglesia. Encontré una segunda cédula en cerámica, que decía:

Primera iglesia construida en la Nueva España
por Hernán Cortés en 1523.
Declarada monumento histórico en 1939.

Crucé el pórtico y estuve a punto de ponerme agua bendita de la pila de la entrada, pero me contuve: actuaría con prudencia.

Generalmente las iglesias son recintos que brindan paz, sin embargo, este lugar me la robaba. Era desangelado y tenía un halo de soledad. Con claridad, sentí que los muros me compartían su tristeza. Lloraban, no escandalosos como los de mi casa el día del rayo, sino en silencio, con ese dolor profundo que da el abandono y que con rabia se oculta. Me sobrecogió una gran tristeza.

Caminé por el pasillo lateral derecho. Dentro de un capelo, estaba la Virgen de las Maravillas, despelucada y con el resplandor caído. ¡Qué descuido! Quise proponerle al señor "Din-Don" que entre los dos la arregláramos; recapacité, era prematuro meterme donde no me llamaban.

Pasé junto a san Judas Tadeo, me persigné frente a él a sabiendas de que es quien brinda remedio a los casos difíciles. En voz bajita, le solicité: "San Juditas, tú que eres tan milagroso, ayúdame a encontrar a Hernán Cortés". Clarito escuché que me dijo que no me preocupara.

Al fondo, un Jesús en la cruz imponía el recogimiento, coronado por una impresionante Virgen del Apocalipsis. Observé los muros con detenimiento, pero de Cortés, ni sus luces.

"Din-Don" acucioso, barría abajo de las bancas. Cuando se percató que de nueva cuenta estaba yo parada atrás de él, dejó a un lado su quehacer y recargó la barbilla sobre el palo de la escoba. Negó con la cabeza, condescendiente.

—¡Ay, señorita! Voltee pa' arriba, ¡pa' arriba! —insistió—. Allá está lo que anda buscando. El párroco nos pide que no demos razón de la tumba. Dice que aquí es lugar para venir a rezar.

En lo alto de un muro, casi a tres metros de altura, a la izquierda del altar, escondido, descansaba Hernán Cortés. ¡Ahí estaba! Una placa de bronce marcaba el lugar. Contenía simplemente esta inscripción:

Hernán Cortés
1485-1547

Estudié con detenimiento el escudo, era una síntesis de su vida. En el primer recuadro, había un águila bicéfala por los dominios adquiridos. En el segundo, tres coronas de oro sobre negro, en representación de los tres señores del imperio azteca a quienes derrotó: Moctezuma, Cuitláhuac y Cuauhtémoc. Tercero: un león sobre rojo, constancia del valor y la sangre derramada. Y en el último: la Ciudad de México sobre plata y azul, en representación material del imperio conquistado. Todo bajo un remate de un tigre símbolo de la fuerza, astucia y fiereza del que diseñó el blasón: el mismo Cortés.

Tuve un presentimiento. Busqué una banca alejada del señor "Din–Don", pero antes le comenté que rezaría un padre nuestro por el conquistador.

—¡Ándele, pues! Es la primera persona a la que le escucho decir algo así. Qué bueno que empieza orando por su alma.

—Pero antes, voy a persignarme con agua bendita.

Lo hice, regresé a la banca, uní las manos, acaricié mi talismán y cerré los ojos.

* * *

Unos hombres apresuradamente mueven un tablón bajo el altar.

—¡Dense prisa!

—Está muy pesado, mi señor, la caja es de plomo.

Cargan un baúl que colocan con dificultad debajo del piso de madera del presbiterio.

—¡Apuraos! Y tú, Melitón, entra al hospital y reporta a don Lucas Alamán que todo ha ido bien. Nadie nos vio. Informa que sólo estuvieron aquí tres diáconos de plena confianza para esconder los restos bajo el entarimado. Serán ellos y las dos religiosas, que han jurado ante Dios que a nadie dirán lo aquí ocurrido —y, con voz apurada y firme, se dirigió a nosotras—: madre superiora, usted saldrá de la iglesia con la novicia de la compañía como si nada hubiera pasado y si ve algo que llame vuestra atención, lo reportáis de inmediato.

—Sí, reverendo padre Joaquín.

La mujer con fuerte acento castizo me indica que salgamos. Nos tapamos con nuestra mantilla negra; parecemos dos devotas saliendo de misa en una noche invernal.

Mientras caminamos, la religiosa comenta:

—Estos insensatos independentistas quieren profanar los restos de Cortés. Imagina lo que pensarían en el mundo de semejante atrocidad. Suficiente con las locuras que ya acontecen. El pobre hombre no puede descansar, le han trasladado cuatro veces de España a acá y de aquí a acullá. Que Dios lo tenga y acoja en su gloria —hace una señal de la cruz—. Debes de sentirte honrada por haber sido elegida para apoyar al presbítero Joaquín Canales —se persigna al decir esto último y partimos.

Corre el año de 1827, y a la población embravecida por la furia independentista se le dice que el cuerpo de Hernán Cortés ha sido enviado a Italia.

* * *

Abrí los ojos y respiré profundamente. Saqué mis gotas de *Rescue* y tomé unas cuantas. "Din–Don" me observaba. En voz baja, susurré:

—Voy a rezar un rosario completo y voy a volverme a persignar con el agua bendita.

A "Din-Don" se le agrandaron los ojos. Entrelacé mis manos frente al pecho a la altura del talismán y simulé iniciar otra plegaria.

* * *

Ciento diecinueve años después… son las 9:45 de la noche. Soy una joven mecanógrafa comisionada para, en sitio, capturar en una máquina de escribir LC Smith cada palabra que pronuncie el doctor Benjamín Trillo, director del Hospital de Jesús y patrono de la Fundación del Marqués del Valle. En el curso de un arreglo al altar, han sido encontrados abajo de un entarimado los restos del capitán Hernando Cortés de Monroy y Pizarro.

Al día siguiente, 25 de noviembre de 1946, el gran diario de México, *El Universal*, consigna en primera plana: "A partir de hoy, sólo el doctor Trillo sabrá dónde guarda el depósito que le fue conferido, hasta que se resuelva el sitio definitivo en que deban quedar las cenizas".

Pocos días después, aparezco en el mismo lugar.

Los restos del conquistador, por presión de miembros de la Casa de España, hoy Colegio de México, y de intelectuales, Edmundo O'Gorman entre ellos, están siendo colocados en un nicho del muro del presbiterio. Tengo el periódico en mis manos y detecto que tiene una incongruencia, dice: "cenizas" y en la fotografía y ante mis ojos eran huesos. Me hace gracia la habilidad para mentir y desvirtuar hechos históricos. Deduzco que dicha declaración es quizás para evitar que alguien ande "tras de los huesos de Cortés".

—¡Qué privilegio lo que presenciaste! —corta mi atención una mujer—. Ya vi que saliste en la foto del periódico. Te dejaron estar bien cerquita, ¡suertuda! Te valió ser la más rápida en la máquina para que te escogiera el doctor Trilla.

No atino más que a sonreírle y a simular con las manos escribir sobre un teclado imaginario, haciendo alarde de mi habilidad y rapidez. Los trabajos continúan y sigo absorta con la colocación de los restos del conquistador en el muro.

* * *

El señor "Din–Don" llegó vigilante detrás de mí.

—No se veía usted tan devota, ¿cuántos rosarios lleva? Ya vamos a cerrar.

Atarantada, le contesté:

—Hay que pedir permiso a los que ya no están para poder hurgar en sus vidas.

—Como guste —agregó condescendiente—, rece por las almas de los difuntos y déjelos descansar, sobre todo al que usted anda averiguando.

Me acerqué al nicho antes de irme.

—Don Hernán, vengo a hacerle una consulta.

Silencio.

—En cuanto pueda, regreso.

Silencio.

Salí cabizbaja.

A la primera oportunidad, fui a ver a Victoria para asegurarme de que me acompañaría en el viaje.

—Ya te dije que sí. No seas necia, Tensita. Cuéntame cómo te fue con Cortés —me preguntó intrigada—. ¿Te contestó el viejo? Es inteligente y astuto, ¿verdad? Carismático y seductor. Espero no hayas ido a verle en esa facha, con tus zapatones tenis que te sientan tan mal.

—No creo que le importe. Ni me vio y ni caso me hizo.

—Eso es lo que tú crees. Cuando vaya contigo, no te pongas esas fachas. ¡Qué vergüenza!

—¡Ay!, qué conservadora eres, Victoria. Dejarías de ser una exquisita porfirista.

—A mucha honra, y vete a hacer tu tarea: convencer al viejo de que hable. Yo, mientras me voy a dar "una manita de gato".

—¡Uy! ¿Vas a salir esta noche? Andas enamoradilla.

Hizo un guiño y cerró los ojos.

En cuanto pude, visité de nueva cuenta la iglesia. Por suerte, no estaba el señor "Din-Don", así que me acerqué al altar.

—Don Hernán. Me urge hablar con usted. Prometo ser breve.

Silencio.

—Soy su admiradora.

Nada.

—He leído varias biografías sobre usted —y en tono bajito dije—: y hay muchas versiones encontradas.

Silencio.

Le dije cuanta cosa vino a mi mente y no logré convencerlo. Hasta que se me ocurrió:

—Bueno, ya me voy. Qué lástima, no logré hablar con don Hernán. Creo que sí es buena idea sacarlo de este lugar tan escondido. Vale la pena que la gente sepa dónde descansa.

De pronto, escuché una voz grave y profunda que resonó como un rugido:

—¡No os atrevas! ¿Qué diantres queréis, insensata? ¿No habéis visto cómo le ha ido a Colón? Todos los 12 de octubre, fecha a la que vosotros llamáis Día de la Raza, al infeliz lo *vapulead*. ¿*Pensades vos* cómo me iría a mí? *Et* mayor rabia me daría, porque vosotros, mentecatos insolentes, que no sabéis honrar ni mostrar respeto, *sois* mis descendientes. Si no, ¡de quién! o ¿qué *pensades*?, si es que en vuestras pequeñas cabezas de alcornoque *guardades* algo. Vosotros, la nueva raza *llevades* mi sangre, sois mi estirpe. Os guste o no. Gracias al mandato de su majestad don Carlos V y la grandeza de España, conquistamos estas tierras y a los indios les mostramos que hay un Dios y un cielo —rugió—: ¡Aquello nos *deven, et* con desagradecimiento pagan!

Me quedé callada. En algo tenía razón. Recordé una comida de domingo en casa, en la que contamos con la visita de una amiga de España. En ese entonces, mi sobrino de escasos diez años, muy ufano, se acercó a nosotras para hacer alarde de su clase de historia.

—María, tus abuelos fueron ¡malísimos! Mataron a muchos indígenas en México.

A lo que ella, perspicaz y rápida, contestó:

—No, querido, esos fueron tus abuelos, los míos nunca han salido de Santander.

Mi sobrino sorprendido, volteó a verme; yo sólo acerté a afirmar con la cabeza que María tenía razón.

—Pues mi maestra dice que fueron españoles, y mis abuelos son mexicanos.

Salí de mis recuerdos y atiné a contestar a Cortés.

—Tiene usted razón —balbuceé—. Los mexicanos seguimos con el pendiente de reconciliarnos con nuestros orígenes.

Me fui a sentar a la banca de adelante, la más cercana que encontré al presbiterio.

—*Aceptades* la derrota demasiado presto. Vosotros ya no sois como nosotros. Cuando enfrenté tempestades, las vi como viento abriéndome nuevos senderos.

—Estoy pensando en que la Conquista fue cruenta.

—Los *mejicas* lo fueron también con los pueblos sometidos.

Ambos nos quedamos en silencio.

—Los torturaron sin piedad en la Inquisición.

—En defensa de la santa fe.

Mal camino para seguir platicando. Era parco y sagaz.

De pronto, una mujer espigada apareció por el pasillo. Se persignó frente al san Juditas. ¡Era Victoria! Contenta la saludé desde lejos.

—¡Ah!, *agora* tendremos compañía. Sólo eso faltaba, *mugier*, y con lo sueltas de lengua que son… me retiro —de pronto recapacitó—. ¡Mas qué *fermosa* es!

—Muy buena persona… y muda.

—¡Ala! *Fermosa* y silenciosa, *mugier* ideal al decir de los *homes*. No en mi caso. El poder de la *mugier* que ayudó en las batallas era el habla y es de reconocer su harto entendimiento.

Entendí que se refería a la Malinche.

Victoria levanta la ceja a la María Félix.

—No habla, pero es muy inteligente.

Ella me ve con cara de enojo.

—Te voy a dejar ir sola —susurró en mi oído—. ¿Por qué inventas que no puedo hablar?

—Porque don Hernán quiere discreción.

—¿Y no se te ocurrió otra mejor mentira? ¡Muda! con lo que me gusta hablar. ¡Corre a tocar el agua! Ya me la pagarás.

A toda prisa llegué a la pila del agua bendita y ahí encontré al señor "Din-Don". Sin recato, metí el dedo y… la mano. Me mojé la frente y la nuca. "Din-Don" abrió los ojos, horrorizado.

—Tuve un mal pensamiento —le dije—. Voy corriendo a rezar tres rosarios —y, sin más, escapé a sentarme en la banca.

* * *

Un río helado y caudaloso se escabulle entre las rocas. Hay olor a pino y tierra mojada que nutre el alma, porque la naturaleza esa virtud guarda. El cadencioso y sutil sonido de las hojas mecidas por el viento hacen más calmo y bello el lugar. Doy unos pasos y el crujir del ocoxal bajo mis pies hace que me detenga. El sutil murmullo de unas voces femeninas me guía. Escondida detrás de un ciprés, primero las observo: una mujer lava ropa y utensilios, otra humedece con placer su piel cobriza y se alisa el cabello con el agua cristalina. El sol mañanero se filtra entre las altas coníferas y amaina el frío. Voy a su encuentro; para mi desconcierto, molestas, manotean en señal de que abandone el lugar. Hay una que se distingue por su porte erguido. Se acerca y, en un castizo rudimentario y trunco, con voz firme y decidida, ordena:

—¡Id a otro lado! ¡*Mugeres*, aquí *mugeres*!

Y luego, ¿qué soy? Tocó mi pecho y palpo una amplia camisola drapeada de paño que disimula mis senos y un chaleco de borrego. En la cabeza llevo una gorra ajustada de piel que cubre mi pelo. Las botas de cuero son a la rodilla, están desgastadas pero aún completas. Llegué a través del tiempo aparentando ¡ser un muchacho!

—¡Filemón! ¡Filemoncillo! Venid que don Hernán os requiere —llama un hombre grueso, resoplando en señal de que ha caminado un buen trecho—. ¡Anda, granuja! —dice en tono paternal, tratando de recobrar el aliento—. ¡Que vayáis presto a ensillar el caballo del capitán y le ayudéis con las calzas y las botas! —cuando cruzo junto a él, me da un zape en la cabeza.

—Cada vez estáis más flacucho, no sé cómo habéis lograo sobrevivir en estos lares tan impíos.

Un monje cubierto hasta la cabeza aparece en el camino.

—Fray Bartolomé, ¿vuestras mercedes *seguides* mal?

—Sí, Anselmo —responde quejándose entre ataques de tos—, ha sido el frío que he tomado después de la canícula en las costas. Procuraré guardar el habla.

Echa un poco para atrás la cogulla que trae sobre la cabeza para que le vea el rostro y hace un *thumbs up*. ¡Ay!, se me baja el susto. El fraile en realidad ¡es Victoria!

—Os hará bien, y no olvidéis cubriros que *agora* el frío arrecia —el hombre grueso sigue platicando, se detiene un momento e, inclinado, descansa las manos sobre las rodillas y aprovecha para normalizar su respiración.

Mi amiga, vestida de religioso, se acerca, y cuando el hombre se distrae, susurra:

—Irás sola a conocer a Cortés —y evita reírse —. “La venganza se sirve en plato frío” —remata y se adelanta.

Ahora la que se queda muda soy yo.

Caminamos un buen trecho a un campamento. Pasamos grupos de indígenas sentados alrededor de fogones. Sigo al hombre grueso y se presenta ante un español que está en una silla de campo, protegido por unos peñascos; deduzco que es el de mayor jerarquía por la forma en que lo custodian. Hemos llegado al lugar donde ha dormido Cortés. Al verlo, las piernas y las manos me tiemblan. Sonrojada por el temor a ser descubierta, mantengo la mirada baja.

—¡Andad, mozalbete! ¡Despabilaos! Aprestad la vestimenta.

Tomo la ropa que está sobre un tronco. Huele a un sudor penetrante y añejo. Las botas hieden a cuero rancio. Su olor atosiga, pero el miedo más. Hay unas calcetas que debo darle en mano; por suerte don Hernán, distraído, habla con otros tres y no pone atención a mi endeble presencia. Con las manos tembeleques y sudorosas, le acerco las calzas pestilentes que se enfunda en un minuto.

El conquistador se pone en pie, ¡es más bajito que yo! Con mi 1.65 soy un muchacho alto y espigado entre los españoles del siglo XVI. Tiene el cuerpo de un levantador de pesas: tórax protuberante, brazos fuertes y piernas cortas, la izquierda tiene un defecto, está ligeramente girada hacia afuera. Le cubre el rostro una abundante barba. El cabello claro, hirsuto, le cae hasta los hombros. Trae colgadas al pecho unas cadenas de oro con dos medallas, una con la Virgen y el Niño, y la otra con san Juan Bautista.

El semblante es cenizo, pero pertenece a un hombre vigoroso, de buen ánimo y activo. A pesar de las circunstancias y el cansancio, el capitán tiene carisma, se nota su temperamento altivo. Es un hombre seguro de sí mismo y de lo que quiere.

—¡Ala!, *mochacho* —dice amable—, ensillad aquella bestia. Os dejaré que hagáis un tramo del camino en la yegua, has perdido mucho peso —y mueve la cabeza en signo de desaprobación. Es comprensivo con sus leales.

A unos pasos, está un alazán brioso. El supuesto "fraile Bartolomé de Oviedo" se acerca a ayudarme a ensillarlo para el capitán.

—¡Todos listos! El campamento despejado —gritan por ahí.

Se adelantan unos indios, muchos, muchísimos. Le sigue la línea de los españoles, cerca de 400, después las 20 mujeres aborígenes que acompañan a los capitanes europeos y en retaguardia otros mil indígenas. Es un ejército mixto.

Las sienes me palpitan con celeridad. Tengo un ligero dolor de cabeza. Estamos a una altitud considerable, por eso, la dificultad del hombre grueso para respirar.

Al llegar a un pastizal, vemos los dos grandes volcanes que, como centinelas, enmarcan el valle de México. A la derecha, la mujer dormida, Iztaccíhuatl; a la izquierda, el guerrero que vela su sueño, Popocatépetl. Estamos en el corredor que en mi época se conoce como "el paso de Cortés".

"Fray Bartolomé", Victoria, va delante de mí. Percibo algo raro en su andar, no camina al ras del piso. Vuelvo a ver con mayor detenimiento y, ¡ajá!, Victoria ligeramente levita, a veces olvido que tiene alas, así sí podrá soportar toda la jornada.

—Cortés no me parece tan malo. Es un hombre de su tiempo —le digo al alcanzarla.

Ante un grito, ¡brinco!

—¡Que os pongáis el yelmo, por Dios! ¿Queréis que os traspase una saeta la cabeza? ¡Qué sandez llevarlo atado a la cintura! —grita el que, por lo visto, me ha adoptado y ha decidido traerme con marcaje personal. Por suerte voy montada en la yegua, de no ser así, sería imposible soportar el pesado peto de hierro, además del casco en la cabeza.

Es una tarde de otoño de 1519. La larga caravana se detiene en lo alto del valle y Cortés se apea del caballo. Los españoles que formamos parte de su comitiva, lo rodeamos y vemos lo que, absorto, admira.

Contengo la respiración. El estupor generalizado nos obliga a guardar silencio. Lo que tenemos ante nuestros ojos es la magnífica ciudad de Tenochtitlan. Monumental, soberbia, ordenada, llena de colorido.

El lago es enorme y el Templo Mayor, colosal y sorprendente, se erige a la mitad de una isla. Se alcanzan a ver unas pequeñas embarcaciones que navegan por los canales, plácidas y laboriosas, ignorando su fatídico futuro.

Victoria me cuchichea al oído:

—El lago mayor es de agua salada.

Eso explica que unos gigantescos acueductos transporten desde Chapultepec agua dulce a la ciudad.

Victoria y yo tenemos los ojos anegados de lágrimas. Sentimos una emoción que nos brota de las entrañas. Prudentes, vemos al conquistador. Estamos prácticamente junto a él.

—La ciudad es de mayor belleza y dimensión que Venecia y posee una perfección nunca vista. Es majestuosa —afirma conmovido.

El conquistador tiene los puños sobre la cadera, y con el pecho henchido de satisfacción, observa la gran ciudad mexica.

—Don Hernán, el "Cacique Gordo" (así llaman a Xicomecóatl, el gobernante totonaca de Cempoala a quien Bernal Díaz del Castillo describe como de gran corpulencia y estatura) ha dicho la verdad. Llegamos a la ciudad imperial andando por el poniente —quien habla es el temible Pedro de Alvarado y, mostrando la ambición que lo mueve, remata—, esperemos encontrar mucho oro.

Sin dejar de ver al horizonte, el conquistador, como única respuesta, afirma:

—La ciudad en sí misma es una joya.

—La traza es reticular, exacta… perfecta —balbuceo.

El hombre grueso que pareciera mi vigía voltea con extrañeza. Victoria me da un brusco codazo con el ala para que me calle; yo contengo el llanto, no de dolor, sino de la emoción que me causa ver lo que hay ante mis ojos. Sumisa, inclino la cabeza para no llamar más la atención.

—Pernoctamos aquí. Mañana una avanzada irá conmigo al encuentro del emperador.

—Tlatoani, tlatoani —dice la muchacha con ojos de águila que me corrió en la zona boscosa—. Tlatoani es "dignidad del emperador", "El Señor que habla" y el que hablará es Moctezuma Xocoyotzin —explica Malinalli Tenépatl, bautizada como doña Marina y quien cada día que transcurre habla más castizo y es más cercana a Cortés.

—¿Tlatoani?, pues eso seré yo —murmura el conquistador.

Empieza un gran movimiento. Desensillan caballos. Se acomodan por secciones. En la avanzada, tlaxcaltecas y toltecas; le siguen los españoles con las indias que les obsequió Tabzcoob a la llegada a Centla. Ellas se arremolinan con sus anafres en una esquina e inician la elaboración de la comida; el resto de los indígenas cuida la retaguardia.

Al caer la tarde, evito ver destazar un venado. Lo empalan y dan vuelta sobre un fogón. "Fray Bartolomé" acerca dos espesos tazones de cacao hervido en agua y chile.

—Con esto tendremos para aguantar el frío —comenta.

Doy el primer sorbo. Es de un sabor ligeramente amargo y tiene un dejo de picor. Es muy distinto a todos los que he probado a lo largo de mi vida.

—Con el hambre que tengo y el frío, es un manjar de dioses —digo agradecida.

Cuchicheamos.

—¿Viste qué cercana es la joven Marina al capitán?

—¡Sí! Y me he dado cuenta de cómo la mira —susurro.

—Hoy por la mañana, Cortés mandó, bajo pretexto, a Alonso Hernández a Veracruz. A él se le había asignado Malintzin cuando el cacique de Cempoala les regaló las muchachas. En un principio, el capitán Cortés no se sintió atraído hacia ella. Está arrepentido, la inteligencia y audacia de la joven lo han cautivado. En el futuro, el hijo que engendrará con ella, Martín, será, entre los 11 que tendrá con varias mujeres, su predilecto y más cercano. La historia está escrita de pasiones.

"¡Ah! Y a las 20 jovencitas que el capitán repartió entre sus hombres de mayor jerarquía para que las poseyeran, muy castos, pidieron a fray Bartolomé de Olmedo que las bautizara de inmediato para poder tener relaciones con ellas.

—¡Qué cinismo y qué desgracia! Imagina el pánico y el trato que han de haber recibido de esos hombres que llevaban meses en el mar. Odio saber que las mujeres siempre hemos sido botín de guerra.

Las dos callamos un rato. Extenuada, suspiro y me recuesto junto a Victoria.

—¿Y qué le pasó en la pierna que la tiene un poco rara?

—La tiene así por un lío de faldas. Fue en La Habana. Un marido despechado lo persiguió a matar y él logró escabullirse por los tejados hasta que el equilibrio lo traicionó y cayó de las alturas. Pero, a partir de ese incidente, su historia cambió. Estuvo meses en cama escondido, hasta que Diego Velázquez, el alcalde de La Habana, lo presionó para que sentara cabeza y se casara con Catalina, una sevillana, hermana de su mejor amigo, Juan Suárez. No le fue mal, por lo menos a nivel político y para lo ambicioso que es. Casado, lo enviaron a Santiago de Cuba como alcalde y ahí, sin autorización, ya que fue comisionado para buscar náufragos en las costas del Caribe, decidió adentrarse en tierra firme y sumarse a la aventura de la conquista del Nuevo Mundo.

—La pasión es la rueda que mueve el mundo —reitero—. Ni duda cabe.

—Y si no, ¿cómo explicar que Gonzalo Guerrero, al que encontraron junto a fray Gerónimo cinco años después de un naufragio, se negara a regresar a España? Únicamente envió una misiva: "...Yo soy casado y tengo tres hijos. *Tienme* por cacique y capitán cuando haya guerras, la cara tengo labrada y horadadas las orejas... Idos vos con Dios, que ya veis que estos mis hijitos son bonitos". Gonzalo luchará contra sus compatriotas a lo largo de 20 años y morirá del bando donde palpitaba su corazón: el maya.

—Qué decisión tan difícil tuvo que tomar. Y por cierto, ¿qué hiciste con fray Bartolomé para hacerte pasar por él?

—Lo dejé con un poco de diarrea en la retaguardia —ríe—. Cuando regresemos, se incorporará sin más. Bajo estos ropajes que traemos nadie se dará cuenta de que somos mujeres, pero no hablemos mucho, nos pueden descubrir.

Dormimos un rato. Al alba, nos levantamos a ver la ciudad.

—No distingo lo que buscamos —dice Victoria —. Estuve investigando con los indígenas y desde aquí se alcanza a ver el Huei Teocalli, el edificio más importante de la ciudad, y el Huei Tzompantli allá al fondo —señala—. ¿Lo distingues? El del armazón gigantesco de tres postes que cargan en barra horizontal los cráneos de los hombres sacrificados. ¡Cómo no van a estar impresionados los españoles! Es una imagen terrorífica. Prefiero que nos "den morcilla" por flacuchas y no tener que bajar a la ciudad.

—Esa expresión la aprendiste con tu novio el español que está en la Plaza Tolsá.

Victoria es discreta, sonríe y prefiere seguir admirando la ciudad.

—Atrás está el juego de pelota. Al fondo, el Calmecac, la escuela para nobles.

—La escuela estaba a la altura del Hotel Catedral y del Centro Cultural de España, en las calles de Guatemala y Donceles. Lo sé porque hemos trabajado con ellos y hace no mucho tiempo lo han descubierto.

—Sí, así es.

—Y lo que buscamos, ¿lo podríamos encontrar si bajamos a la ciudad?

—Quizás, pero sólo podemos hacerlo con ellos —contesta cauta—. Cortés hoy va al encuentro con Moctezuma. Se verán en las calzadas de Iztapallapan y Atlacuihuayan, esta última, al no poder pronunciarla, los europeos le dirán Tacubaya. ¡Mira! Allá al fondo se ve lo que buscamos. ¡Es un monolito!

No lo alcanzo a distinguir. Las dos nos quedamos mirando por unos momentos las cuatro grandes calzadas de la ciudad: Tlatelolco, al norte; Iztapallapan, al sur; Atlacuihuayan, al oeste y Tlacopan, al este.

—Si Hernán Cortés estaba tan maravillado con la belleza de la ciudad de Tenochtitlan, ¿por qué la destruyó?

—Hubiera preferido que las cosas no sucedieran así, pero el miedo "al otro" nubla el entendimiento; el miedo a lo desconocido, la sensación de peligro, real o imaginario es el peor consejero. Bajo él, sus huestes iniciarán la destrucción. Don Hernán encomendará en 1521 la traza de la nueva ciudad colonial a Alonso García Bravo. Construirán sobre lo existente; utilizarán cimientos y piedras de la antigua ciudad que, poco a poco, se irá desdibujando.

En la madrugada, la comitiva se organiza y nos sumamos a ella.

Llegamos exactamente al lugar donde tres años más tarde se erigirá por órdenes del conquistador el primer hospital del continente americano, precisamente de donde partimos, el de Jesús

Nazareno. Sabemos que Hernán Cortés pidió en su testamento que sus restos fueran sepultados allí y que incluso si moría en España, cosa que sucedió en Castilleja de la Cuesta, fueran trasladados a México. Martín, el hijo de Malintzin, cumplió su voluntad. Su padre quería descansar en el lugar de su primer encuentro con los mexicas.

En el camino nos cae un fuerte aguacero, la intensa lluvia nos guía al lugar del encuentro, pero aparecemos… 500 años más tarde.

Victoria y yo nos volteamos a ver, confundidas.

—El tiempo no quiso que presenciáramos la Conquista —digo sorprendida.

Victoria, más tranquila, responde:

—Él está conformado por la sabiduría que le dan los instantes. Él sabrá por qué prefirió no permitirnos seguir —y con el ánimo de justificar, remata—: no pudiste ni con la muerte del venado.

Hago una mueca y, desilusionada, lo acepto.

* * *

—Natalia, el arqueólogo Álvaro Barrera necesita hablar contigo. ¡Le urge! ¡Hasta que te encontré! —dijo Sergio apurado—. Te hemos buscado por todos lados —emocionado, hablaba rápido como la prisa que tenía por que fuéramos a la excavación—. ¡Vamos! Descubrieron algo en la Casa del Mayorazgo de Nava y Chávez.

Aún impactada por lo que había visto, me levanté de un brinco.

—¡Ya no se hará el edificio! —grité exaltada, olvidando que estaba en una iglesia. No sabía qué era lo que había aparecido, pero esperaba tuviera la fuerza para detener la obra. Me cambió el semblante, no pude ocultar la cara de felicidad.

Victoria, para entonces, se alejaba hacia la sacristía, antes volteó e hizo una señal con el pulgar hacia arriba. ¡Vaya! Es la segunda vez que lo hacía. "¿De dónde sacó esa manía? ¿Estaría saliendo con alguna escultura romana?", pensé. Ellos la acostumbraban.

Sergio y yo, presurosos, tomamos la calle 20 de Noviembre y cruzamos la Plaza Mayor hasta el predio.

—Viene para acá el maestro Matos Moctezuma y el arqueólogo Leonardo López Luján. ¡Baja! Te voy mostrando —me gritó Álvaro.

Habían excavado unos escasos cuatro metros. Bajé hasta donde estaban haciendo la investigación. Pisé una plataforma de piso prehispánico con estuco, que ya había sido descubierta con anterioridad. La pared colindante con la casa del siglo XVII, conocida como "Las Sirenas" por sus ornamentos, tenía un corte transversal que dejaba al descubierto elementos constructivos de la época colonial.

El muro era semejante a una rebanada de pastel tricolor: dejaba al descubierto pisos del siglo XIX, siglo XVIII… Había una cisterna seccionada a la mitad, a escasos 50 centímetros de donde apareció el canto de una piedra redonda con algo de color. Álvaro, emocionado, me invitó a acercarme.

—¡Mira! Es una piedra grande que conserva la pigmentación original —y junto con el arqueólogo Gabino López Arenas, me contaron que un operario que rebajaba a punta de pico el perfil del terreno rebasó el límite establecido e impactó una roca, cuya fuerte vibración reveló que era de grandes dimensiones. Avisó de inmediato. Fue una casualidad el hallazgo.

La obra se detuvo y el arqueólogo Leonardo López Luján a partir de ese momento coordinó la investigación de lo que sería uno de los descubrimientos más importantes de los años recientes.

Avisé a Alejandro y, emocionado por el hallazgo, canceló el proyecto anterior. A Xóchitl no la volví a ver. Supe que el edificio en cuestión nunca se construyó en ningún otro lugar.

Tlaltecuhtli, "la Señora de la Tierra", la devoradora de todas las criaturas, el 2 de octubre de 2006 asomó una garra anunciando como un rugido su llegada.

Era la mayor talla jamás extraída del subsuelo de la Ciudad de México. Con sus 4.20 metros de altura por 3.65 metros de ancho, pesaba 12 toneladas.

La vida es cíclica: muerte y vida, vida y muerte son un binomio indisoluble. La vida se genera a partir de la muerte y la muerte da paso a una nueva vida. El tiempo para los mexicas nunca fue lineal, siempre tuvo tiempos paralelos.

Platiqué con Guillermo, que si bien aplaudió el hallazgo, no lo emocionó. Era uno de los grandes especialistas en el barroco mexicano; la dualidad entre la defensa del México virreinal y el prehispánico le recordaba el patrimonio perdido y la disyuntiva que siempre había que tomar ante cuál etapa priorizar.

Una de esas tardes, tuve la fortuna de coincidir con el maestro Eduardo Matos Moctezuma, quien gracias a la obra que realizaban los trabajadores de Luz y Fuerza en la zona hizo el gran descubrimiento del Templo Mayor en 1978. Escuchar a ese hombre no sólo erudito, sino también simpático y generoso con el saber, fue más que un privilegio. Recargados en el barandal, desde donde podíamos ver el sitio arqueológico, me dijo:

—Maestra —así como a mi amiga Rosa le gustaba gordearnos a todas, a él le gustaba maestrearnos a todos—, ¿ves las bases de esas pirámides que están ahí? Pertenecen a diferentes épocas prehispánicas. Están construidas una sobre la otra. Cada nuevo tlatoani, al llegar al poder, tapaba la pirámide anterior con una nueva construcción. Pirámide sobre pirámide, poder sobre nuevo poder. Lo que hace el gobernante anterior lo cubre, si no es que lo destruye, el que le sigue. Así seguimos siendo los mexicanos —volteó a verme sonriente quien, sin duda, ya tenía ganado un lugar en la historia, y concluyó—: así que, después de tu labor en el centro, atesora la satisfacción del buen trabajo que realizaste.

En la época en que Tlaltecuhtli decidió emerger de la tierra, yo decidí dejar mi casa de Cuernavaca y vivir de forma permanente en la ciudad por el ingreso de Diego a la universidad. Mancha, mi fiel compañera, se subió en el asiento delantero con los mudanceros a vigilar el camino para que nuestras cosas llegaran con bien.

Al siguiente fin de semana de habernos instalado, Diego regresó a vivir a México. Llegó acompañado de un perro san bernardo, Bosco. Por fortuna para mí y para la mascota, ya nos habíamos cambiado a una casa más amplia y con jardín. Mancha, a partir de entonces, se veía como una perra pequeñita y malhumorada. No tenía el brío ni la paciencia para tolerar las andanzas del inmenso cachorro de 80 kilos.

A las pocas semanas, viajé a Morelia a un coloquio sobre centros históricos. Al llegar a casa, estaba un sobrino de visita. A Diego y a él los encontré especialmente platicadores. Cada vez que yo le preguntaba a la empleada por mi perrita, ella salía del comedor con cara de enojada; los chicos volvían ansiosos a platicar hasta que de pronto sacaron una cajita de cerámica con una huella de perro dibujada en la tapa y el nombre en letras negras: MANCHA.

—Ya estaba muy viejita —dijo mi sobrino.

La empleada recogió unos vasos de la mesa y murmuró:

—La tiró el san bernardo de la escalera.

—¡No es cierto, Josefina! Mancha tenía artritis y ya ni se podía sostener bien —arremetió Diego—, no fue la caída —y empezó una discusión estéril que paré en seco.

Abracé a los muchachos, di las gracias a Josefina y las buenas noches a todos. Estaba cansada. Subí las escaleras con mi cajita entre las manos y los ojos anegados de lágrimas; la coloqué sobre la mesa, junto a la ventana que daba a un manzano.

Para los mexicas, después de la muerte, un perro te espera en la rivera de un río para cruzarlo. Prendí una vela con olor a rosas. Buen viaje al Mictlán, querida; allá te veo.

El adiós

Poco a poco emergió de la tierra la diosa Tlaltecuhtli, con su cabello ensortijado de ciempiés. Simulaba estar en cuclillas, sobre dos garras, las otras dos a la altura de la cabeza sostenían el infinito. La gran boca abierta, amenazante, mostraba encías y colmillos. La lengua de fuera, con vestigios de sangre y afilada, estaba formada por seis cuchillos; el séptimo se ampliaba en forma de medallón en el ombligo. La deidad emergió ávida y hambrienta para devorar los cuerpos de guerreros muertos en batalla y los corazones de los hombres sacrificados especialmente para ella. Los codos y rodillas se hallaban decorados por unas calaveras. Emergieron ofrendas: un águila real, un delfín, cientos de estrellas de mar, un pez espada, caracoles, conchas, pepinos de mar, entre un millar de animales y objetos.

El maestro Matos, en una de nuestras pláticas, ocurrente y jovial, nos comentó:

—Ahí debe de estar enterrado un picudo.

Creo que aún siguen en su búsqueda, pero descubrieron cerca de 130 ofrendas, una de ellas con más de 13 000 pequeños objetos cuidadosamente colocados por los mexicas. Los arqueólogos realizaron profundas y sofisticadas investigaciones a través de radares.

Mientras tanto, los tiempos políticos en la ciudad se tornaron difíciles y Tlaltecuhtli se aprestó a mantener las fauces abiertas.

La elección presidencial fue competida y los ánimos, muy arrebatados. Se dijeron de todo: "Cállate, chachalaca", "Pejelagarto", "Traigo botas para matar víboras y tepocatas". Al paso de las semanas, caí en cuenta de que, en síntesis, se decían: "Eres una bestia" y, aunque amo a los animales y merecen todo mi respeto, era evidente que eso no terminaría bien.

La diosa se relamió los bigotes.

Era 2006, llegó el día de la elección. Varios amigos rentamos, en el Hotel Majestic, una habitación con balcón y vista al Zócalo. Había sido una campaña tan competida que, hasta el último minuto al cierre de la votación, la moneda seguía dando volteretas en el aire. En esas mismas volteretas, el amor empezó a rondar mi vida.

México, turbulento e imprevisible, estaba a punto de escribir una nueva y compleja página en su historia. Como todos los ciclos en la vida, mi paso por el Centro de la ciudad llegaba a su fin. Las obras programadas se concluyeron. Nuestros alcances de trabajo llegaron a buen término e iniciaba un nuevo gobierno. En esos días deambulaba con aflicción por los pasajes y edificios que me habían compartido sus secretos. Tenía sentimientos encontrados, pesar por mi partida y ganas de descansar. Estaba segura de que podía recorrer esas calles en el momento que quisiera, pero temporalmente tendría que tomar distancia. Los nuevos tlatoanis venían prestos a cubrir las antiguas pirámides. El maestro Matos, con su sabiduría, me había preparado para ello.

El empresario más fuerte del país, para mi sorpresa, se adjudicaba las medallas de la restauración del centro; había invertido en la adquisición de propiedades, lo cual dio certeza a otros inversionistas para hacer lo mismo, pero no había donado un solo peso ni hecho una sola banqueta. Ni a mi jefe le reconocían el esfuerzo realizado por la ciudad.

Pensé en el momento adecuado para visitar a Victoria. ¿Cómo decirle? ¿O ella, con su magia y sus múltiples amigos, ya sabía de mi partida? Las noticias en las noches paralelas del Centro corrían con rapidez. Tendría que despedirme y agradecerle los más de 64 meses que habíamos caminado juntas por el tiempo.

Recargada en la herrería del balcón de mi oficina, observé cómo una empleada cambiaba el vestido de un maniquí por uno nuevo. Era ampón, con el talle bordado en lentejuela y la falda salpicada con aplicaciones de pequeñas margaritas de chaquira. Fucsia era el color de la nueva temporada.

La tarde oscureció. Los transeúntes de "la calle de las ilusiones" empezaron a apretar el paso. Levanté el rostro al cielo y dejé que la lluvia lo mojara. Nada mejor que sentir ese líquido suave y dúctil que es el agua.

Caminé hacia el pequeño *hall* del edificio de los Condes de Heras y Soto; me pareció más lúgubre y oscuro que nunca.

—Querida —dije con profunda tristeza—, me voy a casa.

—No te resultará fácil. ¿Sabes la cantidad de adrenalina que has dejado por aquí? El cambio de ritmo de vida te resultará muy difícil. ¿Has pensado qué harás?

—Aún no lo sé — respondí apesadumbrada—, y el ambiente está tan enrarecido, que no sé qué va a pasar.

Las dos evitábamos vernos a los ojos. El sentimiento de pérdida es uno de los más difíciles de enfrentar; es la melancolía, es el vacío.

Victoria habló para sacarme de ese estado.

—Vete en paz. El amor te llegó en el mejor momento. Es una gran persona y te hará feliz. Estoy segura de que te lo mandaron de allá arriba. Mira que venir a encontrarte en esta gran ciudad a un caballero del mismo pueblo que tus padres no es casualidad.

Sonreí con ternura. Cuando se ponía seria, mi amiga tenía un dejo de señora del siglo XIX. ¿Caballero?, no lo había pensado, pero Antonio efectivamente lo era.

—Es un hombre que tiene una forma de ver muy particular —contesté—, perdió la vista a los 30 años y, sin embargo, es el que mejor me ha visto.

—Te hará feliz porque aprendió a ver con los ojos del alma —dijo reflexiva—. Anda, ve a casa. Confía en ti y recupérate, haz uso de ese bien maravilloso que pocas veces nos damos: tiempo. Pero recuerda, granicera —ella nunca me llamaba así—, que al llegar aquí hiciste una promesa —y, con voz clara y firme, dijo—: prometiste que algún día me sacarás de este lugar.

—Reafirmo mi promesa.

—Hasta entonces volveré a hablar contigo —añadió seria—. Por cierto, el don de granicera nunca se pierde.

—No haré uso de él sin ti— respondí categórica.

Nos dimos un largo, largo abrazo; no pude evitar llorar.

—¡Ay, Dios! Siempre tan chillona. ¡Para!, que me vas a contagiar el llanto —se hizo un silencio, hasta que se animó a continuar—: esperaré con ansia nuestro reencuentro —y se le quebró la voz. Un lagrimón le escurrió por la mejilla—. Promete que volverás por mí —dijo en un susurro.

—Volveré.

* * *

Ramón permanecía distraído en su periódico viendo la sección de deportes.

Lo saqué de su ensimismamiento.

—Ramón, vengo a despedirme —balbuceé con voz entrecortada.

—¡No llore! —contestó sorprendido e hizo a un lado lo que estaba leyendo—, aquí voy a seguir —lloré con más ganas. Ramón se levantó para abrazarme—. ¡Madre de Dios!, pero ¿por qué trae tanto sentimiento?

—Te encargo la escultura.

Extrañado, contestó:

—Ni se preocupe, de aquí no sale.

* * *

Los días pasaron lentos y adaptarme a mi nueva vida no era fácil. Diego, en plena adolescencia, entraba y salía de la casa como cometa. Estaba en una de las épocas más ricas de la vida: la universitaria.

Por las mañanas, una pesada laxitud invadía mi cuerpo, me vestía con desgano. Caminaba como autómata, carente de músculo, vigor y fibra. Un día arreglaba un clóset, otro mis papeles o me entretenía poniendo orden en la alacena de la cocina. Si estaba de mejor humor, trataba de concentrarme, con poco éxito, en la lectura de alguna novela. No faltaron ofertas de trabajo, pero ninguna me convencía.

Trataba de hablar con Guillermo, pero mi amigo había tenido un absurdo accidente y pocas veces estaba de humor para atender las llamadas.

—En qué momento se me ocurrió ir a esa boda. Te dije que hay mujeres de buena y de mala suerte. Todo fue culpa de mi prima, que insistió tanto y seguro es de mala suerte —vociferaba furioso en el teléfono—. Y luego, aceptar bailar con ella. No supe ni en qué momento se tropezó y me cayó todo su sobrepeso encima.

En la caída se fracturó la tibia y el peroné. No supe cómo sucedieron los hechos, lo cierto es que esa noche en lugar de llevarlo al hospital, lo dejaron en su casa y él se puso la pomada china Tiger Balm para aminorar el dolor. La pierna le amaneció hinchada como una calabaza, eso impidió que pudieran enyesar la fractura. Toda la historia derivó en dos complicadas cirugías y que Guillermo, recluido en su casa, se negara a tener visitas.

* * *

Recibí una extraña llamada.

—Buenas tardes, el ingeniero desea hablar con usted. ¿Puede atender la llamada?

—Sí, claro.

Era el conocido empresario que, amable, con frases escuetas y, directo, dijo:

—Sé que eres muy amiga de Guillermo y él es una persona a la que admiro y respeto. Nos ha apoyado en varias ocasiones en la adquisición de obras de arte. Te llamé para decirte que está muy mal y si no recibe ayuda lo vas a perder —sin más, se despidió.

Haciendo a un lado por un momento mi propia apatía, llamé con insistencia varias veces a la casona de Valladolid.

—Recuerda que te traigo suerte —le decía con insistencia.

Finalmente lo convencí de que me permitiera visitarlo.

Miguel, el mozo, atendió la puerta. Pocas veces hablaba.

—El señor tiene semanas de no salir de la recámara que le adaptamos en la planta baja, de no recibir a nadie —con pena concluyó bajando la voz—: no se viste, pasa el día en pijama.

Recorrí el largo corredor de piso de *chest* hasta llegar a una habitación junto al comedor. Toqué la puerta.

—Guillermo, ¿puedo pasar?

—Entra, pero cierra inmediatamente la puerta.

El cuarto era oscuro. La pesadez del ambiente, insoportable. Deje discretamente entreabierta la puerta para poder respirar.

—¡Cierra! Sólo falta que entre una corriente de aire y coja una pulmonía.

—Necesitas aire fresco.

—¡No!

—Guillermo, aire fresco y sol, en esta penumbra nunca te va a soldar el hueso.

—Ya soldó y, ¿quieres ver cómo quedó? Pásame el bastón.

Se puso en pie y observé el pie rotado hacia afuera.

Los dos nos miramos con tristeza.

—Me dijeron que lo tienes así porque no has hecho terapia.

—No voy a dejar que cualquier imbécil me toque la pierna para arruinarme más.

Volteé a ver su buró. Tenía un gran botiquín de homeopatía con frascos de color ámbar que contenían tinturas y decenas de botellitas con chochitos blancos. Eran tantos que estaban dispuestos en tres niveles.

—Ese botiquín es del tamaño de tu miedo.

Se quedó callado.

Finalmente, aceptó iniciar ejercicios con un fisioterapeuta que lo ayudó a rehabilitarse.

Poco a poco, empezó a recibir la visita de otros dos amigos. Yo regresé a mi aburrida rutina.

Algunas tardes esperaba el atardecer sentada junto a la ventana que daba al manzano, y en una de ellas decidí depositar al pie del árbol las cenizas de Mancha. Curiosamente, empezó a florecer: había renunciado al gris urbano de la ciudad y al mío.

Meses después, me buscó Jorge Alfredo, el notario que había conocido por Guillermo y con el que habíamos realizado el traslado del Archivo Histórico de Notarías al Extemplo de Corpus Christi.

—¿Cómo has estado? ¿Qué andas haciendo?

Evité decirle que rumiando mi tristeza.

—Nada en especial —contesté con desgano—, poniendo mis cosas en orden.

—Te invito a desayunar mañana, me urge.

Nos citamos en el café de una librería ubicada en la calle más comercial de Polanco. El lugar tenía una nutrida sección de libros y en su exterior una alegre y bulliciosa terraza. Llegué temprano. No me senté a esperarlo, preferí distraerme en la pesquisa de una novela de las que Guillermo decía: "No se leen, se habitan". Necesitaba sumergirme en el mundo equidistante que brindan las buenas historias. En eso estaba cuando Jorge Alfredo, a lo lejos, llamó mi atención. Ya estaba en la mesa.

Frente a unos platillos que él saboreaba con placer y yo, con poco apetito, iniciamos la charla.

—Natalia, en cuatro años serán las fiestas del Bicentenario de la Independencia y el Centenario de la Revolución mexicana, los gobiernos empezarán a organizar actividades. Un grupo de amigos hemos pensado en crear una fundación para sumarnos a ellas —y, con una amplia sonrisa y sin mayor preámbulo, remató—: queremos pedirte que tú la presidas.

Impactada por la propuesta, no supe qué contestar.

—No lo pienses. Estamos invitando a notarios, historiadores, empresarios y, por supuesto, al cronista de la ciudad, Guillermo Tovar. Ve pensando qué se te ocurre.

Hacía mucho que no acariciaba mi talismán. Lo hice por unos segundos. Se me iluminó la cara. Vino a mi mente el primer lugar que conocí con Victoria.

—Hace tiempo visité una casona en la colonia Guerrero. Fue hogar y despacho del arquitecto Antonio Rivas Mercado, personaje que diseñó la Columna de la Independencia. Está abandonada, pero en su época era espectacular y ahí se diseñó el monumento.

En la casa Rivas Mercado fue concebida Victoria. Yo me encargaría de que regresara a su hogar. Era la oportunidad que estaba esperando para cumplir con mi promesa.

Pero ésa… es otra historia.

Agradecimientos

A los que me guiaron en el conocimiento del Centro y de la ciudad: Guillermo Tovar de Teresa, al maestro Enrique Cervantes, al ingeniero Antonio Dovalí y a los arqueólogos Eduardo Matos Moctezuma y Leonardo López Luján y sus equipos.

A mis compañeros del Fideicomiso cómplices en esta travesía: Laura Martínez Alarcón, Sergio Perea, Lily Quijano y Anabelí Contreras y a todos los que formaron parte de sus equipos.

A todos los ingenieros y arquitectos que participaron en el "Plan de Desarrollo Urbano 2002-2006 del Centro Histórico de la Ciudad de México".

A los comités vecinales.

Mi especial agradecimiento a Beatriz Rivas, por sus consejos y guía para adentrarme en el fascinante mundo de la escritura.

A la maestra Beatriz Espejo por su generoso tiempo de lectura y sus valiosos comentarios.

A mis compañeras de taller, con las que reí, lloré y me divertí a lo largo de la creación de este libro.

Y el más profundo agradecimiento a Diego y Daniela, padres de Camilo, por su aliento y entusiasmo, y a Toño, por tantos domingos que, con amor, cedió a esta historia.

Mapa del Centro Histórico de la Ciudad de México

1. Plaza de la Constitución. Zócalo o Plaza Mayor.
2. Palacio Nacional. Recinto de Homenaje a don Benito Juárez; Recinto Parlamentario. *Plaza de la Constitución #1.*
3. Catedral y Sagrario Metropolitanos. Plaza de la Constitución.
4. Nacional Monte de Piedad. *Monte de Piedad #3.*
5. Edificios del Gobierno de la Ciudad de México. *Plaza de la Constitución.*
6. Antiguo Palacio del Ayuntamiento. Salón de Cabildos y galería de retratos de los virreyes de la Nueva España.
7. Centro Mercantil, actual Gran Hotel de la Ciudad de México. *16 de Septiembre #82.*
8. El Palacio de Hierro. *20 de Noviembre #3.*
9. El Puerto de Liverpool. *Venustiano Carranza #92.*
10. El Puerto de Veracruz, actual Parisina. *Venustiano Carranza #77.*
11. Pastelería La Ideal. *República de Uruguay #74.*
12. Parroquia de Jesús Nazareno y la Inmaculada Concepción. Tumba de Hernán Cortés. *República de El Salvador #119.*
13. Antigua Casa de Moneda, Museo Nacional de las Culturas del Mundo. *Moneda #13.*
14. Casas del Mayorazgo de Guerrero Dávila, actual Coordinación Nacional de Arqueología, INAH. *Moneda #16.*
15. Casa de la Primera Imprenta de América o de Las Campanas. *Licenciado Verdad #10.*
16. Zona arqueológica del Templo Mayor. Museo del Templo Mayor. *Seminario #8.*
17. Hallazgo de la diosa Tlaltecuhtli. *Esquina de República de Guatemala y Argentina, junto a la Casa de las Ajaracas.*

18. Casa de las Ajaracas, Museo Archivo de la Fotografía. *República de Guatemala #34.*
19. Casa de las Sirenas. *Guatemala #32*
20. Centro Cultural de España. *Guatemala #18.*
21. Antiguo Colegio de San Ildefonso. *Justo Sierra #16.*
22. El Colegio Nacional. Exconvento y Colegio de La Enseñanza. *Luis González Obregón #23 y Donceles #104.*
23. Templo de Nuestra Señora del Pilar (La Enseñanza.) *Donceles #102.*
24. Hotel Catedral. *Donceles #95.*
25. Exconvento y extemplo de la Encarnación, actual SEP. *República de Argentina y Luis González Obregón #14.*
26. Antigua Aduana de Santo Domingo, actual SEP. *República de Brasil #31.*
27. Plaza de Santo Domingo.
28. Portales de las Escribanías. *Plaza de Santo Domingo.*
29. Palacio de la Inquisición.
30. Templo de Santo Domingo.
31. Congreso de la Unión, actual Cámara de Diputados de la Ciudad de México. *Donceles #57.*
32. Teatro de la Ciudad Esperanza Iris. *Donceles #36.*
33. Antiguo Hospital del Divino Salvador para Mujeres Dementes, actual Archivo Histórico de la Secretaría de Salud. *Donceles #39.*
34. Teatro Fru Fru. *Donceles #24.*
35. Palacio de los Condes de Heras y Soto, antiguo Fideicomiso del Centro Histórico. *República de Chile 6.* Palacio de los Condes de Heras y Soto, sede de la Victoria Alada, actual Archivo Histórico de la Ciudad de México.
36. Café de Tacuba. *Tacuba #28.*
37. Exconvento-Hospital de Betlemitas. Museo Interactivo de Economía (MIDE). *Tacuba y Bolívar.*
38. Casa de Francisco González Bocanegra. *Tacuba #48.*
39. Edificio París. Primer cinematógrafo. *5 de Mayo #32.*
40. La Palestina, talabartería. *5 de Mayo #20.*
41. Casa Borda. *Simón Bolívar #26.*
42. Hotel Ritz. *Madero #30.*
43. El Borceguí. Museo y Centro Cultural. *Bolívar #27.*
44. Hotel Gillow. *Isabel la Católica #17.*
45. Templo de la Profesa. Pinacoteca del Templo de La Profesa. *Isabel la Católica #21.*

46. Joyería La Esmeralda, actual Museo del Estanquillo. *Isabel la Católica #26.*
47. Casino Español. *Isabel la Católica #29.*
48. Casa Boker. *16 de Septiembre #58.*
49. Reloj Otomano y Escultura de la Rana. *Venustiano Carranza y Bolívar.*
50. Plaza de San Fernando. *Hidalgo y Guerrero.*
51. Casa Rivas Mercado. Lugar donde se diseñó la Columna de la Independencia. *Héroes #45.*
52. Panteón de San Fernando. *Plaza de San Fernando y Guerrero.*
53. Templo de San Hipólito. *Hidalgo #103.*
54. Hotel Imperial. *Reforma #64.*
55. Plaza Juárez.
56. Extemplo de Corpus Christi.
57. Museo Mural Diego Rivera, sede de la obra *Sueño de una tarde dominical en la Alameda Central. Balderas y Colón.*
58. XEW. *Ayuntamiento #52.*
59. Templo y Convento de San Diego de Alcalá, actual Laboratorio Arte Alameda. *Dr. Mora #7.*
60. Hospedería de Santo Tomás de Villanueva; más tarde Hotel de Cortés, actual Museo Kaluz. *Hidalgo #85.*
61. Exhospital San Juan de Dios, actual Museo Franz Mayer. *Hidalgo #45.*
62. Palacio de la Secretaría de Comunicaciones, actual Museo Nacional de Arte. *Tacuba #8.*
63. Plaza Manuel Tolsá, sede de la estatua ecuestre de Carlos IV. *Tacuba.*
64. Palacio de Minería (UNAM), actual Acervo Histórico del Palacio de Minería y Museo Manuel Tolsá. *Tacuba #5.*
65. Palacio Postal. *Tacuba #1.*
66. Edificio Guardiola. *Madero #2.*
67. Casa de los Azulejos o de los Condes del Valle de Orizaba, actual Sanborns. *Madero #4.*
68. Templo y Exconvento de San Francisco. *Madero #7.*
69. Hotel Majestic. *Madero #73.*
70. Palacio de Bellas Artes. *Juárez y eje central Lázaro Cárdenas.*
71. Alameda Central. *Juárez, Dr. Mora e Hidalgo.*
72. Hemiciclo a Benito Juárez. *Alameda Central sobre Juárez.*
73. Museo de Arte Popular, antigua Estación de Bomberos. *Revillagigedo #11*
74. Barrio Chino.

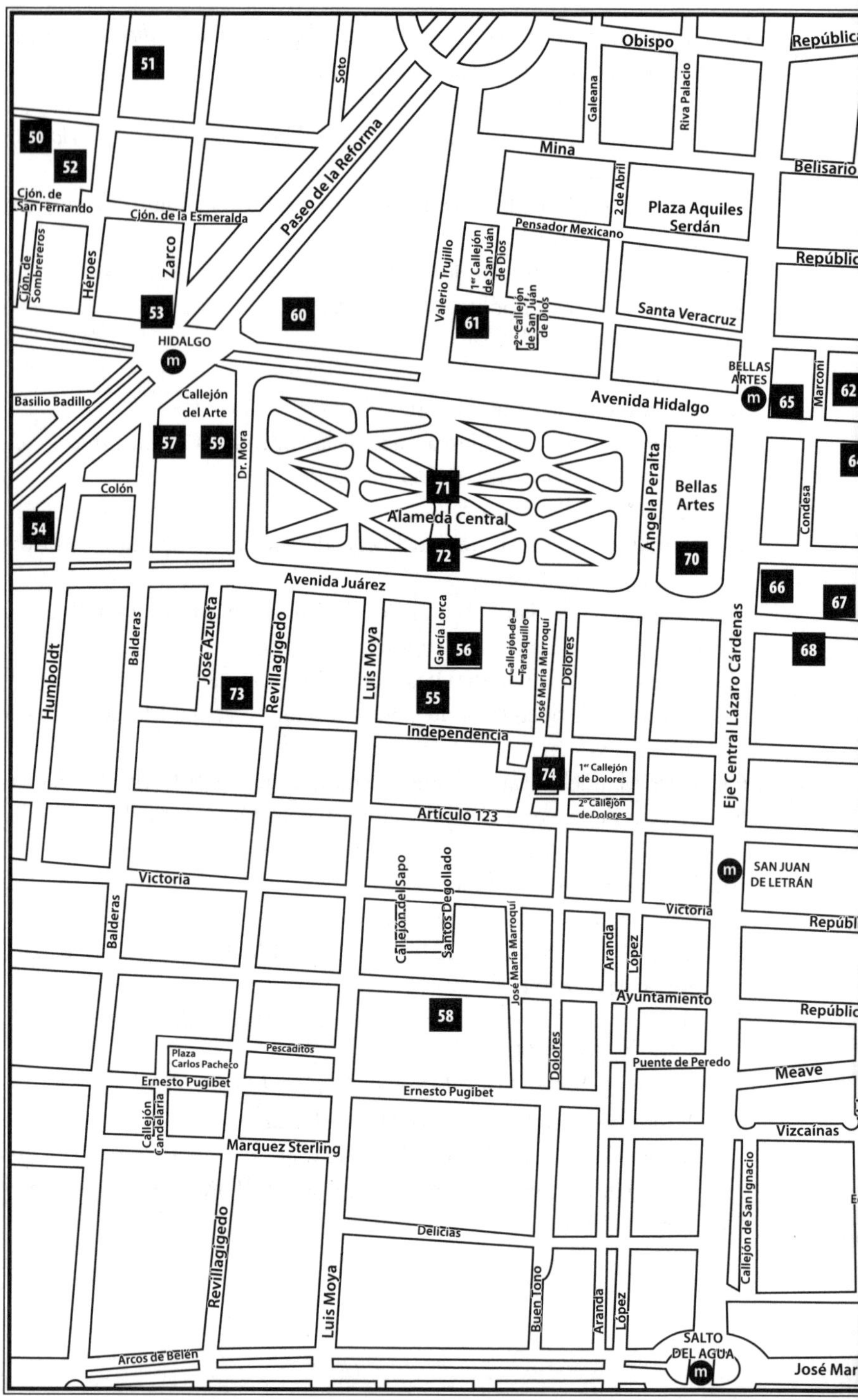

Obispo
República
Galeana
Riva Palacio
Soto
51
50
52
Mina
Belisario
Cjón. de San Fernando
Cjón. de la Esmeralda
Paseo de la Reforma
2 de Abril
Plaza Aquiles Serdán
Pensador Mexicano
1er Callejón de San Juan de Dios
Cjón. de Sombrereros
Héroes
Zarco
Valerio Trujillo
República
2º Callejón de San Juan de Dios
Santa Veracruz
53
60
61
HIDALGO
BELLAS ARTES
Marconi
62
Basilio Badillo
Callejón del Arte
Avenida Hidalgo
65
57
59
Dr. Mora
71
Ángela Peralta
Bellas Artes
Condesa
Colón
Alameda Central
54
72
70
66
67
Avenida Juárez
García Lorca
Callejón de Tarasquillo
José María Marroquí
Dolores
Eje Central Lázaro Cárdenas
Humboldt
Balderas
José Azueta
Revillagigedo
Luis Moya
56
68
73
55
Independencia
74
1er Callejón de Dolores
2º Callejón de Dolores
Artículo 123
SAN JUAN DE LETRÁN
Victoria
Callejón del Sapo
Santos Degollado
Victoria
Balderas
José María Marroquí
Aranda
López
Ayuntamiento
58
República
Plaza Carlos Pacheco
Pescaditos
Puente de Peredo
Meave
Ernesto Pugibet
Ernesto Pugibet
Dolores
Callejón Candelaria
Vizcaínas
Marquez Sterling
Callejón de San Ignacio
Revillagigedo
Delicias
Luis Moya
Buen Tono
Aranda
López
SALTO DEL AGUA
Arcos de Belén

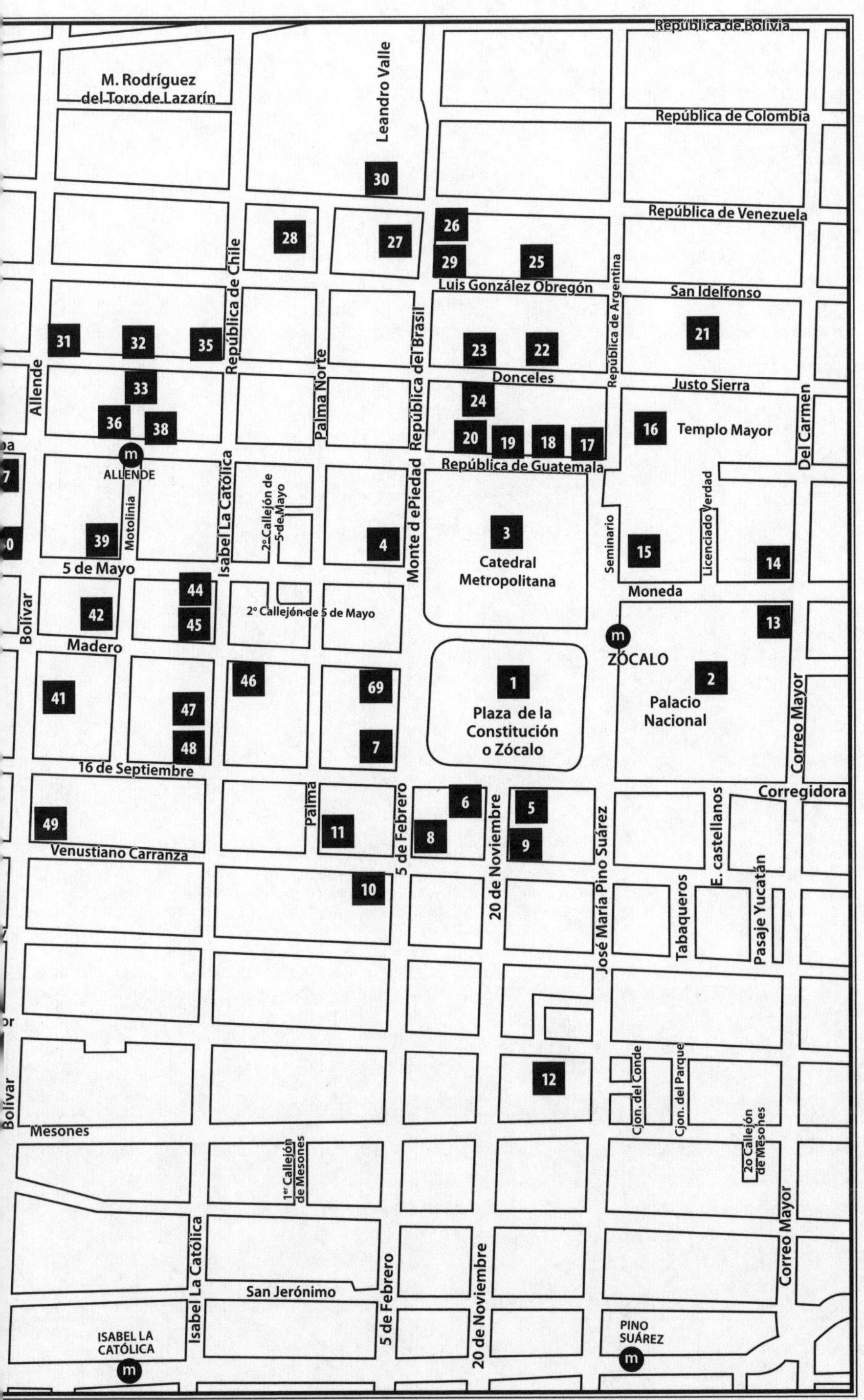

República de Bolivia
M. Rodríguez del Toro de Lazarín
Leandro Valle
República de Colombia
30
República de Venezuela
28
27
26
29
25
República de Chile
Luis González Obregón
República de Argentina
San Idelfonso
República del Brasil
21
31
32
35
23
22
Allende
Palma Norte
Donceles
Justo Sierra
33
24
36
38
16
Templo Mayor
Del Carmen
20
19
18
17
ALLENDE
República de Guatemala
Isabel La Católica
2º Callejón de 5 de Mayo
Monte d ePiedad
3
Catedral Metropolitana
Motolinia
39
4
Seminario
Licenciado Verdad
15
14
5 de Mayo
44
Moneda
Bolívar
42
45
2º Callejón de 5 de Mayo
13
Madero
ZÓCALO
46
69
1
Plaza de la Constitución o Zócalo
2
Palacio Nacional
41
47
48
7
Correo Mayor
16 de Septiembre
Palma
6
5
Corregidora
20 de Noviembre
José María Pino Suárez
E. castellanos
49
11
8
9
5 de Febrero
Venustiano Carranza
10
Tabaqueros
Pasaje Yucatán
12
Cjon. del Conde
Cjon. del Parque
Bolívar
Mesones
1er Callejón de Mesones
2o Callejón de Mesones
Isabel La Católica
5 de Febrero
20 de Noviembre
Correo Mayor
San Jerónimo
ISABEL LA CATÓLICA
PINO SUÁREZ

Referencias

Baltazar, E. (8 de abril de 2018). El cantante de ópera que puso una bomba en un avión para hacerse millonario... pero algo salió mal. *Infobae*. En https://www.infobae.com/america/historia-america/2018/04/08/el-cantante-de-opera-que-puso-una-bomba-en-un-avion-para-hacerse-millonario-pero-algo-salio-mal/.

Benazzi, N., y D'Amico, M. (2000). *El libro negro de la Inquisición*. Ediciones Robinbook.

Camba, U. y Rosas, A. (2018). *Cara o cruz: Hernán Cortés.* Taurus.

Cárdenas, E. (2009). *Como yo te he querido.* DEMAC.

Castro Morales, E. (1998). *El Antiguo Palacio del Ayuntamiento de la Ciudad de México.* Espejo de Obsidiana.

Cepeda, A. L., Muriel, J., Martínez Ortigoza, C., Santoyo, E. (2006). *Corpus Christi. Sede del Archivo General de Notarías*, Espejo de Obsidiana.

——— (2020). *La Casa Rivas Mercado. Una historia detrás de la historia.* Editorial Atrament.

Cortés Rocha, X. (2011). El arquitecto Pedro de Arrieta. En M. C. Amerlinck *et al.*, *Pedro de Arrieta, arquitecto (1692-1738).* Conaculta, UNAM.

Cortés, H. (2021). *Relación de 1520.* Grano de Sal.

Cuarteto Latinoamericano. (1994). *Valses Mexicanos 1900.* Luzam.

De Valle-Arizpe, A. (1980). *Historia, tradiciones y leyendas de calles de México*. Editorial Diana.

——— (2008). *Inquisición y crímenes*. Lectorum.

Departamento del Distrito Federal (1976). *Catálogo de Monumentos escultóricos y conmemorativos del Distrito Federal*. Departamento del Distrito Federal.

Duverger, C. (2005). *Cortés*. Taurus.

——— (2023). *Memorias de Hernán*. Grijalbo.

Escalante Gonzalbo *et al.* (2004). *Nueva historia mínima de México*. El Colegio de México.

Espejo, B. (2014). *¿Dónde estás, corazón?* Alfaguara.

Espinoza López, E. (2003). *Ciudad de México. Compendio cronológico de su desarrollo urbano (1521-2000)*. Instituto Politécnico Nacional.

Fernández Félix, M. (coord.) (2023). *Tan Tin Tan. Un mexicano del siglo XXI*. Museo Kaluz.

Fernández, T., y Tamaro, E. (24 de abril de 2022). Hernán Cortés. *Biografías y Vidas. La enciclopedia biográfica en línea*. En https://www.biografiasyvidas.com/biografia/c/cortes.htm

Guzmán Urbiola, X. (2010). *Parafernalia e Independencia*. Conaculta/Fundación Conmemoraciones 2010.

Hernández, M. (2022). *La cofradía de las viudas*. Editorial Martínez Roca.

Horz Balbas, E. (ed.) (2019). *Hospedería Santo Tomás de Villanueva y su entorno*. Sotomayor y Horz.

Hurtado, A. (1999). *Por qué soy masón. Filosofía, simbolismo y tradición iniciática de la masonería*. EDAF.

Jiménez Cordinach, G. (2008). *La guía del Himno Nacional Mexicano*. INAH.

Juárez Bautista, F. (17 de octubre de 2020). Paco Sierra: El barítono y esposo de Esperanza Iris que puso una bomba en un avión para volverse millonario. *El Universal.* En https://www.eluniversal.com.mx/cultura/el-atentado-un-avion-que-orquesto-paco-sierra-esposo-de-esperanza-iris/.

Juárez, B. (2004). *Apuntes para mis hijos (1806-1857)* (2ª ed. facsimilar) Asamblea Legislativa del Distrito Federal.

Juárez, F. (17 de octubre de 2008). El atentado que orquestó Paco Sierra, esposo de Esperanza Iris. *El Universal.*

La masonería es... (1979). (ed. facsímil) Ediciones Valle de México.

Loaeza, G. *et al.* (2015). *Terremoto. Ausentes/presentes. 30 años después.* Editorial Atrament.

López Luján, L. (2010). *Tlaltecuhtli.* INAH.

———, y Chávez Balderas, X. (2019). *Al pie del Templo Mayor de Tenochtitlan: estudios en honor de Eduardo Matos Moctezuma* (2 vols.). El Colegio Nacional.

———, y Matos Moctezuma, E. (2009). *Escultura monumental mexica.* FCE.

Marroquí, J. M. (1969). *La Ciudad de México* (2ª ed. facsimilar). Jesús Medina Editor.

Novo, S. (1999). *México.* Porrúa.

Olivares Correa, M. (1996). *Primer director de la escuela de arquitectura del siglo XX: a propósito de la vida y obra de Antonio Rivas Mercado.* Instituto Politécnico Nacional.

Pérez Martínez, H. (1972). *Juárez. El impasible.* Espasa-Calpe Mexicana.

Rivera Cambas, M. (1981). *México pintoresco artístico y monumental.* Editorial del Valle de México.

Soto, J. J., y Barrera Bassols, M. (2023). *Tan Tin Tan. Un mexicano del siglo XXI.* Museo Kaluz.

Scott-Holland, H. (15 de mayo de 1910). *Homilía exequial predicada por él en ocasión de la muerte del rey Eduardo VII en la Catedral de St. Paul*, Londres.

Tavares López, E. (2012). *Museo Panteón de San Fernando.* Sextil Editores.

Tovar de Teresa, G. (1991). *La ciudad de los palacios: crónica de un patrimonio perdido.* Fundación Televisa.

Tovar de Teresa, G. *et al.* (2006). *Corpus Christi. Sede del Archivo General Histórico de Notarías.* Espejo de Obsidiana.

Ventoso, L. (30 de julio de 2015). El duque de Windsor sigue avergonzando a Inglaterra. *ABC.* En https://www.abc.es/internacional/20150727/abci-gran-bretana-eduardo-nazismo-*201507252019.html?ref=https%3A%2F%2Fwww.abc.es%2Finternacional%2F20150727%2Fabci-gran-bretana-eduardo-nazismo-201507252019.html.*

Villa Guerrero, G. (2008). El Hospital del Divino Salvador para mujeres dementes, *Boletín de Monumentos Históricos* (12), 141-152.

Zarebska, C. (1999). *La Casa de los Azulejos.* Sanborns Hermanos.

@Don_Susanito. (23 de mayo de 2014). Paco Sierra: Asesinos, S.A. *México de mis recuerdos.* En https://donsusanito.blogspot.com/2014/05/paco-sierra-asesinos-sa.html.

Esta obra se terminó de imprimir
en el mes de septiembre de 2025,
en los talleres de Impresora Tauro, S.A. de C.V.
Ciudad de México.